오래된

골동품 상점 1

오래된 골동품 상점 1

개정 2판 1쇄 발행 2024년 6월 20일

지은이 찰스 디킨스
옮긴이 이창호
펴낸이 권기남
펴낸곳 B612북스

주 소 경기 양주시 양주산성로 838-71
전화번호 031)879-7831 팩스 031)879-7832

이메일 b612book@naver.com
홈페이지 blog.naver.com/b612books
출판등록 2012년 3월 30일(제2012-000069호)

ISBN 978-89-98427-40-5 (04800)
　　　978-89-98427-39-9 (세트)

The old curiosity shop

오래된 골동품 상점

1

찰스 디킨스 저
이창호 옮김

B612 북스

일러두기

1. 이 책은 찰스 디킨스의 『The Old Curiosity Shop』(1998. OXFORD WORLD'S CLASSICS)을 번역 저본으로 했다.
2. 본문 중 각주는 모두 옮긴이의 것이다.

차례

1841년 판 서문

필딩[1]은 자신의 코믹소설 『탐 존슨』의 서문에서 이렇게 말한다. '작가는 사적인 혹은 자선적인 접대를 제공하는 신사가 아니라 일반인을 평범하게 대하는 사람으로 생각해야 한다. 그래야 모든 사람이 자기 돈으로 환대를 받을 것이기 때문이다. 먹는 것에 돈을 내는 사람은 아무리 고상하고 변덕스러운 미각을 지녔더라도 이를 충족하려 할 것이다. 그리고 어느 하나라도 입맛에 맞지 않으면 저녁 식사를 제멋대로 질책하며 욕

---

1 Henry Fielding, 1707~1754. 18세기 영국의 소설가, 극작가. 소설 『탐 존슨』은 1749년 작이다.

설과 폭언을 퍼부을 것이다. 그러니 정직하고 착한 주인은 이런 실망감을 주지 않기 위해 손님이 식당에 들어서는 순간 식사 메뉴를 제공하고 정독하게 해서 어떤 환대를 기대해도 좋을지, 제공될 식사를 즐길지 아니면 좀 더 입맛에 맞는 다른 곳으로 갈지를 결정하게 해주는 것이 일반화되었다.'

지금 새로운 사업을 시작하는 주인 혹은 작가는 이런 메뉴판을 제공하지 않았다. 시작 단계인 사업의 여러 어려움을 인지하고 있는 주인은 그 사업이 조용히, 점진적으로, 자기 방식대로 성공해 나가기를 바랐고, 그렇지 않으면 아예 그만둘 생각이었다. 하지만 지금 그 사업은 나름의 방식대로 정말 번창하고 있기에 오랜 전통 의식의 말을 빌려 '고민해서 주문한 음식은 이제 다 비워졌고, 또 다른 음식이 판 위에서 연기를 내며 준비되고 있으니, 손님을 향해 화합의 잔을 들어 진심으로 환영한다'는 말만 더할 뿐이다.

런던 데본쉬어 테라스

1841년 3월

오래된
골동품 상점

1

1장

밤은 보통 산책하기에 좋은 시간이다. 여름이면 나는 이른 아침에 외출해서 온종일 들판과 시골길을 거닐고, 그렇지 않으면 아예 며칠 혹은 몇 주 동안 집을 떠나 생활한다. 하지만 시골에 머물 때를 제외하면 어두워지기 전에는 거의 집 밖으로 나가지 않고, 하늘에 감사할 일이지만, 도심의 불빛과 거리에 쏟아지는 그 빛의 경쾌함을 살아있는 어떤 존재보다 사랑한다.

건강에도 좋을 뿐만 아니라 거리를 가득 메운 사람들의 성격과 직업을 마음껏 추측할 수 있어서 밤 산책은 어느새 내게 습관이 되어버렸다. 대낮의 눈부심과 분주함은 빈둥거리기를 좋아하는 나의 소일거리와는 짝이 맞지 않는다. 일광에 얼굴을 훤히 드러내기보다 가로등이나 상점 진열장을 통해 행인의 얼굴을 흘긋 쳐다보는 편이 좀 더 내 방식답다. 굳이 말하면, 상상의 누각이 완성되려는 순간에 여지없이 그것을 무너뜨리는 낮보다는 밤이 훨씬 사려 깊다.

그런데 그 끊임없는 서성임과 끝없는 들썩임, 울퉁불퉁한 돌길이 반질거릴 정도로 줄기차게 이어지는 사람들의 발걸음을 좁은 길가에 사는 이들은 어떻게 견디는 걸까! 얼떨결에 (이 일이 자기 의무인 듯) 어른의 발걸음 속에서 어린아이의 발걸음을, 값비싼 부츠를 신은 사람 속에서 누추한 거지를, 분주하게 움직이는 사람 속에서 한가롭게 어슬렁거리는 사람을, 쾌락을 찾아 조급하게 걷는 행락객 속에서 발뒤꿈치를 질질 끄는 부랑자를 찾아내려고, 강요된 피로와 고통 속에서 그 발소리를 고스란히 듣고 있는 성 마틴 거리 같은 곳에 사는 아픈 사람을 생각해 보라—마치 숨통은 멎었지만, 정신은 깨어 있는 채로 시끄러운 교회 묘지에 누워 있도록 저주를 받았고, 앞으로 수 세기 동안은 쉴 수 있는 희망이 없다는 듯, 항상 그의 감각에 존재하는 윙윙거림과 소음을, 안식 없는 꿈속에서 계속되는 멈추지 않는 생명의 흐름을 생각해 보라!

그런가 하면 (적어도 통행료는 내지 않아도 되는) 다리 위에도 쉴 새 없이 사람들이 오간다. 날씨가 좋은 저녁이면 많은 사람이 다리 위에서 걸음을 멈추고 강물이 초록 제방 사이를 지나 점점 넓어지는 물길을 따라가다가 마침내 광활한 바다와 만나는 장면을 막연히 상상하며 하염없이 강물을 내려다보기도 하고, 잠시 쉬기 위해 무거운 짐을 내려놓고 멈춰 서서 다리 난간 너머를 물끄러미 바라보는 누군가는 담배를 피우며 느긋하게 시간을 보내다가 유유히 미끄러지듯 움직이는 바지선의 햇살로 달궈진 방수포에 드러누워 잠드는 것이 때 묻지 않은 진정한 행복이라고 생각한다. 그와 전혀 다른 부류의 누군가는 너무나 버거운 삶의 무게를 짊어진 채 물에 빠져 죽는 것이 자살 방법 중에서 가장 간단하면서도 고통스럽지 않다고 전에 어디선가 들었거나 읽었던 기억을 떠올려본다.

동틀 무렵의 코벤트 가든 마켓도 다를 바 없다. 봄이나 여름이면 달콤한 꽃향기가 간밤의 방탕한 기운마저 뒤덮고, 밤새 다락방 창가의 새장 속에 갇혀 있던 개똥지빠귀를 기쁨에 겨운, 반쯤 광란의 상태로 몰아간다. 가여운 새 같으니! 유일하게 가까이 있는, 그 녀석과 거의 유사한 다른 작은 포로들 중 몇몇은 술 취한 구매자들의 뜨거운 손길에 지쳐 몸을 움츠린 채 벌써 바닥에 축 늘어져 있고, 서로 밀접하게 접촉한 탓에 녹초가 된 다른 새들은 맑은 정신의 손님을 기쁘게 해주기 위해 물을 뿌리고 몸단장할 때를 기다린다. 일터로 향하는 늙은 사무원들은 자신들의 가슴을 시골에 대한 환상으로 가득 채운 것이 무엇일지 궁금해하며 그곳을 지나친다.

하지만 나는 여기에서 내 산책에 관해 자세히 설명하려는 것은 아니다. 지금부터 들려주려는 흥미진진한 이야기가 어느 산책하던 날로 거슬러 올라가야 해서 이렇게 서두를 꺼냈다.

어느 날 밤, 나는 시내로 접어들어 이리저리 돌아다녔고, 많은 생각에 잠겨 늘 가던 길을 천천히 걷고 있었다. 그때 무언가를 묻는—무엇을 묻는지는 몰라도 나에게 묻는 듯했다—여리고 상냥한 목소리에 발걸음을 멈췄다. 급히 돌아선 나는 내 팔꿈치 높이까지 오는 작은 소녀를 발견했다. 소녀는 상당히 멀리 떨어진 특정한 거리로 가는 길을 물어보았는데, 그곳은 완전히 다른 구역이었다.

"여기에서 꽤 먼 곳인데, 꼬마야." 내가 말했다.

"알아요." 소녀가 떨리는 목소리로 대답했다. "너무 멀어서 걱정이에요. 오늘 밤 그곳에서 왔거든요."

"너 혼자?" 내가 적잖이 놀라며 물었다.

"네, 혼자 다니는 건 괜찮아요. 그런데 지금은 길을 잃어서 좀 무서워요."

"어떻게 내게 길을 물을 생각을 했지? 잘못된 길을 가르쳐주면 어쩌려고."

"그럴 리 없어요." 작은 존재가 대답했다. "할아버지는 신사잖아요. 그래서 느릿느릿 걷고요."

아이의 맑은 눈에 한 방울의 눈물이 맺히게 하고 나를 올려다보며 가녀린 몸을 가볍게 떨리게 한 그 호소와 그것이 만들어낸 힘에, 내가 얼마나 깊은 인상을 받았는지는 말로 다 표현할 수 없다.

"이리 오렴. 할아버지가 데려다주마."

소녀는 요람에서부터 나를 알고 있었다는 듯 내 손을 덥석 잡았고, 우리는 함께 터벅터벅 길을 걸었다. 그 작은 존재가 내 보폭에 맞춰 걸었기 때문에 내가 아이를 보호한다기보다 아이가 나를 보살피며 걷는 형색이었다. 소녀는 내가 자신을 속이고 있지 않다는 것을 확인하려는 듯 간간이 내 얼굴을 (매우 날카롭고 예리한 눈매였다) 힐끔힐끔 엿보았고, 그럴수록 나에 대한 확신이 커지는 듯했다.

내 입장에서도 호기심과 관심이 생긴 것은 마찬가지였다. 아주 작고 연약한 체구로 보아 앳되다고 짐작은 했지만, 분명 어린아이였기 때문이다. 완벽하게 깔끔한 옷을 입을 듯한 평소보다 차림새는 옹색했지만, 가난하거나 방치된 흔적은 찾을 수 없었다.

"누가 너를 이렇게 먼 곳까지 보냈니?" 내가 물었다.

"저에게 아주 다정한 분이에요."

"대체 무슨 일로 여기까지 왔어?"

"그건 말할 수 없어요." 아이가 단호하게 대답했다.

뜻밖의 대답에 나는 나도 모르게 놀란 표정을 지으며 작은 존재를 물끄러미 바라보았다. 대체 무슨 심부름이기에 이렇게 준비된 대답을 하는 것인지 궁금했다. 나와 눈이 마주친 아이는 내 마음을 읽기라도 한 듯 분명 나쁜 일은 아니며 자신도 모르는 비밀스러운 일이라고만 덧붙였다.

얼굴에 무엇을 숨기거나 교활함이 드러나지 않는 것으로 보아 거짓말은 아닌 듯했다. 소녀는 전처럼 계속 걸었고, 길을 가는 동안 우리는 유쾌하게 이야기를 나누며 점점 가까워졌다. 하지만 소녀는 길이 아주 낯설고 이 길이 집으로 가는 지름길이 맞느냐는 질문 외에는 집에 관해 더는 말하지 않았다.

그렇게 길을 걷는 동안 아이의 수수께끼 같은 심부름에 대한 수백 가지 생각이 내 머릿속을 스쳤지만, 딱히 그럴듯한 설명은 떠오르지 않았다. 한편으로는 그저 호기심이나 채우려고 아이의 천진난만함이나 고맙게 여기는 감정을 이용하는 나 자신이 부끄럽기도 했다. 사실 나는 아이들을 사랑한다. 그렇지만 하늘에서 갓 내려온 천사 같은 아이들이 우리 어른들을 사랑하기란 쉽지 않다. 처음에 아이가 보여준 나에 대한 확신이 기뻤기에 나는 아이를 신뢰하게 한 내 안의 그 본성을 믿어보기로 했다.

하지만 이 늦은 시간에 그 먼 길을, 그것도 아이 혼자 심부름 보낸 사람이 누구인지 궁금해하지 않을 수 없었다. 더욱이 집 근처에 가면 아이가 작별을 고할 테고, 그러면 그 인정머리 없는 작자가 누구인지 확인할 길이 없을 듯해서, 나는 일부러 사람들이 많이 다니는 길을 피해 좁은 골목길로 아이를 이끌었다. 그 때문에 큰길로 나오고 나서야 아이는 우리가 어디에 있는지 알아차렸다. 기쁨에 겨워 손뼉을 치며 앞서 달려간 소녀가 어느 집 문 앞 계단에 멈춰 내가 오기를 기다렸다. 내가 집 앞에 이르자, 아이가 돌층계로 올라가 문을 두드렸다.

문의 일부가 덧문이 없는 유리로 되어 있었는데, 모든 것이 어두컴컴하고 쥐 죽은 듯 고요해서 처음에는 알아차리지 못했다. (아이도 마찬가지였겠지만) 나는 아무도 노크 소리를 듣지 못한 것은 아닌지 걱정했다. 소녀가 두세 차례 문을 더 두드리자 안에 사람이 있는 듯 소리가 났고, 마침내 유리를 통해 희미한 불빛이 보였다. 불빛이 아주 천천히 다가올수록 여기저기 널린 잡동사니들을 헤치며 불을 들고나오는 사람이 누구인지, 또 무엇을 하는 곳인지 짐작할 수 있었다.

잠시 후 긴 회색 머리카락을 한 가냘픈 노인의 얼굴이 들고 있는 촛불에 비쳐 점차 선명하게 모습을 드러냈다. 나이가 들어 많이 변하긴 했지만, 여위고 홀쭉한 모습은 분명 가녀린 소녀와 닮아 있었다. 특히, 푸른색 눈이 소녀와 같았다. 하지만 주름이 깊게 팬 얼굴에 수심이 가득해서 더는 닮은 구석을 찾을 수 없었다.

노인이 느긋하게 걸어 나온 그 장소는 오래되고 진기한 물건들을 보관하는 저장소 중 하나였는데, 불신과 질투 어린 사람들의 시선으로부터 케케묵은 보물을 숨기려고 이 도시의 생각지도 못한 구석에 웅크리고 있는 듯이 보였다. 상점 안에는 갑옷을 입은 유령 같은 쇠사슬 복장, 수도원에서 가져온 듯한 기이한 조각품, 다양한 종류의 녹슨 무기, 자기나 목재, 철, 상아로 만든 일그러진 모형물, 꿈에서나 구상했을 법한 태피스트리와 기괴하게 세공된 가구가 여기저기 널려 있었다. 작고 초라한 노인은 놀랍도록 그 장소와 잘 어울렸고, 오래된 교회나 무덤 혹은 허물어진 가옥을 직접 손으로 더듬어가며 허접한 골동품들을 끌어모았을지도 몰랐다. 하지만 노인만큼 상점에 어울리는 물건은 없었고, 어떤 것도 그보다 낡거나 오래되어 보이지 않았다.

노인이 자물쇠를 풀며 놀란 눈으로 나를 살폈는데, 옆에 있는 소녀를 보고서야 그 놀라움이 잦아들었다. 문이 열리자, 아이는 노인을 할아버지라고 부르며 우리가 그곳까지 오게 된 사연을 들려주었다.

"이런 세상에!" 노인이 아이의 머리를 쓰다듬으며 말했다. "어쩌다 길을 잃었어? 넬, 너를 잃기라도 하는 날에는….

"제가 할아버지를 찾아낼 거예요." 아이가 큰 소리로 말했다. "그러니 걱정하지 마세요, 할아버지."

노인이 아이에게 입을 맞추고 나를 향해 들어오라고 청했다. 나는 그렇게 했다. 상점 문이 닫히고 잠겼다. 그는 촛대를 들고 앞장서며 방금 유리문으로 본 장소를 가로질러 상점 안쪽의 작은 거실로 나를 안내했다. 그곳에는 작은 방으로 이어지는 열린 문이 있었고, 그 문을 통해 천사가 잠들 듯한 작은 침대가 보였다.

아주 작고 깔끔하게 정돈되어 있었다. 아이가 촛대를 들고 이 작은 방으로 들어가면서 나와 노인은 거실에 단둘이 남게 되었다.

"많이 피곤하죠." 노인이 난롯불 가까이 의자를 끌어다 놓으며 말했다. "어떻게 감사의 말을 해야 할지요."

"다음에는 손녀를 좀 더 잘 보살펴야 합니다, 영감님." 내가 대답했다.

"잘 보살피라고요?" 노인이 새된 목소리로 외쳤다. "넬리를 잘 보살피라니요. 오, 세상에 나만큼 넬을 아끼는 사람은 없습니다."

그가 깜짝 놀라며 이 말을 해서 나는 어떻게 응해야 할지 난감했다. 더욱이 금방이라도 쓰러질 듯 나약하고 오락가락하는 그의 태도 때문에 더 그랬다. 그래서 처음에는 노망이 들었거나 정신이 이상한 노인네는 아닐까 하고 생각했지만, 그의 얼굴에 손녀에 대한 깊은 염려가 드러나서 그럴 리 없다고 확신했다.

"아이에게 관심이 없…." 내가 말했다.

"관심이 없다고요!" 내가 채 말을 끝내기도 전에 노인이 언성을 높이며 말했다. "내가 넬에게 관심이 없어요. 오, 정말 모르고 하는 말입니다. 사랑스러운 넬리! 사랑스러운 넬리를!"

어떤 표현으로도 골동품 상인의 이 네 마디 말보다 깊은 애정을 드러낼 수는 없으리라. 다음 말을 기다렸지만, 그는 턱을 괴고 난롯불에 시선을 고정한 채 가볍게 머리만 두세 차례 흔들었다.

우리가 말없이 앉아 있는 동안 아이가 방문을 열고 거실로 나왔다. 밝은 갈색 머리카락이 목덜미까지 부스스하게 내려왔고, 우리와 함께하려고 서둘렀는지 얼굴에 홍조를 띠고 있었다. 소녀는 바로 저녁을 준비하느라 분주했고, 저녁을 준비하는 동안 노인은 나를 좀 더 자세히 관찰할 기회를 잡았다. 놀랍게도 그 집에는 이 아이 말고 집안일을 할 사람이 없는 듯했다. 아이가 잠시 자리를 비운 사이 집안일을 돕는 다른 사람은 없는지 넌지시 물어보았지만, 넬만큼 착실하고 꼼꼼한 아이도 없다는 대답이 돌아왔다.

"이런 일이 항상 저를 슬프게 하지요." 노인을 이기적이라고 생각한 내가 갑자기 흥분하며 말했다. "아기나 다름없는 어린아이를 혹독한 현실로 내몰 생각을 하는 것이 항상 저를 슬프게 합니다. 하늘이 어린아이에게 준 최고의 선물인 자신감과 순수함을 빼앗고, 어른의 기쁨을 알기도 전에 어른의 슬픔을 먼저 경험하도록 강요하는 겁니다."

"생각이 깊은 아이입니다." 노인이 나를 물끄러미 바라보며 말했다. "더구나 가난한 집 아이들은 즐겁게 놀 것도 별로 없어요. 어린 시절의 시시한 즐거움도 값을 치러야 얻을 수 있으니까요."

"이렇게 말해서 죄송하지만, 영감님은 그렇게까지 가난해 보이지 않는데요." 내가 말했다.

"넬은 내 딸이 아닙니다." 노인이 대답했다. "아이의 어미는 가난에 시달리다가 먼저 세상을 떠났습니다. 보다시피 이렇게 살지만, 모아둔 돈은 한 푼도 없습니다." 그가 내 팔에 손을 올리며 속삭였다. "하지만 넬은 조만간 큰 부자가 되어 훌륭한 귀부인으로 살아갈 겁니다. 아이에게 집안일을 시킨다고 욕하지 마세요. 보다시피 아주 즐겁게 일합니다. 다른 이에게 일을 맡기면 아이가 서운해할 거예요. 그런데 내가 넬에게 관심이 없어요!" 노인이 갑자기 투덜거리며 크게 소리쳤다. "정말, 하느님은 아실 겁니다. 평생 저 아이만 생각하며 살아간다는 것을. 그런데 하늘도 날 외면하는군요. 오!"

이때 우리 대화의 주인공이 다시 돌아왔고, 노인은 내게 식탁으로 가까이 오라고 손짓하고는 대화를 중단했다. 우리는 더는 아무 말도 하지 않았다.

막 식사를 하려는데 밖에서 누군가가 내가 들어왔던 문을 두드렸다. 그 소리에 넬이 크게 웃음을 터뜨리고는—나는 천진난만하고 아주 재미있는 그 웃음소리를 듣고 기뻐했다—다정한 키트가 틀림없다고 말했다.

"착한 넬!" 노인이 아이의 머리를 쓰다듬으며 말했다. "항상 불쌍한 키트를 보면 웃어주지요."

다시 한번 환하게 웃는 아이의 모습에 나도 순수한 연민의 마음에서 덩달아 미소가 지어졌다. 노인이 촛대를 들고 다가가 문을 열어주었다. 잠시 후 키트가 노인을 따라 안으로 들어왔다.

키트는 부스스한 머리카락에 굼떠 보이는 아이로 지나치게 큰 입과 유난히 붉은 뺨과 들창코를 하고, 지금껏 본 적 없는 가장 익살스러운 표정을 짓고 있었다. 그는 낯선 방문자를 보고 문에서 멈칫하다가 테 없는 동그란 낡은 모자를 손가락으로 빙글빙글 돌렸고, 발을 계속 번갈아 가며 외발에 몸을 싣고 내가 본 것 중 가장 기이한 시선으로 거실 안을 힐끔거리며 출입구 문 앞에 서 있었다. 나는 키트가 소녀의 삶에서 희극 같은 존재라는 생각에 그 순간부터 그에게 고마운 마음이 들었다.

"길이 멀지, 키트?" 노인이 물었다.

"그러니까! 정말 멀어요. 할아버지." 키트가 대답했다.

"오느라 당연히 배가 고프겠구나?"

"그러니까요. 배고파 죽을 지경이에요."

키트는 그렇게 하지 않으면 목소리가 나오지 않는다는 듯 말을 할 때 옆으로 서서 머리를 어깨 앞으로 빼는 독특한 자세를 취했다. 그가 어디에서나 사람들을 즐겁게 했으리라 생각하지만, 그의 괴짜 같은 행동이 넬에게는 더없이 훌륭한 즐거움이고, 자신과 너무 어울리지 않는 장소에서도 이것이 넬에게 유쾌함을 안겨준다는 사실을 알고 나는 안심했다. 키트가 자신이 일으킨 반향—무게를 잡으려고 몇 번 시도했지만—에 웃음을 참지 못하고 폭소를 터뜨리며 큰 입을 최대한 크게 벌리고 게슴츠

레한 눈으로 한바탕 웃는 모습 또한 인상 깊었다.

노인은 다시 전처럼 깊은 생각에 빠져 무슨 일이 일어났는지 알아차리지 못했지만, 소녀는 자신의 웃음이 멈췄을 때 길을 잃었던 그 밤의 걱정을 끝내고 가장 좋아하는 키트의 장난에 가슴이 벅차올라 반짝이는 눈이 눈물로 젖어 있었다. 키트는 (키트의 웃음은 거의 울음으로 변하지 않는 항상 그런 종류 중 하나였다) 커다란 빵 한 조각과 고기와 맥주 한 잔을 들고 구석으로 가서 엄청난 식욕을 보이며 허겁지겁 먹어 치웠다.

"아!" 내가 무슨 말이라도 건넨 듯 노인이 한숨을 쉬고 나를 돌아보며 말했다. "내가 넬을 보살피지 않는다는 건 잘 모르고 하는 말입니다."

"초면에 모르고 한 말이니, 너무 마음에 두지 마세요." 내가 말했다.

"그럴 수가 없군요." 노인이 깊은 생각에 잠겨 대답했다. "넬, 이리 오너라."

작은 소녀가 재빨리 자리에서 일어나 노인의 목덜미를 감싸 안았다.

"넬, 할아버지가 너를 사랑하느냐?" 노인이 물었다. "어서 말해보아라. 내가 너를 사랑하느냐, 사랑하지 않느냐?"

아이는 대답 대신 노인을 꼭 껴안으며 그의 가슴에 얼굴을 묻었다.

"애야, 우는 거니?" 노인이 아이를 더 가까이 끌어안으며 나를 바라보았다. "할아버지가 너를 사랑하는 걸 알기 때문이냐, 아니면 할아버지가 너를 의심하는 듯해서 그러느냐? 그래. 할아버지는 너를 사랑한다."

"네, 알아요." 아이가 진심을 담아 대답했다. "그건 키트도 잘 아는걸요."

이 말에 빵과 고기를 먹을 때마다 멋지게 칼로 자른 분량의 2/3를 삼키던 키트가 잠시 멈추고 크게 소리쳤다. "할아버지가 넬을 사랑하는 건 온 세상이 다 아는 사실이에요." 그러고는 엄청나게 큰 샌드위치를 한입 베어 물었다. 그 때문에 더는 말을 할 수가 없었다.

"지금은 가난하지만…." 노인이 아이의 뺨을 어루만지며 말을 이어갔다. "이제 곧 부자가 될 거야. 시간이 좀 걸리겠지만, 결국 그렇게 될 거야. 암, 그렇고말고. 낭비하며 방탕하게 사는 사람들에게나 오는 줄 알았는데, 이제 내게도 때가 오고 있어."

"전 있는 그대로가 행복해요, 할아버지." 아이가 말했다.

"쯧쯧쯧, 넌 가난이 뭔지 모른다. 네가 그걸 어떻게 알겠니." 노인이 다시 알아들을 수 없는 혼잣말로 중얼거렸다. "때가 올 거야. 암, 오고말고. 늦으면 늦을수록 좋은 법이지." 그는 이렇게 말하고 한숨을 쉬며 다시 생각에 잠겼다. 여전히 아이를 무릎에 안고 있었지만, 노인은 주위의 모든 존재를 잊은 듯했다.

나는 자정이 조금 안 돼 집으로 돌아가려고 자리에서 일어났다. 그러자 노인이 다시 정신을 차렸다.

"잠깐만요." 노인이 말했다. "키트, 자정이 다 되었는데 아직 안 갔어! 어서 집에 가거라. 일이 많으니 내일 아침에는 늦지 않도록 하고. 조심해서 가거라! 넬, 키트에게 인사해야지. 그리고 키트가 나가게 문을 열어주렴."

"잘 가, 키트." 아이가 유쾌하고 다정한 눈길로 키트에게 작별 인사를 했다.

"잘 있어, 넬." 소년도 작별 인사를 했다.

"손님에게도 감사 인사를 해야지." 노인이 끼어들었다. "이분이 아니었으면 넬을 잃어버렸을지도 몰라."

"그렇지 않아요, 할아버지." 키트가 말했다. "절대 그런 일은 없어요. 절대."

"그게 무슨 말이냐?" 노인이 소리쳤다.

"제가 찾아낼 테니까요." 키트가 대답했다. "넬이 살아 있는 한 반드시 찾아낼 거예요. 누구보다 먼저 찾고 말 거예요. 하하하!"

다시 한번 입을 크게 벌리고 눈을 감으며 스텐터[2]처럼 호탕하게 웃어 재낀 키트가 조금씩 문 쪽으로 다가가더니 요란하게 상점을 빠져나갔다.

---

2 『일리아드』에 나오는 쉰 명과 맞먹는 큰 목소리를 가진 전령.

키트가 나간 뒤 아이는 그가 앉았던 탁자를 정리했다.

"오늘 밤 친절에 무어라 감사의 말을 해야 할지요. 정말 감사합니다. 넬도 고맙게 생각할 겁니다. 나보다 더 고마워할 거예요. 이제 갈 시간이군요. 당신에게 당신의 선의에 무관심하거나 넬을 돌보지 않는다고 생각하게 했다면 미안합니다. 하지만 정말 그렇지 않습니다." 노인이 말했다.

나는 내 눈으로 보고 그렇지 않은 것을 확신했다고 말했다. "그런데 뭘 좀 물어봐도 될까요?" 내가 덧붙였다.

"그래요." 노인이 흔쾌히 대답했다. "뭐가 궁금합니까?"

"이렇게 귀엽고 총명한 아이를 돌볼 사람이 영감님 말고 정말 아무도 없습니까? 먼 친척이나 후원자도 없어요?"

"없습니다." 노인이 걱정스럽게 내 얼굴을 보며 대답했다. "없어요. 넬은 나 말고 다른 사람은 원하지 않아요."

"영감님이 혹시 오해하는 건 아닐까요? 무슨 말인지 잘 알지만, 그 신뢰를 실행할 방법을 알고 있다고 정말 확신합니까? 저역시 늙은이인지라 앞날이 창창한 아이에 대한 노파심에서 하는 말입니다. 오늘 밤, 영감님과 손녀의 모습을 보고 어떻게 걱정하지 않을 수 있겠습니까?"

"신사 양반." 노인이 잠시 침묵한 후 입을 열었다. "당신이 뭐라고 해도 나는 기분 나쁘게 들을 자격이 없습니다. 보았듯이 사실 여러 면에서 내가 어린애고 손녀가 어른입니다. 그래도 자나 깨나 밤낮으로, 아플 때조차 오직 넬만 생각합니다. 내가 얼마나 끔찍이 이 아이를 아끼는지 알면 다르게 볼 겁니다. 암요. 늙은이에게는 힘든 삶입니다. 정말 힘든 삶이에요. 하지만 결국에는 좋은 날이 올 겁니다, 죽기 전에."

노인이 흥분해서 안절부절못하는 모습을 보고 할 말을 잃은 나는 거실로 들어오며 벗어 놓은 외투를 입으려고 몸을 돌렸다. 그런데 아이가 팔에 외투를 걸치고 모자와 지팡이를 손에 든 채 참을성 있게 서 있는 모습을 보고 깜짝 놀랐다.

"이건 내 것이 아니다, 애야." 내가 말했다.

"네, 저희 할아버지 외투예요." 아이가 대답했다.

"하지만 할아버지는 외출하지 않는데."

"할아버지는 나갈 거예요." 아이가 웃으며 말했다.

"애야, 그러면 너는 어쩌고?"

"저는 물론 집에 있어요. 늘 그러는걸요."

내가 놀라 노인 쪽으로 고개를 돌렸지만, 정말인지 아니면 그러는 척하는지, 그는 옷을 정돈하느라 분주했다. 나는 다시 아이의 온화한 모습으로 눈길을 돌렸다. 혼자! 이렇게 어둑어둑한 곳에서, 이 긴 밤을!

소녀는 내가 놀라는 이유를 전혀 알지 못하는 듯했고, 외투를 입는 노인을 기분 좋게 도왔다. 그가 준비를 마치자, 아이는 촛불을 들고 우리가 나가는 길을 밝혀주었다. 노인과 내 걸음이 늦어지는 것을 보고 소녀가 뒤돌아서 미소를 지으며 우리를 기다렸다. 노인은 내가 머뭇거리는 이유를 분명히 알고 있는 표정을 지었지만, 내게 먼저 나가라고 고개만 끄덕이고는 침묵을 지켰다. 나는 석연치 않았지만, 따를 수밖에 없었다.

우리가 문에 다다랐을 때 아이는 촛대를 내려놓고 돌아서서 잘 가라는 작별 인사를 하고 얼굴을 들어 내게 입맞춤했다. 그러고는 노인에게 달려갔는데, 노인은 아이를 팔에 안고 신의 축복을 빌어주었다.

"잘 자거라, 넬." 노인이 나직이 말했다. "천사들이 항상 네 곁을 지킬 거야. 기도하는 것 잊지 말고, 아가."

"잊지 않을게요." 아이가 씩씩하게 대답했다. "천사들이 곁에 있어서 외롭지 않아요."

"그래. 천사들이 네 곁에 있다. 암, 그렇고말고." 노인이 말했다. "천사들이 널 축복할 거야. 내일 아침 일찍 돌아오마."

"초인종을 두 번 누를 필요는 없어요." 넬이 대답했다. "꿈속에서 헤매고 있어도 초인종 소리가 저를 깨우거든요."

이렇게 그들은 헤어졌다. 아이는 상점 문을 열고 (키트가 덧문을 닫고 갔다고 들었다), 내가 지금껏 수천 번이나 마음에 떠올린 맑고 부드러운 음색으로 다시 한번 작별의 말을 건네며, 우리가 나갈 때까지 그 문을 잡고 있었다. 노인은 문이 닫히고 안에서 잠기는 동안 잠시 멈춰 서 있었고, 이 일이 완료된 것에 만족하고 천천히 발걸음을 뗐다. 길모퉁이에서 걸음을 멈춘 그가 불안한 표정으로 나를 바라보며 갈 길이 달라 작별을 고해야 한다고 말했다. 나도 작별 인사를 하려고 했지만, 노인은 내가 그의 겉모습 중 하나에서 예상했던 것보다 더한 민첩함을 소환하며 서둘러 자리를 떠나버렸다. 내가 여전히 쳐다보지는 않는지, 행여나 멀리서 뒤쫓아 오지는 않는지 확인하려는 듯 몇 번이고 뒤를 돌아보는 그를 볼 수 있었다. 밤의 어둠이 그가 사라지는 것을 도와서 그의 모습이 곧 시야에서 멀어졌다.

나는 노인이 떠난 자리에 그대로 서 있었다. 떠나기를 주저하면서도 왜 여전히 그곳에서 서성이는지 그 이유를 알지 못한 채. 나는 아쉬운 마음에 방금 떠나온 거리를 바라보다가 다시 그쪽으로 발걸음을 옮겼다. 상점 앞을 서성이다가 걸음을 멈추고 문가에 귀를 바짝 대어보았다. 상점 안은 무덤처럼 고요하고 캄캄했다.

아이에게 일어날 수 있는 가능한 모든 피해—화재나 강도 혹은 살인—에 대한 생각과 그곳을 떠나는 즉시 유해한 일이 발생할 듯한 기분에 사로잡혀 나는 차마 발길을 떼지 못하고 주위를 서성거렸다. 거리에서 대문이나 창문 닫히는 소리가 들리면 바로 상점 앞으로 달려갔고, 상점에서 나는 소리가 아니라는 확신을 얻기 위해 길 건너편에서 그 집을 올려다보았다. 상점은 여전히 어둡고, 차갑고, 죽은 듯이 고요했다.

활기찬 행인은 보이지 않았고, 거리도 내 마음처럼 슬프고 울적했다. 극장에서 나온 한두 명의 낙오자가 길을 서둘렀고, 가끔 술에 취해 비틀거리는 사람 때문에 옆으로 비켜서야 했지만, 곧 그런 발길마저 뜸해졌다. 새벽 한 시를 알리는 종소리가 울렸다. 매번 마지막이라고 다짐하면서도 나는 여전히 그 다짐을 지키지 못하고 상점 앞을 서성거렸다.

노인이 했던 말과 그의 표정과 태도를 떠올릴수록 나는 내가 보고 들은 것들을 설명하기가 더 어려워졌다. 그가 좋은 목적으로 밤마다 집을 비우는 것이 아니라는 강한 의구심이 들었다. 나는 아이의 순진무구함과 그때 곁에서 내가 놀라는 모습을 빤히 보고도 묘한 비밀을 간직한 채 어떤 설명조차 하지 않은 노인을 통해 겨우 그 사실을 알게 되었다. 이런 생각을 하다 보니 자연스럽게 노인의 초췌한 얼굴과 종잡을 수 없는 태도와 초조한 기색이 더 선명하게 떠올랐다. 아이를 아끼는 마음이 어쩌면 최악의 악행과 연결되어 있을지도 몰랐다. 심지어 그 애정 자체가 말도 안 되는 모순이다. 그렇지 않고서야 어떻게 아이를 사랑한다고 하면서 깊은 밤 홀로 집에 남겨둘 수 있단 말인가? 내가 노인을 나쁘게 생각했을지라도, 아이를 향한 그의 사랑만은 의심하지 않았다. 그와 나눈 말과 아이의 이름을 부르던 그의 목소리를 떠올릴수록 그 생각을 받아들일 수 없었다.

내 물음에 '물론 집에 있어요. 늘 그러는걸요'라고 대답하던 아이의 말이 다시 떠올랐다. 늦은 밤, 그것도 매일 노인이 밖으로 나가야 하는 이유가 도대체 무엇일까? 나는 오랫동안 진상이 밝혀지지 않은, 대도시에서 벌어진 끔찍하고 비밀스러운 범죄란 범죄는 모조리 생각해 냈다. 하지만 이런 이야기의 상당수가 난폭해서 노인의 경우에 적용할 만한 것은 찾지 못했다. 수수께끼는 풀려고 하면 할수록 점점 더 미궁 속으로 빠져들었다.

이런 생각들로 가득 차서—모두 같은 결론에 도달했다—나는 두 시간 동안이나 거리를 서성거렸다. 마침내 비가 세차게 내렸고, 관심은 처음 못지않았지만, 피로를 이기지 못한 나는 결국 마차를 타고 집으로 돌아와야 했다. 활활 타오르는 난롯불과 환하게 밝혀진 등불과 오래되어 친숙한 벽시계가 나를 반겼다. 모든 것이 방금 보고 온 음울한 뒷골목과는 너무도 다르게 아늑하고 따뜻하고 생기가 있었다.

하지만 그날 밤 내내, 깨어 있거나 잠을 자면서도, 같은 생각이 반복되고 같은 이미지가 계속 떠오르며 머릿속을 떠나지 않았다. 눈앞에 상점의 낡고 어두운 방—유령처럼 말이 없는 쇠사슬 갑옷들, 나무와 돌에서 웃고 있는 뒤틀린 얼굴들, 목재 속에 사는 먼지와 녹과 벌레 등 이런 모든 잡동사니와 부패하고 추악한 시대 한 가운데 홀로 곤히 잠든 아리따운 아이가 밝고 환한 꿈속에서 미소 짓는—의 모습이 떠올랐다.

2장

　일주일 정도를 고민하던 나는 다시 찾아가야 한다는 감정의 강요에 굴복해 앞서 세세히 설명한 상황의 그곳을, 내가 떠나온 그곳을 다시 방문하기로 했다. 이번에는 낮에 가보기로 하고 이른 아침에 집을 나섰다.

　예정에 없던 방문이고, 그래서 환영받지 못할 것을 아는 사람이라면 자연스럽게 그렇게 할 망설임으로 나는 그 집 앞을 지나쳐 거리를 서성거렸다. 하지만 아무리 밖에서 서성거려도 그들 눈에는 띄지 않을 듯해서 망설임을 멈추고 직접 문을 열고 안으로 들어갔다.

　노인과 한 사내가 상점 안쪽에 있었다. 내가 안으로 들어서자 꽤 높이 올라갔던 목소리가 갑자기 멈췄기 때문에 그들 사이에 언쟁이 오갔음을 짐작했다. 노인이 급히 다가와서는 떨리는 목소리로 나의 방문을 반갑게 맞았다.

"중요한 순간에 왔습니다." 노인이 다투던 사내를 가리키며 말했다. "내가 머지않아 저놈 손에 죽고 말 겁니다. 용기만 있었다면 벌써 그렇게 했을지도 모르지요."

"체! 할아버지야말로 가능했다면 벌써 절 죽였을걸요." 사내가 나를 보고 이맛살을 찌푸리며 노인의 말을 되받아쳤다. "우리 모두가 아는 사실이에요!"

"거의 그럴 뻔했지." 노인이 비틀거리며 사내에게 소리쳤다. "맹세나 기도나 말로 너를 없앨 수 있다면 그렇게 했겠지. 나는 너와의 관계를 끊을 테고, 네가 죽으면 안심할 거야."

"누가 그걸 몰라요?" 사내가 대꾸했다. "그렇다고 제가 말하지 않았어요? 그런데 맹세나 기도나 말로는 저를 죽이지 못해요. 그래서 전 살아 있고, 절대 죽지 않을 거라고요."

"그런데 저 녀석 어미만 데려갔어!" 이렇게 외친 노인이 분한 듯 주먹을 불끈 쥐고 고개를 쳐들었다. "이것이 정녕 하늘의 뜻이란 말입니까!"

사내는 한쪽 발을 의자 위에 올린 채 느긋하게 서서 경멸적인 미소를 지으며 노인을 바라보았다. 스물한 살쯤 되어 보이는 청년은 균형 잡힌 몸매에다 잘생긴 얼굴이었지만, 전혀 호감을 주지 못했다. 태도나 옷차림 모두에서 방탕함과 무례함이 묻어나서 가까이하고 싶지 않은 사람이었다.

"하늘의 뜻이건 말건 여기 온 이상 있고 싶은 만큼 있을 거예요. 할아버지가 사람을 불러 내쫓지 않는 한, 물론 그렇게 못하겠지만. 그러니 어서 동생을 만나게 해줘요." 젊은 친구가 말했다.

"동생?" 노인이 소리쳤다.

"할아버지가 우리 관계를 바꿀 수는 없어요." 사내가 대답했다. "가능했다면 진작 그렇게 했을 거예요. 어서 동생이나 만나게 해줘요. 이런 비좁은 곳에 가둬 놓고 교활한 비밀로 마음을 병들이고, 죽도록 부려 먹으면서도 넬을 아끼는 척하잖아요. 그리고 엄청난 돈을 꿈꾸며 매주 조금씩 끌어모으고. 전 동생을 만나야 해요."

"병든 마음에 관해 얘기하다니, 도덕군자 나셨군! 고생해서 모은 돈을 경멸하는 고결한 사람이 났어!" 소리를 지른 노인이 나를 돌아보며 이렇게 말했다. "신사 양반, 이 녀석은 온갖 악행을 저질러 자기 핏줄뿐만 아니라 사회에서도 버림받은 방탕아예요. 거짓말쟁이이기도 합니다." 노인이 내게 바짝 다가와 속삭였다. "넬이 내게 얼마나 소중한지 뻔히 알면서 낯선 사람 앞이라고 날 욕보이려는 겁니다."

"낯선 사람은 상관없어요." 노인의 말을 엿듣던 젊은 친구가 말했다. "낯선 사람은, 남의 일은 상관 말고 자기 일이나 신경 쓰는 게 가장 좋지요. 아참, 밖에 친구가 있는데, 좀 더 기다려야 할 듯하니, 허락해 준다면 친구도 부를게요."

이렇게 말하고 그가 문으로 걸어가더니 거리를 내려다보며 보이지 않는 누군가에게 여러 차례 손짓했다. 그 손짓에 실린 조바심으로 보아 친구를 불러들이는 데 한참의 설득이 필요해 보였다. 마침내 맞은편 길에서—우연히 지나가는 듯—칙칙한 세련됨이 눈에 띄는 누군가가 느긋하게 걸어 나왔다. 그러고는 친구의 부름이 못마땅했는지 여러 번 얼굴을 찡그리고 머리를 홱 돌리며 상점 안으로 들어왔다.

"왔군. 제 친구 딕 스위블러예요." 젊은 친구가 그를 상점 안으로 떠밀며 말했다. "앉아, 스위블러."

"이래도 영감님이 괜찮다고 했어?" 스위블러 씨가 나직이 말했다.

자리에 앉은 스위블러 씨는, 사내를 향해 달래는 듯한 미소를 지으며, 지난주는 오리들한테 아주 좋은 주였고, 이번 주는 흙에 좋은 주라고 주절댔다. 또한 그는 자신이 길모퉁이에 서 있을 때 짚을 입에 문 돼지가 담배 가게에서 나오는 모습을 보았는데, 이는 오리들한테 다시 한번 좋은 주가 찾아오고 있는 증거이며 비가 올 징조라고 중얼거렸다.[3] 더 나아가 그는 이 기

---

3 영국에서는 오리가 장마철을 좋아한다고 믿으며 돼지가 짚을 물면 비가 온다는 얘기가 있다.

회를 이용해 어젯밤 '너무 강렬한 태양 빛'을 받은 것을 근거로 들며 자기 복장에서 느낄 수 있는 소홀함에 대해 사과했다. 듣는 이에게 이런 표현은 그가 술에 무척 절어 있었다는 정보를 가능한 한 가장 고상하게 전달하는 것으로 이해되었다.

"하지만 영혼의 불꽃이 연회의 양초에 불타지 않고 우정의 날개가 털갈이하지 않는 한 그것이 무슨 상관이랴! 장밋빛 와인으로 영혼이 성숙하고, 지금이 우리 삶에서 가장 행복하지 않은 순간이라면 그것이 무슨 상관이랴!" 스위블러 씨가 한숨을 쉬며 말했다.

"여기에서는 그놈의 회장[4] 행세 좀 그만하면 안 돼?" 친구가 반쯤 옆으로 비켜서며 말했다.

"이봐, 프레드!" 스위블러 씨가 코를 가볍게 두드리며 말했다. "현자는 한 마디면 충분하다는 말이 있네. 우리는 재물 없이도 행복할 수 있어. 아무 말 마. 나도 내가 똑똑한 거 잘 아니까. 그런데 하나만 물어봐도 될까? 저 영감님 친절해?"

"그건 신경 쓰지 말라니까." 친구가 대꾸했다.

"알았네, 잘 알았어." 스위블러 씨가 말했다. "말과 행동은 조심해야지." 이렇게 말하며 비밀이라는 듯 눈을 찡그리고 팔짱을 끼더니 의자에 앉아 몸을 뒤로 젖히고 엄숙하게 천장을 올려

---

4 스위블러 씨가 영구 회장으로 있는 모임 '영예로운 미남자들'을 말한다.

다보았다.

방금 한 행동으로 보아 스위블러 씨는 자신이 넌지시 말한 그 강렬한 햇살에서 여전히 헤어나지 못하는 것이 분명했다. 말뿐만 아니라 쭈뼛쭈뼛 선 머리카락, 풀린 동공, 누렇게 뜬 얼굴이 그 사실을 여실히 증명해 주었다. 그가 언급했듯이, 너저분한 복장은 그가 옷을 입은 채 잠자리에 들었다는 생각을 강력하게 뒷받침했다. 복장은 앞면에는 놋쇠 단추가 여러 개 달렸고 뒷면에는 오직 하나뿐인 갈색 외투와 밝은 체크무늬 목수건, 격자무늬 조끼, 때가 탄 흰색 바지, 챙에 난 구멍을 감추기 위해 맨 앞쪽을 뒤집은 축 늘어진 모자로 구성되어 있었다. 외투 가슴 부분에 달린 주머니에는 엄청나게 더러운 손수건을 그나마 가장 깨끗한 부분만 살짝 보이게 꽂아두었고, 때가 꼬질꼬질하게 묻은 셔츠의 소맷부리는 멋을 부리기 위해 최대한 외투 소매 깃 밖으로 빼내 위로 접어 올렸고, 장갑은 끼지 않은 채 윗부분에는 새끼손가락에 끼는 반지와 비슷한 뼈 손이, 손잡이에는 검은색 공이 있는 노란색 지팡이를 들고 있었다. 이런 모든 개인적인 이점들과 함께 (담배 연기의 강한 향취와 번지르르한 얼굴의 기름기가 더해졌을지도 모른다) 스위블러 씨는 의자에 몸을 기댄 채 천장을 바라보며 가끔 목소리를 높였고, 친구에게 침울한 노래 몇 소절을 부르게 하고는 목소리를 중간 음으로 낮추고 입을 다물었다.

노인은 완전히 지치고 아무 대책도 없어서 단지 그들이 하고 싶은 대로 놔두는 수밖에 없다는 듯, 두 손을 마주 잡은 채 의자에 앉아 가끔 손자와 손자의 친구를 번갈아 가며 바라보았다. 프레드는 일어난 모든 일에 무관심을 역력히 드러내며 친구와 가까운 곳 탁자에 비스듬히 몸을 기대고 있었고, 나는—노인이 말과 표정으로 중재를 호소했지만, 그럴 수 없어서—팔기 위해 진열해 놓은 물건들을 살피는데 정신이 팔려 그들에게 거의 주의를 기울이지 않는 척했다.

침묵은 오래가지 않았다. 스위블러 씨가 "그의 마음은 하일랜드[5]에 있었고, 그는 용맹과 충성의 위대한 업적을 이루기 위해 오직 아랍 말 한 필을 원했네"라고 우리에게 몇 곡조 불러주고는 천장에서 눈을 떼고 다시 시 낭송에 심취했기 때문이다.

"프레드!" 스위블러 씨가 무슨 생각이 떠올랐는지 갑자기 시 낭송을 멈추고 전과 같이 모두에게 들리는 목소리로 속삭였다. "저 영감님 호의적이야?"

"그게 무슨 상관이야?" 친구가 짜증 섞인 투로 말했다.

"영감님, 정말 괜찮지?" 딕이 다시 물었다.

"물론이지. 그가 그러거나 말거나 무슨 상관이야?"

이 말에 용기를 얻은 스위블러 씨가 좀 더 일반적인 얘기를

---

5 스코틀랜드 고지.

꺼내며 사람들의 관심을 끌기 위해 전력을 다했다.

그는 개략적으로 말하면 탄산수가 괜찮은 것이지만, 생강이나 브랜디를 약간 섞어서 마시지 않으면 배탈이 나기 십상이므로 자신은 비용을 고려하지 않으면 항상 브랜디를 타서 마시는 편이라고 했다. 이 말에 아무도 반론을 제기하지 않자, 그는 계속해서 인간의 머리카락은 담배 냄새를 잘 흡수하는데, 웨스트민스터나 이튼에 다니는 학생들은 염려하는 친구들로부터 담배 냄새를 감추기 위해 사과를 엄청나게 먹어대지만, 머리에서 나는 특유의 냄새 때문에 들통이 난다고 말했다. 왕립학술원이 여기에 관심을 두고 이런 뜻밖의 탐지를 막을 수 있는 방법을 찾아낸다면 인류의 은인으로 추앙받으리라 결론 내렸다. 여전히 자기 생각에 아무도 이견을 달지 않자, 그가 이번에는 자메이카 럼주를 들먹였다. 자메이카 럼주는 맛이 좋고 향이 풍부한 기분 좋은 독주지만, 다음 날에도 술 냄새가 나는 것이 한 가지 단점이라고 말했다. 누구도 감히 이 주장에 반론을 제기하지 않았다. 이에 자신감이 붙은 그가 한층 더 사근사근하고 멋들어지게 말을 이어갔다.

"정말 끔찍한 일입니다. 의견이 맞지 않아서 서로 사이가 틀어지면 말이에요. 우정의 날개가 털갈이하지 않는 한 우정의 날개는 절대 꺾이지 않고 항상 넓게 펴지고 평화로울 겁니다. 서로 축복하고 화합할 수 있는데, 왜 손자와 할아버지는 못 잡아

먹어 안달일까요? 화해하고 그건 잊는 게 어때요?" 스위블러
씨가 말했다.

"입 닥쳐!" 친구가 말했다.

"이봐," 스위블러 씨가 말했다. "회장 말을 중간에 끊지 마.
자, 지금 상황을 좀 정리해 볼까요. 여기 유쾌한 할아버지—영
감님에게 최대한 예의를 갖춰 말하고 있습니다—가 있고, 여기
제멋대로인 손자가 있습니다. 유쾌한 할아버지는 제멋대로인
손자에게 '프레드, 내가 너를 키우고 가르쳤다. 네가 출세할 수
있게 해줬어. 그런데 너는 젊은이들이 종종 그러듯 갑자기 탈선
하고 말았지. 그러니 다시는 네게 기회가 없다. 넌 가망이 없어'
라고 말합니다. 제멋대로인 손자는 이렇게 대답합니다. '할아버
지는 부자잖아요. 그런데 제게는 땡전 한 푼 주지 않았어요. 그
러면서도 할아버지와 함께 몰래 숨어서 소리 없이 비밀스럽게
아무 즐거움도 찾지 못하고 살아가는 손녀딸에게만 주려고 돈
더미를 모으고 있잖아요. 어째서 다 큰 제게는 약간의 돈도 줄
수 없다는 거예요?' 이 말에 유쾌한 할아버지는, 손자에게는 다
른 사람에게 하듯 기분 좋게 돈을 나눠주지 않을 뿐만 아니라
몸을 부풀리고, 욕하고, 만날 때마다 곰곰이 생각한다고 응수합
니다. 그렇다면 분명한 질문이 하나 생깁니다. 이런 상황이 계
속되는 건 정말 안타까운 일이므로 할아버지가 손자에게 적당
한 돈을 내어주면 원만히 해결되지 않을까요?"

화려하게 손동작까지 취하며 일장 연설을 늘어놓은 스위블러 씨가 말을 보태서 앞서 한 연설의 효과를 망치지 않으려는 듯 갑자기 지팡이 손잡이로 자기 입을 틀어막았다.

　"왜 이렇게 나를 찾아와서 못살게 하느냐. 하느님, 저를 보살펴주소서!" 노인이 손자 쪽을 돌아보았다. "어쩌자고 난봉꾼 같은 친구까지 데려왔어? 나는 배려와 금욕의 삶을 살아와서 가난하다고 몇 번을 말해야 알겠느냐?"

　"저도 몇 번을 더 얘기해야 해요? 다 아니까 거짓말하지 말라고." 손자가 쌀쌀맞게 바라보며 말했다.

　"넌, 네 길을 선택했다. 그러니 넬과 날 좀 내버려두고 그 길을 가거라." 노인이 말했다.

　"넬은 곧 아가씨가 되잖아요. 그리고 할아버지 신임 속에 자라고 있으니, 가끔 얼굴이라도 비쳐야 이 오라버니를 잊어버리지 않죠." 손자가 말했다.

　"명심해라." 노인이 갑자기 눈을 번뜩이며 말했다. "너에 대한 기억이 간절할 때만 넬이 너를 잊지 않는다는 걸. 명심해. 네가 맨발로 거리를 돌아다니면 그날은 오지 않아. 넬은 행복하게 마차를 타고 갈 테니까."

　"넬이 할아버지의 유산을 상속받는 때를 말하는 거예요? 정말 가난한 사람이 할 말이네요." 손자가 쏘아붙였다.

　"하지만…." 노인의 목소리가 갑자기 가라앉더니 혼잣말하듯 이렇게 내뱉었다. "우린 너무 가난해. 참, 삶이라는 게…. 아무 죄 없는 착한 넬이 걱정이야. 그런데 되는 일이 하나도 없으니! 아니야, 희망을 품고 기다리자. 참고 기다려야 해."

워낙 낮은 소리로 중얼거려서 두 젊은이는 그 말을 듣지 못했다. 스위블러 씨는 자신의 강력한 연설 덕에 노인이 고민에 빠졌다고 생각하는 듯했다. 지팡이로 친구의 옆구리를 쿡 찌르고는 확실히 '결정타'를 날렸다고 속삭이며 내심 자기 몫을 기대하는 듯 보였기 때문이다. 하지만 곧 실수를 깨달은 그는 오히려 졸리고 불만이 가득해 보였고, 친구에게 그만 나가자고 여러 번 재촉했다. 그때 넬이 문을 열고 안으로 들어왔다.

3장

키가 작아서 난쟁이 같은데도 머리와 얼굴은 거인처럼 크고 눈에 띄게 인상이 험상궂은, 나이가 지긋한 초로의 남자가 넬을 바짝 따라 가게 안으로 들어왔다. 쉬지 않고 움직이는 그의 까만 눈동자는 음흉하고 교활했고, 입과 턱은 거친 굵은 수염으로 가시가 돋친 듯했으며, 피부색은 한 번도 세수를 안 했거나 아파 보이는 그런 종류의 하나였다. 무엇보다 그의 기이한 표정에 보탬이 된 것은 섬뜩한 미소였는데, 기분이 좋거나 만족에서 나오는 미소가 아니라 습관처럼 입가에 굳어진 듯했고, 그런 미소를 지을 때마다 흉측한 송곳니가 입 밖으로 드러나서 개가 침을 흘리는 모습 같았다. 옷차림은 춤이 높은 커다란 모자, 해진 검은색 정장, 큰 신발, 단단한 목구멍 대부분을 드러낼 정도로 충분히 축 늘어지고 구겨진 더러운 하얀 목수건으로 구성되어 있었다. 관자놀이에서 짧고 곧게 잘라 귀 주위에 너저분하게 걸린 머리카락은 희끗희끗했다. 결이 거친 낟알 같은 거칠거칠한 손은 무척 더러웠고, 구부러지고 긴 손톱은 누런색이었다.

가까이에서 관찰하지 않아도 쉽게 알 수 있을 만큼 눈에 띈다는 사실을 차치하고도, 이런 세세한 사항에 주목할 시간은 충분했다. 약간의 시간이 흘렀고, 누군가가 침묵을 깼다. 넬이 움찔하며 오빠 곁으로 다가가 손을 잡았고, (이렇게 불러도 되는지 모르지만) 난쟁이는 이 모든 것을 날카롭게 지켜보았다. 이 무례한 방문자를 전혀 예상하지 못한 상점 주인은 당황한 듯 불안해 보였다.

"아! 손자입니까, 영감!" 눈 위로 손을 뻗어 계속 사내를 면밀히 살펴본 난쟁이가 이렇게 말했다.

"차라리 손자가 아니라고 하고 싶지만, 맞네." 노인이 대답했다.

"저 사람은 누굽니까?" 난쟁이가 이번에는 딕 스위블러를 가리키며 물었다.

"손자 친구. 손자만큼이나 달갑지 않은 손님이지." 노인이 말했다.

"그러면, 저 사람은?" 난쟁이가 돌아서며 나를 지목했다.

"지난번 자네 집에 갔다가 돌아오던 넬이 길을 잃었을 때 집까지 데려다준 고마운 분이네."

작은 남자가 책망하거나 놀라움을 표현하려는 듯 아이 쪽으로 몸을 돌렸지만, 소녀가 오빠에게 말을 건네는 모습을 보고는 고개를 숙이고 조용히 그들의 대화에 귀를 기울였다.

"그래, 넬." 젊은 친구가 큰 소리로 말했다. "이 사람들이 네게 나를 미워하라고 시켰니?"

"아니야, 창피하게 무슨 말이야!" 아이가 소리쳤다.

"혹시 친하게 지내라고 했어?" 오빠가 조롱하듯 말했다.

"둘 다 아니야. 오빠에 대해 어떤 말도 하지 않았어. 정말이야." 아이가 대답했다.

"그까짓 말로 날 달래려고?" 젊은 친구가 노인을 매섭게 쏘아보며 말했다. "그까짓 말로 날 잡아두려고. 좋아, 넬, 네 말을 믿을게."

"난 오빠를 사랑해." 아이가 말했다.

"물론 그래야지."

"정말이야. 그리고 항상 그럴 테고." 아이가 울먹이며 말했다. "그런데 오빠가 할아버지를 괴롭히지 않고 편하게 해주면 오빠를 더 사랑할 거야."

"그래, 넬." 젊은 친구가 조심성 없이 아이 위로 몸을 숙여 볼에 입을 맞추고는 그녀를 밀어내며 말했다. "알아들었으니까, 이제 들어가 봐. 징징대지 말고. 걱정하지 마, 우린 충분히 좋은 관계에서 헤어지는 거야."

그는 소녀가 방으로 들어가 문을 닫는 모습을 쭉 지켜보며 조용히 있었다. 그러고는 난쟁이를 돌아보며 불쑥 말했다.

"이봐요, 선생."

"나 말인가?" 난쟁이가 물었다. "내 이름은 퀼프일세. 기억할 텐데. 길지도 않잖아, 다니엘 퀼프."

"퀼프 씨." 젊은 친구가 말을 이어갔다. "당신은 우리 할아버지에게 입김 좀 불어 넣을 수 있잖습니까."

"좀, 그렇지." 퀼프 씨가 힘차게 말했다.

"할아버지가 뭘 숨기는지도 알겠군."

"조금은." 퀼프가 똑같이 단호하게 대답했다.

"그러면 나를 대신해 할아버지에게 한 번만 이 말을 좀 전해 주시오. 넬을 이곳에 가둬두는 한 내가 원할 때 여기 올 테고, 그걸 원하지 않으면 넬을 먼저 포기해야만 한다고. 그리고 도대체 내가 무슨 짓을 했기에 골칫거리로 생각하는지, 나를 전염병을 옮기는 사람처럼 피하는지도 물어봐 주시오. 그러면 이렇게 말하겠지. 인지상정이 없는 놈이라고, 넬을 아끼지 않는다고, 넬을 위해서도 자신이 돌보는 편이 낫다고. 체, 그렇게 말하라지. 어쨌든 오고 싶을 때 와서 넬에게 내 존재를 각인시킬 테니까. 보고 싶으면 와서 만날 테니까. 이게 내가 전하고 싶은 말입니다. 오늘 이 말을 하려고 왔고, 앞으로도 같은 목적으로 50번은 드나들 겁니다. 그 목적을 이룰 때까지 계속 찾아온다고요. 이제

내 볼일은 끝났군. 가자고, 딕!"

"잠깐만요!" 친구가 문으로 다가가자, 스위블러 씨가 소리쳤다. "선생!"

"주인님, 당신의 겸손한 하인입니다." 스위블러가 '선생'이라고 부른 퀼프 씨가 말했다.

"즐거운 축제의 장이자 휘황찬란하게 빛나는 홀을 떠나기 전에 몇 마디 해도 되겠습니까?" 스위블러 씨가 말했다. "선생, 나는 오늘 노인이 친절한 분이라 믿고 이곳에 왔습니다."

"계속하세요." 연설자가 뜸을 들이자, 다니엘 퀼프가 재촉했다.

"서로 친구로서 조르고 일부러 화를 돋우며 못살게 하는 것들은 대립하는 당사자의 정신 확장과 사회적인 조화를 촉진하지 않는다는 생각과 느낌에 영감을 받아, 지금 이 상황을 위해 채택할 수 있는 방침을 제안하려 합니다. 한마디 할까 하는데, 귀 좀 빌려주겠습니까?"

허락을 기다리지도 않고, 스위블러 씨는 난쟁이에게 다가가 그의 어깨에 기대 그의 귀에 닿으려고 몸을 숙이고는 주위 사람 모두가 들을 수 있는 목소리로 속삭였다.

"노인에게 할 조언은 돈을 나눠주라는 겁니다."

"뭐라고?" 퀼프가 되물었다.

"돈을 나눠주라고요!" 스위블러 씨가 주머니를 툭툭 치며 말했다. "선생, 이제 알아들었습니까?"

난쟁이가 고개를 끄덕였다. 스위블러 씨도 뒷걸음질 치며 똑같이 고개를 끄덕였다. 그리고 좀 더 뒤로 물러나 다시 고개를 끄덕이고는 그러기를 반복했다. 그렇게 해서 제때 문 앞에 다다른 그가 크게 헛기침을 해서 난쟁이의 시선을 끌었고, 가장 긴밀한 신뢰와 불가침의 비밀이라는 뜻을 무언의 손짓으로 표현할 기회를 얻었다. 그는 이 생각을 제대로 전달하기 위해 필요한 진중한 무언극을 연기하고 친구를 따라 밖으로 나갔고, 둘은 사라졌다.

"흥!" 난쟁이가 떨떠름한 얼굴로 어깨를 으쓱했다. "친척 따위는 소용없다니까. 내게는 아무도 없으니, 정말 다행이야! 영감도 잡초처럼 허약해져서 인사불성이 되기 전까지는 저따위 손자를 아는 체도 하지 마시오."

"그러면 어떻게 하면 되겠나?" 노인이 체념한 듯 응대했다. "그렇게 말하고 조롱하기는 쉽지. 도대체 어떻게 하면 돼?"

"나라면 어떻게 할 것 같습니까?" 난쟁이가 말했다.

"분명 폭력을 쓰겠지."

"바로 그겁니다!" 작은 남자가 자기 생각을 맞춘 것에 대단히 만족하고 더러운 양손을 비비며 악마처럼 소리 없이 크게 웃었다. "내 아내도 그 사실을 잘 알지. 귀엽고, 순종적이고, 소심하고, 사랑스러운 아내 말입니다. 아, 그러고 보니 생각났어. 아내를 지금껏 혼자 내버려뒀군. 내가 돌아올 때까지 불안해하며 잠시도 가만히 있지 못할 텐데. 내가 집을 나가 있으면 늘 그런답니다. 자유롭게 할 말은 해도, 내가 화내지 않을 테니 말해보라고 할 때까지는 감히 그런 말을 못 하지만. 오! 잘 길든 나의 아내여."

두 손을 천천히 비비고 또 비비며—이처럼 아주 사소한 행동도 기이해 보였다—덥수룩한 눈썹을 떨구고 턱을 공중으로 치켜들어 작은 악마가 따라 할지도 모르는 은밀한 광희의 표정을 지으며 위를 힐끗 쳐다볼 때, 퀼프의 거대한 머리와 작은 몸집은 정말 끔찍했다.

"여기 있습니다." 난쟁이가 가슴에 손을 찔러 넣고 노인 쪽으로 쓱 걸어가며 말했다. "위험을 무릅쓰고 직접 가져왔습니다. 금이라 넬이 가방에 넣고 가져가기에는 너무 크고 무거워서. 넬이 어서 이런 큰돈을 나르는 일에 익숙해져야 할 텐데. 영감이 죽으면 넬이 그 일을 다 해야 하니까."

"그렇게 되겠지. 바라건대." 노인이 신음하듯 내뱉었다.

"바라건대!" 난쟁이가 노인의 귀에 바짝 다가가 속삭였다. "영감, 내가 빌려주는 돈이 모두 좋은 투자처에 쓰이길 바랍니다. 그런데 영감은 입이 무거워서 말을 안 하니. 계속 그렇게 비밀로 해주시오."

"비밀!" 노인이 초췌한 얼굴로 말했다. "아, 그렇지. 자네 말이 맞아. 절대 말하지 않아. 절대."

노인은 별다른 말 없이 돈을 받아 들고 천천히 불안정한 발걸음으로 돌아서서 지치고 실의에 빠진 사람처럼 한 손으로 머리를 눌렀다. 좁은 거실로 걸어 들어간 그가 벽난로 선반 위 철제 금고에 그 물건을 넣고 잠그는 모습을 난쟁이가 예리한 눈으로 지켜보았다. 그는 금고에 뭐가 들어 있을지 잠시 상상하다가 불현듯 서둘러 집으로 돌아가지 않으면 아내가 분명 발작하리라는 생각이 떠올라서 떠날 채비를 했다.

"영감, 난 집으로 돌아갈 테니, 넬에게 안부 전해주고 다시는 길을 잃지 않기를 바란다고 말해주시오. 길을 잃은 덕에 생각지도 못한 영광을 누렸지만." 난쟁이는 이렇게 말하고 나에게 머리를 숙이며 음흉한 미소를 지었다. 그는 모든 물건을 가시거리에 두려는 듯, 작고 보잘것없는 것뿐이지만, 날카롭게 훑어본 뒤 자리를 떠났다.

나도 몇 번이고 집으로 돌아가려 했지만, 그럴 때마다 노인이 극구 남기를 간청했다. 그는 다시 남기를 간청했고, 지난번에 함께 해준 것에 대해 여러 번 고맙다는 말을 전하며 화제를 돌렸다. 나는 그의 설득을 기꺼이 받아들이고 자리에 앉아 전에 내 앞에 내놓았던 기이하게 생긴 축소 모형들과 낡은 메달을 살펴보는 척했다. 처음 상점에 왔을 때 모든 호기심이 풀렸다면 이제는 호기심이 남아 있지 않을 테지만, 그렇지 않았으니 나를 설득하는 것은 그리 어렵지 않았다.

오래되지 않아 넬이 바느질거리를 가지고 탁자로 다가와 노인 옆에 앉았다. 거실에 놓인 꽃과 작은 새장에 그늘을 드리우는 녹색의 가지를 입에 물고 있는 새와 낡고 칙칙한 상점에서 바스락거리며 아이의 주변을 맴도는 듯한 생기 있고 활기찬 숨결을 지켜보는 것은 즐거운 일이었다. 이렇게 아름답고 우아한 소녀를 바라보다가 문득 노인의 구부정한 형체와 근심 가득한 얼굴과 지친 모습을 보니 즐거움은 사라지고 궁금증이 생겼다. 노인의 기력이 더 쇠하면 이 외롭고 작은 존재는 어떻게 되는 걸까? 가여운 지킴이일 뿐인 노인이 세상을 떠나면 이 아이의 운명은 어떻게 될까?

내 생각을 읽은 듯 노인이 아이의 손을 잡으며 말했다.

"내가 좀 더 힘을 내마. 조금 있으면 틀림없이 큰돈이 생길 거야. 내가 아니라 널 위한 거란다. 그 돈이 없으면 틀림없이 너에게 불행이 따르겠지, 하지만 그런 일이 생기리라 생각하지는 않는다."

소녀는 대답 대신 밝게 웃으며 노인을 바라보았다.

"네가 나와 단둘이 살아온 많은 세월—너의 짧은 생에서—을 생각하면, 또래 친구도 아이다운 즐거움도 없이 나와 같이 살아온 단조로운 생활을 생각하면, 지금의 너로 자라며 그리고 이 늙은이를 위해 또래 아이들과 떨어져 살아온 너의 외로움을 생각하면, 가끔 네게 짐이 된 건 아닐까 해서 두렵다." 그가 말했다.

"할아버지!" 아이가 진심으로 놀라며 소리쳤다.

"절대, 절대 그럴 생각은 없었는데." 그가 말했다. "나는 지금껏 너를 가장 화려하고 아름다운 사람들 속에서 최고가 되게할 때를 기다려왔다. 그런데 넬, 아직 그 꿈을 이루어주지 못했구나. 아직도. 그런데 내가 너를 떠나야만 한다면, 그 전에 어떻게 네가 힘든 세상을 살아갈 수 있도록 할까? 저기 가여운 새도 같은 운명에 내쫓길 테지. 이런! 키트가 왔나 보다. 넬, 밖에 좀 나가보렴."

소녀는 자리에서 일어나 밖으로 나가려다가 돌아와 노인의 목을 감싸 안고는 다시 문으로 향했다. 흐르는 눈물을 감추려고 서둘러 걸음을 옮겼다.

"신사 양반, 할 말이 있습니다." 노인이 서둘러 속삭이며 말했다. "지난번에 한 말이 마음에 걸리는군요. 하지만 아이를 위해 최선을 다해왔고—(할 수도 없지만) 그럴 수 있어도 이젠 돌이킬 수 없으니—여전히 그러기를 바란다는 말밖에 할 수 없군요. 모두 아이를 위해서지요. 가난하게 태어난 내가 그 가난의 고통을 아이에게 물려주게 될 겁니다. 몹쓸 가난 때문에 저 아이의 어미도 일찍 세상을 떠났고, 아이마저도 그런 불행을 안고 살아갑니다. 내가 죽으면 나를 위해 쓸 돈은 없지만, 아이에게는 평생 부족함 없이 살아갈 돈을 남겨줄 겁니다. 알아들었어요? 손녀는 틀림없이 어마어마한 돈을 가지게 될 거예요. 비밀입니다! 그러니 이 정도만 해두죠. 아이가 와서."

귓가에 대고 속삭이던 그 강렬한 열망, 내 팔을 꽉 움켜쥔 손의 떨림, 나를 뚫어지게 바라보던 긴장하고 놀란 눈길, 열의와 불안이 뒤섞인 몸짓이 나를 놀라움으로 가득 채웠다. 내가 듣고 본 모든 것과 그가 했던 많은 말들이 나로 하여금 그를 부자라고 짐작하게 했다. 그가 재산을 모으는 것이 유일한 삶의 목적이고 실제로도 많이 모았지만, 그 재산을 잃고 가난해질지 모른다는 두려움에 항상 짓눌려 사는 비참하고 가엾은 사람 중 한 명이 아니라면, 나는 그의 성격을 이해할 수 없었다. 그가 내뱉은 이해할 수 없는 말들은 이런 내 생각과 일치했고, 결국 나는 그가 의심할 여지 없이 그 불행한 종족의 일원이라고 결론 내렸다.

이 의견은 성급하게 고려한 결과물이 아니었지만, 당시에는 다시 돌아온 아이가 자리에 앉아 키트에게 글쓰기 수업을 할 준비에 몰두하는 바람에 내 생각이 맞는지 확인할 기회를 놓치고 말았다. 키트와 그의 전임 여교사 양쪽 모두에게 큰 기쁨과 즐거움을 주기 위해 글쓰기 수업은 일주일에 두 번 있는 듯했고, 그날 저녁이 그중 하루였다. 키트가 낯선 신사가 있는 거실에 얌전히 앉기까지 얼마나 오랜 시간이 걸렸는지, 어떻게 그가 그렇게 앉은 후 셔츠 소매를 걷어 올리고는 어깨를 딱 펴고 책에 얼굴을 바짝 갖다 댄 다음 심하게 사시가 된 눈으로 책을 보았는지, 펜을 손에 쥐자마자 어떻게 잉크 속에서 뒹굴며 머리카락 뿌리까지 온통 잉크를 묻혔는지, 어쩌다 철자를 바르게 쓰면 다른 글자를 쓰기 위해 그 글자를 얼마나 빨리 팔꿈치로 문질러 지웠는지, 그가 실수할 때마다 아이가 깔깔거리고 즐거워하면 불쌍한 키트도 즐거워 얼마나 더 큰 소리로 따라 웃었는지, 그래도 글쓰기 공부를 하는 동안 잘 가르치고자 하는 아이의 열망과 배우고자 하는 그의 열의가 얼마나 대단했는지 이 모두를 상세히 언급하려면 분명 지면과 시간이 부족할 것이다. 글쓰기 수업은 끝났고, 저녁이 지나서 밤이 깊어졌고, 다시 불안에 싸이고 조바심이 난 노인은 지난번과 같은 시각에 비밀스럽게 집을 빠져나갔고, 아이는 또다시 어두운 공간에 홀로 남겨졌다고 말하는 것만으로 충분하리라.

지금까지는 내가 책 속의 인물이 되어 독자에게 이야기를 전달하고 등장인물을 소개했으니, 이제부터는 서사의 편의를 위해 주요 등장인물이 알아서 이야기를 전개해 나갈 것이다.

4장

퀼프 씨 부부는 타워 힐에 살았다. 남편이 이미 거래가 끝난 것으로 보이는 일을 처리하기 위해 집을 비웠을 때, 퀼프 부인은 개인 방에서 주인의 빈자리를 몹시 슬퍼하고 있었다.

여러 가지 소일거리와 심심풀이 직업은 많았지만, 퀼프 씨는 생업이 있거나 어떤 특정 업종에 종사하는 사람이라고는 거의 말할 수 없었다. 그는 강가의 거리와 골목에 지저분하게 늘어선 집단 거주지에서 임대료를 받았고, 상선의 뱃사람과 하급 관리에게 돈을 빌려주었고, 동인도회사 잠수부 친구들의 모험적 사업에 지분이 있었고, 본인이 밀수입한 시가를 세관 바로 코앞에서 피웠고, 밀짚모자에 두꺼운 재킷을 입은 남자들과 매일 왕립

거래소에서 만났다. 강의 서리[6] 쪽 거리에는 '퀼프 부두'라고 불리는 쥐 떼들의 소굴이 있었는데, 그곳에는 하늘에서 뚝 떨어진 듯 찌그러진 모습으로 땅에 처박힌 통나무로 만든 작은 회계 사무실과 녹슨 닻의 파편들, 묵직한 쇠고리, 썩어 문드러진 목재 더미, 뒤틀리고 쓸모없어진 두세 개의 동판 더미들이 널브러져 있었다. 퀼프 부두에서 다니엘 퀼프는 선박 해체업자였지만, 주변 풍광으로 보아 사업 규모가 아주 작거나 고작 자기 배나 해체했을 것이 분명했다. 또한 이 장소에는 특별한 생명체나 활동의 면모가 없었다. 이곳의 유일한 거주자는 질긴 천으로 옷을 해 입은 수륙양용의 소년뿐이었다. 이 소년이 하는 일은 그저 동판 더미 위에 앉아 강물이 빠져나가면 갯벌에 돌을 던지다가 만조가 되면 주머니에 손을 찔러 넣고 자리에서 일어나 일렁이는 강물과 고조 때 강의 부산함을 무관심하게 바라보는 것이 전부였다.

타워 힐에 위치한 난쟁이의 집에는 부부 숙소 말고도 장모를 위한 작은 방이 하나 더 있었다. 퀼프의 장모는 부부와 함께 살며 퀼프와 끊임없이 다퉜지만, 그를 조금도 두려워하지 않았다. 사실 그 추악한 인간은 여러 수단—흉측한 얼굴이나 흉포한 행동 또는 타고난 교활함, 그 무엇도 가리지 않고—을 동원해 매

---

6 잉글랜드 남동부의 주.

일 만나고 얘기 나누는 사람들을 공포에 떨게 했다. 누구보다 그는 아내—예쁘고 아담한 체격에 온화한 말씨와 푸른 눈을 가졌고, 기이하고 희귀한 열병에 걸린 난쟁이와 결혼해 매일 어리석은 선택에 대해 속죄하며 살아갔다—에게 완전한 지배력을 행사할 수 있었다.

앞서 말한 대로 퀼프 부인은 자신의 방에서 몹시 슬퍼하고 있었다. 하지만 그 방에는 그녀 혼자가 아니었다. 위에 언급한 퀼프의 장모 말고도 우연히 (본인들도 그 우연에 의아해했다) 차를 마시기 위해 하나둘 모여든 이웃집 여인 여섯 명이 자리를 함께했다. 대화를 나누기에 좋은 계절이었고, 열린 창문 앞의 나무들이 먼지를 막아주는 그 방은 시원하고, 그늘지고, 나른함이 감돌았고, 안쪽의 차 테이블과 바깥쪽의 낡은 타워 사이에 기분 좋게 끼어들었으니, 신선한 버터와 갓 구운 빵, 새우, 미나리의 유혹이 더해지자 당연히 여인들은 수다를 떨며 자리를 뜨고 싶지 않은 마음이 생겼다.

이런 환경에서 여인들의 수다는 여성 위에 군림하려는 남성이라는 종족에게로, 남성의 군림에 저항하며 여성의 권리와 존엄을 찾으라는 주장으로 아주 자연스럽게 옮겨갔다. 이렇게 된 데에는 다음의 네 가지 당연한 이유가 있었다. 첫째는 젊고 남편에게 심한 지배를 받는 퀼프 부인이 남편에게 대드는 것이 옳았기 때문이고, 둘째는 퀼프 장모의 성질이 감탄할 만큼 사납고 남성의 권위에 저항하는 경향이 있었기 때문이며, 셋째는 이 집에 놀러 온 여성들 모두가 여성의 일반성에 대해 얼마나 잘 아는지 과시하고 싶어 했기 때문이다. 넷째는 둘씩 짝을 이뤄 서로를 험담하는 것에 익숙한 그들이 모두 친밀한 우정 속에 모여 일상적인 대화의 주제를 빼앗겼으니, 공공의 적을 공격하는 것보다 더 나은 일은 없었기 때문이다.

이런 배려에 감동한 어느 통통한 부인이 염려와 동정의 태도로 퀼프 씨의 안부를 물으며 말문을 열었다. 이 말이 떨어지기가 무섭게 퀼프의 장모가 큰 소리로 말했다. "오! 사위는 잘 지내요. 늘 잘 지낸답니다. 원래 잡초는 쑥쑥 자라잖아요." 부인들은 하나같이 한숨을 내쉬고 진지하게 고개를 흔들며 퀼프 부인을 순교자 보듯 바라보았다.

"아!" 통통한 부인이 다시 말했다. "지니원 부인, 부인이 딸에게 충고 한마디 해주세요." 퀼프 장모의 성이 지니원이었다. "부인만큼 우리 여자가 뭘 해야 하는지 잘 아는 사람도 없잖아요."

"왜 아니에요, 부인!" 지니원 부인이 대답했다. "내 가여운 남편, 그러니까 이 아이의 아버지가 생전에 감히 내게 화라도 냈으면, 난 아마…." 선량한 노부인이 말하다가 말고 복수심에 불타 새우 머리를 비틀었는데, 이것은 어느 정도 말을 대신한 행동임을 암시하는 듯했다. 그 의미를 알아차린 부인들이 고개를 끄덕이며 찬성의 말을 이어갔다. "부인은 어쩜 그리도 내 마음을 잘 아는지, 그게 바로 내가 하고 싶은 거예요."

"하지만 부인은 그럴 필요가 없잖아요." 지니윈 부인이 말했다. "다행히도 부인 또한 나처럼 그럴 이유가 없어요."

"어떤 여성이든 자기 자신에게 솔직하기만 하면 그럴 필요가 없죠." 통통한 부인이 다시 말했다.

"들었지, 벳시?" 지니윈 부인이 엄포를 놓듯 말했다. "내가 같은 말을 몇 번이나 했니? 그것도 거의 무릎을 꿇다시피 하며."

부인들에게서 애도의 표정을 받으며 무력함에 빠져 있던 가여운 퀼프 부인이 얼굴을 붉히고 미소를 지으며 의심스러운 듯 고개를 저었다. 이것은 모두 떠들어대라는 신호였는데, 소곤거리던 부인들의 목소리가 점점 커지더니 한꺼번에 말하며 큰 소음으로 변했다. 모두 젊은 여자는 경험이 풍부한 사람의 말에 반기를 들면 안 되고 선의의 마음밖에 없는 자신들의 진심 어린 충고를 듣지 않는 것은 아주 잘못된 행동이고, 그런 행동은 은혜를 모르는 짓이고, 자기 자신을 존중하지 않더라도 온순함으로 위험에 빠진 다른 여성들에게 존중하는 마음을 가져야 하고, 다른 여성을 존중하지 않으면 그들도 그녀를 존중하지 않고, 그렇게 되면 그 일로 뼈저리게 후회할 것이라고 말했다. 이런 훈계를 쏟아내던 부인들이 혼합차, 갓 구운 빵, 신선한 버터, 새우, 미나리를 먹어 치우려는 맹렬함보다 더한 가공할 공격을 퍼붓고는 퀼프 부인이 계속 그렇게 하는 것을 보니 너무 속상해서 조금의 음식도 먹을 수 없는 지경이라고 말했다.

"모두 맞는 말이에요." 퀼프 부인이 아주 간단하게 말했다. "하지만 제가 내일 죽을 운명이라면, 퀼프는 원하는 사람 누구와도 결혼할 수 있다는 걸 저는 알아요. 정말이에요."

이 말에 분노의 비명이 터져 나왔다. 그가 원하는 사람과 결혼한다고! 부인들은 그가 그곳에 모인 사람 중 누구와 감히 결혼을 생각하는지 알고 싶었다. 그런 말도 안 되는 상황이 보고 싶었다. (과부인) 한 여인은 만약 그럴 기미라도 보이면 그를 찔러 죽여야 한다고 확신했다.

"좋아요." 퀼프 부인이 고개를 끄덕이며 말했다. "제가 말한 대로 그렇게 말하기는 쉬워요. 하지만 다시 말할게요. 저는 확실히 알아요. 퀼프는 하고 싶은 게 있으면 그렇게 하는 방법을 알기 때문에 여기에서 가장 아름다운 분은 제가 죽으면 그의 청혼을 거절 못 해요. 그녀는 과부이니, 남편은 그녀와의 결혼을 선택할 거예요. 오!"

모두가 이 말에 분노하며 '나 말이군요. 한번 해보라지. 받아주지 않을 테니까'라고 말하면서도 어떤 숨겨진 이유로 하나같이 과부에게 화가 났고, 그 과부가 앞서 말한 사람을 본인이라고 여기는 게 분명하니 참으로 얌체 같다고 옆 사람과 소곤거렸다.

"어머니는 알아요." 퀼프 부인이 말했다. "이 말이 사실이라

는 것을. 결혼하기 전에 어머니가 종종 그렇게 말했어요. 그렇
죠, 어머니?"

이 질문으로 그동안 높은 평가를 받던 퀼프의 장모는 난처한
입장에 처했다. 딸의 결혼에 적극적인 역할을 했을 뿐만 아니라
누구도 결혼하고 싶어 하지 않는 남자와 딸을 결혼시킨 사실을
강조하는 것은 가문에 별 도움이 되지 않았기 때문이다. 그렇다
고 사위의 매력을 과대 포장해서 말하자니 지금껏 열변을 토하
며 남자에게 반항하라고 한 근거가 흔들릴 듯했다. 상반된 입장
사이에서 고민하던 지니원 부인은 딸의 말을 넌지시 인정하면
서도 결혼을 주관한 사실에 대해서는 부정했다. 그리고 통통한
여자를 칭찬하며 옆길로 벗어난 대화를 원점으로 돌려놓았다.

"오! 조지 부인의 말은 정말 분별 있고 적절해요." 퀼프의 장
모가 큰 소리로 말했다. "여자들은 자기 자신에게 솔직하기만
하면 되고말고요! 하지만 벳시는 그렇지 않죠. 오히려 자기 자
신을 창피하게 생각하고 측은하게 여겨요."

"퀼프 씨가 부인에게 하듯 남자가 내게 명령한다면, 나는 퀼
프 부인처럼 남편을 경외한다고 동의하기 전에, 그가 날 죽였다
고 쓰고 자살하고 말 거예요." 조지 부인이 말했다.

이 말에 여자들이 훌륭한 생각이라며 웅성웅성 떠들었다.
(미노리 출신의) 또 다른 부인이 입을 열었다.

"어쩌면 퀼프 씨는 훌륭한 사람일지도 몰라요." 그 부인이 말

했다. "퀼프 부인과 지니윈 부인이 그렇다고 하니 훌륭한 사람이 틀림없다고 생각해요. 퀼프 씨에 대해 이들만큼 잘 아는 사람은 없잖아요. 하지만 퀼프 씨는, 소위 다른 사람이 말하는 미남도 아니고 젊지도 않아요. 이게 그에게는 어떤 경우 작은 약점이 될 수도 있어요. 반면 퀼프 부인은 젊고 아름다워요. 그리고 여자잖아요. 이 점이 가장 중요해요."

이 마지막 구절은 대단한 연민의 정을 자아냈고, 이에 청중들이 한마디씩 중얼거리자, 고무된 그 부인이 '만약 남편이 이런 아내에게 짜증을 내고 부당하게 대한다면'이라고 말을 계속하려는데….

"'만약'이라고요!" 갑자기 퀼프의 장모가 마시던 찻잔을 탁자에 거칠게 내려놓고 무릎에서 부스러기를 털어내며 무언가 대단한 말을 내뱉을 준비를 했다. "'만약'이라고요! 그는 최악의 폭군이에요. 내 딸은 노예나 다름없어요. 퀼프가 한마디 하거나 쳐다보기만 해도 금방 죽을 듯이 몸이 벌벌 떨려요. 그래서 내 딸은 그에게 단 한마디도 못 해요."

이 사실은 그곳에 모인 여자들에게는 이미 악명 높게 퍼져 있었다. 1년 열두 달 함께 차를 마시며 끊임없이 오간 얘기지만, 퀼프의 장모가 이 사실을 공식화하자, 모두가 열정과 달변으로 서로 말하겠다고 동시에 달려들었다. 조지 부인은 사람들이 그렇게 얘기하는 것을 들었고, 자기 면전에서 자주 말했고, 그때 그 자리에 있었고, 지금 이 자리에 있는 시몬스 부인도 그 말을 스무 번 가까이 꺼냈지만, 그럴 때마다 자신은 '아니야 헨리에타 시몬스, 난 직접 보고 듣지 않으면 절대 믿지 않아'라고 대답했다고 말했다. 시몬스 부인은 조지 부인의 말이 맞는다고 확증해 주었고, 강력한 증거도 제시했다. 미노리 출신의 부인은 결혼하고 한 달 후에 명백한 폭군의 본색을 드러낸 남편을 지금은 순한 양으로 만들어 잘살고 있다는 성공담을 들려주었다. 또 다른 부인은 처음에는 힘들었지만, 결국 승리를 거둔 이야기를 해주었다. 그 승리의 과정에 어머니와 친척 두 명을 끌어들여 6주 동안 밤낮없이 우는 것이 필요했다고 했다. 세 번째 부인은 자기 얘기를 들어주는 사람이 없자 당황해서 어쩌다 유부녀들 틈에 끼이게 된 한 처녀를 괴롭히며, 자신도 이 일을 거울삼아 마음의 안식과 평온을 소중히 여기게 되었으니 처녀도 퀼프 부인의 나약함을 교훈의 본보기로 삼아 앞으로 남성에 대한 저항정신을 기르는 일과 정복하는 일에 매진해달라고 간청했다. 목소리가 최고조에 달하고 상대편 목소리를 잠재우기 위해 거의 비명에 가까울 정도로 목소리가 올라갔을 때, 지니윈 부인의 낯빛이 변하더니 모두 조용히 하라는 신호를 보내듯 집게손가락을 흔들었다. 그제야 이 모든 야단법석의 장본인 다니엘 퀼프가 방으로 들어와 가만히 바라보며 귀를 쫑긋 세우고 부인들의 대화를 엿듣고 있다는 사실을 알게 되었다.

"계속하세요, 부인들. 자, 어서." 퀼프가 말했다. "여보, 여기 숙녀분들에게 저녁 식사로 바닷가재와 이것저것 맛있는 음식들을 들고 가라고 해요."

"제, 제, 제가 부른 게 아니에요, 퀼프." 하얗게 질린 퀼프 부인이 더듬거리며 말했다. "그냥 들른 거예요."

"그거 잘됐군. 우연히 만나면 더 반가운 법이지." 난쟁이가 손을 비비며 말했는데, 너무 심하게 비벼서 장난감 총에 달라붙은 흙먼지를 벗기고 장전하는 듯했다. "아니! 부인들 왜 일어나세요. 그냥 앉아 있지!"

퀼프의 어여쁜 적들은 고개를 살짝 내저으며 각자의 보닛과 숄을 찾기 시작했고, 언쟁은 지니윈 부인에게 모두 떠넘겼다. 결국 우승자의 위치에 서 있는 자신을 발견한 지니윈 부인이 그 역할을 해내기 위해 힘겹게 투쟁에 나섰다.

"퀼프, 내 딸이 괜찮다면, 그만하고 저녁이나 먹을까." 노부인이 말했다.

"좋습니다." 퀼프가 대답했다. "못할 게 뭐 있어요?"

"저녁을 먹는데 잘못될 건 없지. 그렇지?" 지니윈 부인이 다시 말했다.

"전혀." 난쟁이가 대답했다. "잘못될 게 뭐 있어요? 소화가 잘 안 된다는 바닷가재 샐러드나 새우 요리만 없으면 건강에 해롭지도 않죠."

"자네도 자네 부인이 공격받아서 힘들어하는 걸 원치 않지, 그렇지?" 지니윈 부인이 말했다.

"물론입니다." 난쟁이가 씩 웃으며 대답했다. "전, 장모님도 똑같이 그렇게 되는 걸 원치 않습니다. 그러면 얼마나 다행일까요!"

"퀼프, 내 딸은 분명 자네 부인이야." 노부인은 '네가 결혼한 부인'이라는 사실을 그가 명심할 필요가 있다는 암시로 빈정대듯 웃으며 말했다.

"틀림없이 그렇죠." 난쟁이가 말했다.

"그러니 내 딸도 원하는 걸 할 권리가 있다고 생각해." 지니윈 부인은 반은 분노로 나머지 반은 버릇없는 사위에 대한 숨은 두려움으로 목소리를 떨며 말했다.

"저도 그러기를 바랍니다." 퀼프가 대답했다. "어! 아내는 그럴 권리가 있는데, 장모님 정말 몰랐어요?"

"마땅히 그래야 하는 건 나도 알아. 내가 시키는 대로 했으면 그랬을 거야, 하지만."

"여보, 어째서 장모님이 시키는 대로 하지 않았소?" 퀼프가 고개를 돌려 아내에게 말했다. "당신 어머니를 본받는 건 어때요? 당신 어머니는 아주 모범적인 여성이잖소. 당신 아버지도 생전에 늘 그렇게 말했지. 분명 그랬어."

"그 애 아버지는 축복받은 사람이었네. 다른 사람들에 비하면

2천 아니, 2천만 배는 훌륭하게." 지니윈 부인이 말했다.

"이런, 살아있을 때 만났으면 좋았을걸." 퀼프가 말했다. "살아있을 때는 분명 축복받은 사람이었나 봅니다. 그런데 지금이 아마 더 행복하지 않을까요? 장모님한테서 해방되었으니. 오랫동안 힘들었을 겁니다."

퀼프의 장모가 가쁜 숨을 내쉬었지만, 말은 나오지 않았다. 퀼프가 전과 같은 사악한 눈빛을 띠며 비꼬는 투로 다시 입을 열었다.

"아이고, 장모님. 어디 불편하세요? 너무 흥분했군요. 아마 말을 너무 많이 해서 그럴 겁니다. 어서 자러 가세요, 어서."

"내가 가고 싶을 때 갈 거야. 그 전엔 안 가."

"제발 지금 가세요, 당장." 퀼프가 말했다.

노부인은 화가 난 얼굴로 사위를 바라보았지만, 그가 가까이 다가오는 만큼 뒤로 물러났고, 그러다가 사위 앞에서 뒤로 넘어지는 바람에 그녀는 그가 문을 닫고 이때쯤 아래층에 모여 있던 부인들 사이로 뛰쳐나가게 하는 수모를 겪었다. 바닥에 시선을 고정하고 구석에서 떨고 있는 아내와 단둘이 남게 된 작은 남자는, 그녀 앞에 자리를 잡고 팔짱을 낀 채 아무 말 없이 한참을 쳐다보았다.

"여보!" 그가 마침내 입을 열었다.

"예, 퀼프." 부인이 온순하게 대답했다.

퀼프는 마음속 목적을 행하지 않고 다시 팔짱을 끼고는 전보다 준엄한 눈으로 아내를 쳐다보았고, 그동안 그녀는 그의 눈길을 피해 바닥만 계속 응시했다.

"여보!"

"예. 퀼프."

"저 고약한 여편네들 말에 다시 한번 더 귀를 기울이면 당신을 물어버릴 거야."

이렇게 간소한 위협에 이를 드러내고 으르렁거리는 소리가 더해지자, 그의 진심이 표출되었고, 퀼프 씨는 아내에게 차 탁자를 정리하고 럼주를 가져오라고 명령했다. 퀼프 부인이 큰 모난 병에 독주—선박 물품 보관소에서 몰래 빼돌렸다—를 담아 대령하자, 그는 안락의자에 앉아 큰 머리와 얼굴을 등받이에 바짝 붙이고 짧은 다리를 탁자 위에 올려놓았다.

"여보!" 그가 말했다. "이제 담배를 피우고 싶소. 아마 밤새 맹렬히 지껄일지도 모르오. 그러니 거기 지금 있는 곳에 앉아 있어요. 원한다면 말이야. 내 시중을 들어야 하니까."

퀼프 부인은 "예. 퀼프"라는 말 말고는 불필요한 어떤 대답도 하지 않았고, 작은 창조주는 첫 담배를 집어 들고 그로그 주 첫잔을 희석했다. 해가 지고 별들이 빼꼼 모습을 드러내며 타워힐은 원래 색을 잃고 잿빛으로, 잿빛에서 검은색으로 변했고, 거실은 칠흑같이 어두워져 담배 끝부분이 불덩이처럼 빨개졌다. 하지만 퀼프 씨는 똑같은 자세로 계속 담배를 피우고 술을 마시며 개 같은 미소를 머금고 무관심하게 창밖을 내다보았다. 이때 퀼프 부인이 저도 모르게 불안함 또는 피로감으로 몸을 움직이자 그의 입가에 만족스러운 미소가 번졌다.

5장

퀼프 씨가 가끔 눈을 깜빡이며 졸았는지 밤새 뜬눈으로 지새 웠는지는 알 수 없지만, 그의 담뱃불은 한 번도 꺼지지 않았고, 담뱃불이 다 타들어 갈 때마다, 촛불을 빌리지 않고, 꺼져가는 불로 새 담배에 불을 붙인 것이 분명했다. 매시간 울리는 시계 소리마저도 그에게는 졸음이나 쉬고 싶은 욕구를 불러일으키는 것이 아니라 오히려 정신을 바짝 차리게 하는 듯했다. 밤이 깊 어지는 기미가 보일 때마다, 마음껏 웃다가 동시에 몰래 은밀히 웃는 사람처럼 목구멍에서 나는 꺽꺽거리는 소리를 참으며 어 깨를 들썩이는 것으로 보아 그랬다.

마침내 날이 밝았다. 차가운 새벽공기에 몸을 떨고 피로와 부족한 잠으로 고통받은 불쌍한 퀼프 부인은, 참을성 있게 의자 에 앉아 중간중간 눈을 들어 주인님의 동정과 연민을 말없이 호소했다. 그녀는 드문드문 헛기침을 해서, 아직 자신이 용서받지 못했고 속죄를 위한 고행이 오랫동안 지속되었다는 것을 부드럽게 상기시켰다. 하지만 아내 따위는 안중에도 없는 그녀의 난쟁이 같은 배우자는 여전히 시가를 피우며 럼주를 마셨고, 해가 뜨고 문밖으로 도시의 분주한 하루가 시작되는 소리를 듣고서야 마지못해 그녀의 존재를 알아봐 주었다. 이마저도, 그는 꽤 단단한 손가락 마디가 반대편에서 활발하게 움직이고 있다고 생각한, 누군가가 조급하게 문을 두드리는 소리가 없었다면 알지 못했을 것이다.

"이것 참!" 그가 사악한 미소를 띠며 주위를 둘러보았다. "벌써 날이 밝았군! 사랑스러운 부인, 문 좀 열어주시오."

순종적인 퀼프 부인이 빗장을 풀자, 지니윈 부인이 안으로 들어왔다.

이제 지니윈 부인은, 아직 사위가 자고 있다고 추측하며 그의 평소 행동과 성격에 대해 강한 불만을 토로함으로써 마음에 쌓인 것을 풀어내려고, 몹시도 성급하게 방으로 뛰어 들어왔다. 그런데 옷을 그대로 입은 채 깨어 있는 그와 어제저녁 자리를 떠날 때 모습 그대로인 방을 확인하고는 약간 당황해서 잠시 멈춰 있었다.

어떤 것도 이 작은 추한 남자가 가진 매의 눈을 벗어나지는 못했다. 장모가 무슨 생각을 하는지 훤히 알고 있는 그는 만족감으로 얼굴이 더 추하게 변했고, 음흉한 미소거나 승리감을 나타내는 표정을 지으며 그녀에게 아침 인사를 건넸다.

"이런, 벳시." 노부인이 말했다. "너, 너, 설마 아니지…."

"잠을 자지 않고 밤을 꼬박 새웠느냐고요?" 퀼프가 문장의 결론을 제시하며 말했다. "맞습니다. 그랬어요."

"한숨도 자지 않고?" 지니윈 부인이 소리쳤다.

"그래요, 밤을 새웠습니다. 귀먹었어요?" 얼굴 한쪽으로 찌푸린 미소를 지으며 퀼프가 말했다. "누가 부부를 앙숙이라고 했지, 하하! 시간이 쏜살같이 지나갔어."

"짐승 같은 놈!" 지니윈 부인이 소리쳤다.

"아니, 이것 보쇼!" 퀼프가 그녀의 말을 의도적으로 오해하며 말했다. "딸을 그렇게 부르면 안 되지. 결혼한 몸이잖소. 비록 아내가 시간을 속여 잠을 못 자게 한 건 사실이지만, 사위를 아끼느라 딸을 그렇게 나무랄 필요는 없습니다. 고맙습니다. 장모님의 건강을 위하여!"

"눈물 나게 고맙군." 사위에게 아줌마 같은 주먹을 흔들고 싶은 강렬한 열망을 손안에 있는 어떤 불안함으로 증명하며 노부인이 말했다. "오! 참으로 고맙기 그지없어."

"고맙긴." 난쟁이가 소리쳤다. "여보!"

"예. 퀼프." 소심한 수난자가 말했다.

"장모님 아침 식사 좀 차려주시오. 나는 오늘 아침 부두로 나가볼 생각이오. 빠를수록 좋으니 서두르시오!"

지니윈 부인은 아무것도 하지 않기로 결심한 사람처럼 문가의 의자에 앉아 팔짱을 끼고 열의 없는 저항을 했다. 하지만 딸이 한두 마디 속삭이고, 사위가 어지러우냐고 물어보며 어지러우면 옆방에 찬물이 많으니 가서 마시면 증상이 사라진다고 암시해서, 시무룩한 표정으로 부지런을 떨며 지시한 아침 준비에 전념했다.

두 모녀가 아침을 준비하는 동안 퀼프 씨는 옆방으로 물러나 외투 깃을 뒤집고 지저분한 수건에 물을 적셔 얼굴을 쓱쓱 문질렀는데, 그럴수록 얼굴색은 더 칙칙해 보일 뿐이었다. 하지만 얼굴을 닦으면서도 그의 주의와 호기심은 그를 저버리지 않았다. 평소처럼 예리하고 교활한 표정으로, 심지어 이 짧은 일련의 과정에서도, 종종 하던 일을 멈추고 본인이 주제일지도 모르는 옆방에서 나누는 어떤 대화를 엿듣고 있었기 때문이다.

"아하!" 모녀의 말을 몇 번 엿들은 후 그가 말했다. "수건으로 귀까지 덮은 건 아니라오. 작은 악당 꼽추에다 괴물이라고? 내가 그래, 지니윈 부인? 오!"

이 말을 딱 잡아낸 즐거움이 전력을 다해 그에게서 늙은 개 같은 미소를 불러냈다. 이것을 완전히 끝낸 그가 개처럼 몸을 털고 두 여자에게로 돌아갔다.

이제 퀼프 씨는 전신 거울 앞으로 걸어가 목수건을 매고 있었다. 우연히 그 뒤에 있게 된 지니윈 부인은 분노의 표시로 폭군 사위를 향해 움켜쥔 주먹을 흔들고 싶은 심정을 억누르지 못했다. 순간의 몸짓이었지만, 그녀는 위협적인 표정을 지으며 그렇게 했고, 바로 그 행동을 취하다가 거울 속 그의 눈과 정면으로 마주치고 말았다. 혀를 축 늘어뜨린 끔찍하고 기괴한 얼굴이 거울에 비쳤다. 바로 다음 순간 난쟁이는 더할 나위 없이 평범하고 온화한 표정을 지으며 뒤돌아서 애정 어린 목소리로 이렇게 물었다.

"그래 몸은 좀 좋아졌습니까, 친애하는 장모님?"

이 사소하고 우스꽝스러운 일로 그가 작은 악마 같은 사람으로 보이는 동시에 예리하고 모든 것을 꿰뚫어 본다고 판단한 노부인은, 너무 무서워서 찍소리도 못하고 식사가 차려진 식탁으로 얌전히 이끌리는 고통을 겪었다. 퀼프 씨는 식사 자리에서도 방금 자신이 만들어낸 인상을 조금도 풀지 않았는데, 완숙 달걀을 껍질째 먹어 치우고, 커다란 새우를 머리통부터 꼬리까지 우적우적 씹어대고, 비정상적인 탐욕으로 담배와 미나리를 동시에 씹고, 눈 한번 깜빡이지 않고 뜨거운 차를 들이켜고, 포크와 숟가락이 휠 때까지 깨물었기 때문이다. 순식간에 일어난 이 끔찍하고 비상식적인 행동에 두 여인은 몸서리치는 공포에 휩싸였고, 과연 그가 인간이 맞는지 의심했다. 마침내 식사와 일상적인 준비를 마친 퀼프 씨는 복종과 순종 상태에 빠진 두 여자를 남겨두고 집을 나섰고, 강가로 가서 자신의 이름을 붙인 부두로 가기 위해 배를 탔다.

다니엘 퀼프가 나룻배를 타고 맞은편 강기슭으로 건너갈 때는 만조였다. 여러 대의 바지선이 일부는 그가 탄 나룻배 옆으로, 일부는 뱃머리로, 일부는 선미로 느릿느릿 다가왔다. 모두 방향이 비뚤어진 채 끈질기고 고집스럽게 배를 몰며 자신보다 몸집이 큰 대형 선박에 부딪히고, 증기선 뱃머리 아래를 아슬아슬하게 스치고, 쓸데없이 강 구석구석을 헤집고 다니느라 사방이 호두 껍데기처럼 찌그러졌다. 그러는 동안 허우적대며 물을 첨벙이는 각각의 바지선에서 나오는 한 쌍의 긴 격류는 고통 속에 허덕이는 느린 물고기처럼 보였다. 정박한 몇몇 배가 밧줄을 감아올리고, 돛을 펼쳐 말리고, 화물을 싣고 내리느라 분주했지만, 다른 배에는, 타르를 묻힌 두서너 명의 소년과 아마도 갑판 위를 이리저리 뛰어다니거나 배 너머를 보고는 풍광을 향해 더 크게 짖으려고 기어오르는 짖는 개 한 마리를 제외하고, 생명체의 모습이 보이지 않았다. 숨 쉴 공간을 찾는 듯 커다란 노로 쉴 새 없이 수면을 두드리며 돛대 숲을 헤치고 천천히 다가오는 커다란 증기선은 진군하는 육중한 그 모습이 마치 템스강의 피라미들에게 둘러싸인 한 마리 바다 괴물 같았다. 강 양쪽으로 늘어선 길고 검은 석탄 선의 행렬 사이로 햇빛을 받은 배들이 반짝이는 돛을 달고 삐걱거리는 갑판 소리를 내며 천천히 부두를 빠져나가면 그 소리가 멀리 메아리쳐 울렸다. 강물과 그 위의 모든 것이 활황과 번영으로 춤을 추듯 활기차게 움직이는 반면, 낡고 칙칙한 타워 힐과 사이사이 솟아오른 수많은 교회 첨탑과 강변의 건물 더미들은 이리저리 부딪치며 제대로 쉬지 못하는 이웃들을 냉소적인 눈길로 깔보는 듯했다.

화창한 아침에도 별다른 감흥을 느끼지 못하고 그저 귀찮게 우산을 챙기지 않아도 되는 날쯤으로 여긴 다니엘 퀼프는, 부두에서 가까운 강가로 나가 그곳의 단골 인파에 끼어 개구리처럼 폴짝거리며 물과 진흙이 제멋대로 섞여 질퍽거리는 좁은 길을 따라 걸었다. 목적지에 도착한 그의 눈에 가장 먼저 띈 것은 발바닥을 하늘로 향한 채 공중에 떠 있는, 신발을 제대로 신지 않은 한 쌍의 발이었다. 이 놀라운 광경은 독특한 정신세계와 공중제비에도 타고난 재주를 지닌 소년이 물구나무를 서서 강의 면모를 바라보는 모습이었다. 소년이 주인 목소리에 급히 발을 내리고 자세를 바로잡는 순간, 퀼프 씨는 더 나은 동사가 떠오르지 않는 상황에서 의미심장하게 말하려고 "주먹으로 한 대 쳐줄까!"라고 했다.

"참나! 그냥 내버려두세요." 팔꿈치를 살짝 들어 올려 퀼프의 손을 슬쩍 피하며 소년이 말했다. "안 그러면, 계속 그럴 거예요. 정말이에요."

"이런 개만도 못한 놈." 퀼프가 으르렁거렸다. "계속 그렇게 대꾸하면 쇠막대기로 패줄 테다. 녹슨 못으로 네놈 얼굴을 긁고 눈을 꼬집을 거야."

이렇게 위협하며 그가 다시 주먹을 꽉 움켜쥐었고, 능숙하게 팔꿈치 사이로 파고들어 이리저리 피하는 소년의 머리를 낚아 채 서너 번 거칠게 쥐어박았다. 이제 그는 자기주장을 관철하고 그것을 강조한 다음 소년에게서 떨어졌다.

"그만할 거죠?" 소년이 최악의 경우를 대비해 팔꿈치를 올린 채 고개를 끄덕이고 뒤로 물러서며 말했다. "이제⋯."

"가만히 서 있어, 이놈아." 퀼프가 말했다. "할 만큼 했으니 더는 때리지 않으마. 열쇠 가져가."

"주인님만 한 사람을 때리세요." 소년이 슬금슬금 다가오며 말했다.

"이놈아, 나만 한 사람이 어디 있어." 퀼프가 대답했다. "열 쇠나 가져가. 안 그러면 열쇠 꾸러미로 머리를 박살 낼 테니까." 그는 정말 소년의 머리를 열쇠 손잡이로 톡 쳤다. "어서 회계사 무실 문이나 열어!"

소년은 처음에는 투덜거렸지만, 주위로 눈을 돌려 한결같은 표정으로 따라오는 퀼프를 보고는 입을 삐죽거리며 그의 말에 순종했다. 사실 이건 말해도 좋을 듯하다. 소년과 난쟁이 사이에는 묘한 상호 호감이 존재했다. 어떻게 태어나고 자랐는지, 또는 한쪽은 구타당하고 협박받도록 다른 한쪽은 쏘아붙이고 반항하도록 자랐는지는 중요하지 않았다. 퀼프는 소년 말고는 누구의 머리도 때리지 않았고, 마음만 먹으면 언제든 달아날 수 있는 소년도 퀼프 말고는 누구에게도 머리를 맞지 않았다.

"자, 이제 부두나 잘 감시해." 통나무로 지은 회계사무실 안으로 들어서며 퀼프가 말했다. "다시 물구나무를 서면 발모가지를 분질러버릴 테다."

소년은 아무 대꾸도 하지 않았다. 하지만 퀼프가 사무실 안으로 사라지자마자 손을 사용해 뒤쪽으로 걸어가서는 그곳에서 물구나무를 서서 반대쪽으로 걸어가 같은 동작을 반복했다. 회계사무실에는 네 개의 벽이 있었지만, 소년이 퀼프가 보고 있을지도 모를 창문이 난 곳을 피해 간 것은 정말 탁월한 선택이었다. 사실 소년의 기질을 빤히 알고 있는 난쟁이는 큰 나무 조각을 들고—나무 조각은 거칠고, 삐죽삐죽 튀어나오고, 여러 곳에 부러진 못이 박혀 있어서 소년에게 상처를 입힐 수도 있었다—창틀에서 약간 떨어진 곳에 앉아 그를 기다렸다.

이 회계사무실은 작고 더러운 하나의 상자였다. 안에는 부서질 듯한 낡은 책상 하나와 의자 두 개, 모자걸이, 오래된 연감, 잉크가 없는 잉크 스탠드와 심이 없는 연필 몸통, 적어도 18년은 작동하지 않은 듯한 8일에 한 번 태엽을 감는 시계—분침이 떨어져 나갔는데, 퀼프가 이쑤시개 대용으로 사용했다—만 있을 뿐이었다. 다니엘 퀼프는 모자를 이마 위로 당겨쓰고 (가장 평평한 부분을 골라) 책상 위로 기어 올라가 늙은 개업의처럼 편안하게 잠을 청하려고 그 위에 짧은 사지를 뻗고 누웠다. 의심할 여지 없이 길고 온전한 낮잠으로 지난밤의 휴식을 박탈당한 자신에게 보상하려는 의도였다.

온전한지는 몰라도 긴 낮잠은 아니었다. 잠을 잔 지 15분도 안 돼 소년이 문을 열고 낡은 밧줄을 풀어헤친 듯한 머리를 불쑥 들이밀었기 때문이다. 잠귀가 밝은 퀼프는 바로 일어났다.

"누가 찾아왔어요." 소년이 말했다.

"누구?"

"모르는 사람이에요."

"물어봐!" 퀼프는 이 말을 하기에 앞서 나무 조각 몇 개를 잡고 능숙한 솜씨로 소년에게 던졌다. 하지만 나무 조각이 소년이 서 있는 곳에 닿기도 전에 그는 사라졌다. "가서 물어보고 와. 멍청한 놈."

소년은 감히 미사일 사정거리 안으로 들어가지 못하고 조심스럽게 자신을 대신해 퀼프의 낮잠을 방해한 그 첫 번째 원인을 안으로 들여보냈다. 이제 한 여자아이가 문 앞에 모습을 드러냈다.

"아, 넬리구나!" 퀼프가 소리쳤다.

"네." 부스스한 머리를 온통 늘어뜨리고 그 위에 노란 손수건을 뒤집어쓴, 방금 일어난 난쟁이의 모습이 무서워서 사무실 안으로 들어가야 할지 말아야 할지 망설이며 아이가 말했다. "저예요. 아저씨."

"들어오너라." 퀼프가 책상 위에 그대로 앉은 채 말했다. "들어와서 거기 서거라. 그리고 저 마당에 물구나무를 서는 녀석이 있는지 보렴."

"그런 사람은 없어요." 넬이 대답했다. "그런데 두 발로 서 있는 사람은 있어요."

"확실해?" 퀼프가 말했다. "좋아. 이제 들어와서 문을 닫으렴. 그런데 무슨 소식을 가지고 왔지, 넬리?"

아이가 손에 들고 있던 편지를 그에게 건넸다. 퀼프 씨는 몸만 살짝 움직여 한 손으로 턱을 괴고 편지 내용을 읽어 내려갔다.

6장

어린 넬은 편지를 읽는 퀼프 씨의 얼굴을 올려다보며 작은 남자에 대한 두려움과 불신을 내비치는 한편, 그의 독특한 외모와 기이한 자세에 크게 웃고 싶은 마음을 얼굴에 확연히 드러내며 자신 없이 서 있었다. 그런데도 아이의 표정에서는 그가 어떤 답변을 할지에 대한 심각한 걱정과 그것을 수용하지 않거나 곤란하다고 할 그의 영향력을 의식하는 빛이 역력했다. 웃고 싶은 충동과 아주 다른 아이의 이런 걱정은 스스로 웃음을 참으려는 노력보다 훨씬 더 효과적으로 이것을 억제했다.

퀼프 씨는 편지 내용에 적잖이, 확실히 당황했다. 처음 두세 줄을 다 읽기도 전에 눈을 크게 뜨며 가장 무섭게 얼굴을 찌푸렸고, 두세 줄을 더 읽은 후에는 극도의 포악한 방식으로 머리를 긁었고, 결론 부분에 이르러서는 놀라움과 실망이 담긴 긴 한숨을 휘파람처럼 내쉬었다. 다 읽은 편지를 접어 옆에 내려놓은 그가 열 손가락의 손톱 모두를 게걸스럽게 씹더니 잽싸게 편지를 집어 들고 다시 읽었다. 두 번째 정독은 첫 번째만큼이나 모든 면에서 만족스럽지 못했고, 그는 깊은 상념에 빠져 다시 손톱을 물어뜯으며 아이의 얼굴을 하염없이 바라보았다. 아이는 시선을 피해 바닥을 주시하며 그의 기분이 좋아지기만을 기다렸다.

"여길 봐라." 퀼프가 마침내 입을 열었다. 갑작스러운 목소리에 아이는 귓가에서 총이라도 발사된 듯 흠칫 놀랐다. "넬리!"

"네."

"편지에 뭐라고 썼는지 아니?"

"아니요."

"정말, 확실히, 맹세코 몰라?"

"네, 맹세해요."

"거짓말이면 목숨을 내놓을 수도 있어?" 난쟁이가 말했다.

"정말 몰라요." 아이가 대답했다.

"좋아!" 퀼프가 아이의 진심 어린 표정을 살피며 중얼거렸다. "체, 믿어보지 뭐! 그런데 그걸 벌써 다 써버리다니! 고작 하루 만에! 도대체 이놈의 영감이 그 돈으로 무슨 짓을 했지. 도통 알 수가 없군!"

이런 생각으로 퀼프는 머리를 긁적이고 손톱을 한 번 더 씹었다. 그러는 동안 그가 침착함을 되찾고 기분 좋은 미소를 지었지만, 다른 사람이 보기에 그것은 고통에 찬 섬뜩한 미소였을 것이다. 다시 고개를 든 아이는 기이한 호의와 회심에 찬 눈길로 자신을 보고 있는 그를 발견했다.

"오늘따라 무척 예뻐 보이는구나, 넬리. 정말 매혹적이야. 혹시 피곤하니?"

"아니요. 빨리 돌아가야 해요. 제가 멀리 나와 있으면 할아버지가 걱정해요."

"서두를 필요 없다, 넬리." 퀼프가 말했다. "나의 두 번째 사람이 되는 건 어떠냐?"

"두 번째 뭐요?"

"나의 두 번째 부인 말이다!" 난쟁이가 말했다.

아이가 겁에 질린 모습을 보였지만, 퀼프 씨가 관찰한 바로는 이해하지 못한 듯해서 그 뜻을 더 분명하게 하기 위해 서둘렀다.

"지금의 내 아내가 죽으면 네가 나의 두 번째 부인이 되는 것말이다, 귀여운 넬." 퀼프가 눈을 찡그리며 꼬부라진 집게손가락으로 아이에게 가까이 오라고 꾀었다. "체리 같은 뺨에 앵두같은 입술을 가진 나의 두 번째 부인이 되는 거지. 지금의 아내는 오래 살아야 4~5년이란다. 그때가 되면 내게 시집오기에는딱 좋은 나이겠구나. 하하! 예쁜 숙녀로 자라야 한다, 넬리. 그러면 언젠가 타워 힐의 퀼프 부인이 되어 있을 테니까."

이 유쾌한 전망에 고무되고 활기를 띠기는커녕, 아이는 몹시 동요되어 그에게서 떨어지며 격렬하게 몸을 떨었다. 퀼프 씨는 다른 사람을 겁주는 것이 타고난 기쁨이기 때문인지, 아니면 현재 아내의 죽음과 넬의 두 번째 부인 등극을 생각하는 것이 즐겁기 때문인지, 그도 아니면 의도적으로 쾌활하고 활기차 보이려고 마음을 먹었는지 아이가 소스라치게 놀라는데도 웃으며 아무렇지 않은 척했다.

"같이 타워 힐에 가서 내 아내를 직접 만나보자." 난쟁이가 말했다. "나만큼은 아니지만, 아내도 널 좋아할 거야. 함께 우리 집에 가자."

"정말 돌아가야 해요." 아이가 말했다. "할아버지가 답장만 받고 곧장 오라고 했어요."

"하지만 아직 답장을 받지 못했잖니." 난쟁이가 대답했다. "답장을 쓰려면 집으로 가야 한다. 그러니 할아버지 심부름 때문이라도 나와 함께 집에 가야 해. 저기 모자 좀 주렴. 이제 가면 되겠구나." 이렇게 말하고 퀼프 씨는 짧은 다리가 땅에 닿을 때까지 몸을 굴려 책상 아래로 내려왔다. 회계사무실을 나온 그들이 밖의 부두를 향해 길을 나서려는데, 물구나무서는 소년과 그와 비슷한 키의 한 소년이 진흙 바닥에서 서로를 부둥켜안은 채 손바닥으로 열심히 때리고 있었다.

"키트예요!" 넬리가 두 손을 움켜쥐며 말했다. "저랑 같이 온 키트예요! 두 사람을 좀 말려주세요, 아저씨."

"오냐." 퀼프가 쏜살같이 작은 회계사무실로 들어가더니 굵은 몽둥이를 들고나왔다. "내가 해결하마. 요 녀석들, 싸움을 그만두지 못해! 그렇지 않으면 나하고 싸울 줄 알아! 둘 다 상대해주마. 같이 말이다."

이렇게 얕잡아보며 난쟁이는 몽둥이를 휘둘렀고, 소년들 주위를 빙빙 돌다가 발로 짓밟고 몸을 타고 넘으며 미친 듯이 날뛰었다. 한 번에 한 명씩 가장 필사적인 방식으로 그것도 항상 머리만을 노리며 이 난쟁이 야만인만이 할 수 있는 그런 타격을 가했다. 생각보다 뜨거운 매질에 전의를 상실한 교전자들이 허둥지둥 일어서며 퀼프의 자비를 구했다.

"이런 개 같은 놈들. 오늘 아주 흠씬 두들겨 패주마." 퀼프가 한 대씩 때려줄 목적으로 그들 중 어느 한 쪽에 다가가려고 헛되이 시도하며 말했다. "시퍼렇게 멍이 들 때까지 때려주마. 누가 누군지 몰라보게 얼굴을 두들겨 패줄 테다."

"제발, 몽둥이 내려놔요, 그렇지 않으면 어떻게 될지 저도 몰라요." 물구나무서는 소년이 그를 피해 뒷걸음질 치다가 달려들 기회를 엿보며 말했다. "몽둥이 내려놔요."

"조금만 더 가까이 오너라. 네놈 머리를 아주 박살 내줄 테니까." 퀼프가 눈을 부릅뜨며 말했다. "좀 더 가까이. 조금만 더."

하지만 초대를 거절하던 소년은 주인이 방심하는 틈을 타 재빨리 달려들어 몽둥이를 낚아채고는 그의 손아귀에서 떼어내려고 시도했다. 사자만큼이나 강한 퀼프는 소년이 젖 먹던 힘까지 써가며 잡아당길 때도 여유 있게 몽둥이를 잡고 있었고, 그러다가 갑자기 몽둥이를 놓아버리는 바람에 소년이 뒤로 벌렁 넘어져 바닥에 머리를 심하게 찧고 말았다. 계략이 성공을 거두자 퀼프 씨는 말로 표현할 수 없을 만큼 기뻐 발을 동동 굴렀다.

"이제 주인님을 1페니만 주면 어디에서나 볼 수 있는 난쟁이보다 못생겼다고 놀리는 사람이 있어도 혼내지 않을 테니 그런 줄 아세요. 그러면 되죠." 소년이 머리에 묻은 흙을 털어내며 말했다.

"네놈은 내가 못생겼다고 생각하지 않는 모양이구나." 퀼프가 물었다.

"그렇게 생각하지 않아요!" 소년이 되받아쳤다.

"이런 나쁜 놈, 그러면 부두에서 왜 싸웠어?" 퀼프가 말했다.

"왜냐하면 저 녀석이 그렇게 말했으니까요." 소년이 키트를 가리키며 대구했다. "주인님이 못생기지 않은 게 아니라고 하잖아요."

"너는 왜 넬이 못생겼고, 넬과 할아버지는 네 주인님이 하라면 뭐든 해야 하는 사람이라고 말했지? 왜 그랬어?" 키트가 고함을 질렀다.

"저놈은 자신이 어리석어서 그랬다고 했고, 너는 네가 무척이나 똑똑하고 영리해서 그랬다고 했다. 하지만 조심하지 않으면, 지나치게 영리한 게 살아가는 데 해가 될 수도 있다, 키트." 나긋나긋한 목소리였지만, 표정은 더할 나위 없이 사악했다. "옜다. 6펜스 받아라, 키트. 항상 정직해야 한다. 언제나 말이다. 이 머저리 같은 놈! 넌 사무실 문이나 잠그고 열쇠 가져와."

문을 잠그고 열쇠를 건네준 소년에게 자기편을 들어준 대가로 퀼프가 열쇠로 코를 한 대 솜씨 좋게 톡 때려주자, 그의 눈에 눈물이 핑 돌았다. 그런 다음 퀼프 씨는 넬과 키트를 나룻배에 태우고 떠났고, 소년은 그들 일행이 강을 건너는 동안 부두의 가장자리 맨 끝에서 물구나무를 선 채로 춤을 추듯 두 다리를 휘저어 복수했다.

홀로 집을 지키던 퀼프 부인은 주인님의 귀가는 꿈에도 생각하지 못하고 막 부족한 잠을 청하려다가 발소리에 깜짝 놀라 잠에서 깼다. 퀼프가 아이를 데리고 방 안으로 들어섰을 때 가까스로 바느질에 열중하는 척할 수 있었다. 키트는 아래층에 남았다.

"여보, 이쪽은 넬리 트렌트요." 퀼프가 말했다. "먼 길을 왔으니, 와인과 비스킷을 좀 내어줘요. 그리고 내가 편지를 쓰는 동안 옆에 같이 좀 있어요."

퀼프 부인은 평소와 다른 남편의 상냥함이 무슨 불길한 징조인지 알기 위해 부들부들 떨며 그의 얼굴을 살폈다. 그리고 남편의 몸짓에 순종해서 그를 따라 옆방으로 갔다.

"잘 들어." 퀼프가 속삭였다. "저 아이 할아버지에 관해 뭐든 알아내 봐. 그들이 무슨 짓을 하는지, 어떻게 먹고 사는지, 아이한테 무슨 말을 하는지. 내가 좀 알아야 할 이유가 있거든. 여자들끼리는 쉽게 속마음을 터놓으니까 부드럽게 잘 달래가며 말을 들어보란 말이야. 알아들었어?"

"예, 퀼프."

"알았으면 가보지 않고 뭐해, 무슨 문제라도 있어?"

"여보." 퀼프 부인이 더듬거리며 말했다. "전 아이들을 좋아해요. 그러니 제가 아이를 속이게 하지 말고 당신이 직접 말하면…."

난쟁이가 갖은 욕설을 퍼부으며 반항하는 아내에게 적절하게 벌을 가할 몽둥이를 찾는 듯 주위를 두리번거렸다. 순종적인 작은 여인은 서둘러 그에게 화내지 말라고 애원하며 시키는 대로 하겠다고 약속했다.

"무슨 말인지 알아들었지?" 퀼프가 아내의 팔을 할퀴고 꼬집으며 속삭였다. "몰래 비밀을 캐내란 말이야. 당신이라면 할 수 있어. 내가 엿듣는 사실 명심하고. 제대로 하지 않으면 문을 삐걱거릴 거야. 만일 그 소리가 아주 커지면 비통한 일이 당신에게 생길 줄 알아. 가봐!"

퀼프 부인은 명령에 따르며 밖으로 나갔고, 그녀의 상냥한 남편은 약간 열린 문을 뒤로 하고 편안하게 자리에 앉아 귀를 기울여 두 여자의 대화를 엿듣기 시작했다.

하지만 불쌍한 퀼프 부인은 어떤 방식으로 시작할지, 어떤 종류의 질문을 할 수 있을지 생각하고 있었다. 문이 아주 다급하게 삐걱거리며 더는 생각하지 말고 일을 진행하라는 경고가 있고서야 그녀의 목소리가 들렸다.

"요즘 들어 남편한테 자주 왔다 가는구나, 얘야."

"저도 할아버지에게 수백 번 그렇게 말했어요." 넬이 천진난만하게 대답했다.

"그래, 할아버지가 뭐라고 하던?"

"한숨만 쉬며 고개를 떨군 모습이 너무 슬프고 비참해 보여서 부인도 틀림없이 안쓰러워 눈시울을 적셨을 거예요. 하지만 부인이 어떻게 할 수 있는 일이 아니란 걸 알아요. 그런데 저 문이 왜 저렇게 삐걱거려요!"

"종종 그래." 퀼프 부인이 떨리는 눈동자로 문을 바라보며 말했다. "그런데 너희 할아버지는…. 전에는 그렇지 않았잖니?"

"물론이에요!" 아이가 눈을 반짝이며 말했다. "그런데 너무 달라졌어요. 할아버지와 전 정말 행복하게 살았어요. 할아버지는 늘 활기가 넘치고 삶에도 만족했어요. 우리에게 얼마나 슬픈 변화가 일어났는지 부인은 모를 거예요."

"오, 정말 안 됐구나, 얘야." 퀼프 부인이 진심으로 안타까워하며 말했다.

"감사합니다." 아이가 부인의 볼에 입을 맞추며 대답했다. "부인은 늘 제게 친절해요. 함께 얘기하는 게 즐거워요. 불쌍한 키트 말고는 할아버지에 대한 얘기를 털어놓을 사람이 없거든요. 그래도 전 더 행복하다고 생각하고, 또 그래야 한다고 생각해요. 하지만 할아버지가 변해 가는 모습을 보는 것이 가끔 얼마나 저를 슬프게 하는지 부인은 몰라요."

"다시 예전 모습으로 돌아올 거야." 퀼프 부인이 말했다.

"오, 하느님이 그렇게만 해주신다면…." 아이가 눈물을 펑펑 쏟으며 말했다. "하지만 너무 오래되었어요. 할아버지가 처음으로…. 어, 방금 문이 움직인 것 같아요!"

"바람 때문일 거야." 퀼프 부인이 가녀린 목소리로 대답했다. "처음으로…."

"생각에 잠겨 낙담만 하고 긴 저녁 시간을 보내는 우리의 오래된 방식을 잊은 것 말이에요." 아이가 말했다. "제가 매일 밤 난로 앞에서 책을 읽어주면, 할아버지가 의자에 앉아 듣곤 했어요. 책을 다 읽고 내려놓으면, 할아버지는 돌아가신 엄마 얘기를 들려주곤 했어요. 엄마가 어릴 때도 저랑 똑같이 말했다고 하면서. 저를 무릎에 앉히고는, 엄마는 무덤에 누워 있지 않고 아무도 죽거나 늙지 않는 하늘 저편 아름다운 곳으로 날아갔다고 했어요. 그때 할아버지와 전 정말 행복했어요."

"오, 넬리!" 불쌍한 부인이 말했다. "너처럼 어린아이가 이렇게 슬퍼하는 모습을 더는 볼 수가 없구나. 제발 그만 울어."

"좀처럼 울지 않아요." 넬이 말했다. "대신 오랫동안 마음에 담아두는 편이에요. 눈물이 맺히면 참기 힘들거든요. 부인에게는 제 얘기를 털어놓아도 괜찮아요. 누구에게도 말하지 않을 테니까."

퀼프 부인은 고개를 돌리고 아무 대꾸도 하지 않았다.

"그때는," 아이가 말했다. "할아버지와 들판을 걷거나 푸른 나무 아래를 산책하곤 했어요. 그렇게 피곤함에 지쳐 저녁에 집에 돌아오면 할아버지는 역시 집이 제일 좋다고 말하곤 했어요. 궂은날에는 산책할 때 즐거웠던 일을 떠올리며 내일의 산책을 기다렸어요. 하지만 이제 산책은 안 해요. 변한 건 없지만, 전보다 집이 훨씬 어둡고 우울해졌어요."

소녀가 잠시 말을 멈췄다. 문이 더 심하게 삐걱거렸지만, 퀼프 부인은 아무 말도 하지 않았다.

"하지만, 할아버지가 그때보다 저를 아끼지 않는다고 생각하지는 마세요. 할아버지의 사랑이 매일 점점 커지고 있는 걸 잘 알거든요. 예전보다 더 상냥하게 대해주고 사랑해 주는걸요. 할아버지가 저를 얼마나 사랑하는지 부인은 몰라요." 넬이 진심을 담아 말했다.

"할아버지가 너를 사랑한다고 믿어." 퀼프 부인이 말했다.

"정말 그래요. 할아버지는 정말 저를 사랑해요." 넬이 큰 소리로 말했다. "제가 할아버지를 사랑하는 만큼 할아버지도 저를 사랑해요. 할아버지가 변한 이유를 아직 말하지 못했는데, 이건 정말 누구에게도 말하면 안 돼요. 할아버지는 주무시지도 않고 쉬지도 않아요. 대신 낮에 안락의자에 앉아 주무세요. 그리고 매일 어두워지면 집을 나가 거의 밤을 새우고 돌아와요."

"넬리!"

"쉿!" 아이가 손가락을 입술에 갖다 대고 주위를 둘러보며 말했다. "대개 동틀 무렵 집에 돌아와요. 제가 문을 열어주거든요, 어제는 날이 훤히 밝은 다음에 돌아왔어요. 얼굴은 창백하고 눈은 벌겋게 충혈되어 걸음을 옮길 때마다 다리가 부들부들 떨렸어요. 제가 침대로 돌아갔을 때 낮은 탄성이 들려서 달려가 보니, 할아버지는 제가 거기 있는 줄도 모르고 이제 더는 살 수가 없고 저만 없으면 죽고 싶다고 중얼거렸어요. 어떻게 해야 할까요? 오! 어떻게 해야 할지 모르겠어요."

소녀의 가슴 속 분수가 터졌다. 슬픔과 걱정의 무게에 짓눌려, 처음 받아본 퀼프 부인의 신뢰와 얘기를 털어놓게 한 그녀의 동정심에, 아이는 아무 도움도 줄 수 없는 부인의 팔에 얼굴을 묻고 울음을 터뜨렸다.

잠시 후 나타난 퀼프 씨가 이런 상태에 있는 아이를 발견하고 깜짝 놀란 표정을 지었는데, 그는 이것을 감탄할 만한 효과를 낳으며 아주 자연스럽게 했다. 오랜 훈련으로 이런 연기에 익숙했기 때문이고, 그는 꽤 편안해 보였다.

"부인, 아이가 피곤했나 보구려." 난쟁이가 아내에게 시키는 대로 하라는 눈짓을 하며 말했다. "부두까지 먼 길을 온 데다 불량배 두 놈이 싸우는 걸 보고 좀 놀랐거든. 게다가 배 타는 걸 무서워하더군. 모든 게 힘들었을 거야. 가여운 넬!"

퀼프 씨는 아이의 머리를 쓰다듬는 것으로 어린 방문자가 순식간에 정신을 차리게 하는 최고의 마법을 무심코 택했다. 다른 사람 같으면 그런 효과가 없었겠지만, 아이는 재빨리 몸을 움츠렸고, 그의 손길에서 벗어나야 한다는 강한 욕망을 느끼고 자리에서 벌떡 일어나 돌아갈 준비가 되었다고 말했다.

"좀 더 기다렸다가 우리와 식사하는 게 좋지 않을까." 난쟁이가 말했다.

"너무 오래 머물렀어요." 넬이 눈물을 훔치며 대답했다.

"그래." 퀼프 씨가 말했다. "그러면 가봐라, 넬리. 답장은 여기 있다. 내일이나 모레쯤 영감님을 만나러 간다고만 썼다. 오늘은 부탁을 들어주기 어렵겠구나. 조심해서 가거라. 어디 있느냐, 키트. 넬을 잘 부탁한다. 알았지?"

부르는 소리에 서둘러 달려온 키트는 불필요한 명령에는 대꾸도 하지 않고, 퀼프가 넬을 울렸다고 의심했는지 위협적인 눈길로 그를 노려본 후 잠시 복수할 마음을 내비치다가 이미 부인과 헤어지고 밖으로 나간 어린 여주인을 따라갔다.

"당신, 질문 정말 예리했어." 그들이 떠나자마자 난쟁이가 아내를 보며 말했다.

"뭘 더 어떻게 해요?" 퀼프 부인이 온순하게 말했다.

"뭘 더 어떻게 해!" 퀼프가 조롱하듯 말했다. "어떻게 이보다 잘할 수 있어. 내숭 떨며 아주 잘하던데. 깍쟁이같이."

"퀼프, 아이한테 미안해요." 퀼프 부인이 말했다. "물론 시키는 대로 했어요. 하지만 아이는 둘만 있다고 생각하며 모든 걸 털어놨어요. 당신이 엿듣는 사실도 모르고. 하느님 용서하세요."

"기가 막히게 속이더군. 아주 잘했어." 퀼프가 말했다. "그런데 내가 문을 삐걱거리면 어떻게 하라고 했지? 넬이 흘린 말을 통해 내가 원하는 단서를 얻은 걸 다행으로 알아. 그렇지 않았으면 당신에게 책임을 물었을 거야."

이 말의 뜻을 충분히 이해한 퀼프 부인은 남편의 말에 아무 대답이 없었고, 퀼프만 신이 나서 혼자 떠들었다.

"당신 별자리 하나는 잘 타고났어. 그 덕에 나와 결혼도 하고 말이야. 그 영감탱이가 무슨 일을 벌이는지도 알아냈으니까. 그러니 이제 이 일에 대해 입도 뻥끗하지 마시오. 오늘 저녁은 대충 차리구려. 난 집에 없을 테니까."

이렇게 말하고 퀼프 씨는 모자를 챙겨 자리를 떠나버렸다. 본인이 가담한 역할에 죄책감을 느낀 퀼프 부인은 방에 틀어박혀 이불에 얼굴을 묻고는 더 큰 잘못을 저지르고 슬퍼하는 사람보다 훨씬 더 비통하게 흐느껴 울었다. 대체로 양심은 탄력적이고 유연한 물건이라 많이 늘어나도 잘 견디고 다양한 상황에 맞춰지기 마련이다. 날씨가 따뜻해지면 플라넬 조끼처럼 하나씩 사려 깊게 벗거나 심지어 적절한 때에 한꺼번에 벗는 사람이 있는가 하면, 마음 내키는 대로 옷을 걸치고 편의에 따라 벗어 던지는 사람도 있다. 후자가 요즘 유행하는 가장 멋지고 편리한 처신법이다.

7장

"프레드!" 스위블러 씨가 말했다. "'칙칙한 근심이여 썩 물러가라'라는 옛날 유행가 기억해? 우정의 날개로 꺼져가는 환희의 불꽃을 활활 태워보세. 장밋빛 와인 좀 줘."

리처드 스위블러 씨의 집은 드루어리레인극장 인근에 있었고, 이 편리한 위치에 더해 담배 가게도 바로 위층이라 한 발짝 계단만 나가면 언제든 후련하게 재채기를 할 수 있는 장점 덕에 코담배를 사기 위해 돈이나 노력을 들일 필요가 없었다. 스위블러 씨가 낙담한 친구에게 격려와 위로를 전하기 위해 위의 유행가를 운운한 곳이 바로 이 집 안이었다. 사실 장밋빛 와인은 물을 섞은 차가운 진이었고, 잔이 부족해서 잔 하나로 주거니 받거니 마시며—스위블러 씨의 집은 독신자 시설이었으니 이것이 얼굴을 붉힐 일은 아니었다—잔이 빌 때마다 탁자 위에 놓인 병과 주전자로 채웠기 때문에, 이 짧은 관찰조차 비유적이고 시적인 스위블러 씨의 이중적 성격에 한몫했다고 말하는 것이 지루하거나 부적절하지는 않으리라. 이와 마찬가지로 유쾌한 허구 속에서 스위블러 씨의 단칸방은 항상 복수로 언급되었다. 그곳에 빈방이 생길 때면 담배 가게 주인이 가게 창문에 독신 남성을 위한 '방들'이라고 광고를 붙였고, 스위블러 씨는 여기에서 힌트를 얻어 '나의 방들, 나의 셋방들' 혹은 '나의 침실들'이라고 떠들고 다니며 듣는 이에게 그곳이 아주 넓은 공간인 것처럼 생각하게 했다. 그러면 사람들은 저마다 천장이 높은 긴 복도로 연결된 방들을 상상했다.

이런 상상의 나래를 펼칠 때면 스위블러는 외견상 책장처럼 보이지만 실제로는 침대 틀인 기만적인 가구의 도움을 받았는데, 방에서 눈에 잘 띄는 곳에 자리를 잡은 침대 틀은 의심이나 이의 제기를 거부하는 듯 보였다. 낮에도 스위블러 씨는 이 은밀한 편의시설을 책장일 뿐이라고 굳게 믿었기 때문에 침대로 보지 않으려고 애쓰며 눈에 보이는 이불과 베개의 존재를 머릿속에서 단호히 부정했다. 그것의 참된 용도에 관한 말도, 밤마다 사용한다는 힌트도, 특별한 속성에 관한 어떤 암시도 친구들과 나누지 않았다. 이런 기만에 대한 묵시적 믿음이 그의 첫 번째 교리였다. 스위블러와 친구가 되려면 어떤 정황증거, 이성적 판단, 관찰, 경험도 거부한 채 그것이 침대가 아니라 책장이라고 무조건 믿어야 했다. 이것은 그가 특별히 애정을 품고 있는 약점이었고, 그는 이를 소중히 여겼다.

"프레드!" 이전 요청이 아무런 효과가 없었다는 사실을 알고 스위블러 씨가 말했다. "장밋빛 와인 좀 달라니까."

젊은 트렌트가 짜증이 난 몸짓을 하며 스위블러 쪽으로 잔을 밀치고 다시 이전의 침울한 분위기에 빠졌다.

"이 상황에 어울리는 말이 있네." 친구가 물을 탄 진을 섞으며 말했다. "부디 여기에⋯."

"젠장!" 프레드가 말을 막았다. "그놈의 수다 때문에 죽을까 걱정이군. 자넨 어떤 상황에서도 그렇게 즐거워?"

"이봐, 트렌트 군." 딕이 대꾸했다. "즐거움과 현명함에 관한 속담이 하나 있어. '즐거울 수는 있지만 현명할 수 없는 사람이 있고, 현명할 수는 (혹은 그렇다고 생각할 수는) 있지만 즐거울 수 없는 사람이 있다.' 나는 전자야. 그게 맞는 말이라면 어느 쪽이든 속하는 편이 낫지 않겠어? 자네처럼 어느 쪽에도 속하지 않는 것보다 현명할 수는 없어도 즐거울 수 있는 사람이 되는 편이 낫지 않아."

"체!" 프레드가 짜증을 냈다.

"진심이야." 스위블러 씨가 말했다. "예의를 아는 사람들 사이에서는 자기 소유의 집에 있는 신사에게 보통 이런 말은 하지 않지만, 그런 말은 신경 쓰지 마. 자네 집이라 생각하고 편히 있어." 친구가 화가 나서 다소 짜증스러운 모습을 보이자, 리처드 스위블러는 장밋빛 와인을 들이켜고 다시 물과 진을 섞어 잔을 채우고는 천천히 술맛을 음미한 후 상상 속의 친구에게 건배를 제의했다.

"신사 여러분, 스위블러 일가의 성공을 위해 건배합시다! 특히 리차드 씨에게 행운이 있기를. 리차드 씨는…." 딕이 특별히 강조하며 말했다. "친구를 위해 가진 재산을 쓰고 고통을 함께 나누는 그는…! 옳소, 옳소!"

"딕!" 프레드가 방안을 두세 번 오가다가 다시 의자로 돌아와 말했다. "내가 손쉽게 한몫 쥘 방법을 알려줄 테니, 2분 정도만 진지하게 들어줄 수 있어?"

"그런 건 그동안 충분히 들었어." 딕이 대답했다. "그리고 이제 난 빈털터리야."

"오랜만에, 이번 건은 다를 거야." 그의 친구가 탁자 쪽으로 의자를 당기며 말했다. "내 동생 넬 봤지?"

"동생이 뭘?" 딕이 물었다.

"예쁘지. 그렇지 않아?"

"그래, 분명 그렇지." 딕이 대답했다. "정말 자네와 닮은 구석은 눈 씻고 찾아봐도 찾을 수 없더군."

"그래서 예쁘다는 거야, 아니라는 거야?" 프레드가 조급하게 다시 물었다.

"예뻐." 딕이 말했다. "정말, 아주 예쁘지. 그런데 그게 뭐?"

"잘 들어봐." 프레드가 대답했다. "할아버지와 난 죽을 때까지 앙숙으로 지낼 거야. 그러니 그 노인네에게 기대할 건 아무것도 없어. 그건 자네도 잘 알 거야."

"두말하면 잔소리지." 딕이 말했다.

"그러니, 그 구닥다리가 죽으면 나와 넬에게 나눠주려던 유산을 넬이 독차지할 거야, 그렇지 않아?"

"내가 그날 그 문제에 관해 영감님에게 설명한 게 효과가 없었다면 그렇게 되겠지. 그런데 아마 효과가 있었을 거야. 아주 강력한 설명이었거든. '여기 유쾌한 할아버지가 있습니다…' 난 이 구절이 아주 강렬했다고 생각해. 아주 친근하고 자연스러웠거든. 자네도 감명받았지?" 딕이 말했다.

"전혀 감명받지 않았네." 프레드가 대답했다. "그러니 그 얘기는 집어치우고, 잘 들어 봐. 넬은 곧 열네 살이 돼."

"또래치곤 훌륭한 편이지만, 작아." 리처드 스위블러가 끼어들었다.

"내가 말할 때는 1분 만이라도 그 입 좀 다물 수 없어." 트렌트가 대화에 큰 관심이 없어 보이는 스위블러에게 짜증을 내며 소리쳤다. "본론부터 얘기하지."

"좋아." 딕이 말했다.

"넬은 애착이 강하고, 또 그렇게 자랐어. 그리고 그 나이에는 쉽게 영향을 받고 설득당해. 내가 엄하게 대하면 조금만 구슬리고 위협해도 넬은 내 뜻대로 할 거야. 돌려 말하지 않겠네. 이 계획의 장점을 다 얘기하려면 일주일은 걸릴 테니까. 자네가 넬과 결혼해."

친구가 맹렬하면서도 진지하게 위의 이야기를 하는 동안 술잔의 테두리 위를 보고 있던 리처드 스위블러는 그 말을 듣고 깜짝 놀라 겨우 한마디 내뱉었다.

"뭐라고!"

"넬과 결혼하라고 말했어." 프레드가, 일정한 속도로, 오랜 경험에 비추어 스위블러가 확실히 알아들을 수 있는 방식으로 말을 반복했다. "넬과 결혼하라고."

"넬은 열네 살도 안 됐어!" 딕이 외쳤다.

"지금 당장 결혼하라는 게 아니라." 프레드가 화를 내며 다시 말했다. "2년이나 3~4년 후를 말하는 거야. 우리 할아버지가 오래 살 것처럼 보여?"

"그렇게 보이지는 않더군." 딕이 고개를 저으며 대답했다. "하지만 노인들은 어떻게 될지 아무도 몰라. 도싯셔에 사는 우리 이모도 내가 여덟 살 때부터 돌아가신다고 말했는데 아직 정정해. 노인들은 짜증 나게 하는 데다 비양심적이고 심술궂어. 자네 가족 중에 중풍으로 쓰러진 사람이 없다면, 그들에게 무슨 일이 있을지 아무도 모르는데, 있더라도 너무 자주 속여."

"결혼의 최대 장애물이 뭔지 생각해 봐." 트렌트가 이전처럼 천천히 말하며 친구를 계속 주시했다. "아무래도 우리 할아버지가 살아 있는 것 아닐까."

"그렇지!" 딕이 말했다. "그것이 문제로다!"

"그러니까." 프레드가 다시 입을 열었다. "할아버지가 살아 있다고 가정하면, 자네가 넬을 설득하거나, 좀 더 실현 가능한 방법은, 강제로라도 자네와 비밀 결혼식을 올리도록 하는 거지. 그러면 어떻게 될까?"

"가족이 생기겠지, 소득도 없는데." 리처드 스위블러가 잠깐 생각하더니 말했다.

"내가 말했잖아." 프레드가 좀 더 진지하게 말했는데, 이것이 진짜든 가짜든 그의 친구에게는 같은 효과가 있었다. "할아버지는 넬만 보고 살아. 모든 힘과 생각을 넬에게만 쏟아부어. 그러니 넬이 할아버지 말을 거역해도 상속권을 박탈하지는 않을 거야. 내가 아무리 죄를 뉘우치고 용서를 빌어도 마음을 돌리지 않듯. 넬의 상속권을 박탈하는 일은 절대 없어. 누가 봐도 자명해."

"그래, 분명 그럴 일은 없어 보였어." 딕이 곰곰이 생각하더니 말했다.

"그럴 일이 없어 보이는 게 아니라 그럴 일은 없어." 프레드가 맞장구를 쳤다. "그러니 할아버지가 자넬 용서하도록 좀 더

유도하려면 자네와 내가 대판 싸우고 완전히 절교하는 거지. 물론 그러는 척만 하는 거지만. 그러면 할아버지는 확실히 자네를 빨리 용서할 거야. 넬은 꾸준히 설득하면 언젠가 넘어오게 돼 있어. 내 동생은 내가 잘 알아. 그러니 날 믿으라고. 그러면 할아버지가 살든 죽든 상관없이, 일이 어떻게 될까? 자넨 구두쇠 영감의 유일한 상속자가 되고, 자네와 난 재산을 나눠 쓰면 되고, 자네는 젊고 아름다운 부인을 얻게 돼."

"자네 할아버지가 부자라는 사실은 의심하지 않아도 될까?" 딕이 말했다.

"의심이라고! 지난번 상점에 갔을 때 할아버지가 무심코 흘린 말을 자네도 들었잖아? 그런데 의심이라니! 다음에는 뭘 더 의심하려고?"

이런 교묘한 음모의 대화가 어떻게 흘러갔는지, 스위블러가 이 계획에 어떻게 동의하게 되었는지 계속 나열해 봐야 따분할 뿐이다. 허영심 많고, 호기심 강하고, 가난한 스위블러는 돈을 물 쓰듯 쓸 수 있다는 생각에 프레드의 제안을 받아들였고—그 밖에 다른 유인책이 없어도—경솔한 성격이 몸에 배어 결국 그 제안에 동의했으리라는 것은 충분히 알 수 있다. 이 충동에는 프레드가 오랫동안 스위블러를 두고 연습하는 데 익숙했던 완벽한 군림을 더해야 한다. 즉, 처음에 이런 군림은 프레드가 스위블러를 악덕한 행동의 희생양으로 삼아 자행되었고, 스위블러는 열에 아홉은 프레드가 자신을 생각 없고 모자란 도구쯤으로 보고 일부러 화를 낸다고 생각했다.

이런 제안을 한 프레드의 동기는 리처드 스위블러가 마음에 품거나 이해한 것보다 깊은 어떤 것이었지만, 각자의 발전으로 남겨져 당장 설명할 필요는 없었다. 협의는 아주 잘 끝났다. 스위블러 씨가 돈 또는 동산(動産)을 유산으로 물려받은 여자─그를 남편으로 받아들이도록 설득당할─와 결혼 못 할 이유가 뭐 있느냐며 미사여구를 사용해 말하고 있는데, 누군가가 방문을 두드리는 소리에 그가 말을 멈추고 "들어오세요"하고 소리쳤다.

문이 열렸지만, 방으로 들어온 건 비누투성이의 팔과 강한 담배 냄새뿐이었다. 담배 향은 아래층 담배 가게에서 올라왔고, 비누투성이의 팔은 계단을 청소하던 하녀가 양동이에서 편지 한 장을 꺼내 방으로 들이민 것이었다. 그녀는 편지를 손에 쥐고 하녀 계층에서만 고유하게 사용하는 성을 서툰 발음으로 크게 읽었다. "미스터 스니벨링."

딕은 편지의 발신인을 보고 얼굴이 다소 창백하고 얼빠진 사람처럼 보였고, 이것이 남자가 결혼하면 겪게 되는 애로사항이고 넬과의 결혼에 대해 말은 쉽게 했지만 그녀를 까맣게 잊고 있었노라고 말하며 편지의 내용을 확인했을 때는, 더욱더 그렇게 보였다.

"그녀? 누구?" 트렌트가 물었다.

"소피 와클스." 딕이 말했다.

"그 여자가 누군데?"

"그녀는 내 이상형이네, 친구. 그게 그녀야." 스위블러 씨가 장밋빛 와인을 한 잔 쭉 들이켜고 친구를 진진한 눈빛으로 바라보며 말했다. "사랑스럽고 신성한 여자지. 자네도 아는 여자야."

"기억나," 프레드가 무심하게 말했다. "그런데 그 여자가 뭐?"

"이런, 친구." 딕이 말했다. "소피아와 이제 자네에게 말하게 되어 영광스러운 미천한 사람 사이에는 따뜻하고 부드러운 감정이 싹텄네. 고결하고 가슴 설레는 감정이지. 친구, 큰 소리로 추격을 명령하는 사냥의 여신 다이애나도 소피아에 비하면 보잘것없는 존재야. 확신해."

"자네 말을 내가 진짜라고 믿어야 해?" 프레드가 따졌다. "설마, 그녀와 연애를 해왔다는 말은 아니지?"

"연애라, 맞지. 하지만 앞으로는 아니야." 딕이 말했다. "자네와 한 약속은 어기지 않을 테니, 안심해. 그녀와 각서 같은 건 쓰지 않았어."

"그러면 그 편지 내용은 뭐야?"

"오늘 밤을 위한 일종의 알림장이지. 신사와 숙녀가 짝을 찾으며 모두 합쳐 2백 개의 경쾌하고 환상적인 발가락이 만드는,

스무 명이 모이는 작은 파티. 빠져서는 안 돼. 오직 그녀와 절교를 시작하기 위한 파티라면 그렇게 할 테니, 너무 걱정하지 마. 소피아가 이 편지를 직접 놓고 갔는지 알고 싶군. 그녀가 이게 행복을 가로막는 장애물이라는 걸 모르고 그랬다면 이 얼마나 슬픈 일인가, 프레드."

궁금증을 해소하기 위해 스위블러 씨는 하녀를 불러 소피 와클스 양이 직접 편지를 놓고 간 사실을 알아냈다. 하녀는 소피 와클스 양이 분명 예법을 지키기 위해 혼자 오지 않고 동생을 대동했으며, 스위블러 씨가 지금 집에 있으니 위층으로 올라가 보라는 말에 깜짝 놀라며 차라리 죽는 편이 낫다고 하더라고 전했다. 스위블러 씨는 하녀의 설명을, 방금 동의한 계획과 완전히 일치하지 않는, 어느 정도 감탄하는 모습을 보이며 경청했다. 하지만 그의 친구는 스위블러의 이런 행동에 큰 의미를 두지 않았다. 목적 달성을 위해 그럴 필요가 있어 보일 때마다 충분한 영향력을 행사해서 리처드 스위블러의 이런저런 문제들을 조정해 온 사실을 알기에, 언제든 그렇게 할 수 있다고 생각했기 때문이다.

8장

~~~

  궁금증을 해결한 스위블러 씨는 거의 저녁 시간이 다 되었음
을 마음속으로 떠올렸고, 오랜 금식으로 건강을 해치지 않게 하
려는 의도에서 가장 가까운 근처 식당에 채소를 넣고 끓인 고기
2인분을 즉시 갖다 달라고 전갈을 보냈다. 하지만 (스위블러 씨
를 익히 잘 아는) 식당은 이 요청을 거절하며 스위블러 씨가 소
고기를 먹고 싶다면 직접 와서 먹으면 정말 고맙고, 식사 전에
감사기도를 올리듯, 얼마 안 되는 외상값도 가지고 오라는 무례
한 답변을 보내왔다. 스위블러 씨는 식당의 퇴짜에 겁을 먹기는
커녕 식욕과 재치가 다소 날카로워져서는 같은 내용의 편지를
집에서 조금 더 떨어진 다른 식당에 다시 보냈다. 그러면서 심
부름꾼 편에 그곳 소고기가 맛있다고 정평이 나 있을 뿐만 아니
라 너무 질긴 집 근처 식당의 소고기는 신사다운 음식에도 어떤

사람의 소비에도 매우 부적합해서 이곳으로 주문하지 않을 수 없었다는 말을 덧붙였다. 이 현명한 방책의 결과로 큰 접시와 덮개로 기묘하게 만들어진, 바닥에는 끓인 소고기 요리가 꼭대기에는 거품이 이는 맥주가 2파인트 용기에 담긴, 작은 백랍 피라미드가 배달되었다. 피라미드를 각 구성요소 별로 해체하자 배불리 먹을 수 있는 음식이 나왔고, 스위블러 씨와 그의 친구는 이 음식들을 마구 즐겁게 먹어 치웠다.

"지금이 우리 인생에서 최악의 순간이기를!" 딕이 포크로 큼지막한 둥근 감자를 찍으며 말했다. "껍질째 요리한 감자를 보내는 방식이 정말 마음에 들어. (이렇게 표현해도 될지 모르지만) 부자들이나 권력을 가진 사람들은 절대 모르겠지만, 감자를 원래 상태로 먹는 건 매력적이야. 아! '사람은 그렇게 많은 걸 원하지도 않고, 그렇게 오래 사는 걸 바라지도 않는다!' 정말 맞는 말 아닌가! 식사가 끝난 후에는."

"부디 식당 주인이 그렇게 많이 원하지 않고, 오래 살기를 바라지도 않기를." 트렌트가 말했다. "그런데 음식값은 있어?"

"당장은 외상으로 하고 나중에 들를 생각이야." 딕이 의미심장하게 윙크했다. "종업원도 어쩔 수 없을 거야. 이미 음식을 다 먹어 치웠으니. 그러면 끝난 일 아닌가."

실제로 그 종업원도 이 건전한 진실을 느낀 듯했다. 빈 접시를 찾으러 와서, 지금은 돈을 낼 수 없으니 나중에 그 옆을 지나갈 때 가게에 들러 계산한다는 스위블러 씨의 진지하지만 무사태평한 말을 들었을 때, 종업원이 약간의 정신적인 동요를 보이며 '배달 시 음식값 지불'이나 '외상 사절'과 같은 다른 불쾌한 몇 마디 말을 중얼거렸지만, 현재 소고기와 채소를 비롯한 음식비용을 자신이 책임지고 있고, 그 시각에 자신이 직접 받아야 하니 몇 시에 방문할 것 같은지 묻는 선에서 기꺼이 만족했기 때문이다. 스위블러 씨는 머릿속으로 무언가를 세세히 계산하는가 싶더니, 그러면 저녁 여섯 시 2분 전에서 여섯 시 7분 사이식당에 들르겠다고 대답했다. 종업원이 약간의 위안을 얻고 돌아가자, 리처드 스위블러 씨는 바지 주머니에서 후줄근한 수첩을 꺼내 뭔가를 적기 시작했다.

"방문 시각을 잊어버릴까 봐 수첩에 적는 거야?" 트렌트가 비웃으며 말했다.

"그런 건 아니고, 프레드." 리처드는 차분하게 대답하고 사무를 보듯 계속 필기했다. "여러 가게가 있는데 영업시간에는 가지 말아야 할 거리 이름을 적고 있네. 오늘 저녁에는 '롱 에이커'를 닫았어. 지난주에는 그레이트 퀸 거리에서 부츠 한 켤레를 샀으니, 그곳도 통행을 금지했어. 스트랜드가로 갈 수 있는 길이 오직 하나밖에 남지 않았어, 그래서 오늘 밤에는 장갑을 끼고 늦게까지 잠을 자지 않고 있어야 해. 도로가 모든 방향에서 너무 일찍 닫혀버리니 한 달 안에 이모님이 돈을 보내지 않으면

3~4마일 정도 도시를 벗어나 다니게 생겼어."

"이모님이 영영 돈을 보내지 않을 수도 있잖아?" 트렌트가 말했다.

"그런 일이 일어나지 않기를 바랄 뿐이지." 스위블러 씨가 대답했다. "하지만 이모님 마음을 풀어주려고 한 달에 평균 여섯 통씩 꼭 편지를 보내고 있네. 이번 달에는 여덟 통이나 보냈는데 돈이 오지 않는군. 내일 아침에 또 편지를 쓸 작정이야. 이번에는 후추통에 물을 넣고 그걸 편지 위에 뿌려 참회의 눈물을 흘린 듯 보이게 할 생각이야. '제가 도대체 무슨 말을 하는지 모르겠습니다.' 얼룩. '과거 제 잘못에 대한 반성의 눈물을 흘리는 모습을 보면.' 후추통 자국. '그것을 생각하니 손이 떨리는군요.' 다시 얼룩. 이 방법도 효과가 없으면 그땐 끝장이야."

이때쯤 스위블러 씨는 기록을 끝내고 정말 심각하고 진지한 마음가짐으로 연필을 연필 집에 넣고 수첩을 덮었고, 트렌트는 스위블러가 다른 볼일이 있음을 알고 집을 나갔다. 그런 이유로 리처드 스위블러는 소피 와클스 양을 감동하게 할 명상과 장밋빛 와인과 함께 홀로 남겨졌다.

"다소 갑작스럽지만," 딕이 무한의 지혜가 떠오른 듯한 표정으로 머리를 흔들며 이렇게 말하더니, 마치 서둘러 쓴 산문이라도 되는 것처럼 짧은 시구를 (이렇게 하는 것에 익숙한 듯) 빠르게 읊기 시작했다. "남자의 마음이 두려움으로 무거울 때, 와클스 양이 나타나니 그 두려움의 안개가 걷히네. 정말 아리따운 여인이로다. 6월에 피어난 붉디붉은 한 송이 장미 같아. 이것을 부정할 수는 없으리. 그녀는 또한 가락에 맞춰 연주하는 달콤한 선율 같기도 하여라. 아, 너무도 갑작스러운 일이구나. 프레드의 귀여운 여동생 때문에 지금 당장 냉정하게 돌아설 필요는 없지만, 너무 깊이 빠지지 않는 것이 좋으리라. 어차피 냉정해야 한다면 질질 끌 이유가 뭐 있으랴. 합의를 파기할 수도 있으니, 그것도 하나의 가능성이지. 또 다른 가능성으로…. 아니 그래서는 안 되지. 신중해야 해."

리처드 스위블러가 못다 한 말은, 심지어 자기 자신에게도 숨기려 한 것으로, 와클스 양의 매력을 거부하지 못해 본인의 성쇠를 그녀의 운명과 연결함으로써 선뜻 동지가 되기로 합의한 중요한 계획에서 발을 뺄 가능성이었다. 그는 이런 이유로 가능한 한 빨리 와클스 양에게 싸움을 걸기로 마음먹고 근거 없는 질투를 하도록 확실한 구실을 찾으려 애썼다. 그렇게 하기로 마음을 정한 그가 잔을 (오른손에서 왼손으로, 다시 오른손으로) 돌렸는데, 이것은 그가 좀 더 신중하게 연기할 수 있는 방법이었다. 그는 간단한 복장 점검을 마치고 사색의 대상이 그토록 신성시하는 장소로 발걸음을 옮겼다.

그 장소는 첼시였다. 소피아 와클스 양은 미망인 어머니와 두 자매와 함께 그곳에 살며 비슷한 수준의 어린 숙녀들이 다니는 작은 학교를 같이 운영하고 있었다. 그곳의 사정은 2층 창문 위에 가장자리를 두른 장식체로 '여자 신학교'라고 적힌 타원형 간판을 통해 이웃에게 알려졌고, 아침 아홉 시에서 열 시 사이 까치발을 하고 신발 털이 발판 위에 서서 교과서로 문 두드리는 쇠고리에 닿으려고 헛된 시도를 하는, 일행과 떨어져서 혼자 남겨진 다치기 쉬운 나이의 어린 숙녀를 통해 추가로 공표하고 선 포했다. 이 학교에서는 교과목을 서로 분담해서 가르쳤다. 멜리 사 와클스 양이 영어 문법, 작곡, 지리, 아령 사용법을, 소피 와 클스 양이 작문, 산수, 춤, 음악, 일반적인 예절을, 제인 와클스 양이 바느질, 자수, 과제물 검사를, 그리고 와클스 부인이 체벌 과 금식을 비롯한 학교 기강을 바로잡는 일을 담당했다. 멜리사 와클스 양이 첫째 딸, 그다음이 소피 양, 그리고 제인 양이 막내 였다. 서른다섯 살 정도로 보이는 멜리사 양은 초로에 접어들었 고, 소피 양은 생기 넘치고 발랄하고 토실토실한 스무 살 숙녀, 제인 양은 이제 겨우 열여섯 살이었다. 와클스 부인은 예순 살 의 유능하지만 다소 독한 여자였다.

리처드 스위블러는 어여쁜 소피아의 평화를 불쾌하게 할 목 적을 품고 여자 신학교로 급히 갔다. 소피아는 아무 장식 없이 오직 빨간 장미 한 송이가 달린 순백색의 드레스를 입고, 고상 하고 멋지게 준비한 파티 한가운데서 그를 맞이했다. 파티 장소 에서는 바람이 안으로 몰아치는 날이 아니면 항상 창틀 밖에 놓여 있는 작은 화분들, 파티 장소를 꾸미도록 허락받아 참석한 신학교 학생들의 고급스러운 복장, 파티 전날 내내 노란색 광고 전단으로 세게 말아 올려 평소와 달리 유난히 구불구불한 제인 와클스 양의 머리카락, 와클스 부인과 멜리사 양의 근엄한 고상함과 위엄 있는 태도가 눈에 띄었다. 하지만 스위블러에게는 관심 밖의 일이었다.

사실—취향은 제각각이므로, 이처럼 이상한 취향조차 고의적이고 악의적이지 않게 기록될 뿐이다—마냥 스위블러 씨의 허세가 마음에 들지 않았던 와클스 부인과 멜리사 양은 습관처럼 그를 '따분한 젊은이'라고 부르며 그가 언급될 때마다 기분 나쁘게 한숨을 쉬고 머리를 흔들었다. 소피 양을 향한 모호하고도 미적거리는 스위블러 씨의 행동은 보통 결혼할 생각이 없는 조짐으로 여겨졌기에, 젊은 숙녀는 바람직한 때를 잡아 이 문제를 손수 쟁점화하기로 했다. 그래서 아주 작은 격려에도 청혼하려 드는 늙은 채소농장 주인과 리처드 스위블러를 싸움 붙이는 데 적어도 동의하고—이 파티가 그 목적에 맞아떨어졌다—리처드 스위블러를 이 파티에 꼭 참석시키기 위해 직접 편지를 전달했다. "어쨌든 아내를 얻을 마음이 조금이라도 있거나 그럴 방법이 있으면 오늘 우리에게 정식으로 그렇게 말할 거야. 그렇지 않으면 아니야." 와클스 부인이 큰딸에게 말했다. '정말 나를 사랑한다면 틀림없이 오늘 밤 고백할 거야.' 소피 양은 속으로 생각했다.

하지만 이런 말과 행동과 생각들을 알 수 없었던 스위블러 씨에게는 아무런 영향을 주지 못했다. 그는 어떻게 하면 질투심을 불러일으킬지 마음속으로 고민하며, 오늘은 소피 양이 평소보다 훨씬 덜 아름답거나 자매들 정도만 되면 절교를 더 잘 해낼 수 있겠다고 생각했다. 그때 한 무리의 사람들이 들어왔고, 그 속에 첵스라는 채소농장 주인도 있었다. 하지만 첵스 씨는 혼자가 아니라 사려 깊게도 동생 첵스 양과 동행했다. 곧바로 소피 양에게 다가간 첵스 양은 두 손을 잡고 양 볼에 입을 맞추며 너무 이른 시각에 온 것은 아니기를 바란다고 잘 들리는 목소리로 속삭였다.

"이르다니, 아니야." 소피 양이 대답했다.

"오! 사랑스러운 소피." 전과 같은 큰 목소리로 첵스 양이 속삭였다. "오후 네 시에 오지 않은 게 천만다행이야. 앨릭이 빨리 오고 싶어 얼마나 안달이 났는지! 글쎄, 저녁 식사 전에 옷을 다 차려입고 시계만 초조하게 쳐다보며 빨리 가자고 어찌나 못살게 하는지, 넌 말해도 몰라. 이게 다 너 때문이야. 요 나쁜 것!"

이 말을 듣고 소피 양이 얼굴을 붉혔고, (여자들 앞에서 수줍음을 타는) 첵스 역시 얼굴을 붉혔고, 첵스가 얼굴을 더 붉히지 않도록 와클스 부인과 자매들이 더할 나위 없이 공손하고 정중하게 그들을 맞이하자, 리처드 스위블러는 알아서 자리를 비켜

주었다. 바로 지금이 그토록 바라던 상황이고, 바로 지금이 화가 난 척하기에도 알맞은 빌미가 되는 때였지만, 찾으리라 기대하지 않은, 그동안 찾던 명분과 빌미를 얻고도 리처드 스위블러는 진심으로 화가 나서 그저 저 악마 같은 첵스가 왜 저렇게 뻔뻔하게 행동하는지 궁금해했다.

하지만 스위블러는 첫 번째 카드리유를 출 때 (컨트리 댄스는 천박하다는 이유로 완전히 금지되었다) 소피 양의 손을 잡는 것으로 경쟁 상대보다 유리한 위치에 서게 되었다. 경쟁 상대는 한쪽 구석에 앉아 낙담한 표정을 지으며 소피 양이 어지러운 춤을 출 때 그녀의 눈부시게 아름다운 모습을 바라만 보았다. 스위블러가 채소농장 주인을 앞선 것은 이뿐만이 아니었다. 그는 와클스 가족이 대수롭지 않게 여기는 인간이 얼마나 잘난 사람인지 보여주기 위해, 아마도 뒤늦게 마신 술 탓이겠지만, 민첩한 묘기와 회전과 방향 전환 동작을 선보이며 사람들을 놀라게했다. 특히, 키 작은 학생과 짝을 이뤄 춤을 추던 키 큰 신사는 감탄과 놀라움을 금치 못한 채 그 자리에 얼어붙고 말았다. 와클스 부인조차 들뜬 세 명의 어린 여학생을 꾸짖어야 하는 것도 잠시 잊고, 저런 춤꾼을 가족으로 맞으면 실로 가문의 영광이 되리라는 생각을 억누르지 못했다.

이런 중대한 위기 상황에서 첵스 양은 오빠의 열정적이고 쓸모 있는 동맹자임을 스스로 증명해 보였다. 감정을 억누르고 멸

시에 찬 미소를 지으며 스위블러 씨의 대단한 춤 솜씨를 깎아내리는 말을 했기 때문이다. 그뿐만 아니라 첵스 양은 앨릭이 분노로 가득 차서 그에게 달려들어 주먹이라도 날릴까 봐 두려워 죽겠다고 선언하며, 앨릭의 눈이 사랑과 분노로 얼마나 빛나는지 보라고 애원하며—그의 눈에서 흘러넘치던 열정이 코로 달려들어 진홍빛으로 물들이는 것을 볼 수 있었다—기회만 생기면 소피 양의 귀에 대고 저 우스꽝스러운 사람 때문에 걱정하는 그녀에게 애도와 동정을 표했다.

"첵스 양과도 춤을 추세요." 첵스와 두 차례 춤을 추고 그의 사기를 진작시킨 소피 양이 딕 스위블러에게 말했다. "첵스 양은 좋은 분이에요. 오빠도 정말 유쾌한 분이고요."

"유쾌한 사람이라?" 딕이 중얼거렸다. "그러면 지금 이쪽을 바라보는 그의 눈빛 역시 유쾌하다고 말할 수 있겠군요."

이때 제인 양이 (미리 짠 대로) 두 사람 사이로 곱슬머리를 들이밀고 언니에게 이쪽을 바라보는 첵스 씨의 시선이 질투로 가득 차 있다고 속삭였다.

"질투라니! 정말 뻔뻔하군!" 리처드 스위블러가 말했다.

"뻔뻔하다니요, 스위블러 씨." 제인 양이 고개를 확 젖히며 말했다. "목소리 낮추세요. 안 그러면 후회할지도 몰라요."

"오, 제발, 제인." 소피 양이 말했다.

"이해가 안 돼!" 제인 양이 대꾸했다. "첵스 씨가 언니를 좋아하는데 질투 못 할 이유가 뭐야. 난 정말 마음에 들어. 분명 첵스 씨도 다른 사람처럼 질투할 충분한 권리가 있어. 아직 없다면 아마도 곧 그렇게 되겠지. 그 점은 언니가 제일 잘 알 텐데."

소피 양과 동생이 꾸민 일이지만, 인도적인 의도에서 시작하고 스위블러 씨에게 소피 양에 대한 감정을 제때 고백하게 하려던 목적이었는데 계획대로 되지 않았다. 제인 양이 너무 성급하게 소리를 지르고 입을 험하게 놀리는 바람에 그녀의 역할이 너무 강조되어, 스위블러 씨가 소피 양을 첵스 씨에게 넘기고 얼굴에 완강한 저항의 빛을 띤 채—그러자 그 신사도 분개했다—분노하며 물러났기 때문이다.

"뭐라고 했습니까, 선생?" 첵스 씨가 스위블러 씨를 따라 구석으로 걸어가며 말했다. "의심받지 않게 좀 웃어주시오. 나한테 뭐라고 했습니까?"

스위블러 씨가 거만하게 웃으며 첵스 씨의 발가락 부분을 보다가 그곳에서부터 발목까지, 발목에서 정강이까지, 정강이에서 무릎까지 이런 식으로 눈을 들어 외투까지 그의 오른쪽 다리를 주시하며 올라갔다. 그러고는 단추에서 단추까지 눈을 들어 턱까지 주시했다. 코의 중간지점까지 올라가서 마침내 그의 눈과 마주치자, 그가 퉁명스럽게 대답했다.

"아닙니다, 아무 말도 안 했습니다."

"에헴!" 첵스 씨가 스위블러의 어깨 너머를 흘깃 바라보며 말했다. "얼른 다시 미소를 지으시오. 내게 무슨 할 말이 있었을 텐데."

"아닙니다. 없었습니다."

"지금 이 자리에서는 할 말이 없을지 모르지만." 쳌스 씨가 사납게 말했다.

이 말에 리처드 스위블러가 쳌스 씨의 눈에서 시선을 거두고 다시 그의 코와 외투와 오른쪽 다리를 거쳐 발끝으로 천천히 시선을 내리며 훑어보았다. 그런 다음 다리를 바꿔 전과 같이 발끝에서부터 외투까지 천천히 시선을 들어 올리다가 다시 그와 눈이 마주치자, "그렇습니다, 그런 적 없습니다"라고 말했다.

"오, 정말 없는 모양이군!" 쳌스 씨가 말했다. "다행입니다. 혹시 할 말이 생기면 어디로 찾아와야 하는지 압니까?"

"알고 싶으면 쉽게 알아볼 수 있습니다."

"그러면 우린 이제 더는 할 말이 없군요."

"그렇습니다." 그렇게 두 사람의 대화는 서로 얼굴을 찌푸리며 끝났다. 쳌스 씨가 재빨리 소피 양에게 손을 내밀었고, 스위블러 씨는 한쪽 구석으로 물러나서 어두운 표정으로 자리에 앉았다.

스위블러 바로 옆에서는 와클스 부인과 딸들이 자리에 앉아 사람들의 춤추는 모습을 지켜보고 있었다. 파트너가 다른 사람과 춤을 추는 사이 가끔 쳌스 양이 와클스 부인과 딸들에게 달려와 스위블러에 관해 몹시 듣기 싫은 소리를 늘어놓았다. 그 옆에는 두 명의 여학생이 와클스 부인과 딸들을 격려의 눈으로 바라보며 딱딱한 의자에 몸을 곧추세운 채 불편한 자세로 앉아 있었다. 이때 와클스 부인이 미소를 짓자 두 딸도 미소를 지었고, 의자에 앉아 있던 소녀들도 똑같이 미소를 지으며 이들의 비위를 맞추려 애썼다. 그러자 소녀들의 상냥한 행동에 대한 답례로 와클스 부인이 즉각 얼굴을 찌푸리며, 그런 주제넘은 행동을 또다시 했다가는 사람을 시켜 각자의 집으로 돌려보내겠다고 경고했다. 와클스 부인의 위협에 약하고 벌벌 떠는 기질을 가진 어린 숙녀 중 한 명이 눈물을 흘렸고, 이 위반 행위로 그들 모두는 모든 학생의 영혼에 공포를 불러일으킬 정도로 무시무시한 기민함을 보이며 즉시 일렬종대로 물러갔다.

"새로운 소식이에요." 첵스 양이 다시 다가와 말을 걸었다. "앨릭이 소피에게 말을 건네고 있어요. 아주 진지하고 진실한 말이 틀림없어요."

"무슨 말을 하고 있죠, 첵스 양?" 와클스 부인이 물었다.

"여러 가지요." 첵스 양이 대답했다. "어찌나 속내를 털어놓는지, 상상도 못 할 거예요."

리처드 스위블러는 더는 얘기를 듣지 않는 편이 바람직하다고 생각했지만, 잠시 춤이 멈춘 틈을 이용해 첵스 씨가 와클스 부인에게 아첨하러 다가오자, 극도로 무심한 태도를 취하려고 신경 쓰며 문 쪽으로 으스대며 걸어갔다. 가는 길에 제인 와클스 양을 지나쳤는데, 그녀는 한껏 말아 올린 머리카락의 후광을 누리며 (더 나을 것이 없을 때의 좋은 관행처럼) 응접실에 있던 나약한 노신사에게 추파를 던지고 있었다. 문가에 앉아 있던 소피 양은 첵스 씨의 고백에 가슴을 떨며 혼란스러워했고, 리처드 스위블러는 그녀 옆에 잠시 있다가 작별 인사를 건넸다.

"나의 나룻배는 해변에, 나의 돛단배는 바다 위에 떠 있네. 하지만 나는 이 문을 지나기 전에 그대에게 작별을 고하리니." 딕이 침울하게 소피 양을 바라보며 말했다.

"가려고요?" 소피 양이 말했다. 본인이 꾸민 계략의 결과에 가슴이 내려앉았지만, 일부러 무관심한 척했다.

"나는 가려 하는가!" 딕이 쓸쓸하게 말을 되뇌었다. "그렇습니다. 나는 갈 겁니다. 그러면 어떻게 됩니까?"

"아무 일도 아니지요. 그저 너무 일찍 가는 듯해서." 소피 양이 대답했다. "하지만 당신은 당연히 당신 마음을 따를 테니."

"당신에 대한 생각을 품기 전까지는 그랬을 겁니다." 딕이 말했다. "와클스 양, 나는 당신을 진실한 사람이라 믿었습니다. 그리고 그렇게 믿을 수 있어 행복했습니다. 하지만 이제 그렇게 진실한 한 여인이 나를 속인 사실 때문에 애통하구려."

소피 양이 입술을 꽉 깨물며 멀리서 레모네이드를 꿀꺽꿀꺽 들이켜는 첵스 씨에게 관심이 있는 척 그를 바라보았다.

"이곳에 올 때," 딕이 그곳에 간 목적은 까맣게 잊은 채 말했다. "가슴은 부풀고, 심장은 팽창했으며, 내 감정도 그와 같았지만, 이제 짐작은 가지만 표현할 수 없는 감정들을 안고 떠나는구나. 오늘 밤 내가 가장 아낀 애정이 질식사한 고적한 진실을 가슴에 품고!"

"도무지 무슨 말인지 모르겠어요, 스위블러 씨." 소피 양이 눈길을 떨구며 말했다. "그랬다면 정말 미안해요."

"미안해요?" 딕이 말했다. "첵스의 소유가 되어 미안하다! 하지만 나는 이 하찮은 말을 끝으로 당신이 즐거운 밤을 보내기를 바랍니다. 지금, 이 순간에도 나를 위해 성장하고 있는 어린 소녀가 있습니다. 매력이 있을 뿐만 아니라 엄청난 재산을 가졌고, 그녀의 친척이 청혼을 제안해 와서—그녀의 가족 구성원을 존경하므로—가족이 되기로 동의했습니다. 사랑스러운 어린 소녀가 나를 위해 여인으로 커가고 있고 나를 위해 돈을 저축하고 있다는 말을 당신이 들으면 기뻐할 만족스러운 상황입니다. 이제 다만 당신을 너무 오래 붙잡아둔 것에 대해 사과의 말을 전합니다. 그러면 안녕히."

"이 속에도 한 가지 좋은 게 있어." 집에 도착한 리처드 스위블러가 촛불 위에 소등기를 걸며 혼자 중얼거렸다. "이제 프레드와 함께 귀여운 넬리에 관한 모든 계획을 열과 성을 다해 온전하게 추진하자. 그러면 프레드도 내 강한 의지를 알게 되겠

지. 내일이면 모든 사실을 알게 될 거야. 어쨌든 지금은 좀 늦었
으니, 아늑한 잠을 청하자."

청하자마자 '아늑한 잠'은 바로 찾아왔다. 그렇게 눈을 감고
몇 분 지나지 않아서 스위블러 씨는 바로 잠이 들었고, 넬과 결
혼해서 재산을 상속받고 그 재산으로 가장 먼저 첵스 씨의 농장
을 갈아엎은 다음 그곳에 벽돌공장을 세우는 꿈을 꿨다.

9장

퀼프 부인을 믿었지만, 소녀는 자신이 생각하는 슬픔과 아픔, 또는 집안에 드리운 먹구름과 벽난로에 어리는 그림자에 관해서는 말하지 않았다. 게다가 어떤 삶을 살아가는지 잘 알지 못하는 누군가에게 자신이 느끼는 우울함과 외로움, 자신을 진심으로 사랑하는 할아버지에게 어떤 식으로든 상처를 입힐지도 모른다는 두려움을 정확히 전달하는 것은 매우 어려운 일이었다. 그래서 복받치는 슬픔 속에서도 소녀는 마음을 짓누르는 불안과 고통의 주된 원인이 무엇인지 말하지 못했다.

진정 넬의 눈에서 눈물을 쥐어짜 내는 것은 다양한 놀거리로도 극복할 수 없는, 유쾌한 동료애로도 힘이 나지 않는 단조로운 일상도, 어둡고 우울한 저녁이나 길고 외로운 밤도, 어린 심장을 요동치게 할 약간의 편한 재밋거리가 없어서도, 연약하고 쉽게 상처받는 마음만을 남긴 유년 시절 때문도 아니었다. 말 못 할 비탄에 깔려 쓰러지는 노인을 보는 것이, 그의 갈팡질팡하고 불안정한 상태에 주목하는 것이, 그가 방황하고 있다는 무서운 두려움에 때때로 동요하는 것이, 그의 말과 표정에서 의기소침한 광기의 서막을 찾아내는 것이, 매일 이런 모습을 지켜보고 기다리고 들으며 그것이 사실임을 확인하는 것이, 어떤 힘든 일이 생겨도 자신들뿐이고 조언이나 도움을 줄 사람 하나 없다는 사실을 알고 느끼는 것이 우울과 불안의 원인이었다. 그것은 격려와 기쁨을 주는 일터에서 영향력을 행사할 수 있는 어른에게도 부담이 되었을지 모르는데, 하물며 안절부절못하며 그런 생각들을 계속할 수밖에 없는 모든 것에 늘 둘러싸여 있는 어린아이에게는 이 현실이 얼마나 벅찰까!

하지만 노인이 보기에 넬은 여전히 똑같았다. 그가 늘 뇌리에서 떠나지 않고 생각나는 마음속 환영으로부터 잠시 벗어나면, 그곳에는 그의 영혼 깊숙한 곳에 내려앉아 일생을 함께한 듯 한결같은 미소를 짓고, 항상 진심 어린 말로 속삭이고, 변함없이 유쾌하게 웃고, 똑같은 사랑과 보살핌을 주는 어린 동반자가 있었다. 그래서 그는 소녀의 마음속에 있는 책의 첫 장만 읽고 만족하고는 다른 장에 숨겨진 이야기는 짐작조차 못 한 채, 그 아이는 적어도 행복했다고 계속 중얼거렸다.

한때는 정말 행복했다. 소녀가 노래를 부르며 어두운 방을 지나가거나 경쾌한 발걸음으로 먼지투성이의 보물들 사이를 돌아다니면, 그녀의 기운찬 생명으로 인해 옆에 놓여 있던 물건들은 더 낡아 보였고, 명랑하고 쾌활한 존재로 인해 더 근엄하고 엄숙해 보였다. 하지만 이제 골동품 상점의 방들은 냉기와 우울만이 감돌았다. 소녀가 자신의 방을 나와 그 방들 중 한 곳에 앉아 지루한 시간을 보낼 때면, 마치 죽은 재실자처럼 가만히 있으며 움직임이 없었고—오랜 침묵으로 잠겨버린—목소리로 메아리를 만들어 놀라게 할 마음도 없었다.

소녀는 여러 방 중 거리가 내다보이는 창가에 앉아 많고 많은 긴 밤을, 자주 그 밤을 하얗게 지새우며 홀로 생각에 잠기곤 했다. 하염없이 바라보며 기다리는 사람만큼 불안한 사람도 없으리라. 그럴 때면 애절한 생각들이 떼를 지어 아이의 마음속으로 몰려들었다.

땅거미가 지면 소녀는 그곳에 자리를 잡고 거리를 오가는 사람들이나 맞은편 집 창문에 비치는 사람들을 바라보며, 저 방들도 자신이 앉아 있는 곳처럼 쓸쓸할지, 자신이 밖을 내다보다가 다시 머리를 집어넣는 그들의 모습을 보듯 그들도 그곳에 앉아 있는 자신의 모습을 볼지 궁금해했다. 그 지붕 중 하나에 뒤틀린 굴뚝 더미가 있었는데, 이 굴뚝들을 볼 때마다 소녀는 그것들이 추악한 얼굴로 인상을 쓰며 방안을 몰래 훔쳐보는 것은 아닐까 하는 착각에 빠졌고, 날이 완전히 저물어 굴뚝이 잘 보이지 않으면 비로소 마음이 놓였지만, 거리의 가로등을 켜기 위해 남자가 다가오면 다시 아쉬워했다. 가로등 불빛이 밤을 더디 가게 하고 집안을 따분하게 했기 때문이다. 그러다가 소녀가 다시 머리를 집어넣고 방을 둘러보면 모든 것이 그 자리에 쥐 죽은 듯 가만히 놓여 있었고, 다시 창밖 거리로 고개를 돌리면 한 남자가 관을 짊어진 채 지나가고 두세 명의 사람이 말없이 그를 따라 누군가가 죽어 누워 있을 집으로 들어가는 광경을 목격하곤 했다. 그러면 소녀는 온몸을 부들부들 떨며 할아버지의 변한 얼굴과 태도, 그리고 연이어 새롭게 다가오는 두려움과 추측들에 관해 생각했다. 만약 할아버지가 죽는다면—갑자기 할아버지가 병이라도 걸린다면, 그래서 할아버지가 살아서 다시 집에 돌아오지 못한다면—어느 저녁 집으로 돌아온 할아버지가 평소처럼 입을 맞추고 축복을 빌어준 뒤 자신이 잠든 사이, 그것도 즐거운 꿈을 꾸는 사이, 혹시 자살이라도 해서 그 피가 서서히 자신의 방문 틈으로 흘러들어온다면! 이런 생각들은 너무 끔찍해서 계속 떠올릴 수 없었고, 소녀가 다시 거리로 고개를 돌리면 어느새 그곳은 전보다 더 한적하고 더 어둡고 더 조용한 곳이 되어 있었다. 상점들이 일찍 문을 닫고 이웃집 사람들도 하나둘 잠자리에 들기 위해 방으로 돌아가면, 불빛은 건물의 위쪽 창문에서만 새어 나왔다. 점차 그 불빛마저 약해져 하나둘 사라지면, 아주 약하게 키운 촛불이 여기저기에서 밤새 방을 밝혔다. 그리 멀지 않은 곳에 늦게까지 문을 여는 상점이 하나 있었는데, 포장도로에 비친 그곳의 붉은 빛이 밝고 정감 있었다. 하지만 얼마 후 그 상점도 문을 닫고 그 친근한 불빛마저 꺼지면, 길을 잃은 듯한 발소리와 자는 가족을 깨우기 위해 조심스럽게 대문을 두드리는 소리만 간헐적으로 들릴 뿐 주위는 온통 적막에 휩싸였다.

밤이 더 깊어지면 (그렇게 깊어지고 나서야) 아이는 창문을 닫고 종종 꿈속에 뒤섞여 나오는 흉측한 모습의 골동품들이 계단을 내려가는 사이 빛을 뿜으며 나타나는 것은 아닐지 불안해하며 아래층으로 내려갔다. 그랬다면 얼마나 겁을 먹었을까? 하지만 그런 두려움도 심지가 잘 다듬어진 램프와 친근한 자신의 방이 나타나면서 사라졌다. 소녀는, 할아버지를 위해, 할아버지가 마음의 평화를 되찾고 예전처럼 두 사람이 행복하게 지낼 수 있게 해달라고 굵은 눈물을 흘리며 간절한 기도를 올린뒤 베개를 베고 흐느끼며 잠이 들곤 했다. 하지만 날이 새기 전에 초인종 소리와 환청에 답하느라 몇 번씩 잠에서 깨곤 했다.

넬이 퀼프 부인을 만나고 돌아온 지 사흘째 되는 날 밤이었다. 종일 힘이 없고 아파하던 노인이 그날은 외출하지 않겠다고 말했다. 그 말을 듣고 아이는 눈을 반짝이며 기뻐했지만, 몹시 지쳐 보이고 병약한 노인의 얼굴을 보고는 그 기쁨도 곧 가라앉았다.

"이틀째야." 노인이 말했다. "분명 이틀이나 지났는데 아무 답이 없구나. 그가 뭐라고 했다고, 넬?"

"말한 그대로예요, 할아버지."

"그랬지." 노인이 힘없이 대답했다. "그래도 다시 한번 말해 주겠니, 넬? 나이가 들어서 그런지 기억력도 좋지 않구나. 그가 뭐라고 했다고? 그냥 내일이나 모레쯤 방문한다는 말 외에 다른 말은 없었니? 그건 편지에 적혀 있었어."

"네, 그저 그 말만 했어요." 아이가 대답했다. "내일 다시 찾아가 볼까요? 일어나서 바로 출발하면 아침을 먹기 전에 돌아올 수 있을 거예요."

노인이 고개를 저으며 무거운 한숨을 내쉬고는 아이를 끌어당겼다.

"소용없을 거야. 아무 소용이 없어. 그의 도움이 있어야 그동안 잃은 시간과 돈을 되찾고, 너도 보았듯 나를 이렇게 망쳐놓은 고통에서 벗어날 수 있는데, 그가 이 순간 나를 버린다면, 넬! 그가 지금 나를 버린다면. 내가 모든 걸 거는 바람에 너까지 이렇게 되었구나. 만약 우리가 길거리에 나앉게 된다면!"

"어떻게 하냐고요?" 아이가 대범하게 말했다. "거지가 되어 행복하게 지내요."

"거지가 되는데 행복해!" 노인이 말했다. "오, 가여운 넬."

"할아버지." 소녀가 상기된 얼굴, 떨리는 목소리, 간절한 몸짓으로 힘차게 소리쳤다. "전 할아버지가 생각하는 것처럼 그렇게 어리지 않아요. 어리다고 해도, 제 말 들어보세요. 거리와 들판에서 구걸이나 막노동하며 입에 풀칠만 해도 지금보다 훨씬 행복할 거예요."

"넬!" 노인이 말했다.

"정말이에요. 지금보다 훨씬 행복할 거예요." 아이가 다시 한번 분명히 말했다. "할아버지가 슬플 때는 말하세요. 같이 슬퍼할게요. 할아버지가 나날이 쇠약해져 병이 들면 제가 할아버지를 보살필게요. 할아버지가 가난하면 우리 함께 가난하게 살아요. 하지만 같이 있게 해주세요. 할아버지에게 그런 변화가 생기면 말하세요. 그렇지 않으면 전 아마 마음이 너무 아파서 죽고 말 거예요. 할아버지 내일 당장 이 슬픈 곳을 떠나 집마다 다니며 구걸해요."

노인이 두 손으로 얼굴을 감싸고 누워 있던 긴 소파의 베개에 얼굴을 묻었다.

"우리 거지로 살아요." 아이가 노인의 목에 팔을 두르며 말했다. "전 두렵지 않아요. 우린 충분히 잘 살아갈 수 있어요. 시골을 돌아다니며 들판이나 나무 아래에서 잠을 자고, 돈이나 우리를 슬프게 하는 것들은 이제 생각하지 말아요. 밤에는 쉬고, 낮에는 햇볕을 밤에는 살랑거리는 바람을 느끼며 함께 하는 것에 감사해요. 다시는 이 적막하고 슬픈 곳에 발을 들이지 말고 어디든 가고 싶은 곳으로 가요. 정처 없이 걷다가 피곤해지면 가장 기분 좋은 장소를 찾아서 쉬어요. 제가 먹을 걸 구걸해 올게요."

아이는 흐느끼다가 말을 잇지 못하고 노인의 목에 얼굴을 묻었다. 노인도 따라 울었다.

당연히 이 말을 듣는 사람도 이 모습을 지켜보는 사람도 없어야 했다. 하지만 그곳에 이 모든 장면을 탐욕스러운 눈빛으로 훔쳐보는 자가 있었으니, 그는 다름 아닌 다니엘 퀼프 씨였다. 그는 처음 소녀가 노인 옆에 있을 때 몰래 상점 안으로 들어와—틀림없이 순수한 배려에서 그렇게 행동했다고 믿는다—그들의 대화를 방해하지 않기 위해 꼼짝하지 않고 몸에 밴 미소를 지으며 서 있었다. 하지만 걸어오느라 이미 지친 그에게 서 있는 것은 성가신 일이 되었고, 주로 느긋하게 쉬는 것이 버릇이 된 난쟁이는 의자 하나를 발견하고 남다른 민첩함을 보이며 그 위로 껑충 뛰어올랐다. 그래서 다리는 의자 위에 두고 등받이에 앉아, 늘 해오던 대로 환상적이고 원숭이 같은 행동을 하는 취향을 만족시키며, 편한 자세로 노인과 넬의 대화를 들으며 그 모습을 지켜볼 수 있었다. 그러고는 이제 한쪽 다리를 다른쪽 다리 위로 마음 편하게 꼬고, 손바닥으로 턱을 받치고, 머리는 한쪽으로 약간 돌린 상태로 앉자, 추악한 이목구비가 일그러져 만족스러운 찡그린 표정이 되었다. 그때 노인이 이런 자세를 하고 있는 그를 발견하고 깜짝 놀랐다.

아이는 이 상냥한 인물을 보고 소리죽여 비명을 질렀다. 놀란 두 사람은 할 말을 잃고 지금 보는 것이 헛것은 아닌지 반신반의하며 움츠린 채로 그를 바라보았다. 다니엘 퀼프는 이런 반응에도 전혀 당황하지 않고 같은 자세를 고수하며 생색을 내듯 고개만 몇 번 까닥였다. 마침내 노인이 그의 이름을 부르며 어떻게 들어왔는지 물었다.

"문으로 들어왔습니다." 퀼프가 엄지손가락으로 어깨 너머를 가리키며 말했다. "열쇠 구멍으로 들어올 만큼 작지는 않으니까. 그러면 좋겠지만. 영감, 긴히 할 얘기가 있는데. 단둘이. 넬리는 들어가 자도록 해라."

넬이 방으로 들어가라며 고개를 끄덕이는 노인을 바라보자, 그가 뺨에 입을 맞추었다.

"아!" 난쟁이가 입맛을 다시며 말했다. "장밋빛 뺨에다 하는 정말 멋진 입맞춤이군. 정말 훌륭한 입맞춤이야!"

이 말을 듣고 넬은 급히 자리를 떠났다. 퀼프는 음흉한 미소를 지으며 소녀가 방문을 닫고 들어갈 때까지 쭉 지켜보고는 노인에게 아이의 매력을 칭찬했다.

"영감, 참으로 신선하고, 활짝 피고, 다소곳한 작은 꽃봉오리 같습니다." 퀼프가 짧은 다리를 어루만지고 눈을 반짝이며 말했다. "정말 통통한, 장밋빛의, 포근한, 귀여운 넬이야."

노인이 억지웃음을 지으며 대답했지만, 가장 예리하고 가장 섬세한 조바심을 억누르는 빛이 역력했다. 노인—아니면 누구라도—을 괴롭히는 데 희열을 느끼는 퀼프가 이런 모습을 놓칠 리 없었다.

"정말…." 퀼프가 그 대상에 심취한 듯 아주 천천히 말했다. "작고 아담하고 아름다운 몸매에다 파란 정맥과 투명한 피부, 앙증맞은 발, 또 어찌나 애교가 넘치는지…. 아이고! 영감, 내 말에 긴장했구려! 뭐 안 좋은 일이라도 있습니까? 맹세하건대 …." 난쟁이가 슬그머니 상점 안으로 들어오던 때와 달리 여유 있게 의자 등받이에서 내려와 자세를 고쳐 앉으며 말했다. "맹세하건대, 나는 늙은이의 피가 그렇게 빠르고 뜨겁게 흐른다는 걸 꿈에도 알지 못했습니다. 늙으면 피도 식고 아니, 아주 차가워지고 느리게 흐른다고 생각했거든. 그래야 한다고 확신했습니다. 그런데 영감, 영감은 정상이 아닌가 봅니다."

"맞아." 노인이 두 손으로 머리를 감싸고 신음했다. "여기 끓는 듯한 열기가 있네. 가끔 뭐라 말하기 두려운 무언가가."

난쟁이는 아무 말도 하지 않고 노인이 안절부절못하며 방안을 어지럽게 오가다가 다시 자리로 돌아와 앉는 모습을 지켜보았다. 노인이 고개를 숙인 채 잠시 무언가를 생각하더니 갑자기 고개를 치켜들며 말했다.

"이번이 마지막이네. 돈을 좀 빌려주면 안 되겠나?"

"안 돼!" 퀼프가 대답했다.

"그러면," 노인이 필사적으로 주먹을 움켜쥐며 말했다. "넬과 난 모든 걸 잃어."

"영감." 퀼프가 그를 단호한 눈빛으로 쳐다보며 산만한 정신을 집중시키기 위해 손으로 탁자를 두세 번 두드렸다. "솔직히 말하겠습니다. 영감이 모든 카드를 쥐고 있고, 내가 그 카드의 뒷면만 보기보다 좀 더 공평하게 게임을 해봅시다. 이제 영감은 내게 어떤 비밀도 없으니 말입니다."

노인이 몸을 가볍게 떨며 그를 바라보았다.

"놀랐군." 퀼프가 말했다. "놀랐겠지. 말했지만, 이제 영감에게 비밀 따위는 없습니다. 털끝만큼도. 왜냐하면 영감이 내게서 빌린 그 모든 돈, 대부금과 선금을 몽땅 어디에 썼는지 알고 있거든. 맞혀볼까?"

"아아!" 노인이 신음하며 말했다. "알면 말해보게."

"도박에 다 날렸잖소." 퀼프가 대답했다. "밤마다 가는 그곳에서. 이게 돈을 벌기 위한 영감의 소중한 계획이오? 노름이 (나를 바보로 알고) 내 돈을 쏟아부은 비밀 투자처요? 이게 영감이 말한 돈이 샘솟는 금광 엘도라도요, 어?"

"맞아." 노인이 눈을 반짝이며 소리쳤다. "그래. 예전에도 그랬고, 지금도 그렇고, 앞으로도, 죽을 때까지 그럴 거야."

"내가 한낱 노름꾼한테 속다니!" 퀼프가 그를 경멸하듯 쳐다보며 말했다.

"난 노름꾼이 아니야." 노인이 사납게 소리쳤다. "하늘에 맹세코 절대 노름이 좋아서, 내 욕심 때문에 도박을 한 게 아니란 말이네. 돈을 걸 때마다 손녀를 떠올리며 운이 따르기를 기도했지만, 운이 따르지 않았네. 그렇다면 돈을 딴 사람이 누구겠는가? 나와 같이 노름한 그들은 누구냐 말이야. 바로 다른 사람을 착취해 돈을 물 쓰듯 쓰며 방탕하게 살아가고, 나쁜 일에 황금을 탕진하며 사회에 악을 퍼뜨리는 인간들 아닌가. 그런 자들의 돈을 가져오려 했네. 그 돈으로 어리고 죄 없는 손녀의 인생을 풍요롭고 행복하게 해주려고. 그놈들 돈이 줄어들면 어떻게 될까? 바로 부패하고 사악하고 불평만 해대는 사람들의 돈이 줄어드는 것 아닌가. 이런 걸 꿈꾸지 않을 사람이 어디 있나? 말해보게. 어느 누가 나 같은 희망을 품지 않을 수 있느냐 말이야."

"도대체 언제부터 이 정신 나간 짓을 한 겁니까?" 쿼프의 비아냥거리는 기질이 노인의 비통함에 잠시 가라앉았다.

"언제부터 노름을 했느냐고?" 노인이 이마에 성호를 그으며 말했다. "언제부터 했느냐고 물어보았나? 바로 저축한 돈이 얼마나 적은지, 돈을 저축하려면 얼마나 오랜 시간이 걸리는지, 그런데 내가 앞으로 살날이 얼마나 짧은지, 가난의 슬픔에서 건져줄 충분한 돈도 없이 손녀가 이 거친 세상을 어떻게 혼자 살아갈지 생각하면서부터. 그때부터 도박을 생각하기 시작했네."

"영감의 소중한 손자를 바다로 보내달라고 부탁하러 왔던 그때부터요?" 퀼프가 말했다.

"바로 그 직후." 노인이 대답했다. "오랫동안 생각했네. 몇 달 동안은 꿈에서도 고민했어. 그런 다음 시작했지. 하지만 재미도 없고 아무 기대도 할 수 없었네. 오히려 근심 가득한 날과 잠 못 이루는 밤이 많아지며 건강과 마음의 평화만 잃었지. 얻은 거라곤 쇠약함과 슬픔뿐이었네!"

"가진 돈을 몽땅 날린 다음 나를 찾아왔군. 나는 영감이 큰돈을 벌고 있다고 (영감이 그렇게 말했으니까) 생각했는데 빈털터리가 되었다? 이것 참! 그래서 영감이 긁어모을 수 있는 모든 담보물과 재고품과 건물에 대한 매매 증서를 확보하기로 했소." 퀼프가 자리에서 일어나 그동안 빼돌린 물건은 없는지 확인하려는 듯 주변을 둘러보고 이렇게 말했다. "도박에서 단 한 번도 이긴 적이 없습니까?"

"없어!" 노인이 신음하며 말했다. "잃은 돈도 회복하지 못했네."

"나는 그렇게 오래 도박을 하면 돈을 따거나 적어도 돈을 잃지는 않는다고 생각했습니다." 난쟁이가 비웃었다.

"그러니까." 노인이 갑자기 의기소침한 상태에서 벗어나 가장 격렬한 흥분에 휩싸이며 외쳤다. "그러게. 나도 지금껏 그렇게 생각했고, 그 생각이 지금처럼 확실한 적도 없었네. 퀼프, 최근 사흘 밤 내리 큰돈을 따는 꿈만 꾸었네. 전에는 이런 꿈을 꿔 본 적이 없어. 이번 한 번만 기회를 주게. 도와줄 사람은 자네밖에 없어. 마지막 희망을 펼치도록 한 번만 기회를 줘."

난쟁이가 어깨를 으쓱하며 고개를 흔들었다.

"이봐 퀼프, 인정 많은 퀼프." 떨리는 손으로 주머니에서 종잇조각을 꺼낸 노인이 난쟁이의 팔을 잡으며 말했다. "이걸 한 번 봐주게. 이 숫자들. 내가 그동안 경험을 바탕으로 계산했네. 이번에는 틀림없이 이길 거야. 적은 돈이라도 좋으니 몇 파운드만, 아니 40파운드만이라도, 마지막으로 한 번만 더 빌려주게. 부탁하네, 퀼프."

"마지막으로 빌린 돈이 70파운드지. 그 돈을 하루 만에 날려 버리다니." 난쟁이가 말했다.

"나도 알고 있네." 노인이 대답했다. "하지만 그날 정말 운이 없었던 것뿐이야." 노인이 말하며 몸을 심하게 떨어서 손에 쥔 종이가 바람에 나부끼듯 펄럭였다. "제발, 고아 신세의 손녀를 한 번만 생각해 주게. 내가 홀몸이면 미련 없이 죽을 수 있네―심지어 편파적인 불운이 자부심 강하고 행복한 사람에게 몰아치고, 궁핍하고 고뇌하는 사람과 절망 속에서 그 죽음의 운명을 구하는 사람을 피해 간다고 예상하지만―하지만 내가 한 행동은 나를 위해서가 아니라 모두 어린 손녀를 위해서였네. 그러니 손녀를 봐서라도 좀 도와주게. 내가 아니라, 제발 넬을 위해!"

"미안하지만, 시내에서 약속이 있습니다." 퀼프가 아주 침착하게 시계를 보며 말했다. "약속만 없으면 영감이 진정할 때까지 30분 정도는 같이 보낼 수 있을 텐데."

"오, 퀼프." 노인이 그의 옷자락을 끌어당기며 애원했다. "자네와 내가 가엾이 죽은 아이의 엄마에 관해 여러 번 같이 얘기하지 않았나. 아이도 그렇게 될까 봐 너무 두려웠네. 그러니 나를 너무 질책하지 말고 좀 봐주게. 내 덕에 돈을 많이 모으지 않았나. 제발 마지막 희망을 펼치도록 한 번만 돈을 융통해 주게."

"정말 그렇게 할 수가 없습니다." 퀼프가 평소와 달리 정중하게 말했다. "영감 이거 아시오—이건 가장 명민한 사람이 어떻게 가끔 속아 넘어갈 수 있는지 보여주므로 마음에 새길 필요가 있는 상황이지만—나는 영감이 넬리를 위해 저축하느라 그렇게 궁핍하게 사는 줄 알고 완전히 속았습니다."

"모두 뿌리칠 수 없는 어마어마한 재산을 위해 돈을 모으려고, 그래서 손녀를 더 잘 살게 하려고 그랬네." 노인이 소리쳤다.

"그래, 이제 잘 알아들었습니다." 퀼프가 말했다. "하지만 이 말은 하려고 했습니다. 난 완전히 속았소. 영감의 구두쇠 같은 생활과 영감을 부자라고 말하는 사람들이 가진 영감에 대한 평판에, 돈을 빌려주면 서너 배로 이자를 쳐서 갚는다고 몇 번이고 반복하던 영감의 확언에 말입니다. 내가 우연히 영감의 비밀을 알아내지 못했다면 영감이 이번에 빌려달라고 한 돈도, 아물론 뭔가 잘못되어 간다는 생각은 했겠지만, 하여튼 간단한 쪽지만 믿고 또 돈을 빌려줄 뻔했지 뭡니까."

"내가 그렇게 조심했는데, 자네에게 내 얘기를 한 사람이 누군가? 그 사람 이름을 대보게." 노인이 절박하게 되받아쳤다.

교활한 난쟁이는 아이에게 듣게 된 사실을 고백하려다가 그래봐야 이로운 것도 없고 숨기는 것이 좋다는 생각이 들어서 하려던 대답을 멈추고 "누구라고 생각하시오?"하고 노인에게 되물었다.

"키트군, 분명해. 자네가 키트 녀석을 돈으로 매수해 스파이 노릇을 시켰어." 노인이 말했다.

"오, 어째서 키트라고 생각합니까?" 난쟁이가 무척이나 동정하는 듯한 투로 말했다. "그렇소, 키트요. 안 됐군, 키트."

퀼프는 이렇게 말하며 호의적인 태도로 머리를 끄덕이고 작별 인사를 했다. 그리고 바깥문을 지나갈 때 잠시 멈추고는 기이한 기쁨에 취해 환하게 웃었다.

"불쌍한 키트!" 퀼프가 중얼거렸다. "나를 1페니만 내면 어디에서나 볼 수 있는 난쟁이 보다 못생겼다고 한 놈이 바로 그 녀석이지. 하하하! 오, 불쌍한 키트!"

이 말을 남기고 그는 제 갈 길을 갔지만, 그가 걸어가는 내내 웃음소리가 들렸다.

10장

　아무도 다니엘 퀼프가 노인의 집에 들어갔다가 나오는 모습을 보지 못했다. 중심가에서 뻗어 나온 많은 통로 중 하나와 연결되는 골동품 상점 바로 맞은편에 있는 아치형 길의 그림자 속에서는, 누군가가 저물녘부터 자리를 잡고 줄지 않은 인내심으로 여전히 같은 자세를 유지하며, 오랜 기다림에 익숙한 사람처럼 벽에 몸을 기댄 채 그 시간 동안 서 있었다.

　이 참을성 많은 놈팡이는 지나가는 사람들의 주의를 거의 끌지 못했고, 그도 그들에게 관심을 보이지 않았다. 그의 눈은 오직 한 곳, 바로 소녀가 항상 앉아 있는 창문만을 향해 있었다. 그가 잠깐이라도 눈을 돌리는 일이 있다면 그것은 근처 상점에 걸린 시계를 보기 위함이었고, 시계를 보고 난 후에는 한층 진지하고 강한 집중력을 보이며 낡은 건물에 시선을 고정했다.

앞서 말했듯 이 인물은 숨어 있는 자리에서 조금도 피곤한 기색을 보이지 않았고, 기다림에서 또한 그랬다. 하지만 시간이 지날수록 전보다 덜 희망에 찬 모습으로 창문을 힐끔거리고 더 자주 시계를 힐끔거리며 약간의 불안함과 놀라움을 내비쳤다. 마침내 시샘하는 덧문들이 닫히더니 시계가 시야에서 사라졌고, 교회 첨탑이 밤 열한 시를 선언했고, 15분의 시간이 더 흐른 뒤 이제 그곳에서 더 지체해 봐야 무의미하다는 확신이 그의 마음에 참견하는 듯했다.

이런 확신이 반갑지 않고 무슨 일이 있어도 그 확신에 굴복하지 않으려는 그의 의지는 그곳을 떠나기 싫어하는 모습에서, 여전히 어깨 너머로 창문을 돌아보며 내딛는 느린 발걸음에서, 상상의 소음이나 변화 그리고 희미한 불빛이 창문이 살짝 열렸다고 추측하도록 유도했을 때 다시 돌아가는 그 황급함에서 분명히 드러났다. 결국 그는 그날 밤은 가망이 없다고 결론 내리고 억지로 떨쳐내려는 듯 갑자기 달리기 시작하더니 전속력으로 들입다 내달렸고, 되돌아가고 싶은 마음이 생길까 봐 뒤도 돌아보지 않았다.

속도를 늦추거나 숨을 고르기 위해 멈추지도 않은 이 수수께끼의 사내는 많은 골목과 샛길을 따라 정사각형으로 포장된 공터까지 내달렸다. 그곳에 도착하고서야 달리기를 멈춘 그가 창문에 불이 켜진 작은 집으로 걸어가더니 대문의 빗장을 풀고 안으로 들어갔다.

"에구머니나!" 한 여인이 놀라 뒤를 돌아보며 소리쳤다. "누구세요? 오! 키트구나."

"네, 어머니, 저예요."

"이런, 피곤해 보이는구나."

"할아버지가 오늘 밤에는 외출하지 않았어요." 키트가 말했다. "그래서 넬이 창가에 한 번도 나타나지 않았고요." 난로 가까이 다가가 앉은 키트는 매우 침통하고 불만이 가득해 보였다.

키트가 앉은 방은 아주 형편없고 평범한 곳이었지만, 아늑한 기운이 감돌고—그렇지 않았다면 틀림없이 비참한 곳이 되었으리라—어느 정도 항상 깨끗하게 잘 정돈되어 있었다. 네덜란드 시계가 늦은 시각을 가리키는데도 가난한 여인은 다림질에 여념이 없었고, 난로 옆 요람에는 아기가 잠들어 있었고, 두세 살 된 건강해 보이는 또 다른 아이는 꽉 끼는 취침용 모자를 쓰고 지나치게 작은 잠옷을 입은 채 세탁 광주리 안에 꼿꼿이 앉아, 오늘 밤은 잠을 자지 않기로 결심한 듯, 커다란 두 눈으로 광주리의 테두리 위를 쳐다보았다. 키트가 이미 쉬는 것을 포기하고 침대에서 나왔기 때문에, 이런 모습은 그에게 가족과 친구들에 대한 흥겨운 기대감을 심어주었다. 키트, 그의 어머니, 아이들 모두 하나같이 닮은 것이 상당히 묘한 가족이었다.

키트는, 다들 종종 그러듯 욱하는 성질이 있었지만, 쌔근쌔

근 잠자는 아기, 광주리 안의 동생, 아침부터 불평 한마디 없이 일하는 어머니를 차례로 둘러보며 쾌활한 사람이 되는 편이 더 좋고 더 친절한 것이라 생각했다. 그래서 발로 요람을 흔들고 광주리 안의 동생을 향해 얼굴을 일그러뜨렸다. 이것이 아기에게 즉각적인 웃음을 유발하자, 그는 수다를 떨어서 상냥한 사람이 되기로 확고히 마음먹었다.

"어머니!" 키트가 접는 칼을 꺼내 어머니가 몇 시간 전에 차려놓은 빵과 고기에 꽂으며 말했다. "어머니는 정말 대단해요! 분명 어머니 같은 분은 흔치 않을 거예요."

"나는 나보다 좋은 사람이 많기를 바란다, 키트." 누블스 부인이 말했다. "그리고 교구 목사님도 그런 사람은 많아야 하고 또 많다고 하더구나."

"그분은 참 많은 걸 알고 있네요." 키트가 삐딱하게 말했다. "기다려 보세요. 그가 어머니처럼 일은 많이 하면서 벌이는 시원찮은 홀아비 신세가 되면 제가 그에게 몇 시냐고 물어볼게요. 그러면 그가 0.5초까지도 정확히 말해줄 것 같아요?"

"글쎄다." 누블스 부인이 화제를 돌리며 말했다. "난로 망 옆에 맥주 준비해 놓았다, 키트."

"네." 아들이 흑맥주 주전자를 들어 올리며 말했다. "전 어머니를 사랑해요. 어머니가 원하면 목사님도 건강하기를 바라고요. 그에게 나쁜 감정은 없어요, 제가 왜 그래요!"

"영감님이 오늘 밤에는 외출하지 않았다고?" 누블스 부인이 말했다.

"네, 재수 없게도." 키트가 대답했다.

"다행이라고 말해야지." 누블스 부인이 말했다. "넬이 밤에 혼자 지내지 않아도 되니까."

"아! 미처 그 생각을 못 했네요." 키트가 말했다. "여덟 시부터 지켜봤는데 넬을 보지 못해서 그렇게 말했어요."

"넬이 뭐라고 할지 궁금하구나." 누블스 부인이 잠시 일손을 놓고 주위를 둘러보며 말했다. "매일 밤, 넬이, 아 불쌍한 것, 창가에 혼자 앉아 있을 때 행여 무슨 일이라도 생길까 봐 네가 맞은편 길에서 지켜보며 안전하다고 생각될 때까지 피곤해도 집으로 돌아오지 않고 그 자리를 꼭 지키고 있는 걸 알면 말이야."

"뭐라고 하든 상관없어요." 키트가 투박한 얼굴을 붉히며 대답했다. "넬은 절대 모를 거예요. 그러니 아무 말도 못 할 거예요."

누블스 부인이 1~2분 정도 말없이 식은 다리미를 정리하고 난로로 다가가 새로운 다리미를 나무판자 위에 문지르고는 총채로 먼지를 털어내며 몰래 키트를 곁눈질했다. 하지만 탁자로 돌아올 때까지 아무 말도 하지 않았다. 다시 자리로 돌아온 부인이 온도를 재기 위해 다리미를 깜짝 놀랄 만큼 뺨 가까이 대보고는 미소를 띠며 돌아서 이렇게 말했다.

"사람들이 뭐라고 수군거리는지 알고 있다, 키트."

"허튼소리예요." 무슨 말이 뒤따를지 정확히 알고 키트가 말을 가로막았다.

"아니야, 사람들은 정말 그렇게 얘기해. 네가 넬을 사랑한다고."

키트는 어머니 말에 "그만 하세요"하고 수줍게 말하고는 팔과 다리를 여러 모양으로 꼬았고, 얼굴에는 동조의 표정을 내비쳤다. 그렇게 말하고도 안정이 되지 않는지 빵과 고기를 입에 잔뜩 쑤셔 넣고 급히 물을 들이켰다. 그 때문에 이 인공 보조물이 목에 걸렸지만, 어쨌든 난처한 상황은 모면하는 효과가 있었다.

"그런데, 진지하게 말하면." 누블스 부인이 그 주제를 다시 이어갔다. "좀 전에는 놀리느라 그랬고, 넬을 지켜주는 건 정말 훌륭하고 사려 깊은 행동이야. 그것도 남몰래. 물론 언젠가 넬도 그 사실을 알게 되겠지만. 그 사실을 알면 굉장히 고마워할 거야. 그렇게 착한 아이를 가둬놓다니, 정말 잔인한 짓이지. 영감님이 그 사실을 숨기고 싶어 하는 건 당연해."

"나 원 참, 할아버지는 그걸 잔인하다고 생각하지 않아요." 키트가 말했다. "그리고 앞으로도. 세상의 뭘 줘도 그렇게 생각하지 않을 거예요. 그건 제가 잘 알아요."

"영감님이 왜 그럴까? 왜 그 사실을 너에게 숨길까?" 누블스 부인이 말했다.

"그건 저도 몰라요." 아들이 대답했다. "그런데 할아버지가 그렇게 감추려고 노력하지 않았다면 저도 알지 못했을 거예요. 왜냐하면 할아버지가 저를 밤에는 오지 못하게 하고 평소보다 일찍 돌려보내서 이상하게 생각했거든요. 헉! 이게 무슨 소리죠?"

"그냥 지나가는 사람 소리야."

"누군가가 이쪽으로 다가와요." 키트가 그 소리를 듣기 위해 자리에서 일어났다. "무척 빠른 속도로 오고 있어요. 제가 떠난 뒤 할아버지가 집을 나갔을 리 없는데, 상점에 불이 났나 봐요!"

키트는 불길한 생각에 힘이 빠져 한동안 멍하니 서 있었다. 발소리가 점점 가까워지더니 다급히 문이 열렸다. 백지장처럼 하얗게 질린 얼굴을 하고, 소녀가 가쁜 숨을 고르며 아무렇게나 걸쳐 입은 옷차림으로 급히 방으로 들어섰다.

"넬! 무슨 일이야?" 누블스 부인과 아들이 동시에 소리쳤다.

"바로 가봐야 해요." 소녀가 말했다. "할아버지가 많이 아파요. 제가 바닥에 쓰러진 할아버지를 발견했는데…."

"내가 의사 선생님을 부르러 갈게." 키트가 테두리 없는 모자를 움켜쥐며 말했다. "그리고 바로 상점으로 갈게. 그렇게…."

"안 돼, 안 돼." 넬이 소리쳤다. "상점에 너를 보고 싶어 하지 않는 사람이 있어. 넌, 이제 더는 우리한테 오면 안 돼."

"뭐?" 키트가 깜짝 놀라며 말했다.

"두 번 다시 상점에 오지 마." 소녀가 말했다. "이유는 나도 모르니까 묻지 말고. 제발 이유는 묻지 말고 미안해하지도 마. 제발 나를 곤란하게 하지 말아줘! 이건 정말 내 뜻과는 상관없는 일이야!"

키트가 휘둥그레진 눈으로 소녀를 바라보며 무슨 말이든 하려고 수십 번 입을 뗐다가 닫았지만, 차마 입 밖으로 말이 나오지 않았다.

"할아버지가 너를 나무라며 고래고래 소리쳤어." 소녀가 말했다. "네가 무슨 짓을 했는지 모르지만, 제발 그렇게 나쁜 일은 아니길 바라."

"난 안 했어!" 키트가 소리쳤다.

"할아버지는 자신을 곤경에 빠뜨린 게 너라고 하면서 울부짖었어." 소녀가 눈물을 뚝뚝 흘리며 말했다. "할아버지가 고함을 지르며 너를 불러오라고 했는데, 사람들은 네가 오지 않는 편이 낫다고 했어. 그렇지 않으면 할아버지가 돌아가실 거래. 이제 우리 곁에 오지 마. 이 말을 하려고 왔어. 다른 사람보다 내가 직접 말하는 편이 나을 듯해서. 오, 키트 도대체 무슨 짓을 한 거니? 난 정말 널 믿었는데. 넌 나의 유일한 친구잖니!"

불행한 키트는 점점 커지는 눈으로 어린 여주인을 뚫어지게 보고 또 보았지만, 어떤 움직임이나 말은 없었다.

"일주일 치 임금을 가져왔어요." 소녀가 누블스 부인을 바라보며 탁자 위에 돈을 올려놓았다. "그리고, 그리고 좀 더 보탰어요. 키트가 항상 친절하게 대해줬으니까. 키트가 미안한 마음을 안고 어디에서나 잘 지내기를 바라고, 이 일로 너무 마음 아파하지 않기를 바라요. 이렇게 헤어져서 마음이 너무 아프지만, 어쩔 수 없어요. 안녕히 계세요."

소녀는 노인이 쓰러진 장면과 본인이 받은 충격과 키트를 해고한 일 때문에 마음에 동요가 일어 얼굴을 타고 눈물을 줄줄 흘렸고, 가녀린 몸을 파르르 떨었다. 그리고 수많은 괴롭고 다정한 감정을 가슴에 안은 채 서둘러 문으로 다가가서 올 때처럼 빠른 속도로 사라졌다.

아들에게 의심 한 점 없이 언제나 그를 정직하고 진실하다고 믿었던 가여운 부인은 아무 변명도 하지 않는 아들을 보며 몸을 가누지 못했다. 여자들과 놀아나기, 사기, 도둑질, 그리고 밤마다 집을 비우며—그는 이에 대해 아주 이상하게 둘러댔다—불법적인 일을 저지르는 모습이 떠올라서 차마 그에게 어떻게 된 일이냐고 물어볼 용기조차 나지 않았다. 누블스 부인이 의자에 앉아 몸을 흔들고 양손을 쥐어짜며 오열했지만, 키트는 그녀를 위로할 생각도 못 하고 정신이 나간 사람처럼 멍하니 서 있었다. 요람에서 잠자던 아기가 울고, 광주리 안에 서 있던 동생이 뒤로 나자빠져 광주리를 거꾸로 뒤집어쓰고, 어머니가 더 크게 오열하며 몸을 더 빠르게 흔들었지만, 키트는 이런 소음과 혼란을 전혀 의식하지 못하고 망연자실한 상태에 계속 빠져 있었다.

11장

넬을 지켜주던 지붕 아래에서 고요함과 고독은 이제 더는 중단 없는 규칙을 유지할 운명이 아니었다. 다음 날 아침 노인은 정신착란을 동반한 고열에 시달리다가 이 병에 영향을 받아 수 주 동안 몸져누워 사경을 헤맸다. 충분히 많은 사람이 병문안을 왔지만, 뭔가 얻을까 하고 들른 탐욕스러운 이방인과 틈틈이 얼굴만 비춘 뒤 옹기종기 모여 먹고 마시고 즐기다 돌아가는 사람들이었다. 질병과 죽음이 그들에게는 일상적인 가신(家神)이었기 때문이다.

하지만 분주하고 사람들로 붐비는 가운데서도 소녀는 전보다 훨씬 외로웠다. 정신적으로 홀로였고, 병석에 누워 점점 쇠약해지는 노인을 향한 헌신 속에서 홀로였고, 거짓 없는 슬픔과 가식 없는 연민 속에서 홀로였다. 매일 그리고 밤마다, 소녀는 의식 없는 노인의 베개 옆을 지키며 불편한 곳을 챙겼고, 사경을 헤매면서도 계속 자신의 이름을 부르며 염려하고 아끼는 그의 말을 들어주었다.

상점은 이미 그들 소유가 아니었다. 노인이 누워 있는 방도 퀼프가 그나마 호의를 베풀어 머물고 있었지만, 기간은 정해져 있지 않았다. 퀼프는 이해하는 사람도 거의 없고 누구도 이의를 제기하지 않을 듯한 법의 직권으로 상점 건물과 모든 물건에 대한 공식적인 소유권을 얻었고, 이날로부터 며칠 지나지 않아 노인이 의식을 되찾았다. 소유권 취득을 목적으로 고용한 변호사의 도움을 받아 이런 중요한 법적 단계를 확보한 난쟁이는 자신의 보좌인과 함께 그 집에 들어와 살며 모든 채권자에 맞서 권리를 행사했다. 그리고 그곳을 자기 취향에 맞춰 편하게 바꾸기 시작했다.

퀼프 씨는 이 목적으로 뒤쪽 거실을 점거하고 먼저 상점의 영업부터 중단했다. 낡은 가구들 사이에서 가장 멋지고 널찍한 의자(그의 의자로 지정했다)와 흉물스럽고 불편한 의자(고용한 변호사의 좌석으로 신중하게 배정했다)를 찾아내 이곳으로 옮기게 하고 위엄 있는 태도로 자리를 차지했다. 그 방은 노인의 방에서 멀찍이 떨어진 곳에 자리 잡고 있었지만, 퀼프는 노인의 열병에 맞서는 예방책으로, 유익한 훈증 수단으로, 본인뿐만 아니라 변호사도 똑같이 줄담배를 피우도록 요구하는 것이 분별 있는 행동이라 생각했다. 그것으로도 모자라 속달을 보내 부둣가에 있는 물구나무서는 소년을 상점으로 불렀다. 급보를 받고 도착한 소년은 문 바로 안쪽 의자에 앉아, 연기를 낼 목적으로 난쟁이가 제공한 커다란 파이프 담배를 계속 피우며, 어떤 경우에도 한 번 할 때마다 1분씩 연기를 뿜어내라는 명령을 받았다. 이런 준비가 끝나자, 퀼프 씨는 낄낄거리는 만족감에 젖어 주위를 둘러보았고, 자신이 그 편안함을 소환했다고 말했다.

하지만 브라스라는 음악적인 이름을 가진 법조인은 두 가지만 없으면 편안하다고 할 수 있을 듯했다. 하나는 매우 딱딱하고, 각이 지고, 미끄러운 데다 한쪽으로 기울어져서 어지간한 노력으로는 앉을 수 없는 의자였고, 다른 하나는 항상 심리적으로 불안과 짜증을 불러일으키는 담배 연기였다. 하지만 그는 전적으로 퀼프 씨에게 속한 존재였고, 개인적인 의견 따위는 달래고 억눌러야 하는 수천 가지 이유가 있었기에, 미소를 지으려고 애쓰며 자신이 취할 수 있는 최고의 고상함으로 고개를 끄덕여 묵시적 승낙을 했다.

이런 브라스는 런던 시내 베비스 막스 출신의 평판이 매우 좋지 않은 변호사로 혹처럼 생긴 코, 툭 튀어나온 이마, 움푹 들어간 눈, 다홍빛을 띠는 머리카락을 한 키가 크고 마른 남자였다. 그는 발목까지 내려오는 검은색 프록코트와 짧은 검은색 바지, 복숭아뼈까지 올라오는 신발, 옅은 청록색 면양말을 착용하고 있었다. 비굴하게 굽실거렸지만, 목소리는 거칠었고, 아주 특징 없는 미소는 평소에도 어찌나 험상궂어 보이는지 사람들은 그가 화를 내지 않았으면 좋겠다고 했지만, 그는 단지 노려본 것뿐이었다.

고문 변호사 쪽으로 고개를 돌린 퀼프는 그가 담배 연기 때문에 고통스러워하며 눈을 계속 깜박이고, 간혹 담배 연기를 마시면 온몸을 부르르 떨고, 연기를 쫓느라 손으로 연신 부채질하는 모습을 지켜보며 매우 즐거워했고, 넘치는 기쁨을 주체하지 못하고 회심의 미소를 지으며 두 손을 비볐다.

"담배 연기를 계속 뿜어내라, 이놈아." 퀼프가 소년을 향해 소리쳤다. "파이프에 담배를 다시 채우고 빨리빨리 피우란 말이다. 마지막 한 모금까지 쭉. 안 그러면 파이프를 불에 달궈 네놈 혓바닥을 지져버릴 테니까."

다행히도 신경이 무딘 소년은 누군가가 석회 가마를 준다면 그것도 마실 듯했다. 그런 이유로 그는 주인에 대한 반항심에서 짧게 투덜거릴 뿐 시키는 대로 했다.

"정말 멋지지 않나, 브라스? 정말 끝내줘. 음 향기로운 냄새. 터키 황제라도 된 듯한 기분이지?" 퀼프가 말했다.

브라스 씨는 이런 게 터키 황제의 생활이라면 조금도 부럽지 않다고 생각하면서도 정말 황제가 된 듯한 기분이라고 대답했다.

"이렇게 해야 열병을 몰아내." 퀼프가 말했다. "이게 인생의 모든 재앙을 멀리하는 길이지. 여기에서 한 발짝도 나가지 말자고. 어서 피워, 이 망나니 같은 놈아! 그렇지 않으면 파이프를 삼키게 될 테니까."

"여기에서 오래 머물게 될까요, 퀼프 나리?" 난쟁이가 소년에게 부드럽게 훈계하자, 그의 법적인 친구가 물었다.

"저 위층의 노인네가 죽을 때까지는 그래야지." 퀼프가 대답했다.

"헤헤헤!" 브라스 씨가 웃으며 말했다. "오, 아주 좋습니다."

"어서 담배나 피워!" 퀼프가 소리쳤다. "멈추지 말고! 담배를 피우며 말할 수 있잖아. 시간 낭비하지 말고."

"헤헤헤!" 브라스는 힘없이 웃으며 그 끔찍한 파이프를 다시 입에 물었다. "하지만 저 노인네가 건강을 회복하면 어떻게 할 겁니까, 퀼프 나리?"

"그때까지 기다려야지." 난쟁이가 대답했다.

"퀼프 나리는 정말 마음씨도 좋아. 그때까지 기다린다니!" 브라스가 말했다. "다른 사람 같으면 벌써 상점 물건을 팔아치우거나 없애버렸을 겁니다. 법이 그걸 허락하니까요. 다른 사람 같으면 냉혹하고 심하게 대했을 겁니다. 다른 사람 같으면…."

"다른 사람 같으면 앵무새처럼 지껄이느라 힘을 빼지 않을 거야, 자네처럼." 난쟁이가 말을 가로챘다.

"헤헤헤! 정말 대단합니다!" 브라스가 말했다.

그때 문가에서 담배를 피우고 있던 감시병이 두 사람 사이로 끼어들며 파이프를 입에 문 채 크게 소리쳤다.

"그 여자애가 내려와요."

"뭐라고?" 퀼프가 말했다.

"그 여자애요." 소년이 대답했다. "귀먹었어요?"

"오!" 퀼프가 수프를 들이켜듯 즐겁게 숨을 들이마시며 말했다. "머지않아 그 말버릇의 대가를 치르게 해주마. 젊은 친구, 흠씬 두들겨 패주지. 아, 넬리구나! 그래 나의 영감님은 좀 어떠냐?"

"많이 안 좋아요." 아이가 울먹이며 대답했다.

"정말 예쁘구나, 넬." 퀼프가 소리쳤다.

"오, 아름다워요. 정말 아름다운 아가씨인데요." 브라스가 말했다. "정말 매력 있어요!"

"이 퀼프님의 무릎에 앉으려고?" 난쟁이가 달래듯 말했다. "아니면 여기 안쪽 너의 작은 방에서 잠을 자려고 왔니? 불쌍한 넬리, 뭘 할 거니?"

"어쩜 이리도 아이들을 좋아할까!" 브라스가 마치 천장에 대고 말하듯 몰래 중얼거렸다. "맹세하건대, 이분의 말을 듣는 건 대단한 기쁨이야."

"절대 오래 머무르지 않아요." 넬이 더듬거리며 말했다. "잠깐 뭘 좀 가지러 왔어요. 다시는, 다시는 여기 오지 않아요."

"작지만 정말 좋은 방이야!" 넬이 방으로 들어가자, 그쪽을 바라보며 난쟁이가 소리쳤다. "쉬기엔 멋진 방이군. 정말 이제 그 방을 안 쓸 거니? 정말 네 방에 다시 안 올 거야?"

"안 와요." 아이가 옷가지 몇 개를 챙겨 서둘러 방을 빠져나가며 말했다. "절대, 절대로."

"예민한 구석이 있어." 퀼프가 소녀의 뒷모습을 좇으며 말했다. "너무 예민해, 안 됐어. 거의 내 몸에 딱 맞는 침대인걸. 저 방을 내 작은 방으로 쓰면 어떨까."

퀼프의 말이라면 무조건 부추기고 보는 브라스 씨가 이번에도 좋은 생각이라며 부추기자, 난쟁이는 정말 침대가 몸에 맞는지 확인하기 위해 방으로 들어갔다. 이렇게 한 그는 파이프를 입에 문 채 등 쪽으로 침대에 몸을 던지고는 두 발을 뻗고 격렬하게 담배를 피웠다. 브라스 씨가 그 모습에 찬사를 보냈고, 침대가 폭신하고 안락했기에 퀼프 씨는 밤에는 잠자리로 낮에는 긴 의자처럼 쓰기로 마음먹었고, 바로 침대를 의자처럼 쓰려고 그곳에 남아 담배를 피웠다. 이때쯤 법조인은 머리가 어지럽고 뒤엉키는 듯해 (이것은 담배가 그의 신경계에 미치는 영향 중 하나였다) 슬금슬금 방을 빠져나가 맑은 공기를 마시며 정신을 가다듬고 괜찮아진 얼굴로 돌아왔다. 하지만 곧 사악한 난쟁이의 압박에 못 이겨 다시 담배를 피우게 되면서 증상이 재발했고, 그 상태로 비틀거리며 긴 안락의자에 쓰러져 아침까지 잠을 잤다.

이것이 퀼프 씨가 새 소유물을 점거한 후 곧바로 단행한 일들이었다. 며칠 동안 그는 브라스 씨와 함께 상점의 골동품 재고를 정리하고 한 번 나가면 몇 시간이 걸리는 일을 즐겁게 처리하느라 아무런 장난도 칠 수 없었다. 하지만 이제 탐욕과 경계성이 완전히 깨어나자, 그는 단 하룻밤도 상점을 비우지 않고, 좋든 싫든 노인의 장애가 중단되기를 바라는 열망이 시간이 지날수록 빠르게 증가해, 곧 공연히 중얼거리고 조급한 마음에 크게 불만을 터뜨리기 시작했다.

넬은 매번 난쟁이가 대화하려고 다가올 때마다 몸을 잔뜩 움츠리며 겁을 먹었고, 그의 목소리만 들려도 얼른 자리를 피했다. 변호사의 미소도 소녀에게는 퀼프의 찡그린 얼굴만큼이나 끔찍했다. 소녀는 그처럼 계속되는 불안과 할아버지 방을 나가 돌아다니면 계단이나 복도에서 그들 중 한 사람이라도 마주칠지 모른다는 염려 속에 살았다. 그 때문에 소녀는 잠시도 그곳을 떠나지 않다가 밤이 되어서야 고요함에 이끌려 위험을 무릅쓰고 밖으로 나와 텅 빈 방에서 좀 더 신선한 공기를 마셨다.

어느 날 밤, 소녀는 그날 노인의 병세가 더 깊어지는 것을 슬퍼하며 살그머니 방을 나와 늘 앉던 창가에 앉아 있었다. 그때 누군가가 거리에서 자신의 이름을 부르는 듯해 넬이 창문 아래를 내려다보았다. 키트였다. 관심을 끌려는 그의 노력이 소녀를 슬픈 상념에서 빠져나오게 했다.

"넬!" 소년이 나지막한 목소리로 말했다.

"그래." 아이는 할아버지를 병들게 한 장본인과 대화를 나눠도 될지 잠시 고민하다가 옛정에 끌려 대답했다. "무슨 일이야?"

"오랫동안 못한 말이 있어." 소년이 대답했다. "그런데 아래층 사람들이 쫓아내며 너를 만나지 못하게 했어. 넌 정말 내가 쫓겨날 일을 했다고 믿어, 그래? 난 아니길 바라."

"난 그럴 수밖에 없어." 아이가 대답했다. "그렇지 않으면 왜 할아버지가 너한테 그렇게 화를 내겠니?"

"나도 몰라." 키트가 대답했다. "난, 할아버지나 네게 그런 대접을 받을 만한 일을 한 적이 없어. 절대로. 하늘에 대고 맹세해. 난 그저 할아버지가 어떻게 지내는지 궁금해서 찾아온 것뿐인데, 그들이 나를 문밖에서 쫓아내더구나."

"내겐 아무 말도 하지 않던데." 아이가 말했다. "난 정말 몰랐어. 내가 그렇게 시킨 건 절대 아니야."

"고마워, 넬." 키트가 말했다. "그 말을 들으니, 마음이 좀 놓인다. 나도 네가 그랬다고 생각하지 않았어."

"그래, 맞아!" 아이가 간절하게 말했다.

"넬." 창문 아래로 가까이 다가온 소년이 더 낮은 목소리로 말했다. "아래층에 새 주인들이 보여. 큰 변화야."

"그래." 아이가 대답했다.

"할아버지도 건강이 좋아지면 이 변화를 알게 될 거야." 소년이 노인의 방을 가리키며 말했다.

"그렇게만 되면…." 아이가 눈물을 참지 못하고 말했다.

"그렇게 될 거야, 넬." 키트가 말했다. "분명 회복할 거야. 의기소침해 있지 마, 넬. 제발 그러지 마."

짧고 투박한 격려이자 위안이었지만, 그것들은 아이에게 영향을 미쳐 그 당시에는 눈물을 더 흘리게 했다.

"이제 좋아질 거야." 소년이 간절히 열망하는 목소리로 말했다. "넬, 네가 힘을 내고 아프지만 않으면 할아버지도 곧 일어날 거야―그렇지 않으면 할아버지도 더 안 좋아지고 포기할지 몰라―할아버지가 좋아지면 내 안부도 꼭 좀 전해줘. 좋은 말 말이야."

"그들이 당분간 할아버지 앞에서 네 이름을 꺼내면 안 된다고 했어." 아이가 말했다. "그래서 감히 네 얘기를 꺼낼 수가 없었어. 그렇게 할 수 있어도 그게 무슨 소용이니, 이젠 먹을 것조차 없는데."

"내가 다시 찾아온 건," 소년이 말했다. "다시 상점에서 일하고 싶어서도, 네게 부탁할 말이 있어서도 아니야. 또 널 보기 위해 오래 기다린 게 빵이나 돈 때문은 아니야. 이렇게 어려운 때 그런 말이나 하려고 찾아왔다고 생각하지는 마."

아이는 고마운 마음에 그를 다정하게 바라보며 다음 말을 기다렸다.

"절대, 그건 아니야." 키트가 머뭇거리며 말했다. "여기 온건 다른 이유 때문이야. 나도 내가 눈치가 빠른 편이 아니란 걸알아. 하지만 내가 그동안 최선을 다해 할아버지를 모셨고, 절대 곤경에 빠뜨릴 뜻도 없었다는 걸 할아버지가 믿어준다면, 아마도 그렇지 않겠지만…."

키트가 한참을 머뭇거리자, 아이가 빨리할 말을 하라고 간절히 부탁했다. 많이 늦었고, 창문을 닫아야 할 시간이었기 때문이다.

"이 말을 한다고 대범한 사람이라고 생각하지는 않겠지만… 그래 얘기하지…." 키트가 용기를 내어 말을 꺼냈다. "이제 상점은 너희 집이 아니잖니. 우리 집도 가난하지만, 여기에서 새주인들과 함께 지내는 것보다 나을 거야. 그러니 우리 집으로 오지 않을래? 할아버지가 좀 더 나은 집을 찾을 때까지만."

아이는 아무 말도 하지 않았다. 키트는 하고 싶은 말을 꺼냈다는 안도감에 혀가 풀려 최고의 언변이 튀어나왔다.

"우리 집이 아주 좁고 불편하다고 생각하겠지만," 소년이 말했다. "깨끗해. 또 소란하다고 생각할지 모르지만, 우리 구역이 마을에서 제일 조용해. 동생들은 걱정하지 마. 막내는 잘 울지도 않고, 둘째는 무척 착해. 게다가 내 말이라면 아주 꼼짝 못해. 그러니 성가시게 안 할 거야. 확신해. 넬, 한번 들어와 살아 봐. 해봐. 2층 앞쪽 작은 방은 무척 쾌적해. 굴뚝 사이로 교회 시계 일부가 보여. 그래서 대충 몇 시인지도 알 수 있어. 어머니는 네가 아주 마음에 들 할 거래. 또 어머니는 할아버지와 너도 보살필 거래. 심부름은 나한테 시킬 거야. 돈은 필요 없어. 혹시 돈 생각 하는 건 아니지? 넬, 할아버지를 설득해 볼래? 그렇게 한다고 약속만 해줘. 할아버지를 우리 집으로 모신 다음 내가 무슨 잘못을 했는지 물어보자. 그렇게 한다고 약속해 줄래, 넬?"

아이가 이 진심 어린 부탁에 대답할 겨를도 없이 길가의 문이 열렸고, 브라스 씨가 취침용 모자를 쓴 머리를 문밖으로 내밀고는 "거기 누구냐!"하고 험악하게 소리쳤다. 키트는 급히 달아났고, 넬도 조용히 창문을 닫고 구석으로 물러났다.

브라스 씨가 밖에 누구냐고 몇 번을 묻기 전에 잠에서 깬 퀼프 씨 역시 취침용 모자를 쓴 채 상점 밖으로 나와 고개를 내밀고 거리를 샅샅이 살폈고, 반대편에서 골동품 상점 건물의 모든 창문까지 확인했다. 아무도 없는 것을 확인한 그는, 자신을 노리는 일당이 음모를 꾸미고 있고, 이 집을 범행 대상으로 삼으려고 사시사철 돌아다니는 무리 때문에 강도질이나 약탈의 위험에 빠져 있으니, 곧바로 상점의 재산을 처분하고 평화로운 집으로 돌아가겠다고 주장하며 (아이가 계단에서 이 말을 들었다시피) 변호사와 함께 안으로 돌아갔다. 그는 이런 위협과 이와 유사한 많은 위협을 으르렁거리며 쏟아내고는 아이의 작은 침대에 똬리를 틀고 다시 잠들었다. 넬도 발소리를 죽이며 위층으로 올라갔다.

키트와 나눈 짧은 대화는 당연히 소녀에게 깊은 인상을 남겼고, 그날 밤 꿈에도 나타나 오래도록 기억에 남았다. 냉혹한 빚쟁이들, 돈이 목적인 간병인들, 심지어 극에 달한 염려와 슬픔 속에서도 배려나 동정심이 거의 없는 동네 부인들의 모임에 둘러싸여 있던 아이가 그와의 동질감과 그의 관대함에 감명받은 것은 놀라운 일이 아니다. 그런 사람이 사는 신전이 아무리 투박할지라도 말이다. 고마워하라! 그런 영혼을 지닌 사람의 신전은 인간의 손으로 짓지 않는다는 것을 (그래서 쉽게 무너지지 않는다는 것을), 값비싼 자줏빛 고운 베옷보다 보잘것없는 조각보가 더 가치 있게 어울린다는 것을.

12장

마침내 노인은 위험한 고비를 넘기고 조금씩 기운을 되찾았
다. 아주 천천히 의식이 돌아왔지만, 정신이 쇠약해졌고, 신체
기능이 손상되었다. 그는 그저 참으며 조용히 있었다. 종종 오
랜 시간 생각에 잠겨 앉아 있었지만, 실의에 빠지지 않았고, 벽
이나 천장에 비친 햇살에도 즐거워했고, 낮이 길고 밤이 지루하
다고 불평하지도 않았다. 사실 모든 시간 개념과 걱정이나 지
루함에 대한 감각을 잃은 듯 보였다. 그는 넬의 손을 잡고 손가
락을 꼼지락거리다가 머리를 쓰다듬거나 이마에 입을 맞추려고
때때로 멈추며 몇 시간을 앉아 있곤 했고, 아이의 눈에서 반짝
이는 눈물을 보고는 놀라 그 이유를 물어보려다가도 쳐다보는
동안 무엇이 궁금한지 잊어버렸다.

아이와 노인은 마차를 타고 밖으로 나갔다. 노인은 베개로

몸을 지탱했고, 아이가 그 옆을 지켰다. 두 사람은 늘 그렇듯 손을 꼭 잡고 있었다. 처음에는 거리의 소음과 분주함이 그를 지치게 했지만, 나중에는 무엇에 놀라거나 궁금해지지도, 기뻐하지도, 짜증을 내지도 않았다. 아이가 이것저것 기억나는지 물어보면 그때마다 '오, 그래. 물론 기억하지'라고 대답했다. 가끔은 마차 밖으로 목을 길게 빼고 뭔가 간절히 원하는 눈빛으로 지나가는 낯선 사람들이 보이지 않을 때까지 쳐다보기도 했지만, 왜 그러느냐고 물어보면 아무 대꾸도 하지 않았다.

어느 날 그가 안락의자에 앉아 있고 넬이 그 옆 의자에 앉아 있을 때 문밖에 있던 한 남자가 안으로 들어가도 되는지 물어보았다. "들어오시오." 노인이 건조한 말투로 대답했다. "퀼프군. 퀼프가 주인이지. 주인이니 당연히 들어와도 되지." 그가 방으로 들어왔다.

"비로소 건강한 모습을 보니 기쁩니다." 난쟁이가 노인 앞에 앉으며 말했다. "몸은 좀 좋아졌습니까?"

"그러네." 노인이 힘없이 대답했다.

"재촉하고 싶지는 않지만," 난쟁이가 목소리를 높이며 말했다. 노인의 귀가 예전만큼 밝지 않았기 때문이다. "가능한 한 빨리 앞으로 어떻게 할 건지 얘기해줬으면 합니다."

"그래야지," 노인이 대꾸했다. "그게 모두를 위해 더 좋아."

"골동품들을 처분하고 나면 이곳에서 살기가 좀 불편할 겁니다. 아니 살 수가 없습니다." 퀼프가 잠시 시간을 가진 후 말을 이어갔다.

"맞는 말이야." 노인이 수긍했다. "가여운 넬, 넬은 어떻게 해야 하나?"

"바로 그겁니다." 난쟁이가 고개를 끄덕이며 소리쳤다. "잘 봤습니다. 그러니 영감, 어떻게 할 건지 생각 좀 해보겠습니까?"

"당연히 그래야지." 노인이 대답했다. "여길 떠날 거야."

"나도 그렇게 생각해서," 난쟁이가 말했다. "골동품들을 팔아치웠습니다. 생각만큼 받지는 못했지만, 뭐 괜찮았습니다. 괜찮았어. 오늘이 화요일이지. 골동품들은 언제 옮기면 좋겠습니까? 서두를 필요는 없지만, 오늘 오후에 다시 얘기할까요?"

"금요일 아침에 얘기하지." 노인이 대답했다.

"좋습니다." 난쟁이가 대답했다. "그렇게 하지요. 반드시 그 날을 넘기지 않는 걸로 알겠습니다."

"좋아," 노인이 대답했다. "기억해 두지."

퀼프 씨는 이 낯설고 힘없는 대답에 다소 어리둥절해하는 듯했지만, 노인이 연신 고개를 끄덕이며 '금요일 아침. 기억해 두지'라고 반복해서 더는 그 주제를 논할 이유가 없었다. 그래서 그는 노인에게 많은 선의의 표현과 안색이 좋아 보인다는 찬사를 퍼붓고 우호적인 태도를 보이며 그 자리를 떠났고, 브라스 씨에게 일의 진행 상황을 알려주려고 아래층으로 내려갔다.

노인은 그날도 그다음 날도 내내 이런 상태였다. 상점의 방들에 작별 인사라도 하듯 위층과 아래층을 들락날락했지만, 그날 아침 있었던 퀼프와의 만남이나 새로운 거처의 필요성에 대한 직접적인 암시나 다른 방식의 언급은 없었다. 그래도 그는 아이가 무척 외롭고 도움이 필요하다는 희미한 생각은 하고 있었다. 서로를 버리지 말자고 하며 가끔 소녀를 가슴에 끌어안고는 힘내라고 말했기 때문이다. 하지만 그는 자신들이 처한 상황을 좀 더 명확하게 숙고할 능력은 없어 보였고, 여전히 심신의 고통이 떠난 생명체처럼 무기력하고 열정이 없는 모습이었다.

우리는 이것을 어린아이 같은 상태라고 부르지만, '죽음은 잠을 자는 것이다'라는 말처럼 가엾은 공허한 조롱에 불과하다. 도대체 망령이 든 사람의 멍한 눈 속 어디에 어린 시절의 명랑한 빛과 생명이, 멈출 줄 모르는 유쾌함이, 식을 줄 모르는 솔직함이, 절대 시들지 않는 희망이, 서서히 만개하는 기쁨이 있단 말인가! 도대체 뻣뻣하고 꼴불견인 죽음의 날카로운 모습 어디에 지난 깨어 있는 시간에 대한 휴식을 말하는 잠의 고요한 아름다움과 앞으로 태어날 이들에 대한 온화한 희망과 사랑이 있단 말인가! 나란히 죽어 누워 있는 모습과 누워 잠자는 모습, 말해보라, 누가 이 둘을 같다고 볼지. 그 아이와 유치한 남자를 같다고 몰아세우고는, 우리가 맞을 노년의 행복한 상태를 중상 모략하는 자만심을 부끄러워하라. 그 이름에 추함과 왜곡된 이미지를 부여하는 것이리라.

목요일이 되었지만, 노인의 상태에는 변화가 없었다. 하지만 노인과 아이가 조용히 함께 앉아 있던 그날 저녁 어떤 변화가 찾아왔다.

노인의 방 창 아래 작고 따분해 보이는 마당에, 그 장소에 어울리지 않는 푸르고 잎이 무성한 나무 한 그루가 있었다. 바람이 잎사귀 사이를 휘저으며 하얀 벽에 잔물결의 그림자를 드리웠다. 노인은 해가 질 때까지 작은 빛 조각 속에서 흔들리는 그림자를 바라보며 앉아 있었고, 저녁이 되어 달이 천천히 떠오를 때도 여전히 같은 자리에 앉아 있었다.

오랫동안 침대에 누워 있는 사람에게는 몇 개의 초록 잎과 잔잔한 빛마저도—굴뚝과 지붕 가운데서 시들해졌다고는 하나—즐거움이었다. 그것들은 아득히 먼 곳의 고요한 장소와 휴식과 평화를 암시했다. 아이는 그가 가슴이 뭉클해져 말을 삼간다고 생각했다. 하지만 이제 그가 갑자기 눈물을 흘렸고—그 눈물은 이를 지켜보는 소녀의 아픈 마음을 가볍게 했다—무릎이라도 꿇을 것처럼 하며 소녀에게 자신을 용서하라고 애원했다.

"용서하라니, 무엇을요?" 넬이 무릎을 꿇으려는 그를 말리며 물었다. "할아버지, 용서할 일이 뭐가 있어요."

"그동안의 모든 일을. 네가 겪은 모든 일, 너에게 불안한 꿈을 꾸게 한 모든 일을 말이다." 노인이 대답했다.

"그런 말 하지 마세요." 아이가 말했다. "제발. 우리 다른 얘기 해요."

"그래, 그래, 그러자." 그가 대답했다. "우리가 오래전에 했던 얘기지. 몇 달 전인가 아니면 몇 주 전인가, 아니면 며칠 전인가? 넬, 어떤 거지?"

"할아버지 무슨 말이에요." 아이가 말했다.

"오늘 문득 떠올랐다. 여기 이렇게 앉아 있는데 갑자기 생각났어. 난 널 축복한다, 넬."

"무엇을요, 할아버지?"

"우리가 거지가 되는 것에 대해 네가 처음 한 말 말이다, 넬. 조용히 말하자. 쉿! 아래층에 있는 저들이 우리의 목적을 알게 되면 나를 미치광이 취급하며 너를 데려가려 할 거야. 내일 우리는 이곳에 없을 거야. 멀리 떠날 테니까."

"그래요, 떠나요." 아이가 간절히 말했다. "이곳을 떠나 절대 돌아오지도 다시 생각하지도 말아요. 맨발로 온 세상을 돌아다녀요. 여기 있는 것보다 나아요."

"그러자." 노인이 대답했다. "들과 숲과 강가를 돌아다니자. 그리고 하느님이 계신 곳에 우리를 맡기자. 근심과 걱정 가득한 꿈만 꾸는 닫힌 방보다 밤에는 저기 저—봐라, 얼마나 밝은지—열린 하늘을 지붕 삼아 잠을 자는 편이 훨씬 나아. 넬, 우리가 함께하면 늘 즐겁고 행복할 거야. 그리고 언제 그랬냐는 듯 지금, 이 순간은 싹 잊어버리자."

"우린 행복할 거예요." 아이가 소리쳤다. "절대 이곳으로 돌아오지 말아요."

"그래, 다시는, 절대 다시는, 오지 말자, 다시는." 노인이 대답했다. "내일 아침에 몰래 떠나자. 들키지 않게 아주 이른 시각에 조용히. 그들이 쫓아오지 못하게 흔적도 남기지 말고. 가여운 넬, 나 때문에 눈물을 흘리며 지켜보느라, 이렇게 뺨이 창백하고 눈이 퀭하구나. 하지만 먼 곳으로 떠나면 즐거울 뿐만 아니라 다시 좋아질 거야. 아가, 내일 아침 우리는 이 슬픔의 현장으로부터 얼굴을 돌리고, 그러면 새처럼 자유롭고 행복할 거야."

그러고는 소녀의 머리를 감싸 안은 노인은 앞으로 이곳저곳을 함께 떠돌아다니고 죽음이 둘을 갈라놓을 때까지 떨어지지 않겠다고 더듬거리며 말했다.

아이의 심장이 희망과 확신으로 요동쳤다. 배고픔이나 추위, 갈증, 고통 따위는 생각하지 않았다. 아이의 생각 속에는 예전에 누린 소박한 즐거움의 회귀, 그동안 살아온 우울한 고독으로부터의 안도, 고난의 시기 동안 주위를 둘러쌌던 비정한 사람들로부터의 해방감, 노인의 건강과 평화, 그리고 평온한 행복을 되찾는 모습만 보였다. 아이의 머릿속에는 태양, 시냇물, 초원이 밝게 펼쳐졌고, 그 반짝이는 상상 속에 어두운 색조는 어디에도 없었다.

어느새 노인은 침대에서 몇 시간째 곤히 잠들었다. 하지만 소녀는 내일 몰래 상점을 떠날 준비로 분주했다. 직접 가지고 갈 자기 옷 몇 벌과 노인의 옷을 챙겨야 했다. 땅에 떨어진 자신들의 운 같은 낡은 옷을 바로 입기 위해 펼쳐놓았고, 거동이 불편한 노인을 위해 지팡이도 준비했다. 하지만 할 일은 이뿐만이 아니었다. 이제 상점의 오래된 방들을 마지막으로 둘러봐야 했다.

이별은 그녀가 머릿속으로 예상하고 그려본 바와는 사뭇 달랐다. 지나간 수많은 시간을 떠올리자 가슴은 부풀어 올랐고, 그동안 그것들에 의기양양하게 작별을 고했던 그 바람이 잔인하게 느껴졌다. 참으로 많은 시간을 외롭고 슬프게 보냈는데! 소녀는 셀 수 없이 많은 밤을 함께 보낸 창가에 앉았다. 그날따라 밤은 더 어두웠다. 창가에서 떠오른 모든 희망과 즐거운 생각들이 생생하게 다가와 바로 그 순간 마음속에 있던 따분하고 침통한 영상들을 싹 지워버렸다.

밤이면 밤마다 무릎을 꿇고 기도했던—어서 빨리 새벽이 오라고 기도했던—평화롭게 잠이 들며 행복한 꿈을 꾸었던 작은 방 또한 그랬다. 다시는 그 방을 둘러볼 수 없고, 다정한 눈길이나 한 방울의 눈물도 없이 그곳을 떠날 수밖에 없다는 것이 정말 힘들었다. 그곳에 챙겨가고 싶은 것들—초라하고 쓸모없지만—이 있었지만, 그럴 수 없었다.

그때 문득 아직 그곳에 걸려 있는 가여운 새가 떠올랐다. 소녀는 이 작은 존재에 대한 상실감으로, 그 생각이 떠오를 때까지─어떻게, 왜 그런 생각이 떠올랐는지 알지 못했다─격렬하게 눈물을 흘렸다. 그것은 어떻게든 새는 키트의 손에 들어갈 테고, 아마도 키트는 자신이 새를 챙긴다는 희망에서, 고맙다는 보증으로서 새를 남겨두었다고 짐작하리라는 생각이었다. 그 생각으로 차분하고 편안해진 소녀는 한결 가벼운 마음으로 잠자리에 들었다.

소녀는 빛과 태양에 눈이 부신 장소들을 한가로이 걷는, 하지만 그사이를 희미하게 뛰어다니는 손에 닿지 않는 어떤 흐릿한 사물이 있는, 많은 꿈에서 깨어났지만, 아직 하늘에서 별이 반짝이는 캄캄한 밤이었다. 마침내 희뿌옇게 동이 트며 별들이 점점 희미하게 빛을 잃어갔다. 소녀는 날이 밝은 것을 확신하며 침대에서 일어나 먼 길을 떠나기 위해 옷을 챙겨 입었다.

노인은 아직 잠들어 있었고, 그를 방해하고 싶지 않았던 소녀는 해가 뜰 때까지 그가 잠을 자도록 내버려두었다. 마침내 자리에서 일어난 그가 지체 없이 집을 떠나야 한다며 불안해했고, 곧 준비가 끝났다.

그러고는 아이가 그의 손을 잡았고, 그들은 살금살금 조심히 움직이며 아래층 계단으로 내려갔다. 충계 판자가 삐걱거릴 때마다 몸을 떨며 걸음을 멈추고 인기척을 들었다. 노인이 꼭 가지고 가야 할 가벼운 짐이 든 가방을 두고 와서 다시 돌아가야 했는데, 그 시간이 마치 영원히 지속될 것처럼 길게 느껴졌다.

마침내 그들이 아래층에 도착했을 때, 그곳에서는 퀼프 씨와 변호사의 코 고는 소리가 사자의 포효보다 끔찍하게 들려왔다. 대문의 빗장이 녹슬어 있었고, 소음 없이는 풀기가 어려웠다. 빗장을 뒤로 다 당겼지만, 문은 자물쇠로 잠겨 있었고, 더 큰 문제는 열쇠도 사라지고 없었다. 그제야 아이는 처음으로 한 간병인의 말을 떠올렸다. 밤이 되면 퀼프가 대문 두 개를 모두 잠그고 열쇠를 침실 탁자 위에 올려둔다는 사실을.

어린 넬은 엄청난 두려움과 공포를 느끼며 신발을 벗고 골동품 보관소를 지나—상점에 있는 물건 중 가장 추악하게 생긴 브라스 씨가 매트리스 위에서 잠을 자고 있었다—자신의 작은 방으로 들어갔다.

여기에서 소녀는 물구나무를 서듯 머리를 침대 밖으로 빼고, 그 자세가 불편해서인지 아니면 자신에게 맞는 습관이기 때문인지, 입을 크게 벌리고 흰 눈동자를 (탁한 누런색에 가까웠다) 드러낸 채 그르렁거리며 자는 퀼프 씨의 모습에 두려움을 느끼고 두 발이 얼어붙었다. 하지만 그에게 어디가 아프냐고 물어볼 틈은 없었다. 소녀는 방을 한번 쭉 훑어보고 열쇠를 찾아 챙기고는 엎드려 자는 브라스 씨를 다시 지나 안전하게 노인에게로 돌아왔다. 그들은 소음 없이 문을 열고 거리로 들어서서 가만히 서 있었다.

"어느 쪽으로 가야 하죠?" 넬이 물었다.

노인이 어쩔 줄 몰라 하며 처음에는 소녀를 바라보다가 좌우를 두리번거린 후 다시 그녀를 보고는 고개를 저었다. 확실한 것은 이제부터 소녀가 노인을 이끌어야 했다. 이것을 느낀 아이는 어떤 의심이나 염려도 없이 노인의 손을 잡고 조심스럽게 앞장서 걸어갔다.

6월의 이른 아침이었다. 짙푸른 하늘은 구름 한 점 없이 눈부신 빛으로 가득했다. 거리는 아직 인적이 드물었고, 집들과 상점의 문은 닫혀 있었다. 건강에 좋은 새벽공기가 잠든 도시 위로 천사의 숨결처럼 내려앉았다.

노인과 아이는 즐거운 침묵의 거리를 지나가며 기쁨과 희망으로 가슴이 부풀었다. 그들은 다시 단둘이 되었다. 눈앞에 보이는 모든 것들이 밝고 새로웠다. 이와 대조되는 어떤 것도 그들이 떠나온 단조로운 일상과 속박을 떠올리게 하지는 않았다. 다른 때 같으면 불쾌하고 어두운 교회 종탑과 첨탑도 이제는 태양 아래에서 눈부시게 빛났다. 모든 구석구석에 빛이 스며들었고, 엄청나게 먼 곳만 어둑한 하늘이 대지 위 모든 것에 잔잔한 미소를 뿌렸다.

그렇게 가난한 두 모험가는 아직 깊은 잠에 빠져 있는 도시를 뒤로하고 목적지도 없는 긴 여행길에 올랐다.

13장

런던 타워 힐에 사는 다니엘 퀼프와 왕립고등법원과 웨스트민스터 민사 법원의 변호사이자 에퀴티 법원의 사무변호사로 일하며 베비스 막스에 사는 샘슨 브라스는, 누군가가 현관문을 처음에는 가볍게 한 번 두드리다가 응답이 없자 반복적으로 점점 강도를 높여 짧은 주기로 때릴 때까지, 어떤 불운도 의식하거나 의심하지 않은 채 잠에 빠져 있었다. 노크 소리에 다니엘 퀼프가 버둥거리며 몸을 수평으로 눕히고 아직 잠이 덜 깬 무심한 표정으로 천장을 바라보며―이것은 그가 무슨 시끄러운 소리를 들었다는 표시다―그게 뭘까 하고 궁금해했지만, 깊은 생각은 할 수는 없었다.

하지만 노크 소리는 그의 여유 있는 상태를 받아주는 대신 다시 눈을 감지 말라고 항의하듯 활기를 띠며 한층 더 성가시게 조르는 상황이 되었다. 그제야 눈을 뜬 다니엘 퀼프는 상점 문 앞에 누군가가 있을 가능성을 조금씩 이해하기 시작했고, 오늘이 금요일이고 아내에게 아침 일찍 식사를 준비하라고 명령한 사실을 서서히 떠올렸다.

브라스 씨 또한 괴상망측한 자세로 몸을 비틀고 얼굴과 눈을 설익은 구즈베리를 먹은 듯 잔뜩 찌푸리며 같은 시각 잠에서 깼다. 퀼프 씨가 먼저 일어나 평상복을 입은 모습을 보고 그가 똑같이 하려고 서두르다가 양말을 신기도 전에 신발을 신고, 외투 소매에 다리를 집어넣고, 갑자기 잠을 깬 불안한 상태에서 애를 쓰고 급히 옷을 입는 사람에게는 드물지 않은 다른 작은 실수를 저질렀다.

변호사가 실수를 연발하는 사이 난쟁이는 탁자 밑을 더듬으며 자기 자신과 대부분의 인간 종족과 심지어 신발 같은 모든 무생물에 대해 심한 저주를 중얼거렸다. 이에 브라스 씨가 "뭐가 잘못되었습니까?"라고 물었다.

"열쇠." 난쟁이가 그를 사납게 노려보며 말했다. "대문 열쇠 말이야. 그게 없어. 어떻게 된 건지 알아?"

"제가 어떻게 알겠습니까, 나리?" 브라스 씨가 대답했다.

"제가 어떻게 알겠습니까!" 퀼프가 비아냥거리며 말했다. "자네, 유능한 변호사 아니었어? 어휴, 멍청이 같으니."

브라스 씨는 난쟁이가 조롱하려고 내뱉은 말에, 제삼자에 의한 열쇠 분실은 자신(브라스)의 법적 지식과는 아무 관계가 없다는 점을 애써 대변하지 않고, 어젯밤 열쇠 구멍에 열쇠를 꽂아둔 채 빼내지 않은 것이 분명하다는 소견을 밝혔다. 퀼프 씨는 브라스의 말과 반대로 어젯밤 열쇠를 챙긴 기억이 분명히 났지만, 그 가능성을 흔쾌히 받아들이고 투덜거리며 대문으로 걸어갔다. 열쇠는 문에 꽂혀 있었다.

이제 자물쇠에 손을 올려놓은 퀼프 씨가 잠금장치가 풀린 것을 알고 깜짝 놀랐을 때 지금껏 듣던 중 가장 성가신 노크 소리가 다시 들렸고, 열쇠 구멍으로 들어오던 햇살이 안을 들여다보는 누군가의 눈에 의해 차단되어 버렸다. 난쟁이는 화가 머리끝까지 났고, 누구에게라도 분풀이하고 싶은 마음에 갑자기 밖으로 뛰쳐나가 시끄럽게 문을 두드린 아내를 정중하게 맞이하기로 마음먹었다.

이런 생각으로 그는 자물쇠를 아주 조용히 조심스럽게 뒤로 당긴 다음 갑자기 문을 열고는 다시 노크하려고 문의 쇠고리를 들어 올린 반대편 사람을 덮쳤다. 그 사람에게 난쟁이는 손과 발을 함께 날리며, 악의에 가득 차 허공에 대고 물어뜯으며 머리부터 들이밀었다.

하지만 지금껏 어떤 저항도 하지 않고 자비만 바란 누군가에게 달려들기는커녕, 퀼프 씨는 아내라고 생각한 사람의 품에 들어가고 나서야 머리에 충격적인 주먹질과 가슴에도 같은 강도로 두 번 더 타격당한 사실을, 소나기 같은 펀치를 퍼붓는 그 사람이 주먹을 한두 번 써본 솜씨가 아닌데 그런 적과 자신이 교전하고 있다는 사실을 알았다. 하지만 그도 이에 겁먹지 않고 상대에게 꼭 달라붙어 이로 물어뜯고 주먹으로 맹렬히 공격하며 적어도 2분 정도를 이렇게 싸우다가 떨어졌다. 그제야 다니엘 퀼프는 온통 붉은 얼굴에 헝클어진 머리를 하고 길 한 가운데 서 있는 자신을 둘러싸고 일종의 춤 같은 것을 추며 "더 붙어볼까?"라고 말하는 리처드 스위블러 씨를 발견했다.

"아직 보여줄 게 많은데." 스위블러 씨가 위협적인 태도로 전진과 후퇴를 반복하며 말했다. "다양한 기술이 준비되어 있으니, 말만 하쇼. 그러면 좀 더 날려 주리다. 싫으면 싫다고 하고."

"자넨 줄 몰랐네." 퀼프가 어깨를 주무르며 말했다. "왜 자네라고 말하지 않았나?"

"당신은 왜 당신이라고 말하지 않았습니까?" 딕이 대답했다. "미친 사람처럼 집에서 뛰어나오는 대신 말입니다."

"노크한 사람이…자넨가?" 난쟁이가 짧은 신음을 내고 바닥에서 일어나며 말했다.

"그렇습니다. 내가 그 사람입니다." 딕이 대답했다. "내가 왔을 때 이 부인이 너무 약하게 노크하고 있기에 도움을 줬습니다." 그가 떨고 있는 퀼프 부인을 가리키며 말했다.

"흥!" 난쟁이가 화난 눈빛으로 아내를 쏘아보며 말했다. "나는 당신이 노크를 잘못한 줄 알았지. 그리고 자네는 이 집에 아 픈 사람이 있는 걸 몰라? 그런데도 문을 부술 듯이 두드리면 어떻해!"

"젠장!" 딕이 대답했다. "아니까 그렇게 두드린 것 아닙니까. 아무 대답이 없기에 죽지는 않았나 했습니다."

"볼일이 있어 왔나 본데, 무슨 일인가?" 퀼프가 말했다.

"노인의 건강이 궁금했습니다." 스위블러 씨가 대답했다. "그리고 넬의 목소리도 직접 들을 겸 해서 왔습니다. 그녀와 얘기를 좀 나눠야 하는데. 난 그들 가족의 친구입니다. 그들 가족 중한 사람과 친구란 말입니다. 흠, 같은 말이군."

"그러면 안으로 들어오는 게 좋을 거야." 난쟁이가 말했다. "자, 자, 들어오라고. 당신이 먼저 들어가시오."

퀼프 부인이 망설였지만, 퀼프 씨는 아내에게 먼저 들어가라고 고집을 부렸다. 퀼프 부인은 남편의 행동이 누가 예의가 있는지 따지는 대회를 하거나 의례상 하는 것이 아니라 자신을 앞세워 팔을 꼬집으려는 속셈임을 잘 알고 있었다. 부인의 팔은 남편이 수도 없이 꼬집어서 시퍼런 멍이 가실 날이 없었다. 이 비밀을 알지 못하는 스위블러 씨가 억눌린 비명을 듣고 약간 놀라 주위를 둘러보았지만, 퀼프 부인이 움찔하며 뒤따라오는 모습을 보고도 별일 아니라고 생각했다.

"자, 이제 당신은 2층 넬의 방으로 가서 내가 찾는다고 전해주시오." 두 사람이 상점 안으로 들어서자, 난쟁이가 말했다.

"당신 집처럼 행세하는군요." 퀼프 씨의 권한에 익숙하지 않은 스위블러 씨가 말했다.

"내 집이네, 젊은 양반." 난쟁이가 말했다.

이 말의 뜻을 헤아리던 딕은 그 자리에 있는 브라스 씨를 발견하고 더욱더 진지한 생각에 빠졌다. 그때 퀼프 부인이 허둥대며 아래층으로 내려와서는 위층에 아무도 없다고 소리쳤다.

"아무도 없다니, 무슨 바보 같은 소리야." 난쟁이가 말했다.

"퀼프, 확실해요. 방을 다 둘러봤는데 그림자 하나 보이지 않아요." 부인이 몸을 바르르 떨며 대답했다.

"이제야 열쇠의 비밀이 풀렸군." 브라스 씨가 힘껏 손뼉을 치며 강조하는 투로 말했다.

퀼프는 험상궂은 표정으로 브라스를, 험상궂은 표정으로 부인을, 험상궂은 표정으로 리처드 스위블러를 차례로 쳐다보았지만, 아무것도 알아내지 못하고 급히 위층으로 뛰어 올라가 아내의 말을 확인하고 다시 아래층으로 내려왔다.

"이상하게 떠났어." 퀼프가 스위블러를 힐끔거리며 말했다. "그렇게 가까운 친구인 내게 말 한마디 없이 떠나다니, 정말 이상한 일이야. 아하! 분명 영감이 편지를 보낼 거야. 아니면 넬에게 쓰게 하겠지. 그래, 그럴 거야. 넬은 나를 정말 좋아하니까. 음, 예쁜 넬."

스위블러 씨는 퀼프가 그랬듯 놀라 입을 떡 벌리고 서 있었다. 은밀히 그를 힐끔 쳐다보던 퀼프가 브라스 씨를 돌아보고는 이 때문에 물건 옮기는 일에 차질이 생기면 안 된다고 무관심한 척 말했다.

"사실은 오늘이 영감과 넬이 떠나기로 한 날이네. 그런데 이렇게 일찍 말도 없이 갈 줄은 몰랐지. 하지만 나름대로 사정이 있을 거야. 그래 무슨 사정이 있어." 퀼프가 덧붙였다.

"도대체 어디로 갔습니까?" 딕이 이상하게 여기며 물었다.

퀼프가 고개를 흔들며 어디로 갔는지 알고는 있지만 말할 처지가 아니라는 듯 입을 다물었다.

"그런데 물건을 옮기다니, 그건 무슨 말입니까?" 딕이 어리둥절해하며 그를 바라보았다.

"아, 내가 골동품을 매입했거든." 퀼프가 대답했다. "그다음은 뭔가?"

"그 교활한 늙은 여우가 한몫 단단히 챙겨 출렁이는 파도가 보이는 즐겁고 평화로운 오두막으로 멀리 떠난 겁니까?" 딕이 무척 당황하며 말했다.

"애정 어린 손자나 헌신적인 친구들이 자주 찾아올까 봐 은퇴 생활할 곳도 알리지 않고. 응?" 난쟁이가 연신 손을 비비며 말했다. "난, 아무 말도 안 했네. 이건 어디까지나 자네 생각이야."

리처드 스위블러는 예기치 않은 상황 변화에 완전히 경악했다. 이 변화는 그가 매우 두드러진 역할을 맡은 그 계획을 철저히 전복시키겠다고 위협했고, 싹을 틔운 그의 예상을 시들게 할 것처럼 보였다. 어젯밤 늦게 프레드릭 트렌트로부터 노인의 병세를 전해 들은 그는, 넬에게 안부와 위로의 말도 전하고 마침내는 그녀의 가슴에 불을 지필 매혹적인 긴 기차의 첫 번째 편을 준비했었다. 하지만 지금 그가 넬에게 온갖 종류의 우아하면서도 교묘하게 환심을 사는 방법을 생각하고 있었을 때, 소피 와클스 양에게 서서히 작용하고 있던 무서운 복수를 계획하고 있었을 때, 마치 그 계획을 미리 간파하고 시작부터 끝장내겠다고 결심한 듯, 넬과 노인과 모든 돈이 어디론가 사라지고, 녹아 없어지고, 모르는 곳으로 도망가 버렸다.

다니엘 퀼프도 속내는 이 야반도주가 놀랍고 곤혹스러웠다. 그들이 꼭 필요한 옷가지만 챙겨 도망친 것을 눈치챘고, 노인의 약한 정신 상태를 아는 그는 어떻게 노인이 아이의 동의를 쉽게 얻었을지 궁금해하며 놀라움을 감추지 못했다. 그렇다고 그가 한 쪽을 대신해 어떤 사심 없는 불안으로 고통을 겪었다고 (그랬다면 그것은 퀼프에게 엄청난 부정행위가 될 것이다) 생각해서는 안 된다. 그의 심적 불안은 노인이—퀼프는 의심하지 않은—딴 주머니를 찼을지도 모른다는 의혹에서 비롯되었고, 그들이 자기 손아귀에서 벗어난 사실 때문에 그는 심한 모욕감에 압도당하며 자책했다.

이런 마음 상태에서 이유는 다르지만 같은 원인으로 리처드 스위블러가 짜증을 내고 실망하는 모습을 보게 된 것은 그에게 약간의 위안이 되었다. 난쟁이는 노인을 부자라고 추측한 그들이 노인을 꼬드기거나 위협해서 재산 일부를 빼내려고 프레드를 대신해 스위블러가 이곳에 온 것이 분명하다고 생각했다. 그래서 그는 노인이 많은 돈을 쌓아두었다고 생각하게 만들어서 스위블러의 마음을 들쑤시고, 노인이 돈을 달라며 성가시게 하는 사람들을 피해 몰래 도망쳤다고 그에게 설명하는 것이 재미있었다.

"음," 스위블러가 멍한 표정으로 말했다. "여기 있어도 아무 소용이 없겠군."

"털끝만큼도 소용없지." 난쟁이가 대답했다.

"내가 다녀갔다고 전해주겠습니까?" 딕이 말했다.

퀼프 씨가 고개를 끄덕이며 그들을 보게 되면 그렇게 전하겠다고 말했다.

"그렇다면," 스위블러 씨가 덧붙였다. "내가 합의의 톱니바퀴를 타고 이곳으로 표류해왔고, 우정의 갈퀴로 상호 폭력과 속쓰림의 씨앗을 긁어 제거하기 위해 왔으며, 그 자리에 사회적인 조화의 싹을 틔우기 위해 왔다고 전해주겠습니까?"

"틀림없이 그렇게 전하지." 퀼프가 대답했다.

"이 말도 덧붙여주겠습니까?" 딕이 아주 작고 흐물흐물한 명함 한 장을 내밀며 말했다. "내 주소입니다. 아침에는 집에 있습니다. 두 번만 노크하면 하녀가 문을 열어줄 겁니다. 가까운 친구들은 문이 열려 있으면 늘 헛기침만 하고 들어와서 하녀에게 내 친구임을 밝힙니다. 내가 있든 없든 신경 안 쓰고 그렇게 합니다. 미안하지만, 내가 준 명함 다시 봐도 될까요?"

"오! 아무렴." 퀼프가 대답했다.

"이런 실수를 잘 안 하는데…." 딕이 앞서 준 명함 대신 다른 명함을 내밀며 말했다. "좀 전의 것은 상류층 연회 모임의 입장권입니다. '영예로운 미남자들'이라고 하는데, 내가 그 모임의 영구 회장입니다. 이게 본래 주려던 명함입니다. 그러면 안녕히."

퀼프도 잘 가라는 인사를 건넸다. '영예로운 미남자들'의 영구 회장은 퀼프 부인에게 모자를 살짝 들어 올려 작별의 경의를 표하고 부주의하게 머리 쪽으로 다시 툭 떨어뜨리고는 거드름을 피우며 밖으로 걸어 나갔다.

이때쯤 몇 대의 화물 마차가 상점의 물건을 싣기 위해 도착했다. 앞부분에 챙이 달린 모자를 쓴 건장한 일꾼 여러 명은 서랍장이나 그런 종류의 잡다한 물건들을 머리에 이고 균형을 잡으며 자유자재로 근육을 사용하느라 얼굴이 새빨개져 있었다. 퀼프 씨도 이런 부산함 속에서 뒷짐을 지고 구경만 하지 않고 놀랄 만한 활력으로 이송 작업에 참여했다. 주위 일꾼들을 악마처럼 다그치고, 힘들고 불가능해 보이는 일들은 모두 아내 몫으로 돌리고, 무거운 물건을 아무렇지 않게 위층과 아래층으로 나르고, 물구나무서는 소년이 보일 때마다 거추장스러운 물건 다루듯 발로 걷어차고, 구경나온 이웃들의 질문에 답하며—이것은 브라스의 직업이었다—문간에 서 있는 브라스의 어깨를 여러 번 짐으로 교묘하게 부딪치거나 세게 강타했다. 그가 현장에서 모범을 보이자 일꾼들도 민첩하게 움직였고, 불과 몇 시간 만에 매트 몇 개와 빈 주전자와 사방에 흩어진 지푸라기를 제외하고 상점은 텅 비었다.

거실에서 이 매트 중 하나에 아프리카 추장처럼 앉아 빵과 치즈를 먹고 맥주를 마시며 원기를 회복하던 난쟁이가 상점 안을 염탐하는 한 소년을 못 본 척하며 관찰했다. 소년의 코밖에 보지 못했지만, 키트임을 확신한 퀼프 씨가 그의 이름을 부르며 환호로 맞이했다. 키트가 상점 안으로 들어서며 그에게 뭘 원하느냐고 물었다.

"이리 오너라." 난쟁이가 말했다. "음, 그래, 네 전 주인과 아가씨는 떠났느냐?"

"어디로요?" 키트가 상점 안을 둘러보며 물었다.

"너도 행방을 모른다는 말이냐." 퀼프가 날카롭게 말했다. "어디로 갔을까?"

"몰라요." 키트가 말했다.

"제발, 그러지 말고," 퀼프가 말했다. "좀 더 얘기해 보자. 정말 그들이 오늘 새벽 동이 트자마자 몰래 도망친 걸 몰라?"

"몰라요." 키트가 대답했는데, 확실히 놀란 모습이었다.

"모른다고?" 퀼프가 소리쳤다. "네가 지난밤에 도둑놈처럼 이 집 주위를 어슬렁거린 걸 내가 모를 줄 아느냐. 그런데 들은 바가 없어?"

"없어요." 소년이 대답했다.

"없다고?" 퀼프가 말했다. "그렇다면 무슨 말을 했지? 도대체 무슨 얘기를 나눈 거야?"

이 일을 비밀에 부쳐야 할 특별한 이유를 몰랐던 키트는 그날 찾아간 목적과 제안에 대해 말했다.

"아하!" 난쟁이가 잠시 생각하더니 말했다. "그들이 곧 너희 집으로 갈 거야."

"정말 우리 집으로 올까요?" 키트가 그러기를 바라는 투로 말했다.

"그래, 그러리라 생각한다." 난쟁이가 대답했다. "그들이 너를 찾아오면 내게 알려줄 수 있겠니? 그렇게 하면 내가 선물을 주마. 그들에게 친절을 베풀고 싶은데 어디 있는지 모르니 그럴 수가 없구나. 무슨 말인지 알지?"

그때 실수로 남기고 간 물건이 있는지 넬의 방을 살금살금 돌아다니던 부둣가 소년이 "여기 새가 있어요. 이건 어떻게 하죠?"라고 소리치지만 않았어도 키트는 성마른 질문자에게 싫어

할 만한 대답을 했을지도 모른다.

"모가지를 비틀어 버려." 퀼프가 대답했다.

"안 돼, 그러지 마." 키트가 앞으로 나서며 말했다. "내게 줘."

"오, 그래. 감히 말하는데, 이리 와!" 물구나무서는 소년이 소리쳤다. "새장은 그냥 둬. 내가 목을 비틀 거야. 주인님이 나보고 하라고 했어. 새장은 그냥 둬."

"이리 줘. 달라고, 이 멍청이들아!" 퀼프가 소리쳤다. "자, 이 새장을 두고 싸워라. 안 그러면 내가 새의 모가지를 비틀어버릴 테니까."

말이 끝나기가 무섭게 두 소년은 필사적으로 서로 엉겨 붙었고, 그동안 퀼프는 한 손에 새장을 들고 기뻐 칼로 바닥을 긁으며 더 격렬하게 싸우라고 닦달했다. 두 소년의 싸움은 비등했고, 누가 봐도 장난이 아닌 주먹질을 서로 주고받으며 같이 뒤엉켜 굴렀다. 마침내 키트가 물구나무서는 소년의 가슴에 결정타를 날리고 서로 떨어진 후 바닥에서 벌떡 일어나 승리의 대가로 퀼프의 손에서 새장을 낚아채 바로 그 자리를 떠났다.

키트는 쉬지 않고 집까지 달렸다. 모두가 얼굴에 묻은 피를 보고 깜짝 놀랐고, 꼬마 제이컵은 비명을 질렀다.

"이런 세상에! 키트, 무슨 일이니? 무슨 짓을 했어?" 누블스 부인이 소리쳤다.

"큰일은 아니니 신경 쓰지 마세요." 문 뒤에 걸린 회전식 수건에 얼굴을 닦으며 아들이 대답했다. "다치지 않았으니 걱정하지 마세요. 새 때문에 싸웠는데 제가 이겼어요. 그뿐이에요. 제이컵, 좀 조용히 해. 너처럼 말 안 듣는 녀석도 없을 거야."

"새 때문에 싸워!" 어머니가 소리쳤다.

"네, 새 때문에." 키트가 대답했다. "여기. 넬이 기르던 새예요. 그들이 새의 목을 비틀려 하지 뭐예요. 그런데 제가 막았어요. 하하하! 제가 있는 한 절대 목을 비틀 수 없어요. 절대로. 하하하!"

키트가 통통 붓고 멍든 얼굴을 수건 밖으로 드러내며 배꼽이 빠지게 웃자, 꼬마 제이컵이 웃음을 터트렸고, 이어서 어머니가 따라 웃었고, 막내까지 신이 나 발길질하며 가족 모두가 동시에 웃었다. 이것은 키트가 싸움에서 승리했기 때문이기도 했고, 그들 가족이 서로를 사랑하고 있었기 때문이기도 했다. 웃음이 멈추자, 키트는 그 새가 아주 훌륭하고 귀중한 것인 듯 두 동생에게 보여주었고—단지 한 마리의 불쌍한 홍방울새일 뿐이었다—낡은 못을 찾기 위해 벽을 둘러보고는 의자와 탁자를 발판으로 삼고 올라가 몹시 기뻐하며 못을 비틀어 뽑았다.

"자, 어디 보자." 소년이 말했다. "저 계단 곡선 부에 걸어두는 게 좋겠어. 빛이 잘 들어서 환하니까. 하늘도 볼 수 있어. 노래를 정말 잘하는 새 같아. 틀림없어."

다시 발판을 만든 키트가 부지깽이를 망치 대용으로 들고 올라가서는 못을 박고 새장을 걸어 온 가족에게 헤아릴 수 없는 기쁨을 안겨주었다. 새장의 위치를 여러 번 고치고 바르게 한 다음, 키트는 벽난로까지 물러나 새장을 바라보고는 감탄하며 완벽하게 정렬되었다고 선언했다.

"어머니," 소년이 말했다. "쉬기 전에 밖에 나가서 말고삐를 잡아줄 일꾼이 필요한지 보고 올게요. 그러면 새 모이 약간하고 어머니 마음에 드는 것도 조금 살 수 있을 거예요."

14장

길은 어디에나 있고 그 오래된 집이 그곳에 있었다고 자기 자신을 설득하는 것은 매우 쉬웠기 때문에, 키트는 상점을 한 번 더 지나치는 것이 자신의 욕망을 떠나 양보할 수밖에 없는 필연적이고 불가피한 문제라고 간주하려 했다. 사실 키트 가족 보다 잘 먹고 많이 배운 사람들이 좀 더 불확실한 예절의 문제에서 자신들의 성향을 의무화하려는 것은, 스스로를 만족시키는 자기부정에 큰 공을 들이는 것은 드문 일이 아니다.

이번에는 조심할 필요도, 다니엘 퀼프의 소년과 복수전을 하느라 시간을 지체할 염려도 없었다. 상점은 완전히 버려져 마치 수개월 동안 그래온 것처럼 먼지투성이에다 우중충했다. 녹슨 통자물쇠가 문에 그대로 매달렸고, 색 바랜 블라인드와 커튼 끝자락이 반쯤 열린 위층 창문에 부딪혀 쓸쓸하게 나부꼈고, 창문 아래 닫힌 덧문의 뒤틀린 구멍은 방의 어둠으로 검게 막혀 있었다. 그가 항상 지켜보던 창문의 유리 일부가 그날 아침 서둘러 짐을 빼는 바람에 깨져 있어서, 그 방은 어느 때보다 적막하고 우울해 보였다. 할 일 없는 부랑아 무리가 현관 계단을 차지하고 있었다. 그들 중 몇몇은 문고리를 능숙하게 두드리며 텅 빈 상점 안에서 울려 퍼지는 그 소리를 재미있게 듣고 있었고, 몇몇은 열쇠 구멍 앞에 모여 농담 반 진담 반으로 '유령'을 찾으려고 상점 안을 들여다보았는데, 그것은 최근까지 그곳에 살았던 사람들에게 드리워진 신비로움을 더해준 한 시간 동안의 어둠이 이미 고조시킨 것이었다. 상업과 사람들로 부산한 거리 한가운데 홀로 서 있는 상점은 한 장의 황폐한 겨울 풍경을 담은 그림처럼 보였다. 키트는 그곳에서 타오르던 밝은 벽난로와 작은 방을 울리던 밝은 웃음소리를 떠올리고는 슬픔에 잠겨 돌아섰다.

이 점은 특히 주지해야 한다. 가난한 키트는 결코 감성적인 성향이 아니었고, 살면서 그런 형용사를 들어본 적도 없었을 것이다. 그는 그저 인정 많고 감사할 줄 아는 녀석일 뿐 고상하거나 공손한 것과는 거리가 멀었다. 그래서 그는 슬픔에 잠긴 채 집으로 돌아가 동생들과 어머니에게 화풀이하는 대신 (서로의 마음이 연결된 가족 중에 기분이 안 좋은 사람이 있으면 가족 모두가 똑같이 불행해지므로) 가능한 한 마음을 좀 더 달래는 통속적인 방편을 택했다.

이런, 말을 타고 내리는 신사들이 참 많기도 하다! 하지만 그들 가운데 몇이나 말을 묶어두길 원할까! 유능한 도시 투자자나 의회 행정 감찰관 정도만이 말고삐를 잡고 이리저리 달리는 인파 중 일부에게 1년 동안 런던에서 말을 잡아주는 일이 큰 돈벌이가 된다고 말할 수 있을 것이다. 마부 없는 신사의 1/20만이라도 말에서 내릴 때 사람을 쓴다면 의심할 여지 없이 큰돈을 벌어들이겠지만, 실제로 그들은 사람을 쓰지 않았고, 이처럼 심술궂은 상황은 흔해서 세상에서 가장 기발한 추정을 망친다.

키트는 때로는 천천히 때로는 빠른 걸음으로 이리저리 걸어다녔다. 이제는 누군가가 말의 속도를 늦추고 바라보자, 그 주위에서 머뭇거렸고, 이제는 어떤 마부가 마차를 집마다 세울 것처럼 하며 도로의 그늘진 부분을 느릿느릿 걸어가는 모습이 눈에 띄자, 전속력으로 옆길로 달려갔다. 하지만 아무도 말을 세우지 않았고, 그래서 한 푼의 거래도 일어나지 않았다. '이 신사 중 누구 하나라도,' 소년은 생각했다. '집 찬장이 텅 빈 걸 알면 말을 멈추고 어딘가 들르고 싶은 척하지 않을까? 그러면 약간의 돈이라도 벌 수 있을 텐데.'

그가 거듭된 실망은 말할 것도 없고, 거리를 서성이느라 매우 지쳐 계단에 앉아 잠시 쉬고 있을 때, 마음씨 좋아 보이는 땅딸막한 노신사가 고집스럽고 대충 천을 걸친 조랑말이 끄는 사륜마차를 타고 댕그랑댕그랑 소리를 내며 그에게 다가왔다. 작은 노신사 옆에는 그처럼 작고 평온한 인상의 노부인이 앉아 있었고, 조랑말은 모든 것에 관심을 보이며, 원하는 대로 정확히 움직이며, 자기만의 속도로 오고 있었다. 노신사가 고삐를 흔들어 불만이라도 표시하면 조랑말은 고개를 흔들어 이에 응수했다. 최고의 조랑말은 노신사가 특정하게 통과하고 싶은 거리를 자기만의 방식대로 가고 또 그렇게 하는 것이 분명했지만, 그 둘 사이에는 반드시 조랑말이 원하는 방식대로 해야지, 그렇지 않으면 절대 가지 않는다는 것을 서로가 이해하고 있는 것이 분명했다.

그들이 자신이 앉아 있는 곳을 지나칠 때 키트가 많이 아쉬워하며 쳐다보자, 노신사가 그를 주목했다. 키트는 모자를 움켜쥐고 자리에서 벌떡 일어섰고, 노신사가 넌지시 멈춰서라는 신호를 보내자 (이런 일에서는 본분을 저버린 적 없는) 조랑말이 고맙게도 그 제안에 따랐다.

"실례합니다." 키트가 말했다. "멈추게 해서 죄송합니다. 혹시 말을 지킬 사람이 필요한가요?"

"다음 거리에서 내릴 거란다. 일거리를 줄 테니 따라오너라." 노신사가 대답했다.

키트는 감사의 인사를 하고 노신사를 기쁘게 따라갔다. 조랑말은 맞은편 가로등을 살피려고 날카롭게 방향을 틀어 달려가다가 갑자기 옆길로 빠져 건너편에 있는 다른 가로등으로 향했다. 같은 모양과 재료로 만들어진 가로등에 흡족해하며 조랑말은 분명 생각에 잠겨 걸음을 멈췄다.

"계속 갈 겁니까." 노신사가 말을 향해 진지하게 말했다. "아니면, 약속 시각에 늦도록 여기에서 기다릴까요?"

조랑말은 요지부동이었다.

"위스커, 참 말을 안 듣는구나." 노부인이 말했다. "에잇! 남사스러워."

조랑말은 노부인의 말에 감정이 상했는지 부루퉁한 채로 곧바로 달리기 시작했고, 대문 청동 판에 '위서든 공증인'이라고 적힌 집 앞에 멈춰 섰다. 노신사가 마차에서 내려 노부인의 하차를 돕고 의자 밑에서, 그 모양과 형태가 실제 크기의 손잡이가 짧게 잘린 침대를 데우는 다리미 같은, 작은 꽃다발을 꺼냈다. 노부인은 꽃다발을 받아 들고 고루하고 위엄 있는 태도를 보이며 집으로 들어갔고, (발이 안쪽으로 휜) 노신사가 그 뒤를 따랐다.

그들은 집무실처럼 보이는 앞쪽의 응접실 안으로─그들이 내는 목소리로 쉽게 알 수 있었다─들어갔다. 날씨가 매우 따뜻한 날이고 거리도 조용해서 창문이 활짝 열려 있었고, 베니션 블라인드를 통해 집안의 소리가 고스란히 밖으로 새어 나왔다.

먼저 악수하는 소리와 신발을 끌며 걷는 소리가 크게 들렸고, 곧이어 작은 꽃다발을 주고받았다. 공증인 위서든 씨로 짐작되는 사람이 "오, 아름다워요!", "정말 향기가 좋습니다"라고 감탄사를 연발했고, 또한 그의 것으로 짐작되는 코가 유난히 킁킁거리며 꽃향기를 맡는 소리가 들렸다.

"축하의 뜻으로 가져왔어요." 노부인이 말했다.

"아! 축하는 무슨 축하입니까. 제가 영광입니다, 부인." 공증인 위서든 씨가 대답했다. "부인, 제 밑에서 정말 많은 사람이 일했습니다. 정말 많죠. 그들 중 일부는 지금 큰돈을 굴리는데, 동료나 친구들은 안중에도 없어요. 어떤 사람들은 습관처럼 저를 찾아와 '위서든 씨, 이 사무실에 있을 때가 가장 행복했습니다. 바로 이 의자에 앉아서 일했는데…'라고 말합니다. 애착이 가는 이들은 많지만, 그들 중 아드님만큼 전망이 밝은 사람은 없었습니다."

"어머나!" 노부인이 말했다. "그렇게 말해주니 정말 기뻐요."

"부인," 위서든 씨가 말했다. "정직한 사람은 가장 숭고한 신의 작품이라고 한 어느 시인의 말이 생각납니다. 그 시인의 말에 전적으로 공감합니다. 알프스의 산이나 별새도 신의 솜씨로 치면 정직한 남자—여자—나 여자만 못하지요."

"위서든 씨가 저에 대해 뭐라고 말하든," 작고 조용한 목소리가 말했다. "저는 관심과 함께 그를 신뢰한다고 말할 수 있습니다."

"행복한 일입니다. 정말 행복한 일이에요." 공증인이 말했다.

"아드님의 스물여덟 번째 생일을 우연히 알게 된 것 말입니다. 얼마나 감사한 일인지 모르겠습니다. 갈랜드 씨, 우리 서로 이 경사를 축하해야겠죠."

노신사는 당연히 축하해야 한다고 대답했다. 그들은 다시 한 번 악수했고, 악수가 끝나자 노신사는 자기 입으로 말하기는 뭣하지만, 아벨 갈랜드만큼 부모에게 큰 위안이 되는 아들도 없다고 말했다.

"아내와 내가 느지막이 결혼해서 먹고 살 만하기까지 오랜 세월이 걸렸습니다. 적지 않은 나이에 항상 예의 바르고 마음이 따뜻한 아이를 갖는 축복을 받았습니다. 아들이 바로 우리에게는 행복의 원천입니다."

"물론입니다. 맞는 말이에요." 공증인이 지극히 공감하는 목소리로 말했다. "이런 일들을 생각하면 독신으로 살아온 제가 한이 됩니다. 한때 만나는 아가씨가 있었습니다. 가장 존경받는 큰 의복 상점 딸이었는데, 그게 약점이었어요. 척스터, 아벨 씨 문서 가져오게."

"위서든 씨," 노부인이 말했다. "저는 아벨을 다른 젊은이들과는 다르게 키웠어요. 그는 우리 지역 사회에서 항상 즐거움을 누려왔고, 항상 우리와 함께 있었어요. 하루도 품에서 떨어진 적이 없는 아이예요. 그렇지 않나요?"

"한 번도 떨어진 적 없지." 노신사가 대답했다. "다만 다니던 학교의 교사 톰킨리 씨와 토요일에 마게이트에 갔다가 월요일에 돌아온 적은 있는데, 다녀온 후로는 엄청나게 아팠잖소. 기억나요? 꽤 소실이 컸어요."

"밖에서 자본 경험이 없었으니까요." 노부인이 말했다. "견디기 힘들었을 거예요. 게다가 우리 없이 그곳에 있는 것은 아무런 위안도 되지 않았고, 이야기를 나누거나 즐길 사람도 없었잖아요."

"맞아요." 조금 전의 작고 낮은 목소리가 끼어들었다. "어머니, 전 정말 집에서 멀리 떨어져 있었어요. 너무 외로웠죠. 우리 앞에 바다가 놓인 걸 생각하면, 오, 바다가 우리 사이에 있는 걸 처음 알았을 때 느낌은 절대 잊지 못할 거예요."

"그 상황에서는 누구나 그렇죠." 공증인이 말했다. "부인, 저런 아벨군의 감정이 그의 천성을 보여준다고 생각합니다. 부인의 천성도, 부친의 천성도 말이에요. 저는 그걸 아벨군의 조용하고 모나지 않은 일련의 행위들을 통해 알 수 있습니다. 이제 보는 바와 같이 첵스터 씨가 증인이 되어 이 문서 하단에 제가 서명할 겁니다. 그리고 제가 톱니 모양으로 된 푸른색 봉함지(封緘紙)에 손가락을 올려놓으면 부득이하게 '나는 이것을 훗날의 증거물로 전달한다'라고 또박또박 말해야 하니, 부인 놀라지 마세요. 이건 그저 법적인 절차일 뿐입니다. 아벨군이 다른 봉함지에 이름을 쓰고 똑같은 선서문을 읽으면 이 형식적인 일은 끝납니다. 하하하! 정말 간단하게 끝났죠."

아벨 씨가 미리 작성한 양식을 살펴보느라 잠깐의 침묵이 흘렀다. 잠시 후 악수를 하고 발을 끄는 소리에 이어 곧바로 와인잔 부딪히는 소리가 나더니, 모든 사람이 시끄럽게 떠드는 소리가 들렸다. 15분쯤 뒤 문 앞에 나타난 척스터(귀 뒤에 펜을 꽂고, 와인 탓인지 얼굴이 벌게진) 씨가 키트를 '애송이 속물'이라고 익살스러운 이름으로 부르고는 거들먹거리며 손님이 곧 나온다고 알렸다.

땅딸막하고 퉁퉁한 체격에다 생기 넘치는 얼굴색을 띤 다소 사무적이고 젠체하는 위서든 씨가 극도로 예의를 갖춘 노부인을 앞에서 이끌고 나왔고, 아버지와 아들이 나란히 팔짱을 끼고 뒤따라 나왔다. 독특하고 예스러운 인상을 풍기는 아벨 씨는 아버지와 나이가 거의 같아 보였고, 얼굴 생김새나 모습도 아버지와 놀랍도록 닮아 있었다. 하지만 아버지의 넉넉하고 모나지 않은 어떤 것과 유쾌함이 부족했고, 대신 소심함이 그 자리를 차지했다. 이 점을 제외하면 단정한 옷차림새나 발이 안쪽으로 휜 것까지 노신사와 정확히 똑같았다.

마차에 안전하게 올라탄 노부인을 확인하고 그녀의 망토와 나들이에 빠져서는 안 되는 작은 바구니를 챙긴 아벨 씨가, 조급하게 마련한 것이 분명해 보이는 마부석 뒤 작은 의자에 자리를 잡고 어머니에서 조랑말까지 그곳에 모인 모든 사람에게 차

레로 미소를 건넸다. 그때 조랑말의 머리를 들게 하려다가 야단법석을 떠는 일이 발생했다. 제지 고삐가 풀린 듯했다. 이 일로 결국 노신사가 마부석에 앉아 고삐를 잡았고, 키트에게 주려고 주머니에서 6펜스를 찾았다.

하지만 노신사도, 노부인도, 아벨 씨도, 공증인도, 척스터 씨도, 그 누구도 6펜스짜리 동전을 가지고 있지 않았다. 노신사는 금액이 너무 크다고 생각하면서도 주변에 잔돈을 바꿀 상점이 없어서 1실링을 소년에게 그냥 주었다.

"여기 있다." 노신사가 장난스럽게 말했다. "다음 주 월요일 같은 시각 이곳에 올 테니, 그때 여기 와서 남은 몫을 채우거라."

"고맙습니다. 꼭 여기에 있겠습니다." 키트가 대답했다.

그는 매우 진지했지만, 모두가 그의 대답에 한바탕 웃음을 터뜨렸다. 특히, 척스터 씨는 노골적으로 폭소를 터뜨리며 노신사의 농담을 아주 재미있어했다. 조랑말은 이제 집으로 돌아갈 거라는 예감이 들었는지, 아니면 어디 딴 곳은 가지 않기로 했는지 (어차피 그게 그거지만) 꽤 빠른 속도로 출발했다. 키트는 해명할 시간도 얻지 못하고 갈 길을 갔다. 그는 받은 보물로 멋진 새에게 줄 모이 사는 일을 잊지 않았고, 집에서 가장 필요한 물건을 구매했고, 뜻밖의 행운에 마냥 행복해하며 서둘러 집으로 향했다. 무엇보다 그는 넬과 노인이 이미 집에 와 있으리라 기대하며 한껏 부풀어 있었다.

15장

  노인과 아이가 자신들이 떠난 도시의 조용한 거리를 아직 벗어나지 못하고 서성이는 동안, 소녀는 자주 멀리서 어렴풋이 보이는 인물이 정직한 키트와 닮았다고 상상할 때면 희망과 두려움이 뒤섞인 느낌으로 온몸을 떨었다. 하지만 소녀는 그가 키트였다면 손을 내밀고 마지막 만남에서 그가 했던 말에 고마움을 전할 수도 있었겠지만, 서로가 가까워지고 다가온 상대가 그가 아니라 낯선 사람임을 확인하고는 매번 안도했다. 왜냐하면 그녀는 자신의 길동무가 그를 보았을 때의 결과는 두렵지 않더라도, 지금은 누군가에게, 특히 그동안 진실하고 정직했던 키트에게 작별을 고하는 것이 자신이 견딜 수 있는 그 이상이라고 느꼈기 때문이다. 말 못 하는 것들과 사랑과 슬픔을 느낄 수 없는 물건들을 뒤로 하고 떠나온 것만으로 충분했다. 무모한 여정의 길목에서 유일한 친구와 헤어졌다는 사실이 소녀의 가슴을 너무도 아프게 했으리라.

어째서 우리는 육체적인 이별보다 정신적인 이별을 더 잘 견디는 것일까? 어째서 우리는 행동으로는 헤어질 강인함이 있으면서 말로는 작별을 고할 강인함이 없는 것일까? 긴 여행을 떠나거나 몇 년 동안 자리를 비워야 하는 전날에 깊은 정을 나눈 친구는, 내일 떠나기 위해 마지막으로 얼굴을 보며 평소와 다름없는 표정과 평소와 다름없는 강도의 악수를 하며 헤어진다. 하지만 그것은 한마디 작별을 고하는 고통을 피하기 위한 어설픈 속임수일 뿐 내일이면 다시 볼 수 없음을 그들 서로는 잘 알고 있다. 명확한 것들보다 불명확한 것들이 더 견디기 어려워야 하는가? 우리는 죽어가는 친구를 멀리하지 않는다. 그런데도 너무나 사랑한 친구 중 누군가에게 확실한 작별을 고하지 않은 것이 흔히 평생 남은 시간을 쓰라리게 한다.

아침 햇살이 비치는 도시가 반가웠다. 밤새 추악하고 의심스러워 보이던 도시 곳곳이 이제는 환한 미소를 지었다. 반짝이는 햇살이 방 창문에서 춤을 추다가 잠자는 사람의 눈앞 블라인드와 커튼 사이로 깜박이며 꿈속까지 비추고는 밤의 어두운 그림자를 멀리 쫓아냈다. 뜨거운 방안에서 천으로 덮인 채 까맣게 가려져 있던 새들은 아침이 온 것을 알고 몸을 비비며 작은 새장 안에서 가만히 있지 못했고, 눈을 반짝이는 쥐들은 살그머니 집으로 돌아가 조심스럽게 둥지에 함께 자리를 잡았고, 윤이나는 털을 가진 집고양이는 먹잇감에 대한 생각도 잊은 채 현관 열쇠 구멍과 현관문 틈으로 들어오는 햇살에 눈을 깜박이고 앉아서 몰래 집을 빠져나가 따스한 햇볕을 쬐고 싶어 했다. 이들보다 좀 더 고결한 우리에 갇힌 동물들은 철장 뒤에 꼼짝하지 않고 서서 옛날 숲속에 있을 때 반짝이던 눈매를 하고 흔들리는 나뭇가지와 창으로 스며드는 햇살을 응시하다가, 문득 감금되어 수없이 오고 간 닳아버린 발자국들을 밟아 뭉개고는, 다시 멈춰 서서 밖을 바라보았다. 지하 감옥에 갇힌 죄수들은 쇠사슬에 묶인 차가운 사지를 뻗으며 맑은 날에도 온기를 전하지 못하는 성벽을 저주했다. 밤에 잠을 자던 꽃들도 슬그머니 눈을 뜨며 아침을 맞았다. 창조의 정신인 빛은 어디에나 존재했고, 세상 만물은 저마다 그 빛의 힘을 가졌다.

두 순례자는 서로의 손을 꼭 잡거나 미소나 밝은 표정을 나누며 묵묵히 자신들의 길을 걸어갔다. 그들의 여정은 여전히 희망으로 가득 차서 행복했지만, 영혼 없는 육체처럼 모든 일상의 모습과 표정을 잃은 길고 텅 빈 거리는 죽음의 안식을 맞이하듯 엄숙하기만 해서 그것들을 모두 똑같아 보이게 했다. 그 이른 시각 세상 모든 것이 멈춰 있었기 때문에 그들이 만나는 한두 명의 창백한 얼굴들은, 온전한 태양의 영광 속에 힘을 잃고 희미해진, 밤새 여기저기에서 타고 있던 허약한 가로등처럼 그 장면에 맞지 않아 보였다.

그들이 아직 자신들과 외곽 지역 사이에 놓인 미로 같은 사람들의 집으로 깊숙이 들어가기 전 이미 거리의 적막감은 녹기 시작했고, 그 자리를 시끄러운 소리와 북적임이 대신했다. 제멋대로 흩어져서 덜컹거리며 옆을 지나가는 손수레와 마차가 제일 먼저 고요한 거리의 매력을 파괴했고, 점차 그 수가 늘어나 더 활기차게 움직이더니 이윽고 한 무리를 이루었다. 처음에는 상점 창문이 열린 것이 놀라운 일이었지만, 곧 창문이 닫힌 상점은 좀처럼 찾아볼 수 없었다. 그러고는 굴뚝에서 연기가 천천히 올라갔고, 연기를 공중으로 빼내기 위해 내리닫이창이 위로 올라갔고, 대문이 열렸다. 사방으로 느릿느릿 빗자루를 찾던 하녀들은 움츠린 행인의 눈에 누런 먼지구름을 뿌리며 비질하거나, 우유 배달부가 지역 축제와 (마구간을 개조한) 작은 집들이 늘어선 좁은 거리에 있는 차양과 기타 모든 것을 완벽하게 갖춘 마차와 거기에다가 용맹한 청년에 관해 말하는 것을 참담하게 듣고 있었다. 그들은 이런 풍경을 한 시간이나 더 보았다.

이곳을 벗어나 그들은 상업과 교통으로 붐비는 소굴로 들어섰다. 그곳에는 많은 사람이 있었고, 장사판이 이미 벌어진 상태였다. 이런 장소를 피하고 싶었던 노인이 놀라 어리둥절한 표정을 지으며 주변을 두리번거렸다. 그는 손가락을 입술에 갖다대고 좁은 뒷골목과 구불구불한 길을 따라 아이를 이끌었고, 그 소굴에서 멀리 벗어난 후에야 뒤를 돌아보며, 파멸과 자살이 모든 거리에 도사리고 있으니 빨리 도망치지 않으면 그것들이 냄새를 맡고 뒤쫓을 것이라고 중얼거렸다.

다시 이 구역을 지나 그들은 집들이 제멋대로 흩어져 있는 동네에 도착했다. 방으로 나눠진 싸구려 집들과 헝겊이나 종이를 덧댄 창문으로 보아 인구가 조밀한 빈민굴임을 알 수 있었다. 상점들은 빈민들이 살 만한 물건들을 팔았고, 파는 사람과 사는 사람 모두 똑같이 초췌하고 투덜거리는 모습이었다. 빈약한 공간과 파산한 재력으로 다시 한번 힘든 삶을 살아가는 몰락한 상류층이 사는 빈민가였는데, 다른 곳과 마찬가지로 세금 징수원과 빚쟁이들은 그곳까지 찾아왔다. 힘없이 버둥거리는 빈민가는 이미 오래전에 삶에 굴복하고 이를 포기한 듯 지저분했고, 누가 봐도 분명 그랬다.

이 빈민가—부를 꿈꾸는 미천한 추종자들이 이 구역 주위로 수 마일에 걸쳐 천막을 치고 있어서—는 아주 넓게 펼쳐져 있었지만, 특징은 똑같았다. 습기로 썩은 집 중 많은 집이 세를 놓고 있었고, 많은 집이 짓는 중이었고, 많은 집이 이미 반쯤 지어진 상태였지만, 모두 서서히 썩어가고 있었다. 하숙집은 누구를 가장 애처롭게 생각해야 할지, 임대인 혹은 임차인, 어려울 정도였다. 제대로 먹지도 못하고 옷을 걸치지도 않은 아이들이 먼지를 뒤집어쓴 채 거리 전역에 퍼져 있었고, 어머니들은 아이를 꾸짖으며 더러운 발로 포장도로를 쿵쿵거리며 걷고 있었고, 누더기를 걸친 아버지는 의기소침한 얼굴로 가족의 '일용할 양식'과 조금 더 주는 일자리를 향해 서둘렀다. 빨래 물을 짜는 여인들, 세탁부 여인들, 구두 수선공, 양복장이와 잡화상들은 거실, 부엌, 뒷방, 다락방으로 일거리를 가지고 왔고, 때때로 한 지붕 아래 모두 모여 할 일을 했다. 벽돌공장은 낡은 나무통이나 화재로 무너진 집에서 약탈해 온 검게 그을리고 기포가 생긴 목재로 말뚝을 만들어 주위를 둘렀고, 부둣가의 잡초, 쐐기풀, 거친 풀과 굴 껍데기가 어지럽게 더미를 이루고 있었다. 그리고 천국으로 가는 길을 보여주어야 할, 실례의 부족함 없이 속세의 처참함과 헐값으로 지은 수많은 새로운 교회들을 가르쳐야 할, 국교에 반대하는 작은 예배당이 있었다.

마침내 여전히 제멋대로 흩어져 있는 빈민가도 점점 사라지고, 도로와 접한 조각 땅에 있는 작은 정원만 나타났다. 거기에 딸린 낡은 목재나 작은 배의 파편들로 지어진 칠이 안 된 많은 여름 별장은 그 주위로 자란 질긴 양배추 줄기처럼 초록색을 띠고 있었고, 판자 이음매에는 독버섯과 딱 달라붙은 달팽이들이 소굴을 이루었다. 이런 별장들에 이어 앞쪽에 텃밭을 두고 둘씩 짝을 이룬 앙증맞은 통나무집들이 뻣뻣한 상자로 만든 경계와 좁은 길 사이에 있는 모난 땅 위에 배치되어 있었는데, 그곳은 다니던 길만 다녀서 그런지 자갈이 거칠었다. 그러고는 차나

무밭과 구기장이 있는, 마차가 멈추는 곳에 있는 말구유 때문에 이곳의 오래된 이웃들은 접근하지 않는, 초록색과 흰색으로 갓 칠을 한 선술집이 나왔고, 그러고는 들판이 나왔고, 그러고는 잔디밭이 있을 만큼 상당한 크기의, 일부 집들은 관리인 부부가 거주하는 오두막까지 딸린 집들이 하나씩 모습을 드러냈다. 그런 다음에는 유료도로가 나왔고, 그다음에는 다시 나무들과 건초더미가 있는 들판이 나왔고, 그런 다음에 언덕이 나타나자 그 꼭대기에서 여행자는 걸음을 멈췄을지도 모르고―언덕 정상에서 연기 사이로 어렴풋이 나타나는 세인트 폴 대성당과 (날씨가 좋았다면) 구름 위로 살짝 고개를 내밀고 태양 속에서 반짝이는 십자가를 돌아보며, 현재 그의 발아래 가까이 있는 벽돌과 타르로 지어진 가장 먼 적군의 전초기지를 눈으로 훑고 내려갈 때까지 커지는 바벨[7]의 모습에 눈길을 던지며―마침내 런던을 벗어났다고 느꼈을지도 모른다.

　이런 곳 근처 쾌적한 들판에서 노인과 작은 안내자는 (소녀가 안내자였지만, 본인들이 어디로 가는지 몰랐다) 휴식을 취하기 위해 자리에 앉았다. 소녀는 대비책으로 바구니에 약간의 고기와 빵 조각을 챙겨왔고, 이곳에서 그들은 소박한 아침 식사를 했다.

7　높이 솟은 건물.

낮 동안의 상쾌함, 새들의 지저귐, 흔들리는 풀잎의 아름다움, 짙푸른 잎사귀, 들꽃들, 공기 중에 있는 수천만 가지의 진귀한 향기와 소리―우리들 대부분에게 이것들은 커다란 즐거움이지만, 우리는 인간 우물의 양동이 안 같은 군중 속에서 삶을 영위하거나 대도시에서 고독하게 살아간다―가 그들의 가슴을 파고들어 즐겁게 했다. 아이는 그날 아침 어느 때보다 간절한 마음으로 꾸밈없는 기도문을 되뇌고 또 되뇌었지만, 이 모두를 느꼈기에 기도문이 다시 입으로 올라왔다. 노인도 모자를 벗고 ―그는 기도문이 생각나지 않았다―'아멘'을 외쳤고, 기도문이 아주 좋았다고 말했다.

집 선반 위에는 신기하게 생긴 접시들과 함께 『천로역정』이라는 책이 꽂혀 있었다. 그 책을 읽고 소녀는 책의 내용이 모두 사실인지, 거기에 등장하는 이상한 이름의 먼 나라들이 어디에 있는지 궁금해하며 몇 날 저녁을 생각에 잠기곤 했다. 소녀가 자신들이 떠나온 곳을 돌아보았을 때 그 책의 한 부분이 마음속에 강렬하게 떠올랐다.

"할아버지." 소녀가 말했다. "이곳이 실제로 존재하는 것보다 더 아름답고 훨씬 좋은 것만 빼면, 그리고 책 속의 그곳이 이곳 같다면, 우리 둘 다 기독교인인 것처럼 느껴지고, 우리가 가지고 온 모든 걱정과 근심을 이 풀밭에 내려놓은 것만 같아요. 다시는 그런 걱정과 근심을 품지 말아요."

"그래 다시는 돌아가지 말자. 다시는." 노인이 도시를 향해 손을 흔들며 대답했다. "이제 우리는 도시를 벗어났어. 다시는 우리를 돌아가도록 꾀지 않을 거야."

"피곤하지 않아요?" 아이가 물었다. "오랫동안 걸었는데 정말 아프지 않아요?"

"다시는 아프지 않아. 멀리 달아났으니까." 노인의 대답이었다. "넬, 움직여보자. 우리는 더 멀리 가야만 한다. 멀리 못 왔으니 쉬기에는 아직 이르다. 자, 가자!"

들판에 있는 맑은 물이 고인 웅덩이에서 아이는 손과 얼굴을 씻고, 다시 출발하기 전 뜨거운 발을 담가 식혔다. 노인에게도 같은 방식으로 스스로 생기를 되찾게 한 소녀는 그를 풀밭에 앉힌 다음 손수 물을 떠 그에게 적셔주고 허름한 치마로 닦아 말려주었다.

"아가, 혼자서는 아무것도 할 수가 없구나." 노인이 말했다. "왜 이러는지 모르겠다. 한때는 정정했는데, 이젠 늙어버렸어. 나를 떠나지 말아라, 넬. 나를 떠나지 않는다고 말해보렴. 항상 너를 사랑했다. 정말. 너를 잃으면 난 죽고 말 거야."

그가 소녀의 어깨에 머리를 기대고 애처롭게 신음했다. 고작 며칠 전이었다면 아이는 눈물을 참지 못하고 틀림없이 그와 함께 울었을 것이다. 하지만 소녀는 이제 그를 온화하고 다정한 말로 달랬고, 헤어질지도 모른다고 생각하는 그를 향해 미소를 지었고, 재미있는 농담으로 기운을 차릴 수 있게 도와주었다. 안정을 되찾은 그는 어린아이처럼 작은 소리로 노래를 부르다가 잠이 들었다.

기운을 차린 노인이 잠에서 깨어난 뒤 그들은 다시 여정을 이어갔다. 아름답게 펼쳐진 초원과 옥수수밭 사이로 난 길은 상쾌했고, 맑고 푸른 하늘에 높이 뜬 종달새는 행복한 노래를 지저귀었다. 공기는 가는 곳마다 향기로 가득했고, 그 향기에 기분이 좋아진 꿀벌이 옆을 지나가며 나른한 만족감에 취해 콧노래를 불렀다.

그들은 이제 탁 트인 시골에 도착했다. 얼마 안 되는 집들이 드문드문 몇 마일씩 떨어져 자리를 잡고 있었다. 때때로 그들은 여러 채 무리를 이룬 가난한 집들을 발견하기도 했다. 몇몇 집은 아이가 집 밖으로 나가지 못하게 열린 대문 앞에 의자나 낮은 판자를 놓아두었고, 가족 모두가 일을 나간 몇몇 집은 아예 문이 잠겨 있었다. 이것들은 보통 작은 마을이 시작되는 모습이었다. 잠시 후 수레바퀴 목수의 작업장이거나 아마도 대장간으로 쓰이는 듯한 곳이 나타났고, 그다음에는 졸린 소들이 바닥에 누워 있고, 말들이, 낮은 울타리 너머로 마구를 단 다른 말들이 길을 지나갈 때, 자유를 얻은 것을 의기양양해하며 날쌔게 움직이는, 호황을 누리는 농장이 나타났다. 그곳에는 맛있는 먹이를 찾기 위해 땅을 뒤집으며 주위를 알짱거리거나 서로 부딪칠 때면 단조롭게 불평하는 소리로 꿀꿀거리는 돼지도 있었고, 포동포동한 비둘기는 지붕 위를 낮게 날거나 점잔을 빼며 처마 위를 걸었고, 오리와 거위는 제 딴에는 우아하다고 생각하는지 연못 주변을 어색하게 뒤뚱거리거나 물 위를 유유히 헤엄쳤다. 농장 뜰을 지나자, 작은 여인숙과 초라한 주점, 상인 촌, 그 이름만으로도 주점들이 벌벌 떠는 변호사와 교구 목사의 집, 그리고 나무들 사이로 교회가 겸손하게 모습을 드러냈다. 그런 다음 좀더 많은 오두막, 우리, 주인 없는 마소를 가두는 울타리와 길가둑에는 깊고 오래되어 먼지투성이가 된 우물들이 드물지 않게 눈에 들어왔다. 그러고는 손질한 울타리로 주위를 둘러싼 들판이 양쪽으로 펼쳐지다가 다시 탁 트인 길이 나타났다.

그들은 온종일 걸었고, 그날 밤은 여행자들에게 방을 빌려주는 작은 오두막에서 잠을 잤다. 다음 날 아침 그들은 다시 길을 나섰다. 처음에는 지칠 대로 지쳐 피곤했지만, 곧 기운을 차리고 씩씩하게 앞으로 걸어 나갔다.

중간중간 멈춰 휴식을 취했지만, 짧은 시간이었고, 아침부터 약간의 음식만 먹고 계속 걸음을 재촉했다. 오후 다섯 시가 되어서야 그들은 무리를 이룬 또 다른 노동자 오두막에 이르렀다. 아이가 잠시 쉬며 우유라도 한 모금 얻을 수 있을까 하고 탐을 내듯 한 집 한 집 기웃거렸다.

하지만 소심한 데다 쫓겨날까 봐 두려웠던 소녀는 쉽게 마음을 정하지 못했다. 이쪽에서는 아이가 울고 있고, 저쪽에서는 떠들썩한 여인의 목소리가 들렸다. 이쪽 집은 몹시 가난해 보였고, 저쪽 집은 식구가 너무 많은 듯했다. 마침내 소녀는 용기를 내어 가족들이 탁자에 둘러앉아 있는 집 안으로 들어갔다. 한 노인이 난로 옆 푹신한 의자에 앉아 있었기 때문에, 소녀는 그가 그 가족의 할아버지고, 그래서 자기 할아버지의 처지를 알아주지 않을까 하고 생각했다.

그곳에는 그 노인 말고도 오두막집 주인 부부와 야생 열매처럼 피부가 갈색인 튼튼한 아이 셋이 더 있었다. 부탁은 지체 없이 받아들여졌다. 제일 큰 아이가 우유를 가지러 쪼르르 달려갔고, 둘째 아이는 앉을 의자를 문 쪽으로 질질 끌고 나왔고, 막내는 어머니 옷자락으로 살금살금 다가가 해를 가린 그을린 손 아래로 낯선 방문자들을 쳐다보았다.

"신의 축복이 있기를! 먼 길을 가는 중인가요?" 난로 옆에 앉은 오두막집 노인이 가는 쉿소리를 내며 물었다.

"네, 아주 먼 길이에요." 할아버지의 부추김으로 아이가 대답했다.

"런던에서 왔니?" 오두막집 노인이 다시 물었다.

아이가 그렇다고 대답했다.

아! 그도 마차를 타고 런던에 자주 가던 때가 있었다. 런던을 마지막으로 가본 것이 거의 32년 전이고, 지금은 그 모습이 많이 변한 것을 소식으로 들어 잘 알고 있다고 했다. 그러리라! 그 역시도 그때 이후로 많이 변했으니까. 노인은 32년이라는 세월은 긴 시간이고 여든네 살은 참으로 많은 나이지만, 비록 백 살이 되도록 아주 열심히 사는 이도 있지만, 절대 자신처럼 혈기가 왕성하지는 않다고 했다. 그런 사람은 없다고 했다.

"여기 팔걸이의자에 좀 앉으세요." 오두막집 노인이 지팡이로 벽돌 바닥을 두드리며, 그 행동을 민첩하게 하려고 애쓰며 말했다. "그 상자에서 코담배를 한 줌 꺼내세요. 비싸서 많이 하지는 않지만, 가끔 하면 정신이 맑아집니다. 댁은 내게 한낱 소년일 뿐입니다. 살아 있으면 내 아들과 비슷한 나이일 겁니다. 하지만 전쟁은 아들을 원했지요. 전쟁에서 살아 돌아왔을 때는 한쪽 다리를 잃은 후였습니다. 아들은 늘 죽으면 어릴 때 올라가던 해시계 옆에 묻어달라고 했어요. 아들 말대로 되었습니다. 밖에서 그곳이 보일 겁니다. 줄곧 그곳의 잔디를 관리해 왔으니까요."

오두막집 노인이 고개를 젓고는 눈물을 글썽이며 딸에게 더는 아들 얘기를 하지 않을 테니 걱정하지 말라고 했다. 그 노인은 누구에게도 폐 끼치기를 원하지 않고, 앞서 한 말이 누군가를 힘들게 했다면 용서를 구한다고 했다. 그리고 아무 말도 없었다.

우유가 도착하자, 아이는 작은 바구니에서 할아버지를 위해 제일 좋은 음식을 골라 맛있게 식사했다. 당연히 방에 있는 가구는 소박했다. 투박한 의자 몇 개와 탁자 한 개, 질그릇과 채색 도기 몇 벌이 놓인 식기 선반, 밝은 옷을 입은 여인이 푸른색 파라솔을 들고 산책하는 그림이 그려진 색이 천박한 차 쟁반, 흔히 볼 수 있는 성서를 주제로 한 그림 몇 점이 그려진 벽과 굴뚝, 키 낮은 옷장, 8일에 한 번 태엽을 감는 시계, 밝은 빛깔의 냄비와 주전자 몇 개가 전부였다. 하지만 모두 깔끔하게 잘 정돈되어 있었다. 아이는 집안을 조용히 둘러보며 그곳에서 그동안 잊고 지낸 편안함과 고요함을 느꼈다.

"다음 마을까지 얼마나 되나요?" 소녀가 그 집 가장에게 물었다.

"5마일은 족히 되는데. 설마 오늘 밤에 가려는 건 아니지?" 가장이 대답했다.

"아, 그럴 겁니다. 갈 거예요. 넬." 노인이 아이에게 빨리 일어나자는 신호를 보내며 말했다. "애야, 더 가야 한다. 더 멀리. 지금 가면 자정까지는 꽤 멀리 갈 수 있어."

"멀지 않은 곳에 하룻밤 묵기에는 괜찮은 헛간이 있습니다." 가장이 말했다. "아니면 플로우 하러에 제가 아는 여행자 숙소도 있고요. 실례지만, 영감님이 약간 피곤해 보이는데, 급하지 않으면 말이에요…."

"아닙니다, 아니에요. 급합니다." 노인이 다급하게 대답했다.

"더 멀리 가야 한다, 넬. 더 멀리."

"네, 계속 가야 해요." 아이가 가장의 호의를 사양하며 말했다. "정말 고맙지만, 벌써 멈출 수는 없어요. 할아버지, 이제 가요."

하지만 가장의 아내는 어린 방랑자의 걸음걸이를 보고는 한쪽 발에 물집이 생겨 아픈 것을 알아차렸고, 여자이자 어머니로서 상처 난 곳을 씻겨 간단히 치료해 주지 않고 그냥 보낼 수 없었다. 부인이 아주 조심스럽고 온화한 손길─노동으로 거칠어져 투박하지만─로 상처를 치료해 주었기 때문에, 아이는 가슴이 너무 먹먹해져 겨우 '신의 축복이 함께 하기를 바랄게요!'라는 간절한 말 한마디밖에 못했고, 오두막에서 멀어질 때까지 자기 입에서 무슨 말이 나올지 몰라 뒤도 돌아볼 수 없었다. 한참 후에 고개를 돌린 소녀는 오두막집 가족 모두가, 심지어 그 노인까지, 자신들을 지켜보며 길 위에 서 있는 모습을 보았다. 그래서 하염없이 손을 흔들고 고개를 끄덕이며, 적어도 한 쪽은 눈물을 흘리지 않을 수 없는 상태로, 그들은 헤어졌다.

그들이 전보다 더 고통스럽고 더디게 터덜터덜 1마일쯤 걸어갔을 때 뒤에서 수레바퀴 소리가 들렸다. 돌아보니 빈 수레 하나가 힘차게 달려오고 있었다. 그들 곁에 다다른 수레 주인이 말을 멈추고 넬을 뚫어지게 바라보았다.

"저기 보이는 오두막에서 쉬다가 오지 않았니?" 수레 주인이 말했다.

"네, 맞아요." 아이가 대답했다.

"아, 그 집에서 너를 돌봐달라고 부탁했다. 마침, 내가 이 길을 가는 중이라. 손 이리 주렴. 올라타세요, 영감님."

지칠 대로 지쳐 기어갈 수도 없었던 그들에게는 이것이 커다란 위안이 되었다. 그들에게 거칠게 요동치는 수레는 호화로운 마차였고, 그렇게 수레를 타고 가는 기분은 세상에서 가장 달콤했다. 구석에 놓인 짚단 위에서 좀처럼 자리를 잡지 못하던 넬은 그날 처음으로 잠에 곯아떨어졌다.

수레가 막 어느 시골길에 멈춰 섰을 때 소녀는 잠에서 깨어났다. 수레는 옆길로 가야 했다. 수레 주인이 친절하게 아이를 내려주고 바로 앞에 보이는 숲을 가리키며 그곳을 지나면 마을이 나온다고, 교회 묘지를 지나는 길로 가는 게 좋을 거라고 알려주었다. 그래서 그들은 그곳을 향해 지친 발걸음을 옮겼다.

16장

그들이 작은 길이 시작되는 쪽문에 다다랐을 때 해가 지기 시작했다. 비가 공정한 사람들과 불공정한 사람들에게 똑같이 내리듯, 석양 역시 죽은 자들의 쉼터에 따사로운 햇살을 뿌리며 내일 다시 떠오른다는 희망을 전했다. 벽으로 담쟁이덩굴이 타고 올라가 현관을 두른 교회는 낡고, 잿빛이었다. 담쟁이덩굴은 비석을 피해 가여운 사람들이 잠들어 있는 봉분 주변으로 살금살금 기어갔고, 그곳에서 서로 엉켜 망자가 생전에 한 번도 받아본 적 없는 첫 번째 화환이 되어주었다. 그런 화환은, 수년 동안 온순하게 가려진 미덕을 젠체하며 떠벌리고 마지막에는 유언집행자와 통곡하는 재산 상속자에게만 모습을 드러내는, 묘비나 대리석의 글귀보다 덜 시들고 훨씬 오래 살아남는다.

무덤 사이에서 둔탁한 소리를 내며 비틀거리는 목사의 말이 풀을 뜯고 있었다. 그와 동시에 땅에 묻혀 있는 교구 주민으로부터 전통적인 위안을 끌어내며 모든 육체는 풀로 돌아간다는 지난주 목사의 설교를 몸소 실행했다. 야윈 당나귀 역시 그 설교 내용을 자세히 실행하고 싶었지만, 그럴 자격이 안 되는 데다 신임을 받지 못한 터라 귀를 쫑긋 세우고 동경하는 눈빛으로 이웃 사제를 바라보았다.

노인과 아이는 자갈길을 벗어나 한결 폭신하고 걷기 편한 무덤 사이를 걸었다. 교회 뒤편을 지날 때쯤 멀지 않은 곳에서 사람 목소리가 들리더니 곧 그들이 모습을 드러냈다.

그들은 풀밭 위에 편한 자세로 앉아 바쁘게 무슨 일인가를 하느라 다가오는 불청객을 알아차리지 못했다. 그들 뒤로 주인공 인형이 갈고리 모양의 코와 턱과 늘 빛이 나는 얼굴을 하고 묘비 위에 다리를 꼰 자세로 놓여 있었기 때문에, 그들이 순회 공연자―펀치 인형 공연자―라는 사실을 직감적으로 알 수 있었다. 이 태연한 인형은 정말 눈에 띄었는데, 가장 불편해 보이는 자세로 몸이 매달려 있었지만―팔과 다리가 모두 느슨하게 풀려 형태도 잡히지 않았다―항상 절대 차분한 미소는 잃지 않았고, 길고 뾰족한 모자가 극도로 가냘픈 다리와 균형을 이루지 못해 매 순간 그를 쓰러뜨리겠다고 위협했기 때문이다.

인형극의 다른 배역 중 일부는 두 남자의 발밑에 흩어져 있었고, 일부는 길고 납작한 상자 안에 뒤죽박죽 섞여 있었다. 상자 안은 인형극 주인공의 아내와 자녀, 흔들 목마, 의사, '샬라 발라'라는 말만 또박또박 세 번 할 줄 아는 외국인 신사, 곧 죽어도 주석으로 만든 좋은 오르간으로 인정하지 않는 급진적인 이웃, 사형집행인, 악마 등 온갖 등장인물들로 가득했다. 인형의 주인들은 공연 무대를 수리하기 위해 그 장소에 온 것이 분명했다. 한 사람은 실로 작은 교수대를 묶느라 바빴고, 다른 한 사람은 작은 망치와 압정을 사용해, 하도 맞아서 대머리가 된, 급진적인 성향의 이웃에게 새로운 검은색 가발을 씌우는 데 열중했다.

노인과 어린 동반자가 가까이 다가가자, 두 사람이 고개를 들고 일손을 멈추더니 호기심에 찬 표정으로 쳐다보았다. 그들 중 반짝이는 눈과 붉은 코에 작고 명랑한 얼굴을 한, 분명 직접 인형을 조종하는 것으로 보이는, 남자는 무의식적으로 주인공 인형의 무언가를 받은 듯했다. 다른 남자―돈을 걷는 사람이었다―는 맡은 일의 특성 때문인지 다소 조심스럽고 신중해 보였다.

명랑한 남자가 노인의 시선을 따라가며 낯선 이방인들에게 먼저 고개를 끄덕여 인사했고, 노인은 펀치를 무대 밖에서 보는 것은 처음이라고 말했다. (이 말은 할 필요가 있는 듯한데, 펀치는 모자 끝으로 가장 훌륭한 묘비명을 가리키며 거기에다 대고 마음껏 낄낄거리고 웃는 듯했다).

"어째서 이런 곳에서 수선하는 겁니까?" 사내들 옆에 쭈그리고 앉아 무척 즐거운 표정으로 인형들을 바라보며 노인이 말했다.

"오늘 밤 저쪽 여관에서 공연할 참인데, 사람들에게 수선하는 모습을 보여주지 않기 위해서랍니다." 작은 남자가 대답했다.

"보여주면 안 된다고요?" 넬에게도 이야기를 들어보라고 손짓하며 노인이 말했다. "어째서 안 됩니까, 왜?"

"환상이 다 깨지고 흥미를 반감시키잖아요. 그렇지 않나요?" 작은 남자가 대답했다. "영감님이 가발을 쓰지 않은 대법관을 개인적으로 안다면 반 페니라도 내고 그를 보러 법정에 가겠어요? 분명 그렇지 않을 겁니다."

"좋습니다!" 노인이 과감하게 인형 하나를 만지다가 날카롭게 웃으며 재빨리 손을 거두었다. "오늘 밤에 인형극을 할 겁니까?"

"네, 그럴 생각입니다." 남자가 대답했다. "그리고 제 생각이 틀리지 않다면 토미 코들린은 지금 이 순간에도 영감님이 나타나는 바람에 생긴 손해를 계산하고 있을 겁니다. 기운 내 토미. 그렇게 큰 손해는 아니잖아."

작은 남자가 윙크하며 이 말을 던졌는데, 윙크는 여행자들의 주머니 사정을 알아차렸다는 의미다.

그러자 성질이 못되고 불만이 많은 코들린 씨가 묘비 위에서 펀치를 낚아채 상자 안에 내동댕이치며 대답했다. "반의반 페니 정도만 손해 봐도 신경 쓰지 않아. 그런데 자넨 너무 제멋대로야. 나처럼 커튼 앞에서 사람들의 표정을 살펴본 적이 없으니 인간의 본성을 알 턱이 없지."

"아! 토미, 그래서 네가 이렇게 망가졌구나. 그 일을 하느라." 작은 남자가 말했다. "장날 정기 연극에서 유령 역할을 할 때만 해도 모든 걸 믿었잖아. 물론 유령은 빼고. 하지만 지금은 아무것도 믿지 않지. 자네처럼 많이 변한 사람도 없을 거야."

"신경 꺼." 코들린 씨가 불만을 품은 철학자처럼 말했다. "나도 잘 아니까, 그 점은 유감스러워."

코들린은 너무 잘 알아서 깔볼 수밖에 없다는 듯 상자 안의 인형들을 마구 뒤집고는 그중 하나를 친구 앞에 살펴보라고 들이밀었다.

"이것 봐. 주디의 옷이 또 떨어졌어. 자넨 실과 바늘도 없지?"

작은 남자가 고개를 끄덕이며 주인공 인형의 심각한 상태를 곰곰이 생각하다가 유감스러운 듯 머리를 긁적였다. 그들이 어쩔 줄 몰라 하는 모습을 보고 넬이 수줍게 말을 꺼냈다.

"제 바구니 안에 실과 바늘이 있어요. 인형을 수선해 줄까요? 아저씨들보다는 잘 꿰맬 거예요."

이 시기적절한 제안을 코들린 씨도 반대할 이유가 없었다. 넬리는 상자 옆에 무릎을 꿇고 앉아 곧 바쁘게 바느질에 몰두했고, 그 일을 놀라울 만큼 훌륭하게 해냈다.

소녀가 바느질하는 동안 명랑한 작은 남자는 아이와 무기력한 노인을 똑같이 관심 있게 바라보았다. 바느질이 끝나자, 그가 고맙다는 말을 전하고 그들에게 어디로 가는지 물어보았다.

"음…. 오늘 밤에는 더 못 갈 것 같아요." 아이가 할아버지 쪽을 바라보며 말했다.

"묵을 곳을 찾는 중이라면," 그 남자가 말했다. "우리와 같은 곳에 묵기를 권하고 싶구나. 바로 저 집이다. 길고 낮은 흰색 집. 값도 아주 싸."

노인은 피곤했지만, 새로 사귄 지인들이 교회 묘지에서 밤을 새운다고 하면 본인도 그렇게 하려고 마음먹고 있었기 때문에, 그 제안을 미친 듯이 기쁘게 받아들였다. 네 사람은 곧 자리에서 일어나 함께 여관으로 향했다. 노인은 인형에 푹 빠져 상자 옆에서 떨어질 줄 몰랐고, 명랑한 작은 남자는 상자에 매달린 끈을 팔에 걸쳐 짐을 날랐고, 넬리는 노인의 손을 꼭 잡고 걸었고, 코들린 씨는 뒤에서 느긋하게 따라오며 돈벌이가 될 만한 인형극 장소를 물색할 때 도시에서는 객실이나 탁아소 창문으로 시선이 향하는 익숙한 표정으로 교회 종탑과 주변 나무들을 살폈다.

새로운 손님을 기꺼이 맞은, 여관을 경영하는 뚱뚱한 노부부는 넬의 아름다움을 칭찬하며 호감을 표시했다. 식사하는 곳에는 인형극을 하는 사내 둘 말고는 아무도 없었고, 아이는 좋은 여관에 오게 되어 고마운 마음이 들었다. 여주인은 그들이 런던에서부터 줄곧 걸어온 사실을 알고 무척 놀라며 어디까지 가는지도 궁금해했다. 하지만 아이가 대충 얼버무리며 그 질문을 불편해하는 듯해서 여주인도 더는 묻지 않았다.

"저 두 사람은 한 시간 후에 저녁을 먹는다는구나." 여주인이 소녀를 계산대로 데려가며 말했다. "그들과 같이 먹는 게 가장 좋아. 그 전에 간단하게 먹을 걸 좀 줄까? 오랫동안 걸었을 테니. 할아버지는 걱정하지 말고. 네가 먼저 먹으면 할아버지는 나중에 드실 거야."

하지만 어떤 설득에도 아이가 할아버지와 떨어지지 않으려고 하며 그가 먼저 먹지 않으면 아무것도 손대지 않으려고 해서, 여주인은 어쩔 수 없이 그에게 먼저 음식을 권했다. 그들이 식사로 기운을 차리자, 사람들은 서둘러 인형극 무대가 세워질 마구간으로 이동했다. 천장에서 한 줄로 늘어뜨린, 고리 주위에 달라붙은 초에 불이 붙으며 곧 인형극이 시작되었다.

이제 염세주의자 토마스 코들린 씨가 녹초가 되도록 팬파이프를 불고는, 인형을 조정하는 사람을 은폐하기 위해 쳐놓은 체크무늬 커튼 한쪽에 자리를 잡고 주머니에 손을 찔러 넣으며 펀치 공연에 대한 관객의 질문에 답할 준비를 했다. 그리고 개인적으로 펀치의 가장 친한 친구인 척, 펀치를 무한히 신뢰하는 척, 펀치가 저 무대에서 늘 즐겁고 영광스러운 존재로 행복한 시간을 보낸다는 것과 어떤 상황에서도 관객들 눈에 변함없이 지적이고 기쁨을 주는 인물로 보인다는 것을 잘 알고 있는 척하려고 준비했다. 이 모두를 코들린 씨는 최악의 경우를 대비해 마음을 단단히 먹는 사람의 자세로 했고, 재치 있는 말들을 늘어놓으며 천천히 청중들의 반응을, 특히 여관 주인 부부의 표정을 유심히 살폈다. 이는 저녁 식사와 연관되어 매우 중요한 결과를 낳으리라.

하지만 이 점에 대해 코들린 씨가 걱정할 이유는 전혀 없었다. 전체 인형극은 큰 박수갈채를 받으며 메아리로 울려 퍼졌고, 전반적인 즐거움을 한층 강하게 증명하는 자발적인 기부가 후하게 쏟아졌기 때문이다. 인형극을 보고 웃음을 터트린 사람 중 단연코 노인의 웃음이 제일 크고 많았다. 하지만 가여운 넬은 그의 어깨에 기대 잠이 드는 바람에 인형극을 전혀 보지 못했다. 너무 깊이 잠이 들어서 기쁨을 함께 나누려는 노인의 어떤 노력에도 깨어나지 못했기 때문이다.

훌륭한 저녁 식사가 차려졌다. 하지만 소녀는 너무 지친 나머지 아무것도 먹지 못했고, 노인에게 입맞춤하고 그가 잠들 때까지 그 옆을 지켜야 했다. 노인은 모든 걱정과 시름을 행복하게 잊은 채 공허한 미소와 존경의 눈빛을 보내며 새로운 친구들의 이야기를 듣고 있었다. 그들이 하품하며 각자 방으로 돌아간 후에야 노인도 아이를 따라 위층으로 올라갔다.

그들이 쉴 곳은 두 개의 객실로 구획한 다락방이었다. 하지만 그들은 매우 흡족해했고, 그보다 더 좋은 곳은 기대하지 않았다. 자리에 눕자마자 불안감을 느낀 노인이, 지금껏 많은 밤을 그랬듯, 아이에게 침대 옆에 있어 달라고 사정했다. 소녀는 바로 그 옆으로 가서 그가 잠들 때까지 곁에 앉아 있었다.

소녀가 묵을 방에는 빛만 조금 들어오는 작은 창이 하나 있었다. 노인이 잠든 후 소녀는 그 자리를 떠나 창밖의 고요함에 깜짝 놀라며 이 창문을 열었다. 달빛에 보이는 오래된 교회, 그 주위의 무덤들, 그 사이에서 속삭이는 듯한 거무스름한 나무들이 소녀를 전에 없던 깊은 생각에 빠지게 했다. 소녀는 다시 창문을 닫고 침대에 앉아 앞으로 살아갈 일을 생각했다.

소녀에게는 약간의 돈이 있었지만 정말 조금이었고, 그 돈을 다 쓰고 나면 구걸해야 할 처지였다. 그 약간의 돈 중에 금화 한 닢이 있었다. 비상시에 그 가치는 백 배 증가할지도 몰랐다. 금화를 깊숙한 곳에 숨기고 정말 절망적인 상황이 아니면, 다른 방안이 있다면, 절대 꺼내지 않는 것이 최선이리라.

소녀는 그 해결책으로 치마 속에 금화를 넣고 실로 꿰맸다. 그리고 가벼운 마음으로 잠자리에 들었다.

17장

또 다른 밝은 날이 작은 여닫이창으로 반짝이며, 그와 비슷한 아이의 눈과 친구임을 주장하며 소녀를 깨웠다. 소녀는 낯선 방과 익숙하지 않은 가구를 보고 지난밤 잠들었던 친숙한 자신의 방에서 어떻게 그곳으로 옮겨왔는지, 자신이 어디에 와 있는지 궁금해하며 깜짝 놀랐다. 하지만 다시 주위를 둘러보고는 최근 일들을 떠올렸고, 희망과 믿음을 품고 침대에서 벌떡 일어났다.

아직 이른 새벽이라 노인은 여전히 잠들어 있었다. 소녀는 길게 자란 풀에 맺힌 이슬을 스치며, 가끔 묘지를 밟지 않으려고 다른 곳보다 풀이 길게 자란 곳으로 돌아가며, 교회 묘지로 걸어 들어갔다. 소녀는 망자의 집들 사이를 거닐면서 묘한 즐거움을 느꼈고, 하나씩 지나칠 때마다 관심이 커져 선한 이들의 (정말 많은 선한 사람들이 그곳에 묻혀 있었다) 무덤에 새겨진 글들을 읽었다.

그런 장소가 당연히 그래야 하듯, 키가 큰 고목들의 가지 사이에 둥지를 틀고 아주 높은 공중에서 서로를 부르는 떼까마귀의 울음소리만 들릴 뿐, 매우 조용한 곳이었다. 먼저, 바람에 흔들리며 대롱대롱 매달린 너덜너덜한 둥지 주변을 맴돌던 매끈한 까마귀 한 마리가, 정말 우연히 그런 것처럼, 혼잣말하듯 침착하게 쉰 목소리로 울었다. 다른 까마귀가 이에 답하자 처음 울었던 까마귀가 더 큰소리로 다시 한번 울었고, 그러자 또 다른 까마귀가 울더니 또 다른 까마귀가 또 그렇게 울었다. 그럴 때마다 처음 울었던 까마귀는 이에 반박이라도 하듯 더욱더 날카로운 울음으로 자기주장을 폈다. 여태껏 침묵을 지키던 다른 목소리들이 더 낮은 가지와 더 높은 가지와 중간 가지에서, 오른쪽과 왼쪽에서, 나무 꼭대기에서 갑자기 끼어들었고, 교회의 회색 탑과 낡은 종탑 창문에서 급히 도착한 다른 까마귀들도 올라갔다가 떨어지고 커졌다가 작아지기를 반복하며 여전히 계속되는 떠들썩한 소리에 합세했다. 이리저리 이동하고, 새로운 가지에 내려앉고, 장소를 빈번하게 바꾸는 과정에서 벌어지는 이 모든 시끄러운 경합은, 그 아래쪽 이끼와 잔디 밑에 꼼짝하지 않고 누워 있는 사람들의 오래된 불안과 쓸데없는 다툼으로 낭비한 삶을 풍자했다.

종종 눈을 들어 이런 소리가 들리는 나무들을 올려다보고, 새소리가 무덤가를 한층 적막하게 하는 것 같다고 느끼며 아이는 무덤 사이를 어정거렸다. 이제는 초록의 흙더미에서 (그 모양을 유지하는 데 도움이 되는) 삐져나온 검은 딸기나무를 조심스러운 손길로 바로잡아주려고 멈추고, 이제는 격자로 된 낮은 창 중 하나를 통해 책상 위에 놓인 좀먹은 책들과 낡아 백색 화된 초록의 신도 석에 깔린 천과 속이 드러난 나무가 있는 교회 안을 엿보았다. 그 외에도 교회 안에는 초라한 늙은이들이 앉았던, 낡아 사용하지 않는, 그들처럼 누렇게 바랜 의자가 있었고, 아이들이 세례를 받은 다부지게 생긴 세례 반, 그들이 생전에 무릎을 꿇은 아늑한 제단, 그들이 서늘하고 낡고 그늘이 진 교회를 마지막으로 찾았을 때 자신들의 몸을 올려놓았던 소박한 검은색 선반이 있었다. 모든 것이 오랜 기간 사용하며 서서히 낡았음을 말해주었다. 현관에 있는 종을 당기는 줄은 술 장식처럼 해졌고, 세월의 무게를 이기지 못해 하얗게 변했다.

소녀가 55년 전 스물세 살의 나이로 죽은 한 청년의 초라한 묘비를 바라보고 있을 때 누군가가 불안정한 걸음으로 다가오는 소리가 들렸다. 주위를 둘러보니, 세월의 무게에 허리가 굽은 어떤 힘없는 노파였다. 노파는 소녀가 보고 있던 무덤 앞으로 휘청거리며 걸어와서는 묘비에 적힌 글귀를 읽어 달라고 부탁했다. 묘비의 글귀를 읽어주자, 노파는 고마움을 전하고 수많은 세월 그 글을 가슴에 새기며 살아왔지만, 이제는 볼 수 없다고 말했다.

"어머니예요?" 아이가 물었다.

"아내란다."

스물세 살 청년의 아내라니! 아, 그렇구나. 55년 전이니까!

"놀랐지." 노파가 머리를 흔들며 말했다. "너만 그런 건 아니야. 너보다 나이 많은 사람들도 그렇게 놀랐어. 그래, 난 그의 아내였다. 얘야, 죽음은 삶보다 우리를 더 변화시키지 못해."

"이곳에 자주 오세요?" 아이가 물었다.

"여름이면 무척 자주 이곳에 앉아 있곤 한단다. 한때는 눈물도 나고 통곡도 했는데, 저런! 그것들도 얼마 전에 지쳐서 그만두었다."

"데이지가 필 때면 그 꽃을 꺾어 집에 가져갔어." 노파가 잠시 침묵한 뒤 다시 말을 이어갔다. "데이지를 가장 좋아했지. 55년 동안이나 말이야. 긴 시간이고, 난 꽤 늙어가고 있어."

노파는 듣는 이에게는 새로운—상대가 어린아이라 해도—주제를 수다스럽게 늘어놓으며, 남편이 죽었을 때 울고 신음하며 자신도 함께 데려가 달라고 얼마나 기도했는지, 또 무덤을 처음 찾은 날 사랑과 슬픔이 컸던 젊은 여인이 자기 심장도 그대로 멈추기를 얼마나 바랐는지 말해주었다. 하지만 그 시간은 지나갔고, 비록 그곳에 올 때마다 슬픔이 지속되었지만, 여전히 그녀는 올 수 있었고, 그래서 그것이 고통이 아니라 엄숙한 즐거움이자 좋아하는 것을 배운 의무가 될 때까지 계속되었다.

그리고 55년이 지난 지금, 노파는 자신의 노년기에서 자라나는 남편의 젊은 시절에 대한 일종의 연민과 자신의 나약함과 쇠락과 비교했을 때 남편의 체력과 남성미를 찬양하는 마음으로, 남편이 아들이나 손자였던 것처럼 망자에 대해 얘기했다. 그래도 노파는 여전히 그를 자기 남편이라고 했고, 지금의 그녀가 아니라 과거의 그녀인 것처럼 그와 연결해 자신을 생각하며, 남편이 바로 어제 죽은 것처럼 다음 세상에서의 만남을 얘기했다. 그리고 예전의 자신과 헤어진 노파는 남편과 함께 죽은 듯한 그 어여쁜 소녀의 행복을 생각했다.

아이는 무덤에 핀 데이지를 꺾는 노파를 남겨두고 생각에 잠겨 길을 되돌아왔다.

이때쯤 노인은 자리에서 일어나 옷을 챙겨 입고 있었다. 여전히 존재의 냉혹한 현실을 깊이 생각해야 할 운명에 처한 코들린 씨는 어제저녁 공연에서 쓰다가 남은 초를 리넨으로 싸고 있었다. 그러는 동안 그의 동반자는 마구간 앞마당에서 모든 놈팡이의 칭찬 세례를 받았는데, 그를 펀치의 조정자로부터 떼어놓고 생각할 수 없었던 그들은 그를 명랑한 무법자[8] 다음으로 중요하게 여겨 펀치 못지않게 그를 사랑했다. 인기를 충분히 만끽한 남자가 아침을 먹기 위해 모두가 모여 있는 여관 식당으로

8 펀치.

들어왔다.

"그래 오늘은 어디로 갈 거니?" 작은 남자가 넬에게 물었다.

"몰라요. 아직 정하지 못했어요." 아이가 대답했다.

"우리는 경마가 열리는 곳으로 갈 거란다." 작은 남자가 말했다. "그쪽으로 갈 생각이면 함께 가자. 할아버지와 단둘이 가고 싶으면 말만 해, 방해하지 않으마."

"같이 갑시다." 노인이 말했다. "넬, 저들과 함께 가자. 그러자꾸나."

아이는 조만간 구걸해야 할 처지라는 것을 떠올리며 잠시 생각에 잠겨 있었다. 그렇게 되면 부유한 부인들과 신사들이 축제를 즐기는 곳보다 더 나은 곳은 없으리라는 생각에 사내들과 동행하기로 했다. 소녀는 동행을 제안해 준 작은 남자에게 감사의 말을 전하고, 그의 동료를 소심하게 힐끔 쳐다보며 대회가 열리는 마을까지 동행하는 것에 대해 반대하지 않는지 물어보았다.

"반대라니!" 작은 남자가 말했다. "토미, 한 번이라도 상냥하게 행동해 봐. 좋다고 말해. 그러고 싶은 거 다 알아. 제발 상냥하게 행동하자, 토미."

"트로터스, 자넨 너무 제멋대로야." 철학자나 염세주의자가 종종 그러듯 코들린 씨는 천천히 말하며 게걸스럽게 음식을 먹어치웠다.

"같이 간다고 나쁠 건 없잖아." 트로터스가 다그쳤다.

"특별히 나쁠 건 없지." 코들린 씨가 말했다. "하지만 자네 신조가 잘못됐어. 난 자네가 너무 제멋대로라고 말하는 거야."

"그래서 이들과 함께 가자는 거야, 말자는 거야?"

"그래, 같이 가." 코들린 씨가 말했다. "이미 자네가 그렇게 결정하지 않았어?"

작은 남자의 진짜 이름은 해리스였다. 하지만 점차 덜 듣기 좋은 이름인 '트로터스[9]'로 바뀌게 되었는데, 이 단어 앞에 그의 다리가 짧다는 이유로 형용사 '쇼트'가 같이 붙었다. 하지만 쇼트 트로터스가 복합적인 이름이고 친한 사이의 대화에서는 사용하기가 불편해서, 그 이름을 부여받은 신사는 친구들에게 쇼트 또는 트로터스로 알려져 있었고, 행사가 있거나 예의를 갖춰야 하는 특별한 자리를 제외하고 쇼트 트로터스로 이름 전체가 불리는 일은 거의 없었다.

쇼트 또는 트로터스—호칭은 독자가 원하는 대로 부르면 되고—는 친구 토마스 코들린 씨의 불평에서 벗어나기 위해 익살스러운 대답으로 응수했고, 동행자들에게 본인들도 저렇게 먹어야겠다는 생각이 들 정도로 깊은 인상을 주며 차가운 소고기와 차와 빵과 버터를 먹어 치웠다. 코들린 씨는 그런 설득이 필요 없었다. 이미 배부르게 식사를 마치고 이제 독한 맥주로 육

9 족발.

체를 적시고 있었기 때문이다. 그것에 관해 그는 같이 마시자는 말 한마디 없이 즐겁게 단숨에 들이켰는데, 이로써 그는 또 한 번 염세적인 심경 변화를 강하게 드러냈다.

마침내 아침 식사가 끝나자, 코들린 씨가 계산서를 받아 들고 자신이 마신 맥줏값을 전체 금액에 포함해 (염세의 기미를 보이는 습관이다) 총금액을 똑같이 반으로 나눴다. 그러고는 그 절반 금액을 다시 반으로 나눠 자신과 쇼트에게 청구하고, 나머지 절반은 넬리와 할아버지에게 할당했다. 적절한 절차에 따라 계산을 끝내고 출발 준비를 마친 그들은 여관 주인과 작별 인사를 나누고 다시 여행길에 올랐다.

그리고 여기 코들린 씨의 잘못된 사회적 위치와 그것이 그의 상처 받은 영혼에 미친 영향이 단호하게 설명되었다. 그는 지난밤 펀치에게 '주인님'으로 불렸고, 미뤄 생각한 결과 펀치를 혼자만의 호화로운 오락과 즐거움을 위해 건사한다고 청중들이 이해하게 내버려둔 반면, 지금 그는 무더운 날 먼지 나는 길을 따라 펀치의 신전을 송두리째 어깨에 짊어진 채 그 무거운 짐 밑에서 고통스럽게 걷고 있었기 때문이다. 여기 빛나는 펀치 또한 끊임없이 번뜩이는 재치와 동료와 지인들 머리 위로 육척봉을 흥겹게 흔들어서 자신의 홍보대사에게 기운을 불어넣기는커녕, 허리가 완전히 꺾인 채 겹쳐 올린 두 다리를 목에 두르고 캄캄한 상자 안에 힘없이 축 늘어져 있었으니, 결국 코들린 씨의 사회적 품격 따위는 남아 있지 않았다.

코드린 씨는 터덜터덜 걸어가면서 쇼트와 드문드문 몇 마디 주고받다가 잠시 멈춰 휴식을 취하며 가끔 투덜거렸다. 쇼트는 인형이 들어 있는 납작한 상자와 (그리 크지 않은) 개인 짐 가방을 함께 끈으로 묶어 나르며 어깨에는 트럼펫을 엇멘 채 앞장서 걸어갔다. 넬과 할아버지는 쇼트의 뒤를 따르며 양옆에서 나란히 걸었고, 토마스 코들린이 끝에 섰다.

그들은 도회지나 시골 마을, 심지어 외관이 훌륭한 단독 주택에 다다르면, 쇼트가 요란하게 트럼펫을 불고는 우스꽝스러운 목소리로 펀치 공연단과 관련한 노래의 일부를 신나게 불렀다. 그 소리를 듣고 사람들이 서둘러 창가로 모여들면, 코들린 씨가 무대를 세우고 허둥지둥 휘장을 펼쳐 즉시 쇼트를 숨기고는 팬파이프를 병적으로 흔들며 공중에 대고 연주했다. 그런 다음 곧바로 공연을 시작했고, 영웅이 인류의 적을 무찌르고 승리하는 장면을 짧게 끝낼지 질질 끌지를 결정하는 일을 맡은 코들린 씨는 걷힌 돈이 충분한지 부족한지에 따라 판단을 내렸다. 마지막 파딩[10]까지 다 거뒀다고 생각되면 그가 짐을 쌌고, 그들은 다시 이동했다.

때때로 그들은 다리나 나룻배 사용료를 내는 곳 밖에서 공연

---

10 구 페니의 1/4에 해당하는 영국의 옛 화폐.

했고, 한번은 특별한 요청으로 통행료징수소[11]에서 공개했는데, 그곳 징수원이 외로움에 술에 취해 혼자만을 위한 공연에 1실링을 계약금으로 내놓았다. 제법 돈을 벌 것으로 기대했지만, 희망은 완전히 무너지고 말았다. 극 중 가장 인기 있는 등장인물로 금박 레이스가 달린 외투를 걸친 참견하기 좋아하는 완고한 녀석이 그곳 교구 직원을 모욕했기 때문이다. 이런 이유로 관계자가 철거 명령을 내렸다. 하지만 공연은 대부분 환대받았고, 마을을 떠날 때면 늘 한 무리의 남루한 아이들이 꽁무니를 따르며 환호성을 질렀다.

이런 우여곡절을 겪고도 그들은 긴 하루를 걸었고, 하늘에서 달빛이 환하게 비칠 때도 여전히 길 위에 있었다. 쇼트는 노래와 농담으로 지루한 시간을 달랬고, 일어난 모든 일을 최대한 활용했다. 반면 코들린 씨는 자신의 운명과 세상의 모든 공허한 것들을 (특히 펀치를) 저주했고, 가장 쓰라린 원통함의 희생자가 되어 인형극 무대를 등에 짊어진 채 다리를 절뚝거리며 걸었다.

그들은 사거리 이정표 아래에서 휴식을 취하기 위해 걸음을 멈췄고, 염세주의에 깊이 빠진 코들린 씨는 무대 장막을 내리고 공연 무대 바닥에 앉아, 인간의 눈에는 보이지 않았지만, 동행하는 사람들을 경멸하고 있었다. 그때 방금 지나온 굽은 길에서

---

11 길을 통행하는 대가로 요금을 받는 곳.

거대한 그림자 두 개가 그들을 향해 다가왔다. 아이는 처음에 이 말라빠진 거인들의 모습에 깜짝 놀랐는데, 그들이 나무 그림자 아랫부분에서 우뚝 솟아 성큼성큼 걸어오는 것처럼 보였기 때문이다. 하지만 쇼트가 소녀에게 두려워 말라고 하며 트럼펫을 세차게 불어 저쪽에서 경쾌한 외침을 이끌어냈다.

"그라인더 무리인가, 그렇지?" 쇼트가 크게 소리쳤다.

"그래." 두세 명의 날카로운 목소리가 대답했다.

"이리 와." 쇼트가 말했다. "얼굴 좀 보게. 자네들인 줄 알았어."

초대받은 '그라인더 무리'가 빠른 걸음으로 그들 앞에 나타났다. 한 '무리'로 불리는 그라인더 공연단은 장대를 타고 다니는 젊은 신사와 숙녀, 그리고 그라인더 씨 본인으로 구성되어 있었다. 그는 보행을 목적으로 자신의 진짜 두 다리를 사용하며 등에 북을 짊어지고 날았다. 젊은 남녀의 공적인 복장은 스코틀랜드 전통 의상이었지만, 습하고 차가운 밤공기 때문에 젊은 남자는 스코틀랜드 짧은 치마 위에 발목까지 오는 남성용 피코트를 착용하고 광이 나는 모자를 썼고, 젊은 여자 역시 허름한 천으로 만든 여성용 외투로 몸을 감싸고 머리에 수건을 둘렀다. 그라인더 씨는 새까만 깃털로 장식한 자신들의 스코틀랜드 보닛을 자기 악기 위에 얹어 날았다.

"경마하는 곳으로 가는 중이군." 그라인더 씨가 가쁜 숨을 몰아쉬며 말했다. "우리도 그곳으로 가는 중이네. 잘 지냈나, 쇼트?" 두 사람은 다정하게 악수했다. 일반적인 인사를 하기에는 장대가 너무 높았던 젊은 남녀는 자신들만의 방식으로 쇼트에게 경의를 표했다. 젊은 남자는 오른쪽 장대를 비틀어 들어 올려서 쇼트의 어깨를 툭 건드렸고, 여자는 탬버린을 흔들었다.

"연습하는 중?" 쇼트가 장대를 가리키며 물었다.

"아니." 그라인더가 대답했다. "장대를 타는 것도 나르는 것도 아닌 모양새가 되었어. 저 젊은 친구들은 장대 타는 걸 가장 좋아하거든. 보기에 아주 좋잖아. 어디로 갈 건가? 우린 저쪽으로 가네."

"그게, 우리는 사실," 쇼트가 말했다. "아주 먼 길을 가고 있어. 1마일 반 정도 가면 오늘 밤을 묵을 수는 있지만, 3~4마일 정도 더 가면 내일은 좀 덜 걸어도 될 거야. 만약 자네들이 계속 간다면 우리도 그렇게 하는 게 가장 좋겠지."

"그런데 자네 짝은 어디 있나?" 그라인더가 물었다.

"나 여기 있네." 토마스 코들린 씨가 장막 앞 무대로 머리와 얼굴만 내밀고 그곳에서 흔히 짓지 않는 표정을 지으며 소리쳤다. "오늘 밤이 가기 전에 파트너가 산 채로 끓는 물에 던져지는 걸 보게 될 거야. 쇼트가 한 말은 이런 의미야."

"사람 가슴에 비수를 꽂듯 그렇게 말하지 마. 토미, 아무리 힘들어도 동료에게는 예의 좀 지켜." 쇼트가 코들린을 살살 달래며 말했다.

"힘이 들든 들지 않던," 코들린 씨가, 펀치가 실크 스타킹을 신은 힘으로 두 발을 일자로 모으고는 갑자기 내리쳐서 관객들의 감탄을 자아내는 데 익숙한, 작은 발판을 주먹으로 때리며 말했다. "힘이 들든 들지 않든, 난 오늘 밤 1마일 반 이상은 한 발짝도 안 움직일 거야. 오늘 졸리 샌드보이스에서 묵는다고. 그곳이 아니면 안 돼. 자네도 그곳에서 묵을 거면 그렇게 하고 계속 갈 거면 혼자 가."

코들린 씨가 이렇게 말하고 시야에서 사라지더니 바로 밖으로 나와 무대를 어깨에 홱 짊어지고는 그야말로 빛의 속도로 앞장서 걸어갔다.

더는 논쟁해 봐야 소용없었다. 쇼트는 기꺼이 그라인더 씨와 그의 제자들과 헤어지고 시무룩한 친구를 따라갔다. 이정표가 서 있는 곳에서 장대가 달빛 아래를 껑충껑충 뛰며 사라지고, 북을 짊어진 사람이 젊은 남녀 뒤를 느릿느릿 따라가는 모습을 몇 분간 지켜본 뒤, 쇼트는 트럼펫을 짧게 불어 그라인더 공연단과 작별 인사를 나누고 코들린 씨 뒤를 전속력으로 쫓았다. 그를 따라잡을 목적으로 트럼펫을 쥐지 않은 손을 내밀어 넬의 손을 잡은 쇼트는 오늘 밤 여정도 이제 곧 끝나가니 힘내라고 말하며, 노인에게도 똑같이 확신에 찬 말로 격려하며, 목적지를 향해 꽤 빠른 속도로 그들을 이끌었다. 이때 달이 구름에 뒤덮이고 비가 올 듯해서 그도 졸리 샌드보이스로 가는 편이 낫겠다고 생각했다.

18장

　졸리 샌드보이스는 길가에 위치한 아주 오래된 작은 여관으로, 맥주잔과 금 자루를 가득 들고 한층 더 즐거워하는 세 명의 모래 파는 소년을 상징하는 간판이 길 건너편 기둥에서 삐걱거리며 흔들렸다. 그날 여행자들은 모두 같은 방향으로 향하는 집시 야영지, 도박 매대와 부속품을 잔뜩 실은 수레, 각양각색의 유랑 극 단원들, 구걸하는 사람과 도보 여행자들과 같은 점점 경마가 열리는 마을에 가까워지고 있다는 많은 표시를 목격했다. 그 때문에 코들린 씨는 여관에 빈방이 없을까 하고 걱정했다. 목적지가 가까워질수록 불안감이 커졌는지 그는 걸음을 재촉했고, 무거운 짐을 지고도 여관 문지방에 도착할 때까지 한번도 걸음의 속도를 늦추지 않았다. 하지만 여관 주인이 문의 기둥에 기대 막 쏟아지기 시작한 비를 한가로이 바라보는 모습을 보고 자신의 걱정이 근거 없었음을 깨닫고 흡족해했다. 여관 안에서는 금이 간 종의 딸랑딸랑 울리는 소리도, 활기찬 외침도, 시끄러운 합창도 들리지 않았다.

"우리밖에 없어?" 코들린 씨가 짐을 내려놓고 이마를 닦으며 말했다.

"아직은," 여관 주인이 하늘을 힐끔 쳐다보며 대답했다. "하지만 밤에는 손님이 많이 들 거야. 자네들 중 한 명이 헛간에서 공연하는 건 어때. 그러니 톰, 어서 젖은 몸부터 말려. 비가 내려서 불을 지펴놓으라고 했거든. 부엌에서 불꽃이 활활 타오르고 있을 거야. 거기로 가자고."

기꺼이 그를 따라간 코들린 씨는 곧 눈앞에 펼쳐진 광경을 보고 여관 주인이 까닭 없이 자신의 준비 상태를 자화자찬한 것이 아님을 알게 되었다. 강력한 불길이 화덕에서 타오르다가 기분 좋은 소리를 내며 넓은 굴뚝 위로 으르렁거렸는데, 열기 속에서 보글보글 부글부글 끓어오르는 커다란 무쇠솥이 그 소리가 더 커지는 데 유쾌한 도움을 주었다. 얼굴을 잔뜩 붉히고 있는 주방에서 여관 주인이 부지깽이로 불을 쑤시자, 불꽃이 위로 껑충껑충 높이뛰기를 했고, 가마솥 뚜껑을 열자, 맛있는 냄새가 밖으로 확 뿜어져 나왔다. 그사이 부글부글 끓는 소리는 더 크고 깊어졌고, 기름기를 품은 김이 흘러나와 그들 머리 위에 맛있는 분무로 내려앉았다. 그러자 코들린 씨의 마음도 흐뭇해졌다. 그는 벽난로 구석에 자리를 잡고 앉아 행복한 미소를 지었다.

코들린 씨는 미소를 지으며 벽난로 구석에 앉아, 그렇게 하는 것은 요리의 맛을 위해 필요하므로 손님들은 기분 좋은 김으로 코를 간지럽히는 고통을 당해야 한다는 듯, 여관 주인이 악동 같은 얼굴로 손에 무쇠솥 뚜껑을 잡고 있는 모습을 뚫어지게 쳐다보았다. 벽난로의 은은한 빛이 주인의 대머리에, 반짝이는 눈에, 군침을 흘리는 입에, 여드름투성이 얼굴에, 포동포동한 몸에 비쳤다. 코들린 씨가 소매로 입술을 훔치며 낮은 목소리로 말했다. "무슨 음식이야?"

"소 곱창이 들어간 스튜." 주인이 입맛을 다시며 말했다. "우족도 들어갔지." 다시 입맛을 다셨다. "베이컨도." 또다시 입맛을 다시고, "두껍게 썬 고기도." 네 번째 입맛을 다셨다. "완두콩, 양배추, 햇감자, 아스파라거스를 몽땅 넣고 끓여서 맛이 정말 좋아." 재료에 대한 설명이 절정에 달하자, 여관 주인은 연거푸 입맛을 다시고 공중에 떠다니는 냄새를 코로 길게 한 번 들이마시고는, 이제 세상의 힘든 일도 모두 끝난 듯한 분위기를 내며 다시 뚜껑을 닫았다.

"몇 시에 먹을 수 있어?" 코들린 씨가 힘없이 물었다.

"제대로 끓여야 해." 주인이 시계를 쳐다보며 말했다. 두툼한 흰색의 전면이 컬러로 되어 있는 벽시계는 즐거운 모래 파는 소년들과 잘 어울렸다. "열 시 38분에 요리가 완성될 거야."

"그러면," 코들린 씨가 말했다. "따뜻한 맥주 한 잔만 갖다 줘. 그리고 그때까지 누구에게도 먹을 걸 주면 안 돼. 비스킷 조각도."

여관 주인은 이 단호하고 남자다운 처리 절차를 승인한 그에게 고개를 끄덕이고는 맥주를 가지러 밖으로 나갔고, 곧 다시 돌아와 불 속에 깊숙이 꽂아서 밝은 곳에 가기 편리하도록 깔때기 모양의 작은 양철 그릇에, 데울 목적으로, 맥주를 따랐다. 맥주는 순식간에 데워졌고, 주인은 약간 데운 맥주를 마실 때 행복한 순간 중 하나인 하얀 거품을 표면에 띄워 코들린 씨에게 건넸다.

이 부드러운 음료로 성질이 많이 누그러진 코들린 씨는 그제야 동료를 떠올렸고, 샌드보이스의 주인에게 곧 친구들이 도착한다고 알렸다. 빗방울이 창문에 부딪혀 덜컹거리며 억수같이 쏟아졌고, 동료들이 비를 맞을 만큼 어리석지 않기를 바란다는 진심 어린 희망을 한 번 이상 표현한 것이 코들린 씨가 할 수 있는 최고의 자상함이었다.

마침내 그들이 여관에 도착했다. 쇼트가 최대한 외투 아래로 아이를 감싸 보호했지만, 몰골은 비에 흠뻑 젖어 처참했고, 모두가 비를 피해 달려오느라 가쁜 숨을 몰아쉬었다. 문 앞에서 그들을 애타게 기다리던 여관 주인은 그들의 발소리가 들리자마자 주방으로 달려가 가마솥 뚜껑부터 열었다. 그 효과는 감동적이었다. 젖은 옷에서 빗물이 바닥으로 뚝뚝 떨어지는데도 모두 웃는 얼굴로 여관에 들어섰고, 쇼트의 첫 마디는 "와! 맛있는 냄새!"였다.

기분 좋은 난롯가와 밝은 방에 있으니, 비와 진흙의 기억은 금방 잊혔다. 그들은 여관 주인이 건네주거나 자신들의 보따리에서 꺼낸 슬리퍼와 마른 옷으로 갈아입고, 코들린 씨가 이미 그랬듯, 벽난로 구석에 자리를 잡고 앉아 곧 지난 고생들은 말끔히 잊고 오직 현재의 즐거움만 떠올렸다. 따뜻함과 안락함과 피로에 압도된 넬리와 노인은 그 자리를 지키지 못하고 잠이 들었다.

"저들은 누구야?" 여관 주인이 속삭였다.

쇼트가 머리를 흔들며 자신도 알고 싶다고 말했다.

"자네도 몰라?" 주인이 코들린 씨를 돌아보며 물었다.

"나도 잘 몰라. 좋은 사람들이 아니라는 사실 말고는." 코들린 씨가 대답했다.

"그래도 해는 끼치지 않아." 쇼트가 말했다. "그건 확실해. 실은 저 노인네가 제정신이 아니야."

"저들에 대해 아는 게 고작 그뿐이라면," 코들린 씨가 시계를 힐끔거리며 사납게 으르렁거렸다. "우리가 저녁 식사 생각에 집중할 수 있도록 방해하지 않는 게 좋아."

"내 말 끝까지 들어봐." 쇼트가 응수했다. "게다가, 저들은 저런 식으로 살아오지 않은 게 분명해. 저 예쁜 아이가 지난 2~3일 동안 그랬듯이 늘 떠돌아다닌다고 생각해? 내가 더 잘 알아."

"이런, 누가 아이가 그렇다고 했어?" 코들린 씨가 다시 시계를 쳐다보고 시선을 가마솥 쪽으로 돌리며 말했다. "그따위 말도 안 되는 소리 그만하고 지금 상황에 딱 들어맞는 생각을 할 수 없어?"

"누구라도 자네에게 빨리 저녁을 가져다주길 바라." 쇼트가 받아쳤다. "저녁을 먹기 전까지는 자네에게 평화란 없을 테니까. 봤어? 노인이 계속 떠나려고 얼마나 안달이 나 있는지? 항상 더 멀리 가자고 하잖아. 자네도 봤지?"

"어! 그래서, 그게 뭐?" 토마스 코들린이 투덜거렸다.

"그러니까," 쇼트가 말했다. "노인이 친구들에게서 도망친 거야. 내 말 잘 들어, 그가 친구들을 속이고 도망쳤고, 이 연약한 어린아이를 구슬려 안내자이자 길동무로 삼은 거지. 어디로 가야 하는지 몰랐을 테니까. 난 그냥 보고만 있지 않을 거야."

"안 그러면!" 코들린 씨가 다시 시계를 힐끔거리며 두 손으로 미친 듯이 머리카락을 움켜쥐었다. 하지만 괴로움의 원인이 쇼트가 한 말 때문인지, 너무 더디게만 가는 시간 때문인지 알 수 없었다. "정신 차려!"

"나는," 쇼트가 단단히 결심한 듯 천천히 힘주어 말했다. "가만있지 않을 거야. 이 해맑은 어린아이가 나쁜 손아귀에 넘어가 평범한 친구들처럼 천사들 사이에 있지 않고 자신과 맞지 않는 사람들 사이에 있는 걸 그냥 보고만 있지 않을 거라고. 만약 저들이 우리와 헤어질 의도가 보이면 그들을 못 가게 붙잡아서 그들의 친구들에게 되돌려주기 위한 조치를 취할 생각이야. 그들의 친구들은 지금쯤 런던의 모든 벽에 절망적인 상황을 알리는 안내문을 붙였을 거야."

"쇼트." 코들린 씨가 두 손으로 머리를 받치고 팔꿈치를 무릎 위에 올린 채 몸을 좌우로 마구 흔들며 가끔 바닥에 발을 쿵쿵 구르다가 이제는 간절한 눈빛으로 시계를 쳐다보았다. "자네가 말한 것 중에서 보기 드물게 좋은 의미가 있을지도 몰라. 그렇다면, 분명 사례금이 있을 거야. 쇼트, 우린 뭐든 함께 하는 친구라는 걸 잊지 마."

그 순간 아이가 잠에서 깨는 바람에 쇼트는 친구가 한 말에 대한 수긍의 표시로 고개만 끄덕일 뿐이었다. 몸을 바짝 붙이고 속삭이던 두 사람은 아무 일 없는 듯 급히 떨어져서는, 평소 목소리 톤으로 애써 일상적인 대화를 나누려고 다소 어색하게 시도하고 있었다. 그때 낯선 발소리가 들리더니 새로운 무리가 여관 안으로 들어왔다.

그들은 다름 아닌 무척 우울해 보이는 네 마리의 개였다. 개들은 유독 애절해 보이는 안짱다리로 걷는 늙은 개를 선두로 한

마리씩 후드득 소리를 내며 안으로 들어섰다. 우두머리 개는 마지막 동료가 문에 도착할 때까지 기다렸다가 뒷다리를 세우고 일어나 동료들을 돌아보았다. 그러자 엄숙하고 침울하게 줄지어 앉아 있던 동료 개들도 뒷다리를 들고 일어섰다. 이런 광경만 눈에 띄는 것은 아니었다. 이 개들 모두가 광택을 잃은 스팽글[12]로 레이스를 단 다소 천박하게 화려한 색상의 작은 외투를 입고 있었기 때문이다. 그 중 한 마리는 턱 아래로 아주 조심스럽게 끈이 묶인 모자를 머리에 쓰고 있었는데, 모자가 코 위로 내려와서 한쪽 눈을 완전히 가렸다. 그뿐만 아니라 천박하게 화려한 색상의 외투는 비에 흠뻑 젖어 변색이 되었고, 그런 옷을 걸친 개들은 흙탕물이 튀어 더러웠다. 아마도 졸리 샌드보이스를 찾은 이 방문객들의 범상치 않은 모습에 사람들은 이런저런 생각을 할지도 모른다.

하지만 쇼트도, 여관 주인도, 토마스 코들린도 전혀 놀라지 않았다. 그저 저 개들은 제리의 개이며 그가 곧 나타날 거라고 말했다. 개들은 제리가 올 때까지 부글부글 끓는 가마솥을 입을 벌린 채 눈을 껌뻑이고 참을성 있게 바라보며 그곳에 서 있었다. 제리가 모습을 드러내자, 개들 모두는 그 즉시 바닥에 주저앉아 자연스럽게 방안을 이리저리 돌아다녔다. 이런 자세 또한

---

12 옷에 장식으로 붙이는, 반짝거리는 얇은 조각.

개들의 진짜 꼬리와 의상의 꼬리가 서로 맞지 않아서—사실 둘 다 큰 장애물이었다—그들의 꼬락서니를 개선하지는 못했다.

이 춤추는 개들의 주인 제리는 벨벳 외투 차림에 검은 구레나룻을 기른 건장한 체격의 사내로 여관 주인, 코들린, 쇼트와는 이미 잘 아는 사이인 듯 반갑게 인사를 나눴다. 제리가 손풍금을 벗어 의자 위에 올려놓고, 희극 배우 친구들에게 다소 위화감을 주는 작은 채찍은 손에 쥔 채, 불가로 다가와 몸을 말리며 대화에 끼어들었다.

"평소에는 저렇게 여행하지 않잖아, 그렇지?" 쇼트가 개들이 입은 옷을 가리키며 물었다. "저렇게 하려면 옷값이 많이 들텐데."

"맞아." 제리가 대답했다. "보통 때는 저렇게 하지 않지. 오늘 작은 길거리 공연이 있었거든. 그리고 경마장에서는 새로운 의상을 선보일 예정이라 이 옷은 굳이 벗을 필요가 없다고 생각했어. 내려, 페드로!"

제리가 모자를 쓴 개—최근 공연 팀에 들어온 이 개는 자신이 무엇을 해야 하는지 정확히 알지 못했다—에게 이렇게 말했다. 그 개는 모자에 가려지지 않은 눈으로 주인을 걱정스럽게 쳐다보고는 끊임없이 뒷다리로 일어섰다가 다시 앉기를 반복했다.

"동물을 하나 가져왔어." 제리가 외투 큰 주머니에 손을 넣고 작은 오렌지나 사과를 찾는 듯 주머니 안쪽까지 뒤지며 말했다.
"여기 있군. 쇼트, 자네가 아는 바로 그 동물이야."

"아! 어서 보여줘." 쇼트가 탄성을 질렀다.

"여기." 제리가 주머니에서 작은 테리어를 꺼내며 말했다.
"한때 자네가 데리고 다니던 토비야."

펀치 인형극의 몇 가지 다른 버전에는 한 신사가 기르는 개
—현대의 혁신 물—가 등장하는데, 그 개가 바로 항상 토비라
고 불리는 개다. 토비는 새끼일 때 다른 신사에게 도둑맞고, 남
을 속일 줄 모르는 자신만만한 영웅 펀치가 속아서 토비를 사게
된다. 하지만 옛 주인에 대한 추억을 간직한 채 새 주인들을 차
갑게 대하던 토비는 펀치가 담배를 피워보라고 해도 말을 듣지
않고, 오히려 옛 주인에 대한 충성심을 더욱더 강하게 드러내며
펀치의 코를 공격해서 격렬하게 비틀어버린다. 그 순간 관객들
은 전 주인에 대한 개의 애착에 깊이 감탄한다. 이것이 지금 하
는 이야기의 당사자인 이 작은 테리어가 한때 펀치 인형극에서
맡은 역할이다. 만약 토비가 그 주제를 의심했다면 즉시 행동으
로 문제를 해결했겠지만, 토비는 쇼트를 보자마자 그를 안다는
표시를 했을 뿐만 아니라 납작한 박스를 찾아내고는, 그 안에
두꺼운 종이로 만든 코가 들어 있다는 사실을 알고 상자에 대고
아주 사납게 짖었다. 그 바람에 제리는 토비를 잡아서 다시 주
머니에 넣어야 했고, 그러자 모두가 안심했다.

이제 여관 주인이 바쁘게 식탁보를 깔고 있었고, 코들린 씨가 그를 도와 가장 좋은 자리에 자신의 포크와 나이프를 손수 올려 놓고 의자에 앉았다. 모든 준비가 끝나자, 여관 주인이 마지막으로 훌륭한 저녁 식사가 기다리는 가마솥 뚜껑을 열었다. 정말 훌륭한 저녁 음식이었기에, 주인이 다시 뚜껑을 닫거나 조금 더 기다려야 한다고 말했다면 아마도 그는 난로에 던져졌으리라.

하지만 다행히도 여관 주인은 그렇게 하지 않았고, 튼튼하게 생긴 하녀를 거들어 가마솥의 내용물을 큰 그릇에 담아 사람들에게 나눠주었다. 개들은 코에 전해지는 뜨거운 국물의 유혹에 넘어가지 않고 끔찍할 만큼 간절하게 이 모습을 지켜보았다. 마침내 스튜를 담은 그릇이 식탁 위에 모두 차려지고, 맥주잔이 하나씩 놓이고, 귀여운 넬이 기도를 올리고, 식사가 시작되었다.

이 시점에 가여운 개들이 정말 놀랍게도 뒷다리로 서 있었다. 이들을 불쌍히 여긴 아이가, 비록 본인도 배가 고팠지만, 맛을 보기도 전에 작은 음식 조각을 던져주려 하자 제리가 재빨리 제지했다.

"안 된다, 얘야. 그러지 마라. 내 손을 거치지 않고 누구도 부스러기 하나 주어서는 안 된다. 오늘 저 녀석 때문에," 제리가 늙은 우두머리 개를 가리키며 사납게 말했다. "반 페니를 손해 봤거든. 그래서 저 녀석은 오늘 저녁을 굶어야 한다."

불운한 우두머리 개는 바로 앞다리를 굽히고 꼬리를 흔들며 애원하듯 주인을 쳐다보았다.

"그러니 더 조심했어야지요." 제리가 손풍금을 올려놓은 의자 쪽으로 쌀쌀맞게 걸어가서 손잡이를 풀며 이렇게 말했다. "이리 오세요. 이제 우리가 저녁을 먹는 동안 손풍금을 연주해야 합니다. 싫으면 감히 한번 멈춰보시던가."

우두머리 개는 바로 손잡이를 돌려 가장 구슬픈 음악을 연주하기 시작했다. 제리가 채찍을 들어 개에게 보여주고 다시 자리로 돌아와 나머지 개들을 소집했다. 개들은 그의 지시에 따라 한 종대의 군인처럼 일렬로 꼿꼿이 섰다.

"이제," 제리가 개들을 주의 깊게 바라보며 말했다. "이름이 불린 제군은 식사한다. 이름이 불리지 않은 녀석들은 입 다물고 있어. 칼로!"

이름이 불린 행운의 개가 제리가 던져준 고깃덩어리를 덥석 물어도 나머지 개들은 꿈쩍하지 않았다. 이렇게 개들은 주인의 재량에 따라 저녁을 먹었다. 한편 불명예를 안은 우두머리 개는 손풍금 손잡이를 가끔은 빠르게 가끔은 느리게 돌렸지만, 한순간도 자리를 떠나지 않았다. 나이프와 포크가 달그락거릴 때도, 동료가 이례적으로 큰 고깃덩어리를 받았을 때도, 그 개는 선율에 맞춰 짧게 울부짖을 뿐 즉시 주위를 둘러보며 주인의 눈치를 살피고는 더욱더 열심히 찬송가 제100장을 연주했다.

19장

아직 저녁 식사를 마치지 않았을 때 다른 사람들과 목적지가 같은 새로운 여행객 두 명이 졸리 샌드보이스에 도착했다. 그들의 몸은 몇 시간 동안 빗속을 뚫고 오느라 빗물에 흠뻑 젖어 반짝이고 있었다. 그중 한 사람은 한 명의 거인과 사지가 없는 작은 여인의 주인으로 화물 마차를 타고 달렸고, 다른 한 사람은 속임수 카드 공연으로 생계를 이어가는 말수가 적은 남자였다. 이 남자는 납으로 된 작은 마름모꼴 물건을 눈에 넣었다가 입으로 빼내며 타고난 표정을 일그러뜨리는 마술을 선보였는데, 이것이 그의 직업적인 기술 중 하나였다. 첫 번째 새로운 손님의 이름은 버핀이었고, 다른 한 명은 못생긴 얼굴을 재미있게 빗대 스위트윌리엄이라 불렀다. 새로운 손님을 최대한 편안하게 해 주려고 분주히 움직인 여관 주인 덕에 두 사람은 아주 짧은 시간에 완벽하게 안락함을 찾았다.

"거인은 잘 지내?" 모두가 아궁이 주변에 모여 앉았을 때 쇼트가 말했다.

"다리 힘이 좀 약해졌어." 버핀 씨가 대답했다. "무릎에 힘이 빠지지는 않을까 해서 걱정이야."

"정말 안 됐어." 쇼트가 말했다.

"아! 정말 안 됐지." 버핀 씨가 불을 가만히 바라보며 한숨을 쉬고 대답했다. "사람들은 거인이 다리 하나를 휘청거려도 시든 양배추 잎만큼도 관심을 안 가져."

"그러면 늙은 거인들은 어떻게 되나?" 쇼트가 잠시 무언가를 생각하더니 다시 버핀을 바라보며 말했다.

"난쟁이들 시중을 들려고 대개 카라반에 갇혀 살지." 버핀 씨가 말했다.

"공연도 못 할 텐데, 거인들을 챙기려면 비용이 많이 들 거야." 쇼트가 미심쩍은 눈으로 버핀 씨를 바라보며 말했다.

"그래도 교구[13]로 보내거나 길거리로 내쫓기는 것보단 나아." 버핀 씨가 대답했다. "한번 거인이 평범해지면 절대 손님이 모이지 않거든. 그런데 그중 한 명이라도 의족을 차고 있다고 생각해 봐. 그걸 어디에 쓰겠나!"

---

13 빈민가가 모여 있는 구.

"그래, 그럴 거야!" 여관 주인과 쇼트가 동시에 소리쳤다. "맞는 말이야."

"그게 아니라도," 버핀 씨가 계속 말했다. "의족을 한 일반인이 셰익스피어 작품을 완벽하게 공연한다고 광고해도 내 생각에 자네들은 단돈 6펜스도 벌지 못할 거야."

"그럴 거야." 쇼트가 말했다. 여관 주인도 그렇게 말했다.

"봐, 이건," 버핀 씨가 따지는 듯한 태도로 담배 파이프를 흔들어가며 말했다. "이건, 아무 데도 쓸모없는 거인을 평생 마차에서 먹여주고 재워주는 정책이고, 사실 거인들도 여기에 있는 걸 아주 좋아해. 몇 년 전 흑인 거인 한 명이 마차를 떠나 스스로 횡단보도 청소부처럼 비천한 삶을 살며 런던 도처로 사륜마차 계산서를 날랐어. 결국, 죽었지. 특별히 누구를 빗대 말하는 건 아니지만," 버핀 씨가 근엄한 표정으로 사람들을 둘러보며 말했다. "그는 우리 업계를 욕보이고 결국 죽었어."

여관 주인이 무거운 한숨을 몰아쉬고 개들의 주인 제리를 바라보았는데, 제리는 고개를 끄덕이며 그 흑인 거인을 기억한다고 퉁명스럽게 말했다.

"제리, 나도 그렇게 알고 있어." 버핀 씨가 의미심장하게 말했다. "자네가 그 일을 기억하는 걸로 알아. 일반적인 의견은 그래도 마땅하다는 거였지. 이런, 먼더스 영감이 생각나는군. 그 영감 마차가 스물세 대나 되었지. 일이 없는 겨울철에는 스파

필드의 오두막에서 시간을 보내던 그때가 생각나. 여덟 명의 남녀 난쟁이들이 매일 저녁을 먹을 때, 초록색 외투에 빨간 바지를 입고 파란색 양말 위에 발목 부츠를 신은 여덟 명의 늙은 거인들이 그들의 시중을 들었다지. 그리고 나이가 들어 포악해진 난쟁이 하나가 거인이 원하는 걸 빨리해 주지 않을 때마다 핀으로 거인의 다리를 찔렀다는군. 팔이 거기까지만 닿았으니까. 먼더스 영감이 내게 직접 해준 얘기니까 믿어도 돼."

"난쟁이들은 나이가 들면 어떻게 하나?" 여관 주인이 물었다.

"난쟁이는 늙을수록 가치가 커져." 버핀 씨가 대답했다. "머리가 하얗게 세고 주름이 진 난쟁이는 의심할 여지 없이 가치가 있어. 반면 다리가 약해져서 똑바로 서 있지 못하는 거인은! 카라반에 가두고 절대 무대에 올리지 않지. 어떤 설득을 해도."

버핀과 두 명의 친구가 파이프를 피우며 이런 대화로 시간을 보내는 동안 말수가 적은 사내는 연습 삼아 반 페니 동전을 꿀꺽 삼키거나, 삼킨 듯 보이게 하거나, 코에 깃털을 세워 쓰러지지 않게 하는 등 이런 종류의 다른 묘기를 연습하며 따뜻한 벽난로 구석에 앉아 있었다. 주위 동료들은 아랑곳하지 않았고, 동료들도 그를 없는 사람 취급했다. 마침내 지친 아이가 자리를 뜨려고 할아버지를 설득했고, 그들은 아직 불 주위에 앉아 있는 동료들을 남겨두고 그곳에서 물러났다. 개들도 멀지 않은 곳에서 깊이 잠들어 있었다.

넬은 노인과 작별 인사를 나누고 초라한 자신의 다락방으로 물러났다. 하지만 그녀가 자신의 방문을 다 닫기도 전에 누군가가 가볍게 문을 두드렸다. 곧바로 문을 연 소녀는 토마스 코들린 씨를 보고 깜짝 놀랐다. 분명 아래층에 깊이 잠들어 있는 모습을 보고 올라왔다.

"무슨 일이에요?" 아이가 말했다.

"아무 일도 아니다." 방문자가 대답했다. "난 네 친구야. 너는 그렇게 생각하지 않지만. 진짜 친구는 나야. 그가 아니고."

"누가 아니라고요?" 아이가 물었다.

"쇼트. 실은 말이다." 코들린이 말했다. "네가 아주 좋아할 만한 무언가가 쇼트에게 있을지 모르지만, 난 실제로 진실하고 친절한 사람이야. 그렇게 보이지 않을지 모르지만, 정말 그래."

아이는 코들린 씨가 술기가 올랐고, 이런 칭찬이 그 결과라고 생각하며 놀라기 시작했다.

"쇼트는 착하고 친절해." 염세주의자가 다시 말했다. "하지만 그건 과장되었어. 난 그렇지 않아."

코들린 씨의 평소 행실에 어떤 잘못이 있다면 그건 친절이 과해서가 아니라 친절에 인색하기 때문이었다. 하지만 당황한 아이는 무슨 말을 해야 할지 몰랐다.

"내 충고를 잘 듣도록 해라." 코들린이 말했다. "이유는 묻지 말고 그냥 듣기만 해. 우리와 함께 여행하는 동안 가능한 한 나와 가까이 있어야 한다. 어떤 이유에서도 떠난다는 말은 하지 말고. 언제나 내 옆에 붙어서 내가 너의 친구라고 말해야 한다. 애야, 이 말을 명심하고 항상 너의 친구는 나라고 말해주겠니?"

"언제, 어디에서 그렇게 말할까요?" 아이가 순진하게 물었다.

"오, 어디 특정한 곳을 말하는 건 아니야." 이 질문에 코들린이 약간 불쾌해하며 말했다. "난 그저, 네가 나를 그렇게 생각해주고 제대로 대해주길 바랄 뿐이야. 내가 너에게 얼마나 관심이 많은지 모르지. 어째서 내게는 한 번도 너의 소소한 내력을 말해주지 않는 거니. 너와 그 불쌍한 할아버지에 대해 말이다. 난 최고의 조언자야. 그리고 너에게 아주 관심이 많아. 쇼트보다 훨씬. 아래층 사람들이 자리를 파하려나 보다. 쇼트에게 우리가 나눈 얘기를 할 필요는 없다. 잘 자, 그리고 너의 친구를 기억하렴. 코들린 말이야. 쇼트 말고. 쇼트도 좋지만, 진짜 친구는 코들린이야. 쇼트가 아니라."

수많은 자애롭고, 보호해 주려는 모습과 열정적인 태도로 이런 공언을 계속하며, 토마스 코들린은 몹시 놀란 아이를 남겨두고 발끝으로 걸어 몰래 자리를 떠났다. 소녀가 그의 이상한 행동에 대해 곰곰이 생각하고 있을 때 무너질 듯한 계단과 층계참의 바닥이 각자 방으로 돌아가는 다른 여행자들의 발걸음 밑에서 삐꺽거렸다. 모두가 지나가고 발소리가 사그라졌을 때 그중 하나가 다시 돌아와 어떤 방에 노크해야 할지 모르는 듯 복도에서 바스락거리며 약간 머뭇거리다가 소녀의 방문을 두드렸다.

"네?" 아이가 방 안에서 말했다.

"나야, 쇼트." 열쇠 구멍을 타고 목소리가 들렸다. "내일 아침 일찍 떠나야 한다는 걸 알려주려고. 개들과 마술사보다 먼저 출발하지 않으면 마을에서 돈을 벌지 못해. 꼭 일찍 일어나서 우리와 함께 가자, 알았지? 내가 부를게."

아이는 긍정적으로 대답했고, 쇼트가 "잘 자"라는 인사를 남기고 살금살금 걸어가는 소리를 들었다. 소녀는 코들린과 쇼트의 걱정에 불안한 마음이 들었고, 조금 전 아래층에서 두 사람이 속삭이며 한 말과 잠에서 깨었을 때 혼란스러워하던 그들의 모습을 떠올리고는 더 불안해했다. 또한 그들이 여행에서 우연히 마주친 가장 좋은 동료가 아닐 수도 있다는 의혹이 전혀 없지도 않았다. 하지만 이런 불안도 피로 앞에서는 상대가 되지 않았다. 소녀는 곧 그런 생각들을 잊고 깊은 잠에 빠져들었다.

다음 날 아침 아주 이른 시각에 쇼트가 약속한 대로 그녀의 방문을 조용히 두드리며 개들의 주인 제리가 아직 코를 골며 자고 있으니 어서 일어나라고 간청했다. 그리고 마술사가 잠꼬대하는 소리를 들었는데, 꿈속에서 당나귀의 균형을 잡는 듯하니, 시간을 지체하지 않는다면 제리와 마술사보다 많은 돈을 벌게 될 것이라고 말했다. 소녀가 침대에서 벌떡 일어나 아주 신속하게 노인을 깨웠기 때문에 쇼트만큼이나 금방 떠날 채비를 마쳤고, 이에 쇼트는 말할 수 없는 만족감을 느끼며 안심했다.

베이컨, 빵, 맥주 같은 기본적인 음식으로 아주 소탈하게 서둘러 아침을 먹은 후 그들은 여관 주인과 작별 인사를 나누고 졸리 샌드보이스의 문을 나섰다. 아침은 청명하고 따사로웠고, 땅은 지난밤 내린 비로 발끝까지 시원했고, 울타리는 더 화사하고 더 푸르렀고, 공기는 맑았고, 모든 것이 새롭고 건강에도 좋았다. 이런 기운을 받으며 일행은 아주 즐겁게 길을 걸어갔다.

그들이 길을 나서고 얼마 지나지 않았을 때 아이는 또다시 평소와 다른 모습을 보이는 코들린 씨와 마주했다. 그는 전처럼 부루퉁한 얼굴로 혼자 뒤처져 느릿느릿 걷지 않고 소녀 옆에 바짝 붙어서 걸었다. 그리고 쇼트가 보지 않을 때 언짢은 얼굴을 하고 고개를 홱 돌려, 쇼트는 절대 믿지 말고 오직 코들린 자신만 믿으라고 소녀에게 경고했다. 표정이나 몸짓뿐만이 아니었다. 아이와 할아버지가 쇼트 옆에서 걸어가고 평소처럼 쇼트가 다양한 주제로 쾌활하게 수다를 떨면, 토마스 코들린은 소녀 뒤를 바짝 따르며 무대를 세우는 막대기로 그녀의 발목을 갑자기 아프게 콕콕 찔러서 질투와 불신을 증명했다.

하지만 그럴수록 아이는 더욱더 그를 경계하고 의심했다. 일행이 마을의 선술집 밖이나 다른 장소에서 잠시 멈추고 공연할 때마다 소녀는 코들린 씨가 인형극에서 맡은 역할을 하며 자신과 할아버지를 계속 주시하는 것을 눈치챘다. 또한 그는 대단한 우정과 배려로 노인을 자기 팔에 기대게 하고는 인형극이 끝나고 다시 길을 나설 때까지 놓아주지 않았다. 이런 점에서는 쇼트조차 태도에 뭔가 변화가 있었지만, 그에게는 그들을 안전하게 보호하려는 선한 마음이 자리 잡은 듯했다. 하지만 이런 변화가 걱정을 가중해 소녀를 더욱더 불안하고 초조하게 했다.

어느새 일행은 다음 날 경마가 열리는 마을에 가까워지고 있었다. 그들은 천천히 그곳을 향해 걸어가는, 샛길과 시골 교차로에서 쏟아져 나오는, 수많은 집시와 떠돌이들 옆을 지나가며 점차 인파의 물결 속으로 휩쓸려갔다. 누군가는 지붕이 덮인 마차 옆을 걸어가고, 누군가는 말을 타고 가고, 누군가는 당나귀를 타고 가고, 누군가는 등에 무거운 짐을 지고 느릿느릿 힘들게 걸어가고 있었지만, 모두 같은 목적지를 향해 나아갔다. 외진 곳의 선술집처럼 늘 손님이 없어서 텅 비고 조용하던 도로변에 있는 선술집들이 이제는 떠들썩한 소리와 담배 연기로 가득찼고, 술에 취해 얼굴이 빨개진 사람들이 뿌연 창문으로 길을 내려다보았다. 빈 땅이나 공공 구역 어디든 가리지 않고 시끄럽게 떠들며 장사하던 작은 규모의 노름꾼이 빈둥거리며 돌아다니는 행인들에게 일단 걸음을 멈추고 운을 시험해 보라고 소리쳤고, 군중의 수가 늘어나 더 시끄러워졌고, 담요를 덮은 가판

대에 놓인 금빛이 나는 생강 쿠키는 흙먼지를 뒤집어썼고, 종종 그 옆을 맹렬히 달리는 사두마차가 모래바람을 일으키며 모든 것을 뿌옇게 하는 바람에 한참이 지나도 알아볼 수 없었다.

일행이 경마가 열리는 마을에 도착하기도 전에 날이 어두워지는 바람에 이후 몇 마일은 참으로 길었다. 이제 그곳은 모든 것이 소란하고 복잡했다. 거리는 인파로 가득했고—주변을 기웃거리는 것으로 보아 이방인이 많은 듯했다—교회 종소리가 크게 울렸고, 깃발들이 창문과 지붕에서 나부꼈다. 넓은 여관 마당에서는 종업원들이 이리저리 움직이다가 서로 몸을 부딪쳤고, 말들은 울퉁불퉁한 땅에서 달그락거리는 소리를 냈고, 마차 발판이 덜컹 내려졌고, 각종 음식에서 흘러나오는 역겨운 냄새가 사람들의 미지근한 호흡 속으로 들어왔다. 작은 선술집에서는 바이올린이 온 힘을 다해 비틀거리는 발들에 맞춰 곡조를 끽끽거렸고, 자신들이 부르는 노래에 대한 부담은 안중에도 없는 취객들이 무분별한 울부짖음에 가세했다. 이 소리에 술을 주문하는 종소리가 들리지 않아서 취객들이 노발대발하기도 했다. 부랑아 무리는 방랑자 여인들의 춤을 구경하려고 대문 주위에 삼삼오오 모여 날카로운 은피리 소리와 귀청이 터질 듯한 북소리에 환호성을 더했다.

정신을 혼란하게 하는 이런 광경을 지나며 자신이 본 모든 것에 겁을 먹고 혐오감을 느낀 소녀는 사람들 물결 속에서 할아버지와 떨어져 혼자 남겨지지 않으려고 몸을 떨며, 길을 인도하는 사람 옆에 딱 붙어, 자신이 책임져야 할 어리둥절해하는 노인을 이끌었다. 함성과 폭동의 장소에서 벗어나기 위해 발걸음을 서두른 일행은 마침내 그 마을을 지나 경마장으로 향했다. 고지대에 위치한, 탁 트인 히스가 무성한 황야 위에 자리 잡은 경마장은 가장 먼 경계선이 족히 1마일은 되었다.

그곳에도 사람이 많았지만, 하나같이 남루한 차림새였다. 그들은 바삐 천막을 치며 땅에 말뚝을 박고 있었고, 먼지투성이가 된 발로 이리저리 서두르며 불만 섞인 욕설을 내뱉었고—비록 마차 수레바퀴 사이 짚 더미 위에 누인, 울다가 잠이 든 지친 아이들이 있었지만—방금 고삐가 풀린 야윈 불쌍한 말과 당나귀는 남자들과 여자들, 냄비와 주전자, 반쯤 붙은 불, 공기 중에서 활활 타오르다가 꺼지는 초 끄트머리들 사이에서 풀을 뜯고 있었다. 이 모든 것에도 불구하고, 소녀는 이것을 도시에서 탈출한 것으로 느끼고 훨씬 자유롭게 숨을 들이켰다. 빈약한 저녁을 먹고 나자 수중에는 정말 약간의 돈만 남아 있었다. 그 돈으로 내일 아침을 먹으면 끝이었다. 소녀와 노인은 분주하게 무언가를 준비하는 사람들로 가득한 가운데서도—이 분주함은 저녁 내내 계속되었다—천막 구석에 누워 쉬다가 잠이 들었다.

끼니를 구걸해야 할 때가 오고 말았다. 소녀는 아침 해가 뜨자마자 조용히 천막을 빠져나와 근처 들판으로 걸어 들어가 야생 장미와 작은 들꽃들을 꺾었다. 그것들로 꽃다발을 만들어 마차에 탄 부인들에게 팔 생각이었다. 꽃을 꺾는 동안에도 머릿속은 여러 생각들로 복잡했다. 천막으로 돌아온 소녀는 쇼트와 코들린이 천막 다른 쪽 구석에서 졸고 있는 동안 한쪽 구석에 있는 노인 옆에 앉아 꽃들을 묶었다. 소녀가 노인의 소매를 살며시 잡아당기며 그들을 힐끔 쳐다보고는 조용히 속삭였다.

"할아버지, 제가 말하는 사람을 보지 마세요. 제가 뭔가 말하는 것처럼 보이면 안 돼요. 제가 하는 말 잘 들어야 해요. 우리가 옛집을 떠나올 때 뭐라고 했죠? 만약 그들이 우리 계획을 알게 되면 할아버지를 정신 나간 사람 취급하며 우리를 떼어 놓을 거라고 했죠?"

노인이 공포에 싸여 소녀를 돌아보았다. 하지만 소녀는 힐끔 쳐다보는 것으로 그를 저지했고, 꽃을 묶는 동안 잘 붙잡고 있으라는 말만 하고는 그의 귀에 좀 더 가까이 다가갔다.

"할아버지가 한 말이 무슨 뜻인지 알아요. 말할 필요는 없어요. 생생하게 기억하니까. 잊을 리 없잖아요. 할아버지, 저들은 우리가 친구들을 속이고 몰래 도망쳤다고 의심해요. 그래서 우리를 어떤 사람 앞으로 데려가서 죗값을 치르게 하고는 다시 돌려보낼 생각이에요. 그렇게 손을 떼면 저들한테서 절대 도망칠 수 없어요. 하지만 침착하게만 행동하면 쉽게 도망칠 수 있어요."

"어떻게 말이냐, 넬리?" 노인이 중얼거렸다. "그들이 나를 어둡고 차가운 돌 감옥에 가두고 쇠사슬로 벽에 묶을 텐데. 넬, 날 채찍으로 때리고, 다시는 너를 만나지 못하게 할 거야."

"또 떨고 있잖아요." 아이가 말했다. "오늘 줄곧 제 옆에 붙어 있어요. 그들은 신경 쓰지도 쳐다보지도 말고 저만 봐요. 제가 도망칠 기회를 엿볼게요. 제가 도망치면 할아버지도 함께 도망쳐야 해요. 멈추지도 말고 아무 말도 하지 마세요. 쉿! 이렇게만 하면 돼요."

"안녕! 얘야, 뭐 하니?" 코들린 씨가 고개를 들고 하품하며 말했다. 그러고는 아직 곤히 자는 동료를 확인하고 진지한 목소리로 속삭였다. "네 친구는 코들린이야. 쇼트가 아니라. 기억해."

"꽃다발을 만들고 있어요." 아이가 대답했다. "경마가 열리는 사흘 동안 꽃을 팔 생각이에요. 하나 가질래요? 선물로 말이에요."

코들린 씨는 그 선물을 받기 위해 일어날 수도 있었지만, 아이가 서둘러 그에게 다가가 꽃다발을 손에 쥐여주었다. 그는 염세주의자치곤 형언할 수 없는 만족한 태도로 단춧구멍에 꽃을 꽂았고, 아직 아무것도 모른 채 자는 쇼트를 의기양양하게 곁눈질하며 다시 바닥에 드러누워 "코들린이야말로 진짜 친구지"하고 중얼거렸다.

아침이 지나면서 천막은 더 흥겹고 더 밝은 외관을 취했고, 긴 줄을 이룬 마차들이 잔디 위로 사뿐히 굴러왔다. 작업복에 가죽 각반을 차고 밤새 주위를 돌아다니던 남자들은 비단 조끼에 화려한 깃털로 장식한 모자를 쓰고 저글러 혹은 야바위꾼이 되거나, 멋진 제복을 입고 불법 도박판에서 목소리가 부드러운 하인이 되거나, 건장한 자작농 복장을 하고 불법 도박판에서 바람잡이로 변신했다. 현란한 색의 손수건을 머리에 두른 검은 눈의 집시 소녀들은 점을 보려는 사람들을 찾아 나섰고, 폐결핵에 걸린 듯한 창백하고 야윈 여인들은 복화술을 하는 사람들과 마술사들을 오래도록 따라다니다가 공연을 보기 한참 전에 열망에 가득 찬 눈빛으로 6펜스를 계산했다. 최대한 많은 아이―때가 묻고 빈곤했다―가 당나귀와 수레와 말들을 탔고, 그렇게 할 수 없는 많은 아이는 복잡한 모든 장소를 드나들며 사람들의 다리와 마차 바퀴 사이를 살금살금 기어다니다가 말발굽 아래에서 온전하게 튀어나왔다. 일행이 전날 밤 지나갔던 지저분한 곳과 모퉁이에서 춤추는 개들, 장대를 탄 곡예사들, 작은 숙녀와 키 큰 사내, 그리고 다른 모든 인기거리들이 셀 수 없이 많은 오르간과 무수히 많은 밴드와 함께 나타나 태양 아래에서 대담하게 활약했다.

장애물이 제거되지 않은 코스를 따라 쇼트가 트럼펫을 불고 펀치 목소리를 흉내 내며 일행을 이끌었고, 그 뒤를 따르던 토마스 코들린은 평소처럼 인형극을 홍보하며 약간 뒤쪽에서 느릿느릿 걸어오는 넬리와 할아버지를 감시했다. 소녀는 꽃다발이 들어 있는 작은 바구니를 팔에 걸고 걷다가 가끔 걸음을 멈추고는 수줍은 표정으로 화려한 마차를 탄 사람들에게 꽃다발을 사달라고 구걸했다. 하지만 슬픈 일이로다! 이미 길거리는 그녀보다 대범한 거지들과 남편을 먹여 살려야 하는 집시 아내들과 상술이 뛰어난 사람들로 넘쳐났으니. 상냥하게 웃으며 꽃다발을 거절하는 어떤 숙녀도 있었고, "정말 예쁜 아이구나!"하고 옆에 있는 남자 쪽을 향해 소리치며 아이의 예쁜 얼굴을 보고 지나치는 숙녀도 있었지만, 지치고 배고픈 것을 알아차리는 사람은 아무도 없었다.

하지만 아이의 처지를 이해하는 듯한 숙녀가 딱 한 명 있었다. 방금 같은 마차에서 내린 늠름한 옷차림의 두 젊은이는 그녀와 약간 떨어져 큰 소리로 떠들며 웃는 동안 그 숙녀를 잊은 듯했다. 숙녀는 마치에 홀로 앉아 있었다. 주위에 많은 숙녀가 있었지만, 대부분 등을 돌리거나, 다른 곳을 쳐다보거나, 두 젊은이를 호의적인 눈길로 바라볼 뿐 그 숙녀를 혼자 두었다. 그 숙녀는 점괘를 봐준다며 다급히 달려드는 한 집시 여인을, 이미 점괘를 보았고 수년 동안 그랬다고 하며 손짓으로 돌려보내고, 아이를 자기 쪽으로 불렀다. 숙녀는 꽃을 받아 들고 소녀의 떨리는 손에 꽃값을 쥐여주고는 부디 이런 곳에 머물지 말고

집으로 돌아가라는 당부의 말을 전했다.

그들은 길고 긴 줄을 여러 번 오르내리며 말과 경주를 뺀 모든 것을 보았다. 코스를 정리하려고 종이 울리면 수레와 당나귀가 있는 곳으로 돌아와 휴식을 취하며 열기가 식기를 기다렸다. 펀치 공연 역시 여러 차례 성황리에 무대에 올랐다. 하지만 그러는 동안에도 토마스 코들린이 지켜보고 있어서 몰래 도망치는 것은 불가능했다.

드디어 그날 늦게 코들린 씨가 공연하기 좋은 장소에 무대를 세웠고, 구경꾼들은 어느새 그 장면의 승리감에 빠져들었다. 그 뒤에서 노인과 붙어 앉아 있던 아이는 그토록 훌륭하고 순수한 말들이 자신들이 끌고 온 모든 사람을 떠돌이로 만드는 듯해 정말 이상하다고 생각하고 있었다. 그때 그날의 상황을 빗댄 쇼트의 즉흥적인 재담에 사람들이 박장대소했고, 소녀는 그 소리에 정신이 번쩍 들어 주위를 둘러보았다.

눈에 띄지 않고 도망치기에 가장 좋은 때였다. 쇼트가 육척봉을 힘차게 휘두르며 전투에 격노한 인형들을 무대 옆면에 대고 두드리자, 사람들이 웃음을 터뜨렸다. 코들린 씨도 두리번거리는 자신의 눈이 사람들 조끼 주머니로 들어가 몰래 6펜스를 더듬는 손을 목격했을 때 긴장이 풀려 음흉한 미소를 지었다. 눈에 띄지 않고 도망치기에 가장 좋은 때였다. 그들은 이 기회를 놓치지 않고 바로 도망쳤다.

그들은 부스와 마차를 지나 군중을 헤치고 앞만 보며 달렸다. 그들이 경주를 위해 쳐둔 줄 앞에 다다랐을 때 마침 종이 울리고 코스가 정리되었다. 하지만 두 사람은 신성한 장소를 무단 침입했다고 공격하는 외침과 비난하는 소리도 신경 쓰지 않고 경기장을 가로질러 달렸고, 빠른 속도로 나지막한 산등성이 아래로 살금살금 움직이며 마침내 탁 트인 들판에 도착했다.

20장

키트는 매일 일자리를 구하기 위해 고군분투하다가 집으로 돌아갈 때면, 소녀에게 그토록 많은 제안을 했던 작은 방의 창을 올려다보며 그녀가 있다는 어떤 표시를 보기를 희망했다. 그의 열정적 소망과 퀼프가 준 확신이 합쳐져, 소녀가 자신이 제공한 초라한 은신처를 차지하기 위해 언젠가는 돌아오리라는 믿음이 키트의 마음을 가득 채웠고, 매일 죽어가던 희망도 다음 날이면 새로운 희망이 솟구쳤다.

"내일은 분명 할아버지와 넬이 돌아올 거예요. 그렇죠, 어머니?" 키트가 지친 모습으로 모자를 옆에 내려놓고 한숨을 쉬었다. "떠난 지 일주일이 되었어요. 분명 일주일 넘게 밖에서 지낼 수는 없어요, 그렇죠?"

키트 어머니가 고개를 저으며 그가 얼마나 많은 실망을 거듭

했는지 상기시켰다.

"그 문제에 관해서는," 키트가 말했다. "늘 그렇듯, 어머니는 충분히 진실하고 합리적인 말을 해요. 그래도 일주일은 할아버지와 넬이 떠돌아다니기에 충분히 긴 시간이라고 생각해요. 어머니도 그렇게 말하지 않았어요?"

"충분히 긴 시간이지. 충분한 것보다 더 길어. 하지만 영감님과 넬은 그 때문에 돌아오지 않을 수도 있어."

순간 어머니의 반박에 짜증을 내고 싶었지만, 키트도 마음속으로 그것을 예상했고, 그것이 얼마나 당연한지도 알고 있었다. 충동은 순식간에 지나갔고, 짜증이 난 표정은 방을 건너기도 전에 친절한 표정으로 바뀌었다.

"그러면 두 사람은 어떻게 되었을까요, 어머니? 어쨌든, 바다로 갔다고 생각하지는 않죠?"

"분명 뱃사람이 되지는 않았어." 어머니가 미소를 지으며 대답했다. "하지만 다른 나라로 갔을 거란 생각을 떨칠 수가 없구나."

"그렇게 말하지 마세요, 어머니." 키트가 애처로운 표정을 지으며 소리쳤다.

"그렇게 생각하고 싶지 않지만, 사실이 그런걸." 어머니가 말했다. "이웃 사람들이 모두 그렇게 얘기해. 배 타는 걸 보았다는 사람도 있어. 그들은 두 사람이 간 장소의 이름도 말해줄 수 있단다. 난 그럴 수가 없구나. 말하기가 너무 힘들어서."

"안 믿어요." 키트가 말했다. "한마디도. 한가한 수다쟁이 부인들이 알면 얼마나 안다고!"

"물론, 그들이 틀릴 수도 있지." 어머니가 말했다. "확신할 수는 없지만, 그들 말이 터무니없다고 생각하지도 않아. 들리는 말로는 영감님이 아무도 모르게 돈을 모았다는구나. 네가 말한 그 추악한 난쟁이 같은 남자, 이름이 뭐지, 그래 퀼프도 모르게. 영감님과 넬은 그 돈을 빼앗기지 않을 외국으로, 방해받지 않을 곳으로 갔다고 하는데, 아무래도 그 말이 설득력 있어 보이는구나. 그렇지 않니?"

키트는 그 사실을 마지못해 받아들이고 슬프게 머리를 긁적였다. 그리고 낡은 못이 있는 곳으로 올라가 새장을 내려 청소하고 새에게 모이를 주었다. 그때 문득 1실링을 준 노신사가 생각났고, 오늘이 노신사가 다시 공증인의 집에 오기로 한 바로 그날 아니, 거의 바로 그 시각이라는 사실을 떠올렸다. 그는 이 생각이 떠오르자 급히 새장을 못에 걸고 어머니에게 이 심부름에 대해 간략히 설명한 다음 약속 장소를 향해 전속력으로 출발했다.

키트가 집에서 상당히 먼 그곳에 도착했을 때는 약속 시각을 2분 정도 지났지만, 다행히 작은 노신사는 아직 도착하지 않았다. 적어도 노신사의 조랑말 마차가 보이지 않았고, 그 짧은 시간에 다녀간 것 같지도 않았다. 많이 늦지 않은 사실을 알고 크게 안심한 키트는 가로등 기둥에 기대 숨을 고르며 조랑말의 출현과 그의 돌격을 기다렸다.

아니나 다를까, 오래되지 않아 한없이 고집이 세 보이는 조랑말이 모퉁이를 돌아왔다. 조랑말은 가장 깨끗한 곳을 염탐하는 듯 걸음을 선별해서 옮기며 절대 발을 더럽히거나 귀찮게 서두르지 않았다. 조랑말 뒤에는 작은 노신사가, 그 옆에는 작은 노부인이 그때처럼 꽃다발을 들고 앉아 있었다.

노신사, 노부인, 조랑말, 마차는 혼연일체가 되어 거리를 올라왔고, 그들이 공증인의 집에서 대여섯 집 앞에 도착했을 때 양복점의 문 두드리는 쇠고리 아래에 걸린 놋쇠로 만든 문패에 속은 조랑말이 걸음을 멈추고는 그곳이 자신들이 가려던 집이라는 듯 꼼짝하지 않았다.

"좀 더 가줄 수 없습니까? 여기가 아닙니다." 노신사가 말했다.

조랑말은 옆에 있는 소화전을 뚫어지게 바라보며 소화전에 대해 뭔가 골똘히 생각하는 것처럼 보였다.

"이런 말썽꾸러기 위스커!" 노부인이 소리쳤다. "지금껏 말도 잘 듣고 잘 따라오더니. 나를 참 부끄럽게 하는구나. 너를 어쩌면 좋니. 정말 고민이다."

조랑말은 소화전의 성질과 특성에 대해 스스로 완전히 만족하고 어느새 숙적인 파리를 쫓으며 허공을 바라보았고, 그들 중 한 마리가 귀를 간지럽히자 머리를 흔들며 꼬리를 마구 휘둘렀다. 그런 후에는 깊은 생각에 잠겨 있었는데, 그 모습이 편안하고 침착해 보였다. 타이르는 것에 지친 노신사가 조랑말을 끌고 가려고 마차에서 내렸다. 그러자 조랑말은 주인이 충분히 양보했다고 생각했는지, 아니면 다른 문패를 보았는지, 그것도 아니면 심술이 났는지 노부인만 태운 채 줄행랑을 쳐서 원래 가려던 공증인의 집 앞에 멈춰 섰다. 노신사는 뒤에서 숨을 헐떡이며 따라오도록 내버려둔 채.

그때 조랑말 머리 쪽에 나타난 키트가 모자를 만지며 미소를 지었다.

"어, 이런." 노신사가 소리쳤다. "그 아이가 왔어요! 봤어요."

"온다고 말했잖아요." 키트가 위스커의 목을 쓰다듬으며 말했다. "오는 길이 편안했기를 바랍니다. 정말 착한 말이에요."

"오, 넌 다른 아이들과는 다르구나. 정말 착한 아이야." 노신사가 말했다.

"정말 그래요." 노부인이 말했다. "정말 착한 아이예요. 그리고 착한 아들이 분명해요."

키트는 다시 모자를 만지고 얼굴을 많이 붉히는 것으로 이런 신뢰의 표현을 인정했다. 그러자 노신사가 손을 내밀어 마차에서 내리는 노부인을 도왔고, 만족스러운 미소를 지으며 키트를 바라본 후 그들은 안으로 들어갔다. 그들이 들어가면서 그에 대해 뭐라고 이야기했는데, 키트는 그것이 자기 얘기라는 느낌을 받을 수밖에 없었다. 얼마 안 있어 위서든 씨가 열심히 꽃다발 냄새를 맡으며 창가로 다가와 그를 바라보았고, 다음에는 아벨 씨가 다가와 그를 바라보았고, 그다음에는 노신사와 노부인이 다가와 다시 그를 바라보았고, 그런 다음에는 모두가 다가와 함께 그를 바라보았는데, 몹시 당황한 키트는 그들의 시선을 못 본 척했다. 그래서 그는 계속 조랑말을 쓰다듬었고, 늘 제멋대로 행동하는 조랑말도 기꺼이 그의 손길을 받아들였다.

창가의 얼굴들은 한참 동안 사라지지 않았다. 그때 척스터 씨가 사무용 외투를 입고 막 옷걸이에서 바닥으로 떨어진 듯한 모자를 걸친 채 문 앞 포장도로에 나타나서는, 키트에게 안에서 찾으니 마차는 자신에게 맡기고 들어가 보라고 말했다. 이렇게 알려준 척스터 씨는 키트가 순진해 빠진 것인지 마음을 숨기는 것인지 알아낼 수 있기를 바란다고 말했지만, 머리를 절레절레 흔들어 후자임을 은밀히 내비쳤다.

낯선 사람들과 섞이는 것에 익숙하지 않은 데다 양철통과 먼지투성이 서류뭉치에서도 무시무시하고 존귀한 분위기가 느껴져, 키트는 몸을 잔뜩 떨며 사무실 안으로 들어갔다. 위서든 씨는 역시나 목소리가 크고 말이 빠른 부산한 사람이라 그에게 모든 이목이 쏠리자, 키트는 몹시 초라해졌다.

"그래, 얘야. 지난번에 받은 1실링을 해결하러 왔다고. 돈을 더 받기 위해 온 건 아니고?" 위서든 씨가 말했다.

"네, 아니에요. 절대 그렇지 않아요." 키트가 용기를 내어 그의 얼굴을 올려다보며 말했다.

"아버지는 살아 계시니?" 공증인이 말했다.

"돌아가셨어요."

"어머니는?"

"어머니는 계세요."

"재혼하셨니?"

약간 화가 났지만, 키트는 어머니 혼자 세 아이를 키우고 있고, 재혼에 대해서는, 어머니를 잘 아는 신사라면 그런 생각은 하지 않을 것이라고 대답했다. 이 대답에 위서든 씨가 다시 꽃에 코를 박고 꽃다발 뒤에서 노신사에게 이 아이는 필요한 만큼 정직한 아이라고 믿는다고 속삭였다.

"자, 네게 돈을 더 주지는 않으마." 사람들이 키트에게 몇 가지 질문을 더 한 후에 노신사가 말했다.

"감사합니다." 키트는 자신에 대한 의심을 거두었다는 의미로 받아들이고 이렇게 진지하게 대답했다.

"그런데 말이다." 노신사가 다시 입을 열었다. "너에 대해 좀 더 알고 싶구나. 그러니 네가 사는 곳을 알려주렴. 수첩에 적어 두려 한다."

키트가 주소를 불러주고 노신사가 연필로 받아 적었다. 노신사가 주소를 거의 다 받아 적었을 무렵 거리에서 큰 소동이 있었고, 서둘러 창가로 달려간 노부인이 위스커가 달아났다고 소리쳤다. 키트는 조랑말을 잡으려고 밖으로 쏜살같이 튀어 나갔고, 다른 사람들도 그 뒤를 따랐다.

척스터 씨가 주머니에 손을 찔러 넣고 조랑말을 소홀하게 지키다가 가끔은 '가만있어', '입 다물어', '워워'라고 질책하며 위스커에게 모욕감을 준 듯했고, 이것은 충성심이 강한 조랑말로서는 참을 수 없는 것이었다. 결과적으로 의무와 복종에 대한 고려는 단념하고 인간의 시선 따위는 조금도 두려워하지 않는 조랑말이 마침내 그 자리를 박차고 출발해 거리를 덜컹거리며 내려갔다. 척스터 씨는 모자를 벗고 귀 뒤에 펜을 꽂은 채 마차 꽁무니에 매달려 마차의 방향을 바꾸려고 헛된 시도를 해서 모든 구경꾼의 어마어마한 감탄을 자아냈다. 심지어 도망가는 중에도 비딱하게 굴던 위스커는 얼마 못 가서 갑자기 걸음을 멈추고는 누군가가 도움을 주기도 전에 앞으로 갔던 속도만큼 빠르게 뒷걸음질 치기 시작했다. 그 때문에 척스터 씨는 아주 명예롭지 못하게 다시 사무실로 밀려났고, 도착했을 때 그는 완전히 탈진하고 좌절한 상태였다.

노부인이 먼저 마차에 올라 자기 자리에 발을 들여놓은 후 (그들이 데려가려고 온) 아벨 씨가 자기 자리로 갔다. 조랑말이

지극히 부적절한 행동을 했다고 생각한 노신사도 자기 선에서 척스터 씨에게 최선의 보상을 해주고 자리에 앉았다. 그들은 위서든 씨와 척스터 씨에게 손을 흔들어 작별 인사를 하고, 그때까지 길에서 지켜보던 키트에게 상냥하게 고개를 끄덕여주려고 몇 번이고 뒤를 돌아보며 그곳을 떠났다.

21장

키트는 그 자리를 떠나 자신이 심사숙고하는 모든 것의 근원인 옛 주인과 사랑스러운 손녀가 어떻게 되었을까 하는 생각에 잠겨 조랑말, 마차, 키 작은 노부인, 키 작은 노신사, 키 작은 아벨 씨는 곧 잊어버렸다. 그들이 아직 나타나지 않은 이유를 설명하는, 그들이 곧 돌아와야 한다고 스스로를 설득하는 그럴듯한 방법을 강구하며 키트는 집을 향해 발길을 돌렸고, 노신사와의 약속이 떠오르는 바람에 그만두고 나온 일을 마무리하고 그날의 운을 찾아 한 번 더 출격할 작정이었다.

키트가 자신이 사는 안마당 모퉁이에 다다랐을 때, 보라! 그곳에 조랑말이 서 있는 것이 아닌가! 그렇다. 조랑말이 어느 때보다 고집스러운 모습으로 그곳에 서 있었다. 조랑말의 눈짓 하나하나를 주의 깊게 지켜보며 마차에 홀로 앉아 있던 아벨 씨가 우연히 눈을 들었다가 키트가 지나가는 것을 보고는 머리라도 떨어뜨린 것처럼 고개를 끄덕였다.

키트는 집에 바짝 붙어 있는 조랑말을 다시 보고 의아해했지만, 조랑말이 무슨 목적으로 왔는지, 노부인과 노신사는 어디로 갔는지 전혀 생각하지 못했다. 대문 걸쇠를 들어 올리고 안으로 들어가고 나서야 그는 방에 앉아서 어머니와 얘기 중인 그들을 발견했다. 이 예기치 않은 광경에 그는 모자를 벗고 약간 혼란스러워하며 공손히 인사를 건넸다.

"너보다 앞서 와 있었다, 크리스토퍼." 갈랜드 씨가 미소를 지으며 말했다.

"네." 키트는 이렇게 대답하고 그들의 방문에 대한 설명을 듣기 위해 어머니를 바라보았다.

"신사분이 친절하게도," 누블스 부인이 이 무언의 질문에 답했다. "네게 직장이 있는지, 좋은 직장에 다니는지 물어보는구나. 그래서 그렇지 않다고 말했더니, 신사분이 친절하게도⋯."

"우리는 집에서 일할 착실한 아이를 두고 싶었단다." 노신사와 노부인이 동시에 말했다. "우리가 바라는 대로 모든 것을 찾는다면 다시 생각해 볼 수도 있다고 말했다."

당연히 키트를 고용할 생각이 있다는 뜻이었으니, 키트는 어머니와 같은 걱정으로 가슴이 뛰었다. 노신사와 노부인이 무척 꼼꼼하고 주의 깊은 데다 이것저것 물어봐서 혹시 일자리를 놓치지는 아닐까 하고 불안했기 때문이다.

"부인도 잘 알겠지만," 갈랜드 부인이 키트 어머니에게 말했다. "이렇게 중요한 문제는 신중에 신중을 기해야 하지요. 우리는 식구가 셋뿐이고 매우 조용하고 평범한 사람들이라 만약 우리가 뭔가 실수라도 해서 우리가 바라고 기대한 바와 다른 결과를 보게 된다면 무척 슬플 거예요."

누블스 부인은 노부인의 말이 전적으로 사실이고 옳으며 적절하고, 자신의 성격이나 아들의 성격을 묻는 말에 위축되거나 위축될 이유도 없고, 자신이 어머니지만 키트는 착한 아들이고, 그 점에 대해서는 대범하게 말할 수 있고, 키트가 아버지를 닮았는데 키트 아버지는 좋은 아들이었을 뿐만 아니라 자신에게도 좋은 남편이자 최고의 남편이었고, 자신이 알고 있는 바를 키트도 입증할 수 있고 입증할 것이라고 대답했다. 또한 키트의 두 동생이 아직 어리지만—아직 아버지를 일찍 여윈 사실을 모르는데, 차라리 그런 슬픔은 어려서 겪는 편이 낫다고 하며—크면 키트처럼 될 것이라고 대답했다. 누블스 부인은 앞치마에 눈물을 훔치고, 요람을 흔들며 낯선 방문자를 빤히 쳐다보는 꼬마 제이컵의 머리를 쓰다듬으며 긴 이야기를 마무리했다.

누블스 부인이 말을 마치자 갑자기 끼어든 노부인이 누블스 부인은 정말 정직하고 존경받을 만한 사람이고, 본인은 절대 그토록 자기 자신을 잘 표현하지 못했을 것이고, 아이들의 용모나 정갈한 집안 살림으로 보아 칭찬과 공로를 인정받아 마땅하다고 자신 있게 말했다. 누블스 부인은 무릎을 약간 굽혀 절하며 마음의 위안을 얻었다. 그때부터 누블스 부인은 키트가 태어나서 지금까지 살아온 내력을 길고 자세하게 늘어놓았다. 유아일 때 거실 창문에서 떨어지고도 기적처럼 살아난 사건에 대한 언급도 빠뜨리지 않았고, 심하게 홍역을 앓던 그가 매일 밤낮으로 토스트와 물을 찾으며 '어머니, 울지 마세요! 곧 나을 거예요'라고 말하던 모습을 애처롭게 그대로 재연했다. 이 말이 사실인지는 키트의 어린 시절에 대해 많은 것을 알고 있는, 당시 길모퉁이 치즈 가게 주인집에서 하숙하던 그린 부인과 잉글랜드와 웨일스 각처에 있는 여러 숙녀와 신사에게 (그리고 당시 동인도 제도 육군 상등병이었고, 쉽게 찾을 수 있는 브라운 씨에게) 물어보면 상황을 잘 알고 있다고 했다. 누블스 부인의 장황한 설명이 끝나자, 노신사는 키트의 자질과 일반적인 지식에 관해 그에게 물어보았다. 그러는 동안 노부인은 키트 동생들에게 관심을 보이며, 누블스 부인으로부터 자신이 아들 아벨을 출산할 때 겪은 다른 어떤 특별한 상황과 연관 있는 그녀가 각각의 아이를 낳을 때 겪은 어떤 특별한 상황에 대해 듣고는, 출산할 때의 상황과 나이를 떠나 자신들이 다른 여성들에 비해 아주 위태하고 위험한 처지에 놓였었다는 사실을 알게 되었다. 마지막으로 노부부는 키트가 어떤 종류의 옷을 입고 몇 벌이 있는지 묻고는 똑같은 옷을 사라며 약간의 선금을 지급했고, 이제 숙식을 포함해 1년에 6파운드의 임금을 약속하고 그를 핀칠리의 아벨 씨 집에서 일할 하인으로 정식 고용했다.

이 계약이 어느 쪽에 더 이득이라고 말하기는 어렵지만, 어쨌든 양쪽 모두 기분 좋은 표정과 유쾌한 미소를 지으며 일을 마무리했다. 키트가 다음다음 날 오전 중에 자신이 살 곳을 수리하기로 합의했고, 노부부는 꼬마 제이컵과 막내에게 각각 반 크라운을 주고 그곳을 떠났다. 노부부가 마차에 자리를 잡고 앉는 동안 고집 센 조랑말의 고삐를 잡아준 새 하인은 그들을 거리의 멀리까지 배웅했고, 가벼운 마음으로 달려가는 그들의 뒷모습을 지켜보았다.

"어머니, 이제 운이 좀 트이나 봐요." 서둘러 집으로 돌아온 키트가 말했다.

"정말 그렇구나," 어머니가 대답했다. "1년에 6파운드라니. 좀 생각해 봐!"

"아!" 키트는 그런 금액의 보수가 요구하는 무게를 유지하려고 애썼지만, 저도 모르게 기뻐 씩 웃고 말았다. "정말 큰돈이에요!"

키트는 이렇게 말하고 숨을 깊이 들이마셨고, 못해도 양쪽에 1년 치 임금이 들어 있기라도 한 것처럼 주머니에 손을 깊숙이 찔러 넣으며, 어머니의 마음을 꿰뚫어 본 듯, 그녀를 바라보았고, 엄청난 돈을 전망했다.

"정말이지, 이제 어머니도 다른 부인들처럼 근사하게 꾸미고 교회에 갈 수 있어요! 제이컵은 멋진 모범생이 될 테고, 막내는 귀여운 아이로 자랄 거예요. 위층에 멋진 방도 만들어요. 1년에 6파운드잖아요!"

"에헴!" 꺽꺽거리는 낯선 목소리가 들렸다. "뭐가 1년에 6파 운드라는 거냐? 1년에 6파운드가 어쨌다는 거지?" 다니엘 퀼프 가 그런 목소리로 질문하며 집으로 들어섰다. 바로 뒤에는 리처 드 스위블러가 있었다.

"누가 네 녀석이 1년에 6파운드를 벌게 된다고 말하더냐?" 퀼프가 매섭게 주위를 둘러보며 말했다. "그 영감이냐, 아니면 넬이냐? 영감이 무슨 수로 그런 돈을 번다는 거지, 그들은 어디 있느냐?"

이 알려지지 않은 추악한 한 덩이의 갑작스러운 출현에 너무 놀란 누블스 부인은 급히 요람에서 아기를 들어 올려 가장 먼 구 석으로 몸을 피했다. 그사이 꼬마 제이컵은 무릎 위에 두 손을 올리고 의자에 앉아 시종일관 기운차게 으르렁거리며 넋을 잃 고 그를 바라보았다. 리처드 스위블러는 퀼프의 머리 너머로 가 족의 모습을 편하게 지켜보았고, 퀼프는 주머니에 두 손을 찔러 넣은 채 자신이 야기한 소동을 절묘하게 즐기며 미소를 지었다.

"겁먹지 마시오, 부인." 잠시 뜸을 들인 후 퀼프가 말했다.

"댁의 아들이 나를 잘 압니다. 아이들을 잡아먹지는 않는다는 걸. 아이는 별로 좋아하지 않소. 그나저나 소리 지르는 저 아이의 입을 좀 막는 게 어떻겠소. 안 그러면 내가 나쁜 짓을 저지를지도 모르니. 안녕, 애야. 좀 조용히 해줄래?"

꼬마 제이컵은 눈에서 짜내고 있던 눈물을 멈추고 순식간에 침묵의 공포에 빠졌다.

"다시는 소리 지르지 마라, 꼬마 악당아." 퀼프가 준엄하게 바라보며 말했다. "그렇지 않으면 험악하게 인상을 써서 경기를 일으키게 해줄 테니까. 그리고 선생은 어째서 약속한 대로 내게 오지 않았지?"

"제가 뭣 때문에 아저씨한테 가야 해요?" 키트가 대꾸했다. "전 아저씨에게 볼일이 없어요. 아저씨도 제게 볼일이 없을 텐데요."

"이봐요, 부인." 퀼프가 재빨리 몸을 돌려 키트와 키트 어머니에게 번갈아 호소하며 말했다. "그 영감이 마지막으로 찾아오거나 편지를 보낸 게 언제요? 지금 여기 있나? 그게 아니면 어디로 갔소?"

"여기 온 적 없어요." 누블스 부인이 대답했다. "우리도 그들이 어디로 갔는지 알고 싶어요. 그래야 내 아들이나 내 마음이 좀 편할 테니까. 당신이 퀼프 씨라면, 나는 당신이 알고 있다고 생각했는데요. 그래서 바로 오늘 키트에게 그렇게만 얘기했어요."

"흥!" 이 말을 사실이라고 믿고 실망한 듯한 퀼프가 중얼거렸다. "이 신사에게도 그렇게 말할 겁니까?"

"그 신사분이 질문해도 대답은 같아요. 우리를 위해서라도 대답해 주고 싶을 뿐이에요." 누블스 부인이 대답했다.

퀼프가 리처드 스위블러를 곁눈질하며, 그를 문 앞에서 만났으니 그도 도망자들의 정보를 알아내기 위해 왔을 것으로 추측한다고 말했다. 스위블러는 그 추측이 옳다고 생각했을까?

"그렇습니다." 딕이 대답했다. "그게 현재 내가 여기 온 목적입니다. 뭔가 들을 수 있을까 했는데, 이제 죽음과 실패를 알리는 종을 울립시다. 내가 먼저 시작하지."

"실망한 것 같은데," 퀼프가 말했다.

"좌절감이 느껴집니다, 좌절감. 그뿐입니다." 딕이 대답했다. "혹시나 하고 왔는데 좌절감만 드는군요. 밝고 아름다운 존재가 첵스의 제단에 제물로 바쳐질 겁니다. 그뿐입니다."

난쟁이가 빈정거리는 미소를 지으며 리처드를 훑어보았지만, 친구와 다소 든든한 점심을 먹은 리처드는 이를 알아차리지 못하고 애절하고 실의에 빠진 표정을 지으며 계속 자신의 운명을 개탄했다. 퀼프는 이 방문과 그가 크게 실망한 데는 뭔가 숨겨진 비밀이 있음을 명백히 알아차렸고, 그 안에 나쁜 의도가 도사린다는 희망을 품고 그 비밀을 캐내기로 결심했다. 이렇게 결심하자마자 그는 최대한 정직한 표정을 지으며 스위블러 씨를 지나치게 동정했다.

"나도 순전히 동료로서 그들에게 실망했네." 퀼프가 말했다. "하지만 자네가 실망한 데는 뭔가 진짜, 그러니까 개인적인 이유가 있는 게 분명해. 그래서 나보다 실망감이 크고."

"물론입니다." 딕이 성마르게 대답했다.

"맹세코, 나도 마음이 별로 좋지 않아. 정말 의기소침해지는 군. 우리 서로 곤경에 처한 동료이니, 이 일을 잊기 위한 확실한 방법으로 동반자가 되는 건 어때? 지금 뭐 별일 없으면 내가 다른 곳으로 데려가고 싶은데." 스위블러의 소매를 지그시 잡아당기고 곁눈질로 그의 얼굴을 교활하게 올려다보며 퀼프가 재촉했다. "저기 강가 집에 세상에서 단연 최고급이라 칭할 만한 스키담 술이 있네. 밀수품이긴 해도 우리 사이에 어떤가. 그 집 주인이 나를 잘 알지. 강이 내다보이는 작은 별장이 있어. 그곳에서 우리는 맛있는 술을 마시고 최고급 담배를 피울 거야. 아주 귀한 최고급 담배지. 내가 보장해. 그리고 온전히 안락하고 행복한 시간이 될 거야. 함께 갈 텐가? 아니면 다른 특별한 일이라도 있나, 스위블러?"

난쟁이가 말할 때 딕의 얼굴은 순응하는 미소로 바뀌며 편안해졌고, 이마의 주름살도 서서히 펴지기 시작했다. 말을 마쳤을 무렵 퀼프가 자신을 올려다보는 만큼 딕도 교활한 눈빛으로 그를 내려다보았고, 문제의 술집으로 향하는 것 말고는 더는 할 일이 없었다. 그들은 곧장 그렇게 했다. 그들이 등을 돌리고 떠나자, 꼬마 제이컵의 몸이 녹았고, 퀼프가 얼려놓은 시점부터 다시 울음을 터뜨렸다.

퀼프 씨가 말한 여름 별장은 보기에 썩어 속을 드러낸 들쭉날쭉한 나무 상자였는데, 강의 진흙 위에 걸쳐 있어서 그 안으로 미끄러져 내려오겠다고 위협했다. 별장에 딸린 선술집은 무너질 듯한 건물이었고, 쥐들이 갉아 먹어서 훼손되었으며, 벽에 기대 우뚝 솟은 큰 나무 막대기들로 버티고 있을 뿐이었다. 이마저도 너무 오래 받치고 있어서 하중에 밀려 썩어가는 데다 무너지고 있었고, 바람이라도 부는 밤이면 구조물 전체가 금방이라도 쓰러질 것처럼 삐꺽거리고 갈라지는 소리가 들릴지도 몰랐다. 그 별장은 공장 굴뚝에서 뿜어져 나오는 유해한 연기로 식물이 말라 죽은 불모지 위—그렇게 낡고 허름한 것도 서 있다고 말할 수 있다면—에 서 있었고, 철제 바퀴와 거친 물살 소리가 메아리쳤다. 내부의 시설도 외부의 약속을 충분히 이행했다. 방은 천장이 낮고 습기가 찼고, 눅눅한 벽은 온통 금이 가서 틈이 벌어졌고, 썩은 바닥은 자기들 기준에서 움푹 꺼졌는데, 그 꺼진 곳에서 툭 튀어나온 기둥이 이웃의 소심한 이방인에게 조심하라고 경고했다.

지나가는 동안 그곳의 아름다움을 잘 보라고 그에게 애원하며, 퀼프 씨는 이 매력적인 장소로 리처드 스위블러를 이끌었고, 많은 교수대 모양과 머리글자를 깊이 파서 점수를 매긴 여름 별장의 탁자 위에 자랑스러운 술이 가득 담긴 작은 나무통이 모습을 드러냈다. 퀼프 씨는 능숙한 손놀림으로 잔에 술을 따르고 거기에 물을 1/3 섞어 리처드 스위블러에게 그의 몫을 할당했고, 아주 낡고 망가진 등불의 초 끝으로 파이프에 불을 붙여 의자 위에 몸을 웅크리고 뻐끔뻐끔 피웠다.

"어때 맛있지?" 리처드 스위블러가 입맛을 쩝쩝 다시자, 퀼프가 말했다. "강렬하고 타는 듯하지? 눈이 깜빡이고, 목이 꽉 조이고, 눈물이 찔끔 나고, 숨이 턱 막히지 않나, 어때?"

"어떠냐고요?" 잔에 담긴 내용물 일부를 버리고 물을 채우며 딕이 외쳤다. "이봐요, 당신, 정말 이런 불같은 술을 마신단 말입니까?"

"안 돼!!" 퀼프가 대답했다. "이걸 안 마신다고! 여길 봐, 여기. 이걸 안 마셔!"

다니엘 퀼프는 말을 하며 물을 타지 않은 석 잔의 독주를 연거푸 들이켜고 험악한 표정으로 연신 담배를 빨아들이고는 코로 굵은 연기를 내뿜었다. 이 같은 묘기를 마친 그가 이전의 자세로 몸을 웅크리고 과도하게 웃음을 터뜨렸다.

"우리 건배하세!" 퀼프가 주먹과 팔꿈치를 이용해 능수능란하게 탁자를 두드리며 장단에 맞춰 소리쳤다. "여인을 위하여, 미인을 위하여! 미인을 위해 건배하고 마지막 한 방울까지 비우자고. 그녀의 이름을 말해봐, 어서."

"이름을 알고 싶다면," 딕이 말했다. "소피 와클스입니다."

"소피 와클스!" 난쟁이가 소리쳤다. "소피 와클스 양이 리처드 스위블러의 아내가 되기를 바라며! 하하하."

"아!" 딕이 말했다. "몇 주 전만 해도 그럴 가능성이 있었지만, 지금은 없습니다. 내 잘못이죠. 그녀 스스로 첵스의 신전에 몸을 불태웠습니다."

"첵스에게 독을 먹이고 귀를 잘라 버려." 퀼프가 응수했다. "첵스라는 이름은 듣지 않겠어. 그녀의 이름은 스위블러가 아니면 아무것도 아니야. 그녀의 건강을 위해, 그녀 아버지의 건강을 위해, 그녀 어머니의 건강을 위해, 그녀 형제자매의 건강을 위해, 와클스 양 가족의 영광을 위해, 모든 와클스 사람들을 위해 이 술 한 잔에 담긴 마지막 한 방울까지 마시겠네."

"좋습니다!" 리처드 스위블러가 잔을 입으로 가져가려다가 멈칫하더니 술로 인사불성이 되어 팔다리를 이리저리 휘젓는 난쟁이를 바라보며 말했다. "당신은 참 유쾌한 친구입니다. 하지만 내가 여태껏 보고 들은 유쾌한 친구들 가운데 가장 괴상한 사람입니다."

이 솔직한 선언은 퀼프 씨의 괴상한 행동을 억제하기보다 오히려 부추기는 경향이 있었고, 팔다리를 휘젓는 그를 보고 놀란 리처드 스위블러도 눈치채지 못할 정도로 친밀해지고 신뢰하기 시작한 동료를 위해 적지 않게 술을 마셨다. 그 결과 퀼프에게 현명하게 이끌린 스위블러는 마침내 그를 무척 신뢰하게 되었다. 스위블러가 한 번 이런 감정에 빠지자, 그가 횡설수설할 때마다 대화의 방향을 쥐게 된 다니엘 퀼프는 비교적 일이 쉬워졌다. 그는 곧 허술한 스위블러와 그보다 좀 더 치밀한 프레드 사이에 만들어진 계획의 모든 세부 사항을 소유하게 되었다.

"잠깐!" 퀼프가 말했다. "바로 그거야, 바로 그거라고. 그럴 수 있어. 그렇게 될 거야. 내가 도와주지. 이제부터 난 자네 친구야."

"뭐라고요? 당신은 아직 기회가 있다고 봅니까?" 이 격려에 딕이 놀라며 물었다.

"기회라!" 난쟁이가 따라 했다. "분명히 있지! 소피 와클스는 첵스나 그녀를 좋아하는 아무하고 결혼할지 모르지만, 자네는 아니야. 오, 운이 좋은 친구여! 그 영감은 살아 있는 어떤 유대인보다 부자야. 자네는 이미 성공했어! 내가 보기에 자네는 넬의 남편으로 그만이야. 호박이 넝쿨째 굴러들어 온다고. 내가 자네를 도울 거야. 그러면 돼. 내 말만 들으면 된다고."

"하지만 어떻게?" 스위블러가 물었다.

"시간은 충분해." 난쟁이가 대답했다. "그렇게 될 거야. 자리에 앉아서 처음부터 다시 얘기해 보세. 내가 잠깐 나갔다 올 동안 잔을 채우고 있게. 금방 돌아올 거야. 금방."

이 짧은 말을 남기고 다니엘 퀼프는 술집 뒤쪽의 무너진 스키틀 경기장으로 물러났고, 기쁨을 주체하지 못해 땅바닥에 몸을 내던지고는 실제로 비명을 지르며 떼굴떼굴 굴렀다.

"노리갯감이 생겼어!" 퀼프가 소리쳤다. "조작과 준비가 완료된 노리갯감이 저절로 굴러들어 왔으니, 이제 즐기기만 하면 돼. 지난번 내 뼈마디를 쑤시게 한 놈이 바로 저 머저리 같은 놈이지? 일전에 아내에게 눈웃음을 치고 음흉하게 웃던 놈이 저 놈 친구이자 공모자인 트렌트 맞지? 2~3년만 저놈들의 소중한 계획에 공을 들이면 저놈들은 결국 무일푼이 될 거야. 그리고 저들 중 한 놈은 묶인 신세가 되겠지. 하하하! 그가 넬과 결혼할 거야! 그가 넬을 가질 거야. 그렇게 결혼해서 빼도 박도 못할 때 그들이 무엇을 얻었는지, 그렇게 되도록 내가 무엇을 했는지 제일 먼저 얘기해줄 거야. 그렇게 되면 해묵은 원한도 청산되겠지. 그때가 되면 내가 얼마나 중요한 친구였는지, 상속녀와 결혼하도록 내가 얼마나 도와줬는지 그들에게 상기시킬 거야. 하하하!"

무아지경의 정점에서 퀼프 씨는 부서진 개집 근처에서 데굴데굴 구르다가 하마터면 반갑지 않은 방해물과 부딪칠 뻔했다. 그곳에는 크고 사나운 개가 날뛰고 있었는데, 목줄이 너무 짧아서 그에게 무례하게 경례하는 꼴이었다. 난쟁이는 흉측한 표정으로 개를 조롱하며 완벽하게 안전한 상태로 등을 바닥에 붙이고 있었고, 둘 사이가 기껏해야 두 발짝밖에 안 되었지만, 그는 앞으로 1인치도 나오지 못하는 개의 무능력함에 마음껏 의기양양해 했다.

"와서 물어보시지. 갈기갈기 찢어보라고, 이 겁쟁이야." 퀼프는 개가 거의 미칠 지경이 될 때까지 쉭쉭 소리를 내며 괴롭혔다. "겁나지, 이 못된 놈. 너도 무섭지."

개는 눈을 부릅뜨고 쇠사슬을 끊을 듯 거칠게 잡아당기며 사납게 짖었다. 하지만 난쟁이는 그곳에 드러누워 저항과 경멸의 몸짓으로 손가락을 꺾었다. 충분히 기쁨을 즐긴 후에 그는 자리에서 일어났고, 양손으로 허리를 짚고, 정확히 쇠줄에 묶이지 않은 모습으로, 개를 아주 난폭하게 몰아가며 개집 주변을 도는 악마 같은 춤을 추었다. 이렇게 마음을 가라앉히고 기분 좋은 기차에 몸을 실은 그는 의심하지 않는 친구에게로 돌아왔다. 리처드 스위블러는 조수(潮水)를 지나칠 정도로 진지하게 바라보며 퀼프 씨가 언급한 일확천금을 생각하고 있었다.

22장

　키트 가족은 노부부가 다녀간 날과 그다음 날 온종일 분주했다. 키트가 입을 옷가지와 그의 집 떠날 채비가 아프리카 내륙을 횡단하거나 크루즈를 타고 세계를 여행하는 것만큼 중요했기 때문이다. 형의 옷과 생필품을 담을 만큼 스물네 시간 동안 수 없이 여닫히는 짐 상자가 있다고 추측하기는 어려웠을 테고, 셔츠 세 벌과 그에 맞는 양말과 손수건이 들어 있는 이 거대한 상자 같은 그런 옷의 광산을 두 개의 작은 눈에 확실히 보여준 사람이 없었기에, 꼬마 제이컵에게는 너무도 놀라운 광경이었다. 마침내 짐 상자를 짐꾼에게 맡겼고, 키트는 다음 날 짐꾼의 집이 있는 핀칠리에서 짐을 찾으면 되었다. 하지만 짐을 보내고도 두 가지 고민이 아직 남아 있었다. 첫 번째는 짐꾼이 도중에 짐을 잃어버리거나 잃어버린 척 거짓말하면 어쩌나 하는 문제였고, 두 번째는 아들이 없는 상황에서 키트 어머니가 스스로를 돌보는 방법을 완벽하게 이해했는가 하는 문제였다.

"가방을 분실하는 경우는 거의 없지만, 틀림없이 짐꾼들은 짐을 잃어버린 척하려는 큰 유혹에 빠져 있어." 누블스 부인이 첫 번째 문제를 언급하며 걱정스럽게 말했다.

"분명 그래요." 키트가 심각한 표정을 지으며 대답했다. "절대 그들 말을 있는 그대로 믿으면 안 돼요. 누군가가 함께 갔어야 했는데, 걱정이네요."

"하는 수 없지." 어머니가 말했다. "하지만 그건 어리석은 짓일 뿐만 아니라 잘못된 행동이야. 사람은 유혹에 넘어가서는 안 돼."

키트는 빈 짐 상자가 아니면 다시는 짐꾼에게 짐을 맡겨 유혹에 빠지게 하지 않겠다고 결심했고, 이렇게 기독교인 같은 결심을 하고 두 번째 문제에 대해 생각했다.

"어머니, 기운 차려야 해요. 제가 집에 없다고 외로워하지 마세요. 아마 마을에 오면 자주 들를 수 있을 거예요. 편지도 가끔 보낼게요. 3개월마다 휴가도 얻을 수 있어요. 그때 꼬마 제이컵을 데리고 공연도 보러 가고 굴이 무엇인지도 가르쳐줄 거예요."

"공연을 보러 가는 게 죄가 되지 않기를 바라지만, 난 좀 두렵구나." 누블스 부인이 말했다.

"누가 어머니에게 그런 생각을 심어주는지 알아요." 키트가 실망한 목소리로 말했다. "또, 리틀 베델 교회죠. 어머니, 제발 일요일마다 그곳에 가지 않았으면 해요. 우리 집은 어머니의 명랑한 얼굴로 항상 유쾌해지는데, 그곳만 다녀오면 비통한 표정으로 바뀌잖아요. 아기도 비통한 표정을 따라 배우고, 스스로 어린 죄인이라느니 (아, 이것 참!) 악마의 자식이라고 (돌아가신 아버지를 욕보이며) 부르도록 배워요. 이런 꼴을 보느니, 꼬마 제이컵이 이처럼 슬퍼하는 모습을 보느니, 차라리 자원입대해서 날아오는 포탄에 고의로 머리를 들이밀 걸 진지하게 생각해볼 거예요."

"오, 키트 그렇게 말하지 마라."

"정말이에요, 어머니. 제가 아주 비참하고 불편해지는 걸 원치 않으면, 지난주에 떼어버리려고 마음먹은 보닛에 달린 리본, 그냥 두세요. 가난한 환경에서도 최대한 즐겁게 보이고 또 그렇게 되는 게 해가 되나요? 어머니, 우리 집이 못산다고 제가 칭얼거리고 침통한 표정으로 힘없이 콧물을 훌쩍이며 말하던가요? 반대예요. 전 우리가 왜 명랑하면 안 되는지 이유를 모르겠어요. 이거 그냥 들어보세요. 하하하! 이 웃음소리, 걷는 것만큼이나 자연스러워요. 건강에도 좋고. 하하하! 염소가 '매에'하고, 돼지가 '꿀꿀'거리고, 말이 '히이잉'하고, 새가 '짹짹' 노래하듯 자연스럽지 않나요? 하하하! 그렇지 않아요, 어머니?"

키트의 웃음에는 전염성 있는 무언가가 있었는데, 마음이 무거워 보이던 누블스 부인이 처음에는 살며시 미소만 짓다가 아들을 따라 마음껏 웃었기 때문이다. 그래서 키트는 그렇게 웃는 것이 자연스럽다는 걸 알았다고 말했고, 더 크게 웃었다. 키트와 누블스 부인의 꽤 큰 웃음소리에 잠을 깬 아기도 즐겁고 기분 좋은 무언가가 진행 중이라는 것을 알고 어머니 품에 안기자마자 힘차게 발길질하며 웃기 시작했다. 자기주장에 대한 이 새로운 실례가 너무 기뻤던 키트는 웃다가 힘이 빠져 의자에 털썩 주저앉았고, 아기를 가리키며 다시 저절로 흔들릴 때까지 몸을 양옆으로 흔들었다. 두세 차례 같은 상황을 반복하고 정신을 차린 그가 눈물을 닦고 감사 기도를 올린 후 그들은 빈약하지만 유쾌한 저녁 만찬을 즐겼다.

키트는 다음날 이른 아침에 자신의 겉모습에 자부심을 느끼며―그가 리틀 베델 교회 신자라면 당장 제명당해 다시는 예배를 보지 못했을 것이다―풍족한 집을 떠나 여행길에 오르는 많은 젊은이보다 더 많은 입맞춤과 포옹을 하고 눈물을 흘리며 핀칠리로 출발했다.

키트가 어떤 옷을 입었는지 궁금해하지 않도록 간략히 언급하면, 하인들이 입는 제복은 입지 않았지만, 카나리아 색깔의 조끼에 희끗희끗한 외투와 철회색 바지를 입었다. 이런 영광 외에도 그는 새로 산 부츠 한 켤레와 아주 뻣뻣하고 반짝이는 모자의 광택으로 빛이 났는데, 모자는 손가락으로 아무 곳이나 튕기면 북처럼 소리가 났다. 이렇게 차려입고, 사람들의 관심을 아주 조금밖에 끌지 못해 이를 더 궁금해하며, 그 이유를 아직 이른 아침이라 사람들의 감각이 깨어나지 않은 탓으로 돌리고, 그는 아벨 씨 집으로 향했다.

키트는 예전에 자신이 쓰던 것과 똑같은 테 없는 모자를 쓴 사내아이를 만나 3펜스를 동냥한 사건 말고 별다른 일 없이 짐꾼의 집에 도착했고, 인간 본성의 영원한 존경에 힘입어 상자도 무사히 찾았다. 깔끔하게 일을 처리하는 짐꾼의 아내로부터 갈랜드 씨 집으로 가는 방향을 알아낸 그는 상자를 어깨에 둘러메고 곧장 그쪽으로 향했다.

초가지붕에다 박공널 끝에 작은 첨탑이 달린, 창문 몇 개는 포켓북만 한 색유리로 되어 있는, 확실히 아름다운 작은 시골집이었다. 한쪽 구석에는 조랑말 한 마리가 들어가기에 적당한 마구간이 있었고, 그 위로는 키트 같은 사내아이에게 알맞을 듯한 작은 방이 있었다. 흰색 커튼이 펄럭였고, 금으로 만든 듯 밝게 보이는 새장 안의 새들이 창가에서 노래하고 있었다. 초목들은 길 양옆으로 가지런히 정렬되어 문 주위에서 무리를 이루었고, 정원은 그 향기가 사방으로 퍼져나가는 만개한 꽃들로 환했으며 매력적이고 우아한 외관을 지니고 있었다. 집 안팎의 모든 것이 더할 나위 없이 깔끔하게 잘 정돈되어 있었다. 정원에는 잡초 하나 보이지 않았고, 작은 길 중 한 곳에 놓인 말쑥한 원예 용구와 양동이와 장갑이 그날 아침 갈랜드 씨가 정원 손질을 했음을 짐작하게 했다.

키트는 사방을 둘러보고 감탄하다가 다시 두리번거렸고, 그러기를 여러 차례 반복한 후 다른 곳으로 고개를 돌려 초인종을 울리기로 마음먹었다. 초인종을 울렸지만, 아무 응답이 없어서 다시 주변을 한참이나 둘러보다가 초인종을 두세 번 더 울린 후 짐 상자 위에 앉아 응답을 기다렸다.

그 후로도 여러 번 초인종을 울렸지만, 역시 아무도 나오지 않았다. 하지만 그가 짐 상자 위에 앉아 거인들의 성, 거인들의 머리카락으로 말뚝에 묶인 공주들, 성문 뒤에서 괴성을 지르는 용들과 동화책에서 낯선 곳을 처음 방문하면 아이들에게 흔히 일어나는 일들을 떠올리고 있을 때 문이 조용히 열리더니 깔끔하고, 상냥하고, 얌전하지만, 아주 예쁜 어린 하녀가 나타났다.

"크리스토퍼 씨군요." 어린 하녀가 말했다.

키트가 재빨리 상자에서 일어나며 그렇다고 대답했다.

"초인종을 여러 번 울렸을 텐데," 어린 하녀가 말했다. "조랑말을 붙잡느라 소리를 듣지 못했어요."

무슨 뜻인지 궁금했지만, 질문을 하면 그곳에 오랫동안 서 있어야 할 것 같아서, 키트는 다시 상자를 어깨에 둘러메고 어린 하녀를 따라 현관 안으로 들어갔다. 그때 뒷문을 통해 갈랜드 씨가 의기양양하게 위스커를 끌고 가는 모습을 보게 되었다. 나중에 안 사실이지만, 그 제멋대로인 조랑말이 작은 방목장에서 한 시간 45분 동안이나 도망 다니다가 붙잡혀가는 중이었다.

갈랜드 씨 부부는 키트를 무척 다정하게 맞아주었고, 그들이 전에 그에게 가졌던 좋은 생각은 그가 바닥이 닳도록 매트에 부츠를 문지르는 것으로 더 확고해졌다. 그런 후 그들은 새로 입은 옷을 점검하기 위해 그를 응접실로 데려갔고, 그곳에서 몇 차례 점검을 마친 그는 자신의 외모에 만족감을 얻고 마구간으로 (이례적으로 조랑말로부터 공손한 환영을 받았다) 옮겨갔고, 그런 다음에는 이미 밖에서 본 적 있는 작은 방으로 들어갔는데, 방은 정말 깨끗하고 아늑했다. 그리고 그곳에서 그를 정원으로 데려간 갈랜드 씨는 그가 스스로 정원 관리하는 법을 배울 테고, 그 일을 잘 해내면 그에게 편안하고 행복하게 살 수 있도록 많은 도움을 주겠다고 약속했다. 이 모든 친절함에 키트는 여러 감사의 말과 함께 모자가 헤질 정도로 새로 산 모자에 손을 올리며 그 마음을 전했다. 갈랜드 씨가 약속과 조언을 하며 해야 할 말을 모두 마쳤을 때 키트는 확약과 함께 자신 있게 해야 할 말을 모두 끝냈다. 그러자 그를 넘겨받은 갈랜드 부인이 어린 하녀(이름이 바버라였다)를 불러 그가 오래 걸어서 힘들 테니 아래층으로 데리고 내려가서 먹을 것과 마실 것을 내어주라고 지시했다.

그래서 키트는 아래층으로 내려갔다. 그 안에 있는 모든 것이 반짝반짝 빛나고 바버라만큼이나 깨끗하게 잘 정돈된, 계단 맨 아래에는 장난감 가게 창문을 통해서도 본 적 없는 주방이 있었다. 이 주방에서 키트는 식탁보만큼이나 새하얀 식탁에 앉아 식은 고기를 먹고 순한 맥주를 마시며, 아직 낯선 바버라가 자신을 관찰하고 있었기 때문에, 나이프와 포크를 무척 서툴게 다뤘다.

하지만 아주 조용한 삶을 살아온, 특별히 언급할 것 없는 낯선 바버라도 키트만큼이나 얼굴을 많이 붉히고, 매우 당황하고, 무슨 말을 해야 할지 어떻게 행동해야 할지 몰라 했다. 탁자에 앉은 지 좀 되었을 무렵, 키트가 수수한 벽시계의 째깍거리는 소리에 집중하며 조심스럽게 서랍장을 쳐다보게 되었다. 그곳 그릇과 접시 사이에는 솜뭉치 속에서 닫힐 수 있도록 만든 미닫이식 뚜껑이 달린 바버라의 작은 반짇고리와 바버라의 기도서, 바버라의 찬송가 책, 바버라의 성경책이 놓여 있었다. 바버라의 작은 거울은 창가 빛이 잘 드는 곳에, 바버라의 보닛은 문 뒤 못걸이에 걸려 있었다. 그의 시선은 이처럼 바버라의 존재를 알리는 말 없는 신호와 표시들로부터 이런 물건들만큼이나 조용히 앉아 콩깍지를 까서 접시에 담는 바버라에게로 자연스럽게 옮겨갔다. 키트가 바버라의 속눈썹을 보며—아주 순수한 마음에서—그녀의 눈은 무슨 색일까 하고 궁금해하던 바로 그 찰나,

뜻하지 않게 바버라가 고개를 살짝 들어 그를 바라보았다. 양쪽 모두 급히 눈길을 거뒀고, 키트는 접시 위로, 바버라는 콩깍지 위로 고개를 떨구고는 각자 다른 사람에게 들킨 것에 대해 극도로 혼란스러워했다.

23장

　리처드 스위블러 씨는 수없이 두리번거리고 발을 헛디디며 몸을 가누지 못해 휘청거리고 나선형으로 움직이는 행태를 보인 후에, 갑자기 멈춰 서서 주위를 째려보고는 돌연 앞으로 몇 발짝 내달리다가 별안간 또다시 멈춰 서서 고개를 절레절레 흔든 후에, 모든 것을 몸을 횈횈 움직이고 생각 없이 하며 '황무지'(이것이 퀼프가 스위블러를 데리고 간 별장 이름으로 적당할 것이다)에서 집을 향해 나아갔다. 이런 모습은 악의적인 사람들이 술에 취한 상태를 상징하는 것으로 간주하고, 깊은 지혜와 성찰의 상태를 보여주기 위해 악의적인 사람들은 이런 모습을 가지고 있지 않다. 리처드 스위블러 씨는 이런 행태를 보인 후에 집을 향해 가며, 자신이 사람을 잘못 믿어버렸고, 난쟁이야말로 민감하고 중요한 비밀을 믿고 말할 수 있는 종류의 사람이 아니라고 생각하기 시작했다. 이런 회한에 이끌리고 유혹당해 앞서 언급한 악의적인 사람들이 술에 취해 넋두리하는 양상 혹은 단계라고 일컫는 상태로 접어든 스위블러 씨가 땅바닥에 모자를 내팽개치고는, 자신은 불행한 고아인데 그렇지 않았다면 이런 일은 겪지 않았으리라 탄식하며 소리를 지르는 지경에 이르렀다.

"아기일 때 부모에게 버림받았지." 스위블러 씨가 쓰라린 운명을 개탄하며 말했다. "가장 연약한 시기에 차가운 세상에 던져졌고, 내 약점에 관심 있는, 사람이나 현혹하는 난쟁이의 자비를 받는 신세로 전락했어! 여기 당신의 비참한 고아가 있소이다." 스위블러 씨가 목소리를 높여 졸린 눈으로 주변을 둘러보며 말했다. "여기 불행한 고아가 있다고!"

"그렇다면," 옆에서 누군가가 크게 말했다. "내가 자네 아버지가 되어주지."

스위블러 씨는 몸을 제대로 가누기 위해 앞뒤로 휘청거리며 주변에 깔린 옅은 일종의 연무 속을 들여다보았다. 마침내 그 속에서 희미하게 빛나는 두 개의 눈을 알아차리고는 얼마 후 사람의 코와 입이 있을 것으로 추정되는 부근을 주시했다. 보통 사람이라면 다리가 있어야 할 부위로 눈을 떨구자 몸 동아리가 달린 얼굴이 나타났다. 좀 더 뚫어지게 바라본 스위블러 씨는 그 사람이 지금껏 함께 있다가, 기억은 어렴풋하지만, 1~2마일 뒤에 두고 온 퀼프 씨임을 확신했다.

"당신은 고아를 속였소." 스위블러 씨가 침통한 표정을 지으며 말했다.

"내가! 난 자네에게 아버지나 다름없는 사람이야." 퀼프가 대답했다.

"당신이 내 아버지라고!" 딕이 대꾸했다. "나 안 취했으니 혼자 있게 해주시오, 당장."

"정말 재미있는 친구군!" 퀼프가 소리쳤다.

"가시오!" 딕이 기둥에 몸을 기대고 가라며 손을 흔들었다. "그냥 가라고, 이 사기꾼아. 언젠가 당신도 즐거운 꿈에서 깨어나면 버림받은 고아의 슬픔을 알게 될 겁니다. 그러니 가주시겠습니까?"

이런 간청에도 난쟁이가 주의를 기울이지 않자, 스위블러 씨는 이에 맞는 벌을 줄 생각으로 그에게 다가갔다. 하지만 그에게 가까이 가기도 전에 목적을 잊었는지, 아니면 마음이 변했는지, 이제부터 자신들은 외모는 다르지만 모든 면에서 형제라고 시원시원하게 공표하며 그의 손을 잡고 영원한 우정을 맹세했다. 그러고 나서 와클스 양과의 일은 참으로 한심하다고 덧붙이며 다시 비밀을 털어놓았다. 그는 그 순간 자신의 말투로 알게 되었을지 모르지만, 와클스 양—그는 퀼프 씨가 이해하라고 했다—이 약간 논리에 맞지 않음의 원인이었는데, 그건 장밋빛 와인이나 다른 발효주 때문이 아니라 자신의 애정의 힘에 단독으로 기인했다고 말했다. 그리고 그들은 다정하게 팔짱을 끼고 함께 길을 갔다.

"난 흰 담비처럼 예리해. 또 족제비처럼 교활하지." 퀼프가 그와 헤어질 때 이렇게 말했다. "트렌트를 데려와. 그는 날 믿지 않지만 (왜 날 안 믿는지 몰라. 내가 그런 대접을 받으면 안 되지), 그에게 내가 친구임을 확인시키고 말이야. 자네와 트렌트 둘 다 큰 부자가 될 거야. 긴 안목으로 보면."

"그것참 최악이군." 딕이 대답했다. "긴 안목으로 보자니 재산이 너무 멀리 떨어져 있는 듯해서."

"그 때문에 실제보다 작아 보이지." 퀼프가 스위블러의 팔을 세게 움켜잡으며 말했다. "자네는 거기에 바짝 다가갈 때까지 자네가 받게 될 상의 가치에 대해 절대 알지 못해. 명심하게!"

"그렇게 생각하세요?" 딕이 말했다.

"그래. 확신해. 그게 더 나아." 난쟁이가 대답했다. "트렌트를 데려와. 내가 그의 친구라고 말하고. 안 될 이유가 없잖아?"

"안 될 이유야 없지. 분명 없어," 스위블러가 대답했다. "아니 어쩌면 당신과 친구가 되어야 할 이유는 상당히 많을 겁니다. 적어도 당신이 미래를 알려주는 정령이라면 친구가 되는 게 당연하지. 그런데 당신은 그런 사람이 아니지 않소."

"그러면 뭔가!" 퀼프가 소리쳤다.

"악마 쪽에 가깝지." 딕이 대답했다. "당신 같은 외모를 가진 사람은 정령일 리 없소. 만약 그래도 정령이라면 악마의 정령이겠지. 미래를 알려주는 정령은," 딕이 가슴을 쿵쿵 치며 덧붙였다. "정말 당신과는 다른 모습입니다. 맹세코."

퀼프는 교활함과 거북함이 뒤섞인 표정으로 솔직하게 말하는 그를 힐끔 쳐다보며 동시에 그의 팔을 비틀었다. 그러고는 그에게 그가 보통 사람은 아니고 세상에서 가장 존경한다고 똑똑히 말했다. 두 사람은 그렇게 헤어졌다. 집에 무사히 도착한 스위블러 씨는 맑은 정신으로 잠자리에 들었고, 퀼프는 자신이 알아낸 비밀을 생각하며 앞으로 누리게 될 부와 복수에 대한 생각으로 기뻐했다.

다음 날 아침 스위블러 씨는 강렬한 꺼림칙함과 걱정을 안고 ─그의 머리는 그 유명한 스키담의 독기가 장악하고 있었다─ 친구 트렌트의 하숙집을 찾아가 (낡아 유령이 나올 듯한 여관의 다락방에 살았다) 어젯밤 퀼프와 있었던 일을 하나씩 털어놓았다. 트렌트는 이야기를 듣는 동안 적잖이 놀랐고, 그렇게 한 퀼프의 동기가 무엇인지 추측하며 딕 스위블러의 어리석은 행동을 심하게 나무랐다.

"변명하려는 건 아니네, 프레드." 리처드가 자신의 행동을 뉘우치며 말했다. "하지만 그 사람은 묘한 방식을 쓰고 교활한 개 같은 구석이 있어. 우선은 그에게 비밀을 말할 때 어떤 해가 있을까 하고 생각하게 하더니, 생각하는 동안 비밀을 빼내 가더군. 자네도 내가 그랬듯 그가 술을 들이켜고 담배 피우는 모습을 보았다면 어쩔 수 없이 비밀을 털어놓았을 거야. 그자는 불속에 사는 도마뱀이야. 바로 그런 사람이라고."

프리드리히 트렌트는 불도마뱀이면 무조건 신뢰해야 하는지, 불에 타지 않는 인간은 마땅히 믿어야 하는지 따지고 싶었다. 하지만 그냥 의자에 털썩 주저앉아 두 손으로 머리를 감싼채 퀼프가 리처드 스위블러의 환심을 사려 한 목적이 무엇인지 추측하려 애썼다. 그 폭로가 딕이 추구하거나 자발적으로 한 것이 아니라 퀼프가 그를 찾아 꿰어낸 것이 분명하므로.

난쟁이는 도망자들의 비밀을 캐내기 위해 애쓰던 중 두 번이나 스위블러와 마주쳤다. 스위블러가 전에는 노인과 넬에 대해한 번도 걱정하는 모습을 보인 적이 없었으므로 이것이 분명 태생적으로 질투하고 사람을 믿지 못하는 족속의 마음속에 의구심을 일깨웠을 테고, 딕의 경솔한 행동이 그의 호기심을 자극했을 것이다. 그런데 그들의 계획을 아는 퀼프가 어째서 그것을 돕겠다고 제의했을까? 이것은 더 풀기 어려운 문제였다. 하지만 정직하지 못한 놈들이 보통 자신들의 꿍꿍이를 타인에게 뒤집어씌우려다가 자기 꾀에 넘어가는 법이다. 퀼프와 노인 사이에 있었던 비밀 거래 때문에 둘 사이가 껄끄러워졌고, 그 일은 노인이 자취를 감춘 것과 무관하지 않고, 이에 퀼프는 노인이 유일하게 사랑하고 아끼는 넬과 노인이 증오하는 스위블러가 서로 결혼하도록 꼬드겨 영감에게 복수하려는 수작이라는 생각이 트렌트에게 즉각 떠올랐다. 프리드리히 트렌트도, 동생 넬과 하등의 관계없이, 재산 획득의 욕심에 뒤지지 않는 이런 욕망을 품고 있었기에 그것이 퀼프의 주요 행동 원칙이 될 가능성이 더 커 보였다. 자신들을 부추기려는 난쟁이의 꿍꿍이에 동조하는 것이 목적 달성에도 도움이 되리라는 판단이 서자, 트렌트는 대의명분 면에서는 그를 진실하고 다정한 사람이라고 믿기 쉬워졌고, 그가 든든하고 유용한 보조자라는 확신이 들어서 초대를 받아들이고 그날 밤 그의 집을 방문하기로 했다. 그는 퀼프가 한 말과 행동이 자신이 생각한 것과 일치하면 자신들의 계획을 공유할 생각이었다. 물론 수익은 제외하고.

트렌트는 마음속으로 이렇게 결심하고 다음과 같이 결론 내렸다. 스위블러 씨에게 그의 생각이 합당했으니 (딕은 그보다 덜한 말에도 분명 흡족해했을 것이다) 어젯밤 일어난 불도마뱀 사건에서 회복할 수 있도록 반나절은 쉬고 저녁에 퀼프 씨의 집으로 동행하자고 전했다.

퀼프 씨는 두 사람을 보고 무척 반가워했다. 혹은 그러는 척했다. 그는 퀼프 부인과 지니윈 부인에게도 지나치게 공손했고, 아내가 젊은 트렌트를 알아보고 어떤 반응을 보이는지 날카로운 눈으로 살폈다. 사실 퀼프 부인이 트렌트를 대하는 고통스럽거나 즐거운 감정은 그녀가 자기 어머니를 대하는 것만큼 순수했지만, 그녀는 남편의 시선에 기가 죽고 혼란에 빠져 무엇을 해야 할지 그가 무엇을 바라는지 확신하지 못했다. 퀼프 씨는 아내가 당황하는 이유를 자신이 짐작한 바로 그 이유라고 단정 짓고 자신의 통찰력에 흐뭇해하면서도 질투심으로 은밀히 분노했다.

하지만 퀼프 씨는 전혀 내색하지 않았다. 오히려 사교적이고 온화한 태도로 두 사람을 반기며 럼주로 허심탄회하게 술자리를 이끌었다.

"어디 보자." 퀼프가 말했다. "우리가 처음 만난 게 거의 2년이 다 되었지."

"내 생각에는 3년 정도 되었습니다." 트렌트가 말했다.

"3년이라!" 퀼프가 소리쳤다. "정말 세월 빠르군. 당신이 보기에도 그렇게 오래되었소, 여보?"

"네, 족히 3년은 된 것 같아요." 불행한 여인이 대답했다.

'오, 아무렴 그렇겠지.' 퀼프는 생각했다. '그동안 죽도록 슬퍼했을 테니까, 응? 아주 많이.'

"자네가 메리 앤 호를 타고 데메라라로 갈 때가 바로 어제 같은데." 퀼프가 말했다. "분명 어제 같은데 말이야. 난 다소 거친 게 좋아. 한때는 나도 그랬어."

퀼프 씨가 이런 고백과 함께 과거 자신의 방랑과 타락을 암시하는 무시무시한 윙크를 하자, 지니윈 부인은 분개했고, 그녀는 적어도 아내가 부재할 때까지 그 고백을 미뤄야 한다고 숨죽여 말하는 것을 억누르지 못했다. 이 대담한 행동과 불복종에, 퀼프 씨는 처음에는 당황해서 그녀를 노려보다가 공손하게 돌변하며 장모의 건강을 위해 건배하자고 제의했다.

"프레드, 난 자네가 금방 돌아올 걸로 생각했네. 늘 그렇게 생각했어." 퀼프가 술잔을 내려놓으며 말했다. "자네가 지난 잘못을 얼마나 반성하는지, 현지 생활이 얼마나 행복한지 편지로 적어 보내는 대신 메리 앤 호를 타고 다시 돌아왔을 때 무척 기뻤네. 정말 기뻤어. 하하하!"

청년은 자신의 여흥을 위해 선택할 수 있는 가장 마음에 드는 주제는 아니었지만, 그래도 미소를 지었다. 그러자 퀼프가 이 주제를 계속 이어갔다.

"난 항상 말할 거야." 퀼프가 다시 말을 시작했다. "두 명의 손자―아니면 자매들과 형제들 혹은 남매―를 둔 부유한 친척이 유독 한 명에게만 기대고 편애하며 다른 한 명은 거들떠보지도 않는 것은 잘못된 처사라고."

청년이 인내심을 잃고 몸을 움직였지만, 퀼프는 아무도 개인적인 관심이 전혀 없는 추상적인 질문에 관해 토론하듯 차분하게 말을 이어갔다.

"이건 사실이야." 퀼프가 말했다. "자네 할아버지는 용서, 배

은망덕, 폭동, 사치 같은 말들을 거듭 강조했네. 하지만 내가 '그것들은 누구나 가진 결점이다'라고 말하자, '하지만 그놈은 날건달이네'라고 하더군. 그래서 내가 말했지. 물론 내 주장을 말하기 위해서. '그렇다면 정말 많은 젊은 귀족과 신사도 그와 같은 날건달일 겁니다!'라고. 하지만 영감은 내 말을 이해하려 들지 않더군."

"나도 그게 의아합니다." 청년이 비꼬듯 말했다.

"그래, 그땐 나도 그랬어," 퀼프가 말을 받았다. "영감은 늘 고집불통이니까. 영감이 어떤 면에서는 내 친구지만, 늘 고집이 세고 생각이 비뚤어졌어. 넬이 착하고 예쁜 동생이지만, 자네가 넬의 오빠이듯. 어쨌든 자넨 그 아이의 오빠야. 지난번 만났을 때 자네가 말했듯이 영감도 그 사실을 바꿀 수는 없어."

"그게 가능했다면 그렇게 했겠지. 그걸 친절이라고 혼동하는 사람이니까." 청년이 조바심이 나서 소리쳤다. "그 주제에 관해 얘기해봐야 얻을 것도 없으니 이제 제발 그만합시다."

"동의하네." 퀼프가 대답했다. "나도 그 말에 동의해. 그런데 어째서 이 얘기를 꺼냈느냐 하면, 난 그저 내가 항상 자네 편임을 알려주려는 것뿐이야, 프리드리히. 자넨 누가 자네 친구고 적인지 몰랐으니까. 이제 알겠지? 자네는 나를 적으로 생각하고 나를 냉대했어. 하지만 난 자네 편이었네, 전적으로 자네 편이야. 다시 한번 악수하세, 프레드."

두 어깨 사이에 머리를 묻고 얼굴 전체에 섬뜩한 미소를 띠며 난쟁이가 의자에서 일어나더니 탁자를 가로질러 짧은 팔을 내밀었다. 잠시 망설인 후 청년이 손을 내밀어 그의 손을 잡았다. 퀼프가 청년의 손을 꽉 움켜쥐자, 순간 두 사람 사이에 흐르던 피가 멈췄고, 그가 다른 손으로 입술을 누르며 의심하지 않는 리처드를 향해 얼굴을 찡그리고는 잡은 손을 풀고 다시 자리에 앉았다.

리처드 스위블러가 단순히 수단에 불과하고 자신의 계획도 대화에 필요한 만큼만 알고 있다는 사실을 아는 트렌트는 퀼프의 이런 행동을 놓치지 않았다. 그는 난쟁이가 자신들의 상대적 위치를 완벽히 이해했고, 친구의 성격을 완전히 간파했음을 알았다. 악당의 근성이지만 인정해야 했다. 자신을 간파한 난쟁이의 빠른 지각력만큼이나 이 뛰어난 능력에 대한 암묵적인 존경은 젊은 친구를 추악한 양반 쪽으로 기울게 했고, 그의 도움으로 이익을 얻도록 결정하게 했다.

이제 퀼프 씨는 리처드 스위블러가 아내와 장모가 알 필요 없는 내용을 부주의하게 꺼내지 않도록 빨리 주제를 바꾸자는 신호를 주며, 네 명이 즐기는 크리비지를 제안했다. 그는 카드 패를 떼어 퀼프 부인과 프레드가, 그리고 딕과 자신이 한 편이 되도록 짝을 정했다. 카드 게임을 아주 좋아하는 지니윈 부인은 교묘하게 모든 게임에서 제외했고, 술잔이 빌 때마다 모난 술병으로 잔을 채우는 임무를 맡았다. 그 순간부터 퀼프 씨는 불쌍한 장모가 (장모는 카드만큼이나 모난 술병을 가지고 싶어 했다) 어떤 방법으로도 모난 술병을 몰래 빼돌릴 수 없도록 눈을 떼지 않고 한쪽 눈으로 부지런히 감시해서 그녀를 안달 나게 했다.

몇 가지 다른 일들에 대한 끊임없는 경계가 필요했기 때문에 퀼프 씨의 감시는 지니윈 부인에게 국한되지 않았다. 그는 자신의 다양하고 별난 습관 중에서도 카드 게임을 할 때 항상 속임수를 쓰는 익살맞은 습관이 있었는데, 이것은 그에게 게임을 면밀히 주시하다가 점수 계산을 교묘히 속이게 했을 뿐만 아니라 리처드 스위블러에게 눈짓을 하거나 얼굴을 찡그리거나 탁자를 발로 걷어차서 카드를 바꿔 내게 했다. 퀼프 씨가 카드를 보여 주는 신속함이나 판에서 산가지[14]를 움직이는 속도에 당황한 리처드 스위블러는 가끔 스스로 놀라움이나 의심의 표현을 할 수밖에 없었다. 젊은 트렌트의 짝인 퀼프 부인 역시 두 사람이 주고받는 모든 눈빛과 말과 카드 패와 함께 난쟁이의 감시 대상이었다. 카드 패가 오가는 탁자 위에만 머물지 않고 탁자 밑에서도 주고받을지 모르는 신호를 잡아내기 위해 온갖 수단을 동원해 덫을 놓았다. 게다가 가끔 아내의 발가락을 밟아서 고통에

---

14 예전에 수효를 셈하는 데 쓰던 막대기.

소리를 지르는지 아니면 참고 견디는지 눈여겨보았는데, 후자였다면 트렌트가 그전에 발가락을 건드린 것이 확실하다고 생각했을 것이다. 하지만 이런 산만함 속에서도 퀼프 씨의 한쪽 눈은 한시도 장모를 떠나지 않았다. 장모가 달짝지근한 내용물을 한입 홀짝 먹기 위해 찻숟가락을 옆에 있는 잔으로 살그머니 가져가면 (실제로도 여러 번 그렇게 했다) 퀼프 씨는 바로 그 성공의 순간에 찻숟가락을 뒤집어 내용물을 원래 자리로 돌려놓고는 건강을 생각하라는 말로 그녀를 조롱했다. 이렇게 신경 써야 할 일이 많았지만, 카드 게임을 하는 내내 퀼프는 어느 하나에도 소홀하지 않았다.

그들이 무수히 많은 삼세판 게임을 하고 충분한 양의 술을 마셨을 때 마침내 퀼프 씨는 부인에게 그만 들어가라고 주의를 주었다. 순종적인 부인은 남편의 말에 따라 어머니와 함께 방으로 들어갔고, 스위블러 씨는 이미 곯아떨어져 있었다. 난쟁이는 그렇게 홀로 남은 동료를 방 한쪽 구석으로 불러 낮은 목소리로 짧은 회의를 시작했다.

"훌륭한 친구인 자네 앞에서는 되도록 말을 삼가는 게 좋아." 퀼프가 자는 딕에게 얼굴을 찡그리며 말했다. "프레드, 우리끼리 거래인가? 딕이 머지않아 귀여운 장밋빛 넬과 결혼하는 거야?"

"당신 분명 뭔가 다른 목적이 있겠지." 트렌트가 대꾸했다.

"물론이지." 퀼프는 그가 진짜 목적은 거의 아는 바가 없다고 생각하며 씩 웃었다. "아마도 보복이겠지. 아니면 일시적인 기분일 수도 있고. 프레드, 난 힘이 있네. 자네를 도울 수도 있고 막을 수도 있어. 내가 어느 쪽을 택할 것 같은가? 저쪽에 보이는 양팔 저울은 한쪽으로 기울지."

"그러면 이쪽으로 기울이시오." 트렌트가 말했다.

"그렇게 했네, 프레드." 퀼프가 무거운 짐 하나를 내려놓듯 불끈 쥔 주먹을 쭉 뻗어 펴며 말했다. "이제 저울은 기울어졌어, 프레드. 명심하게."

"그들은 어디로 갔습니까?" 트렌트가 물었다.

퀼프는 고개를 저으며 그 문제를 아직 해결하지 못했지만, 아마도 쉽게 해결할 것이라고 말했다. 그렇게 되면 사전 작업에 들어간다고 했다. 그가 노인을 찾아가거나 심지어 리처드 스위블러가 노인을 찾아갈 수도 있고, 노인을 위하는 척하며 도피 행각에 깊은 우려를 나타내고 훌륭한 집에 머물도록 간청함으로써, 아이가 그에게 고마움과 호감을 느끼도록 하겠다는 것이었다. 그 정도로 감동하면 1~2년 안에 그녀의 마음을 얻는 것은 쉽다고 했다. 왜냐하면 노인이 돈을 지키기 위해 못 사는 척했으므로—이것은 구두쇠들에게 공통으로 나타나는 방책이다—소녀가 노인을 진짜 무일푼이라고 생각하기 때문이라고 했다.

"근래에, 할아버지는 자주 충분할 만큼 내게 그런 척했지." 트렌트가 말했다.

"오! 내게도 그랬어," 난쟁이가 대답했다. "그래서 더 놀랐지. 영감이 얼마나 돈이 많은지 아는데 말이야."

"놀랄 만도 하지." 트렌트가 말했다.

"정말 그랬어." 난쟁이가 맞장구를 쳤다. 적어도 그의 말은 진실이었다.

그들은 몇 마디 더 속삭이고 다시 탁자로 돌아왔고, 젊은 친구는 리처드 스위블러를 깨워 집으로 돌아가자고 말했다. 딕은 이를 반기며 바로 자리에서 일어났다. 그들은 계획한 결과에 대한 확신의 말을 몇 마디 나누고 어색하게 웃고 있는 퀼프에게 작별 인사를 건넸다.

퀼프는 살금살금 창가로 다가가 두 사람이 아래 거리를 지나가는 모습을 지켜보며 그들의 말에 귀를 기울였다. 트렌트가 퀼프 부인에 대한 찬사를 늘어놓았고, 그들은 그에게 어떤 매력이 있기에 그녀가 그처럼 기괴하게 생긴 악마와 결혼했는지 의아해했다. 난쟁이는 여태껏 보인 적 없는 활짝 웃는 얼굴로 물러나는 그들의 그림자를 지켜보다가 어둠을 헤치며 조용히 침실로 향했다.

이렇게 음모를 꾸미면서도, 트렌트나 퀼프 누구도 불쌍하고 천진난만한 넬의 행복이나 고통에 대해서는 전혀 생각하지 않았다. 둘 다 골칫거리인 그 부주의한 망종들이 그런 생각으로 마음이 불편했다면 그게 더 이상했을 것이다. 왜냐하면 혼자만의 장점과 공적으로 이루어진 퀼프의 고귀한 견해가 이 기획을 오히려 칭찬할 만한 것으로 평가했기 때문이다. 만약 그가 반성의 의미로 그렇게 원치 않는 손님의 방문을 받았다면, 퀼프는 자신의 욕구를 채우기 위해 짐승이 되었을 뿐 진정으로 아내를 때리거나 죽일 생각은 없었다고 변명하며 양심을 달랬을 것이고, 이러쿵저러쿵해도 결국에는 참을성 많은 평범한 남편이 되었을 것이다.

24장

그들은 완전히 지쳐서 더는 경마장에서 도망쳐 나온 속도를 유지할 수 없을 때가 되어서야 과감히 멈추고 작은 숲의 경계선에 앉아 숨을 돌렸다. 경마장의 코스가 시야에 가려 보이지 않았지만, 여전히 사람들의 함성과 웅성거리는 소리와 북소리를 어렴풋이 구분할 수 있었다. 자신들이 있는 곳과 떠나온 곳 사이에 있는 언덕을 오르며, 아이는 펄럭이는 깃발과 흰색 천막의 윗부분까지 알아보았지만, 다가오는 사람은 아무도 없었고, 휴식처는 한적하고 고요했다.

소녀가 두려움에 떠는 길동무를 안심시키고 적당히 평온한 상태로 회복시키는 데 얼마의 시간이 흘렀다. 노인의 무질서한 망상은 한 무리의 사람들이 덤불 밑에서 자신들을 향해 살금살금 다가오고, 도랑마다 누군가가 숨어 있고, 바스락거리는 나뭇가지에서 누군가가 몰래 훔쳐본다는 형태로 나타났다. 그는 음침한 곳에 포로로 잡혀가 쇠사슬에 묶인 채 채찍을 맞고, 무엇보다 벽에 박힌 쇠막대기와 쇠창살을 통해서가 아니면 넬이 자신을 보러 올 수 없다는 불안에 시달렸다. 노인의 공포는 아이에게도 영향을 미쳤다. 할아버지와의 이별은 소녀가 두려워할수 있는 가장 큰 악이었고, 그 당시에는 어딜 가도 붙잡히고 아무리 숨어도 안전할 수 없다고 느끼며 마음이 꺾이고 용기를 잃어갔다.

그처럼 어리고, 최근에 이동하면서 본 광경에 그렇게 익숙하지 않은 사람에게 이 영혼의 침몰은 놀라운 일이 아니었다. 하지만 조물주는 간혹 유약한 가슴—가장 자주, 그녀에게 신의축복이 있기를, 여성의 가슴에—에 용감하고 고귀한 심장을 소중히 간직해 두었으니, 아이는 촉촉이 젖은 눈길을 노인에게 던지며 자신이 돌보지 않는다면 그가 얼마나 나약해질지, 그가 얼마나 궁핍하고 무기력해질지를 떠올리고 마음이 부풀어 오른자리에 새로운 힘과 불굴의 용기를 불어넣었다.

"할아버지, 이제 안전하니 정말 두려워하지 마세요." 소녀가말했다.

"두려워하지 말라고!" 노인이 대답했다. "그들이 네게서 나를떼어놓으려 하는데 두려워하지 말라고! 우리를 갈라놓는데 두려워하지 말라니! 솔직한 사람이 하나도 없구나. 한 사람도 없어. 넬, 너마저도."

"제발 그렇게 말하지 마세요." 아이가 대답했다. "할아버지에게 솔직하고 진심인 사람이 있다면 그건 바로 저일 거예요. 할아버지도 잘 알잖아요."

"그런데 넌 어떻게," 노인이 두려움에 가득 찬 눈빛으로 주변을 둘러보며 말했다. "모두가 우리를 찾고 있고, 우리가 이야기를 나누는 동안에도 살금살금 다가올지 모르는데, 우리가 안전하다는 거냐?"

"아무도 쫓아오는 사람이 없다고 확신하니까요." 아이가 말했다. "할아버지가 직접 보세요. 둘러봐요. 얼마나 고요하고 조용한지. 여기에 우리밖에 없어요. 이제 가고 싶은 곳 어디든 갈 수 있어요. 안전하지 않다니요! 할아버지가 위험을 느끼는 데 제 마음이 편하겠어요? 편했겠어요?"

"그래, 네 말이 옳구나." 노인이 아이의 손을 지그시 잡으며 말했지만, 여전히 불안한 표정으로 주위를 둘러보았다. "저게 무슨 소리냐?"

"새예요." 아이가 말했다. "숲속으로 날아가며 우리에게 따라오라고 길을 안내해요. 할아버지, 우리가 '숲과 들을 가로지르고 강가를 걸으면 얼마나 행복할까'하고 말한 것 기억하세요? 하지만 햇빛은 우리 머리 위로 찬란하게 빛나고 모든 것이 밝고 행복한데, 우리는 여기에 애처롭게 앉아서 시간을 허비하고 있잖아요. 길이 얼마나 아름다운지 보세요. 저기 그 새가 있어요. 이제 다른 나무로 날아가요. 저기에서 노래해요. 할아버지, 우리 가요!"

그들이 바닥에서 일어나 숲을 통과하는 그늘진 길로 접어들었을 때, 소녀는 거울의 입김이 사라지듯 곧바로 다시 일어나 원래의 모습이 되는 이끼에 아주 작은 발자국을 남기며 앞에서 껑충껑충 달리듯 걸었다. 이렇게 소녀는 수없이 뒤를 돌아보고 즐겁게 손짓하며 노인에게 따라오라고 했고, 이제는 새가 자신들이 가는 길을 가로질러 지나가는 나뭇가지에 앉아 짹짹거리자 그 혼자 있는 새를 몰래 가리키고, 이제는 행복한 정적을 깨는 새소리에 귀를 기울이거나 나뭇잎 사이로 눈부시게 반짝이는 햇살을 바라보려고 걸음을 멈추며 튼튼한 고목들이 있는 담쟁이덩굴 사이로 슬그머니 들어가다가 빛이 드는 긴 길로 나왔다. 그들이 무리를 이룬 나뭇가지를 해치며 앞으로 나가자, 아이가 처음 경험한다고 생각한 평온함이 본격적으로 가슴에 스며들었다. 노인도 더는 두려운 시선을 뒤로 던지지 않고 편안하고 유쾌한 기분을 느꼈다. 짙푸른 그늘 속으로 들어갈수록 그곳에 깃든 신의 평온함이 그들에게 평화를 뿌려주었기 때문이다.

마침내 길은 점점 시야가 트이고 덜 복잡해졌고, 그들을 숲의 끝자락으로 데려가 공공 도로로 이끌었다. 얼마간 그 길을 따라 걷던 그들은 길 양쪽으로 우거진 나무가 서로 머리를 맞댄 채 아치를 이뤄 그늘이 진 좁은 길에 다다랐다. 부러진 이정표가 3마일 떨어진 마을로 이어지는 길이라고 알려주었다. 그들은 그곳을 향해 발걸음을 옮기기로 마음먹었다.

3마일은 참으로 길어 보여서 그들은 간혹 틀림없이 길을 잃었다고 생각했다. 하지만 마침내, 무척 기쁘게도, 그들은 돌출된 강둑 위로 오솔길이 뻗어 있는 가파른 내리막길에 이르렀다. 그리고 나무가 우거진 공터 아래쪽으로 무리를 이룬 마을의 집들이 빼꼼 모습을 드러냈다.

마을은 정말 작았다. 남자들과 소년들이 잔디밭에서 크리켓을 하고 있었다. 다른 마을 사람들이 크리켓을 구경하고 있었기 때문에 아이와 노인은 값싼 숙소를 찾으려면 어디로 가야 하는지 몰라서 여기저기를 돌아다녔다. 작은 집 앞 작은 정원에 한 노인이 있었지만, 그들은 그에게 다가가기가 조심스러웠다. 그가 학교의 교장이었고, 창문 위쪽에 흰색 널빤지에다 검은 글씨로 '학교'라고 적혀 있었기 때문이다. 그는 얼굴빛이 창백하고 수수해 보이는 남자로, 마르고 허약한 체질이었고, 문 앞 작은 현관에서 담배를 피우며 꽃과 벌들 사이에 앉아 있었다.

"애야, 가서 말을 걸어보렴." 노인이 속삭였다.

"방해할까 봐 걱정돼요." 아이가 소심하게 말했다. "우리를 못 본 것 같아요. 조금 기다리면 이쪽을 볼 거예요."

하지만 아무리 기다려도 교장은 그들 쪽으로 눈길을 돌리지 않았고, 여전히 생각에 잠겨 조용히 작은 현관에 앉아 있었다. 자상한 얼굴이었다. 검은색의 평범한 낡은 옷차림을 한 그는 얼굴빛이 창백하고 허약해 보였다. 그들은 그와 집을 둘러싼 분위기 또한 쓸쓸하다고 생각했다. 아마도 다른 사람들이 잔디밭에 모여 즐겁게 놀고 있었기 때문인 듯했고, 그는 이 모든 장소에서 유일하게 고독한 사람처럼 보였다.

그들은 매우 지친 상태였다. 그래서 아이는 교장에게도 대범하게 말을 건넬 듯했지만, 그의 태도에서 뭔가 불안하고 고통스러운 것이 느껴져서 그렇게 못했다. 그들이 약간 떨어진 곳에서 이렇게 머뭇거리며 서 있는 동안, 그가 몽상에 빠진 사람처럼 몇 분간 생각에 잠겨 앉아 있다가 담배 파이프를 옆에 내려놓고 정원을 몇 번 오가더니, 대문으로 다가가 잔디밭을 바라보고는 한숨을 쉬며 다시 파이프를 집어 들고 전처럼 생각에 잠겨 자리에 앉았다.

아무도 나타나지 않고 날도 곧 저물 듯해서, 넬은 마침내 용기를 내어 교장이 다시 파이프를 입에 물고 자리에 앉았을 때 할아버지의 손을 이끌며 과감히 그에게 다가갔다. 쪽문의 빗장을 들어 올리면서 나는 약간의 소음이 교장의 주의를 끌었다. 그는 그들을 친절한 눈빛으로 바라보았지만, 또한 실망한 듯 보였고, 가볍게 머리를 흔들었다.

넬은 한쪽 다리를 뒤로 살짝 빼고 무릎을 굽혀 공손하게 인사를 건넸고, 하룻밤 묵을 값싼 숙소를 찾고 있는 가난한 떠돌이인데 형편이 허락하는 한 기꺼이 방값을 내겠다고 말했다. 교장이 소녀를 진지하게 바라보다가 파이프를 옆에 내려놓고 바로 자리에서 일어났다.

"어디든 알려주면 정말 감사하겠습니다." 아이가 말했다.

"먼 길을 걸어왔구나." 교장이 말했다.

"네, 먼 곳에서 왔어요." 아이가 대답했다.

"어린 여행자야." 그가 소녀의 머리에 부드럽게 손을 얹으며 말했다. "손녀입니까?"

"아, 예," 노인이 큰 소리로 대답했다. "내 인생의 버팀목이자 위안이지요."

"들어오세요." 교장이 말했다.

교장은 더 이상의 인사말 없이 그들을 거실이자 식당이기도 한 작은 교실로 안내했고, 내일 아침까지 그곳에 머물러도 좋다고 말했다. 그들이 감사의 말을 마치기도 전에 그가 책상에 거친 흰색 천을 깔고 그 위에 나이프와 접시를 내려놓았다. 그리고 빵과 식은 고기와 맥주를 가지고 와서 두 사람에게 권했다.

아이가 의자에 앉으며 교실을 둘러보았다. 그곳에는 여기저기 새김눈이 그어지고, 잘리고, 잉크가 묻어 있는 두 개의 학급 열이 있었고, 확실히 교장의 것으로 보이는 다리 네 개짜리 작은 책상 하나와 높은 선반 위에는 모서리가 접힌 책 한두 권이 놓여 있었다. 그 옆으로는 팽이, 공, 연, 낚싯줄, 구슬, 먹다 만 사과 등 학생들에게서 압수한 듯한 물건들이 어지럽게 널려 있었다. 벽걸이에는 두 사람을 공포로 몰아넣은 회초리와 자가 걸려 있었고, 그것들 근처에는 오래된 신문지를 사용해 만들고 눈부신 대형 웨이퍼로 장식한 원추형 모자가 작은 선반 위에 놓여 있었다. 하지만 다른 무엇보다 눈에 띄는 장식물은 교실 곳곳에 다닥다닥 붙어 있는, 교과서에서 베낀 도덕적인 문장들과 훌륭한 덧셈과 곱셈 풀이가 적힌 종이였다. 학교의 우수성을 과시함과 동시에 미래 학자의 가슴에 가치 있는 경쟁심을 불붙이기 위함이리라. 글씨체를 보아하니 한 학생의 솜씨였다.

"어떠냐." 글귀에서 눈을 떼지 못하는 소녀를 보고 교장이 말했다. "정말 아름다운 글이지."

"정말 그래요." 아이가 공손하게 말했다. "선생님이 썼어요?"

"내가?" 교장이 가슴속 깊이 자랑스러운 그 글을 더 자세히 보기 위해 안경을 고쳐 쓰며 말했다. "나는 이제 저렇게 쓸 수 없다. 암, 못하지. 모두 한 학생이 썼어. 어린아이지. 너보다 어리지만 아주 총명한 아이야."

이렇게 말한 교장이 필사본 중 한 장에서 작은 잉크 얼룩을 발견하고는 주머니에서 칼을 꺼내 벽으로 다가가 조심스럽게 얼룩을 벗겨냈다. 얼룩을 벗겨내고는 천천히 벽에서 물러나더니 사람들이 아름다운 그림을 감상하듯 그 글들을 칭찬했다. 하지만 교장의 목소리와 태도에 왠지 모를 슬픔이 배어 있어서, 그 이유는 알지 못했지만, 아이는 마음이 아팠다.

"정말 작은 손이야." 가난한 교장이 말했다. "공부와 운동 모두 다른 친구들보다 월등했어. 나를 어찌나 잘 따르는지! 그 애를 좋아하지 않을 수 없단다. 하지만 그 애가 나를 좋아하는 건 …." 교장은 말을 잇지 못하고 마치 뿌옇게 흐려져서 그렇다는 듯 안경을 벗어 닦았다.

"아무 일도 없기를 바라요." 넬이 걱정스럽게 말했다.

"별일 아니다." 교장이 말했다. "난 그저 그 아이가 오늘 잔디밭에서 뛰노는 모습을 보고 싶었을 뿐이야. 그 애는 언제나 맨 앞에 서 있었지. 내일은 그렇게 할 거야."

"아이가 아파요?" 아이가 동정심에서 물었다.

"많이 아프지는 않아. 어제는 정신이 오락가락했다는구나. 그저께도 그랬고. 하지만 그건 그 질병의 한 가지 증상일 뿐이야. 나쁜 징후는 아니지. 절대 나쁜 징후는 아니야."

아이는 아무 말도 하지 않았다. 교장이 문으로 다가가 아쉬운 듯 밖을 내다보았다. 밤의 그림자들이 몰려들고 있었고, 모든 것이 고요했다.

"부축을 받을 수 있다면 분명 나를 찾아왔을 텐데." 교장이 교실 안으로 시선을 돌리며 말했다. "그 아이는 늘 저녁 인사를 하려고 정원으로 들어왔어. 아마 좋아졌을 거야. 밖으로 나오기에는 너무 늦었어. 날이 너무 축축하고 이슬도 많이 내렸거든.
오늘 밤은 오지 않는 편이 훨씬 나아."

교장은 촛불을 켜고, 창의 덧문을 내리고, 교실 문을 닫았다.
하지만 이렇게 하고도 잠시 말없이 앉아 있던 그가 불현듯 모자
를 챙겨 쓰고는 자신이 돌아올 때까지 넬이 자지 않고 기다린다
면 가서 확인하고 오겠다고 말했다. 아이는 이에 흔쾌히 응했
고, 그는 밖으로 나갔다.

소녀는 그곳에 혼자 남아 30분 정도 앉아 있었다. 노인을 설
득해서 잠자리에 들게 했기 때문에 째깍거리는 소리와 나무를
흔드는 바람 소리뿐이었다. 그래서 그 장소가 아주 낯설고 외롭
게 느껴졌다. 다시 돌아온 교장이 굴뚝 구석에 앉았지만, 한참
동안 아무 말도 하지 않았다. 마침내 그가 소녀 쪽을 보며 아주
다정한 목소리로 오늘 밤 아픈 아이를 위해 기도해달라고 부탁
했다.

"내가 가장 아끼는 학생이다." 가난한 교장이 파이프에 불을
붙이는 것도 잊은 채 그것을 입에 물고 비탄에 잠겨 벽을 둘러
보며 말했다. "이 모든 걸 쓴 작은 손이 병으로 쇠약해지고 말았
구나. 아, 정말, 정말 작은 손인데."

25장

～∞～

교회지기가 수년간 세 들어 살다가 최근 아내와 집으로 돌아간 듯한 초가집 방에서 편안한 밤을 보내고, 소녀는 아침 일찍 일어나 어젯밤 저녁을 먹은 교실로 내려갔다. 교장이 벌써 일어나서 외출하고 없었기 때문에 교실을 산뜻하고 편안하게 만들기 위해 부지런히 움직였고, 정리가 끝날 무렵 친절한 주인이 돌아왔다.

소녀에게 여러 번 고마움을 전한 교장은 평소 교실을 정리해 주던 노부인은 어제 말한 아픈 어린 제자를 간호하기 위해 자리를 비웠다고 말했다. 소녀가 아이의 상태가 호전되었기를 바라며 병세를 물어보았다.

"좋아지지 않다." 교장이 슬픔에 잠겨 고개를 저으며 대답했다. "더 나빠졌더구나."

"정말 안 됐어요." 아이가 말했다.

가난한 교장은 소녀의 진심 어린 걱정에 만족하는 듯 보였지만, 여전히 그 말에 더 불안해하는 모습이었다. 걱정거리가 있는 사람은 종종 나쁜 일을 더 크게 보거나 사실보다 큰일로 생각한다고 그가 서둘러 덧붙였기 때문이다. "나로서는," 그가 차분하게 말했다. "상태가 더 나빠지지 않기를 바랄 뿐이고, 또 더 나빠지지 않을 걸로 믿는다."

소녀가 교장에게 아침 준비를 하러 가자고 요청했고, 노인이 아래층으로 내려오면서 세 사람은 함께 아침을 준비했다. 식사 준비를 하는 동안 주인은 노인이 아직 여독이 풀리지 않은 듯하니 분명 휴식이 필요하다고 말했다.

"먼 길을 걸어왔으니 무리하지 말고 하루 더 쉬세요. 이곳에서 하루 더 머물러도 괜찮습니다. 그렇게 해준다면 저도 기쁠 겁니다." 교장이 말했다.

노인이 제안을 선뜻 받아들이지 못하고 넬을 바라보는 모습을 보고 교장이 덧붙였다.

"손녀가 하룻밤 더 제 말동무가 되어준다면 정말 기쁠 겁니다. 외로운 노인에게 자비를 베풀면서 하루 더 쉬고 싶다면 그렇게 하렴. 정 떠나야 한다면 수업 시작 전에 배웅해 주고 편안한 여행이 되길 바라마."

"어떻게 하면 좋을까, 넬?" 노인이 우유부단하게 말했다. "어떻게 하면 좋을지 말해다오."

초대를 받아들이고 머무는 것이 더 좋다는 대답을 아이로부터 끌어내는 데 많은 설득이 필요하지는 않았다. 소녀도 이런저런 필요한 집안일을 하며 고마움을 표할 수 있어서 행복했다. 집안일을 끝낸 소녀는 가지고 다니던 바구니에서 바느질거리를 꺼내 격자무늬 창가의 등받이 없는 낮은 의자에 앉아 바느질을 시작했다. 인동덩굴과 양담쟁이가 부드러운 줄기를 휘감고 교실 안으로 몰래 타고 들어와 그곳을 향긋한 내음으로 가득 채웠다. 노인도 밖으로 나가 햇볕을 쬐고 꽃향기를 맡으며 시원한 산들바람을 타고 흘러가는 구름을 한가로이 바라보았다.

두 개의 학급 열을 반듯하게 정렬한 후 교장이 책상 뒤 의자에 앉아 수업 준비를 하자, 행여 수업에 방해가 될까 봐 걱정되었던 아이가 작은 침실로 돌아가겠다고 말했다. 하지만 그는 이것을 허락하지 않았고, 소녀는 그곳에 있는 것을 그가 좋아하는 듯해서 자리에 남아 바느질에 열중했다.

"학생들이 많나요?" 소녀가 물었다.

가난한 교장이 고개를 저으며 겨우 두 열을 채운다고 대답했다.

"다른 영특한 학생은 없어요?" 아이가 벽에 세워둔 트로피들을 힐끔 쳐다보며 물었다.

"아이들은 착하단다." 교장이 대답했다. "정말 착하지. 하지만 저렇게 할 만큼 똑똑하지는 않아."

　교장이 말하는 동안 햇볕에 그을려 얼굴이 까무잡잡해진 금발의 작은 소년이 교실 문 앞에 나타났다. 아이는 그곳에 멈춰 투박하게 인사를 건네고 안으로 들어와 학급 열 중 하나에 앉았다. 그 금발의 소년은 책을 펼쳐 놀랍게도 모서리가 접힌 부분을 무릎 위에 올려놓고는 두 손을 주머니에 찔러 넣고 그 속에 가득 들어 있는 구슬을 헤아리기 시작했다. 눈은 알파벳 책에 고정하고 정신은 온전히 구슬을 세는 데 집중하는 놀라운 능력이 아이의 표정에 나타났다. 곧이어 또 다른 금발의 소년이 성큼성큼 교실 안으로 걸어 들어왔다. 그 뒤를 이어 한 명의 빨간 머리 소년이, 그리고 그 뒤로는 두 명의 금발의 아이가, 그러고는 한 명의 아마 색 머리를 한 학생이 들어왔고, 그렇게 두 학급 열은 백발의 머리색을 뺀 10여 명의 학생으로 모두 채워질 때까지 입장이 계속되었다. 그들의 나이는 네 살에서, 많게는 열네 살이 넘어 보였는데, 가장 어린 학생이 학급 열에 앉았을 때 아이의 발이 바닥에서 한참이나 떨어졌고, 나이가 가장 많은 아이는 순박한 바보 같은 친구로 교장보다 머리 반만큼이나 키가 컸기 때문이다.

　첫 번째 학급 열의 맨 마지막—학교에서 명예를 나타내는 자리다—은 아픈 학생의 빈 자리였다. 모자를 걸어 두는 벽걸이의 맨 앞도 비워 놓았다. 누구도 그 성스러운 자리와 벽걸이를 침범하려 시도하지 않았지만, 많은 아이가 빈자리에서 눈을 돌려 교장을 바라보고는 손으로 입을 가린 채 농땡이 친구들에 대해 소곤거렸다.

그러고는 수업 내용을 따라 하며 웅성거리기 시작하더니, 속삭이는 농담 소리와 몰래 하는 장난들로 온갖 소음이 학교에 일었다. 가난한 교장은 이렇게 시끄러운 가운데서도 그 어린아이를 잊기 위해 참을성 있고 순박한 모습으로 자리에 앉아 그날할 일에 정신을 집중했다. 하지만 따분한 수업은 학구열에 불타는 학생을 떠올리게 했고, 그의 생각은 학생들로부터 멀어졌다. 누가 봐도 그랬다.

이것을 모를 리 없는 장난꾸러기 아이들은 교장이 벌을 내리지 않자 점점 대담해져서는 목소리가 커지며 한층 더 용감하게 행동했다. 교장이 보는 앞에서 홀짝 맞추기 게임을 하고, 대 놓고 사과를 먹고, 조금도 주저하지 않고 장난인지 복수인지 서로 사정없이 꼬집고, 교장 책상다리에 칼로 자신들의 이름을 새겼다. 책을 보지 않고 배운 내용을 말하려고 교장 책상 옆에 서 있던 지능이 떨어지는 아이는, 단어를 떠올리기 위해 더는 천장을 올려다볼 필요 없이 교장 팔꿈치에 바짝 붙어 대담하게 책을 훔쳐보았다. 그 작은 무리 중에서 장난치기 좋아하는 아이는 (물론 가장 작은 아이에게) 얼굴 앞에 책 한 권 들지 않은 채 사시눈을 하고 우거지상을 보여주었고, 그를 인정하는 청중들은 즐거움을 만끽했다. 그러다가도 교장이 정신을 차리고 돌아가는 상황을 알아차리면, 소음이 잠시 가라앉으면서 그와 눈을 마주치는 아이 하나 없이 모두 학구적이고 얌전한 표정을 지었다. 하지만 교장이 다시 다른 데 정신이 쏠리면 새로운 소음이 발생했고, 소음은 전보다 열 배는 더 컸다.

아, 이 장난꾸러기 녀석 중 몇몇은 어찌나 밖으로 나가고 싶어 했는지! 그리고 열린 교실 문과 창문을 어찌나 열심히 바라보았는지! 마치 교실 문을 박차고 나가 숲으로 뛰어들어 야생 소년과 미개인이 되는 명상에 잠긴 듯했다, 나뭇가지를 물에 담근 버드나무 아래 멱을 감는 그늘진 장소와 시원한 강에 대한 견디기 힘든 생각들이, 셔츠 칼라의 단추를 풀고 최대한 몸을 뒤로 젖힌 채 이렇게 찌는 듯한 더위에 고래든 큰 가시고기든 파리든 그 무엇이든 되어도 좋으니 학생만 아니기를 바라며 철자 책으로 상기된 얼굴을 부채질하고 앉아 있는, 튼튼한 소년을 얼마나 끊임없이 유혹하고 재촉했는지! 뜨거워! 교실 문에서 가장 가까운 자리에 앉은 덕에 슬그머니 정원으로 빠져나가 우물 양동이에 얼굴을 담그고는 잔디 위를 뒹굴며 친구들을 미치게 하는 다른 학생에게 물어보라. 여태껏 이렇게 더운 날이 있었느냐고. 꿀벌마저 꿀 모으는 일을 포기하고 꽃 무리 속에 뛰어들어 꼼짝하지 않을 듯한 이런 더운 날이 있었느냐고. 이런 날은 게으름을 피우는 날이었다. 초록 풀밭에 누워 하늘을 바라보다가 강한 햇살에 눈을 감고 잠에 빠지는 날이었다. 정녕 저 빛나는 태양을 외면한 채 칙칙한 교실 안에서 곰팡내 나는 책을 읽고 있어야 하는 때란 말인가? 끔찍하다!

넬은 창가에 앉아 바느질에 몰두했다. 하지만 때때로 짓궂은 아이들의 행동에 주눅이 들기도 했지만, 여전히 주변에서 일어나는 일에 주의를 기울였다. 철자 수업이 끝나고 글쓰기 수업이 시작되었다. 교실에 책상이 하나뿐이라—그것도 교장의 것이었다—교장이 교실 안을 돌아다니는 동안 아이들은 한 명씩 차례로 그 책상에 앉아 습자 노트에 삐뚤빼뚤하게 글씨를 썼다. 전보다 조용한 수업이었다. 그도 그럴 것이 교장이 다가가 어깨너머로 글씨를 보고는 벽에 걸린 필사본의 저 상승 획이, 저 하강 획이 멋지다고 칭찬하며 그 글씨를 본보기로 삼으라고 일렀기 때문이다. 그러다가도 교장은 걸음을 멈추고 어젯밤 아픈 소년이 무슨 말을 했는지, 그가 다시 한번 같이 놀기를 얼마나 간절히 바랐는지 말해 주곤 했다. 그러면 그런 가난한 교장의 인자하고 애정 넘치는 모습에 아이들은 양심의 가책을 느낀 듯 아픈 소년을 걱정하며 완전한 침묵에 빠졌다. 사과를 먹는 아이도, 책상다리에 이름을 새기는 아이도, 꼬집고 싸우는 아이도, 서로 얼굴을 찌푸리는 아이도 없었다. 2분 동안은 그랬다.

"애들아," 시계가 열두 시를 가리키자, 교장이 말했다. "오늘은 오전 수업만 하자."

이 소식에 가장 키가 큰 소년의 선창으로 아이들이 환호성을 지르는 바람에 한참 얘기 중인 교장의 다음 말이 그 속에 묻히고 말았다. 하지만 그가 조용히 하자는 표시로 손을 들자, 가장 장황하게 말을 내뱉는 아이가 숨이 턱 막히는 순간, 아이들은 떠나기에 족할 만큼 배려심이 깊어졌다.

"먼저 약속부터 해야 한다." 교장이 말했다. "시끄럽게 떠들지 않기로. 정말 시끄럽게 떠들고 싶으면 멀리 나가서 떠들도록 해라. 마을 밖으로 나가서 말이다. 너희가 옛 동무를 방해하지 않으리라 믿는다."

이에 반대하는 전반적인 웅얼거림이 (아이들이기에 당연한 반응이다) 있었다. 키가 큰 아이는, 아마도 누구보다 진심으로, 자신이 단지 속삭이며 외친 것을 입증하려고 주변 친구들에게 큰 소리로 말했다.

"아픈 친구가 있으니, 잊지 말고 명심해라." 교장이 말했다. "선생님 부탁이니, 꼭 지켜주렴. 한없이 행복하고, 건강으로 축복받고 있다는 사실에 무관심하지 말고. 모두 잘 가거라!"

"감사합니다, 선생님!", "안녕히 계세요, 선생님!"이라고 다양한 목소리로 여러 번 이렇게 말하고 아이들은 아주 천천히 조심스럽게 밖으로 나갔다. 하지만 휴일과 반휴일에만 태양이 빛나고 새들이 노래하는 듯이 태양이 빛나고 새들이 노래하고 있었다. 나무들은 해방된 아이들에게 잎이 무성한 나뭇가지 위로 올라와 자리를 잡고 앉으라며 손짓하고, 건초는 깨끗한 공기 중에 흩뿌려 달라고 애원하고, 초록빛의 옥수수는 숲과 시냇물을 향해 다정하게 손짓하고, 빛과 그늘이 섞여 한층 더 매끄러운 매끈매끈한 땅은 달리고 뛸 수 있는 곳으로, 신이 아는 긴 오솔길로 아이들을 초대했다. 이것은 아이들이 참을 수 있는 수준의 것이 아니었다. 모두가 '와'하는 기쁨의 함성과 함께 달아나더니 소리를 지르고 웃으며 사방으로 흩어졌다.

"당연히 그래야지, 하느님 감사합니다!" 교장이 아이들의 모습을 바라보며 말했다. "아이들이 내 말을 듣지 않아서 정말 기쁘구나!"

굳이 교훈을 주는 우화에 빗대지 않더라도 우리는 모든 사람을 만족시키는 것이 얼마나 어려운지 잘 알고 있다. 오후가 되면서 몇몇 학생의 어머니와 이모가 교장의 수업 방식에 대해 전적인 불만을 표시하려고 들렀다. 한두 명은 이날이 연감에 나오는 어떤 기념일이거나 성인의 날인지 정중하게 묻는 선에서 항의의 뜻을 암시하는 데 그쳤지만, 한두 명은 (마을에서 중요한 정치적 영향력을 행사하는 사람들) 왕을 무시하는 처사고, 교회와 국가에 대한 모욕이며, 군주의 생일보다 중요하지 않은 날에 반휴일을 승인하는 것은 혁명 주의의 성향을 보이는 것이라고 주장했다. 하지만 대다수 사람은 학생들에게 짧은 학습권을 주는 것은 완전히 날강도 짓에 사기라고 주장하며 개인적인 근거를 바탕으로 분명한 표현을 써서 불쾌감을 표명했다. 한 노부인은 대화로는 평온한 교장을 흥분시키거나 화나게 할 수 없다는 것을 알고 그의 집을 뛰쳐나와 창문 밖에서 30분 동안 그에게 일방적으로 쏘아붙였다. 그리고 또 다른 노부인에게 교장의 주급에서 반드시 반휴일 부분을 공제해야 하고, 그렇지 않으면 사람들이 반감을 품을 것이라고 말했다. 또한 이 마을에 게으른 놈은 필요치 않으며 (이 대목에서 노부인은 목소리를 높였다) 지나치게 게을러서 교장이 될 수 없는 놈이 몇몇 있는데, 머지않아 그 자리에 앉고 싶은 놈이 나타날 것이고, 자신이 그들을 챙기고 제대로 일하게 하겠다고 말했다. 하지만 이 모든 조롱과 성가심에도 아이와 함께 앉아 있던 온순한 교장—약간 낙담했지만, 그저 조용히 아무런 불평도 없었다—에게서는 한마디 말도 끌어내지 못했다.

날이 어두워지자, 어떤 노부인이 최대한 빠르게 학교 정원으로 뒤뚱거리며 올라왔다. 문 앞에서 교장을 만난 부인은 지금 당장 웨스트 부인의 집으로 가보라고, 먼저 뛰어가는 게 최선이라고 전했다. 그가 이 말을 들었을 때는 소녀와 막 산책하러 나가려던 참이라 그대로 아이의 손을 잡고, 소식을 전한 노부인은 알아서 따라오라고 내버려둔 채, 서둘러 자리를 떠났다.

그들은 어느 작은 집 대문 앞에 멈춰 섰고, 교장이 문을 가볍게 두드렸다. 문은 곧바로 열렸다. 그들은 몇 명의 여성들이 그

중 나이가 가장 많아 보이는 한 사람 주위에 모여 있는 방으로 들어갔다. 그 부인은 두 손을 움켜쥔 채 몸을 흔들며 자리에 앉아 비통하게 울고 있었다.

"오, 부인!" 교장이 부인 옆에 의자를 끌어다 놓으며 말했다. "그렇게 안 좋은가요?"

"점점 의식을 잃어가요," 노부인이 소리쳤다. "손자가 죽어가고 있어요. 모든 게 다 당신 때문이에요. 지금 만나면 안 되지만, 아이가 간절히 원하는군요. 당신의 가르침이 아이에게 가져다준 결과예요. 아이고, 아이고. 어떻게 해야 하나!"

"저 때문이라고 말해도," 온순한 교장이 간곡히 말했다. "전 괜찮습니다, 부인. 정말입니다. 상심이 클 겁니다. 진심이 아닌 것도 잘 압니다. 분명 진심이 아니에요."

"아니, 진심이에요." 노부인이 말했다. "모두 다 진심이에요. 당신이 무섭다는 이유로 책을 열심히 읽지만 않았어도 아이는 지금 건강히 즐겁게 잘 지낼 겁니다. 분명 그럴 거예요."

교장은 누군가가 두둔해 주기를 바라는 눈빛으로 다른 여성들을 둘러보았다. 하지만 그들은 고개를 저으며 배워서 좋을 게 하나도 없다고 생각한다고, 이것을 확신한다고 서로에게 속삭였다. 교장은 아무런 변명의 말도, 비난의 표정도 보이지 않고 소식을 전한 노부인을 따라 (이 노부인도 다른 여성들과 같은 말을 했다) 다른 방으로 들어갔다. 그곳에는 그가 그토록 사랑하는 어린 친구가 옷을 반쯤 걸친 채 침대에 축 늘어져 있었다.

그는 아주 어린 소년이었고, 몸집이 정말 작은 아이였다. 여전히 곱슬곱슬한 머리카락이 얼굴 주위에 드리워져 있고 아이의 눈도 맑고 영롱했지만, 그 빛은 땅이 아니라 하늘의 것이었다. 교장은 아이 옆에 앉아 베개 위로 몸을 숙이고 아이의 이름을 나직이 불렀다. 그러자 소년이 자리에서 벌떡 일어나더니, 두 손으로 교장의 얼굴을 어루만지고 쇠약한 팔로 목을 끌어안고는 자신은 교장의 가장 친한 친구라고 울부짖었다.

"나도 너의 가장 친한 친구였기를 바란다. 진심으로. 하느님은 아실 거야." 가난한 교장이 말했다.

"저 누나는 누구예요?" 소년이 넬을 쳐다보며 말했다. "병이라도 옮길까 봐 입을 맞추지 못하겠어요. 나와 악수할 수 있는지 물어봐 주세요."

흐느끼는 소년이 가까이 몸을 움직여 힘없는 작은 손으로 소녀의 손을 잡았다. 잠시 후 잡은 손을 풀고 아픈 소년은 천천히 침대에 몸을 눕혔다.

"해리, 학교 정원을 기억하니?" 아이가 정신을 잃는 듯해서 깨어나기를 간절히 바라며 교장이 속삭였다. "그곳에서 보낸 저녁 시간은 정말 언제나 즐거웠어, 기억해? 다시 가려면 서둘러야 해. 정원의 꽃들이 너를 그리워하고, 그래서 전만큼 화사하지 않은 것 같거든. 곧 찾아갈 거지? 그렇지?"

소년이 엷은 미소—아주, 아주 엷은 미소—를 짓고 손을 친구의 하얀 머리 위에 올려놓았다. 무슨 말을 하려는 듯 입술을 움직였지만, 목소리는 나오지 않았다. 한마디도.

이어진 정적 속에서, 멀리서 웅성거리는 소리가 저녁 공기를 타고 열린 창문으로 흘러들어왔다. "무슨 소리예요?" 아픈 소년이 눈을 뜨며 말했다.

"아이들이 풀밭에서 놀고 있구나."

소년이 베개 밑에서 손수건을 꺼내 머리 위로 흔들어보려 했지만, 깡마른 팔은 힘없이 떨어지고 말았다.

"내가 해줄까?" 교장이 말했다.

"창문에 손수건을 흔들어주세요." 소년이 희미한 목소리로 대답했다. "격자에 손수건을 묶어두세요. 친구 중 누군가가 볼 수도 있으니까. 어쩌면 나를 생각하며 이쪽을 바라볼지도 몰라요."

소년이 고개를 들고 펄럭이는 손수건을 바라보다가 오랫동안 방치된 야구 방망이 쪽으로 눈길을 돌렸다. 방망이는 석판과 책과 남자아이용 물건들과 함께 탁자 위에 놓여 있었다. 소년이 다시 침대에 천천히 누우며 아직 귀여운 소녀가 있는지 물어보았다. 소녀를 볼 수 없었기 때문이다.

소녀가 앞으로 걸어 나가 침대보 위에 놓인 소년의 힘없는 손을 잡아주었다. 오랜 친구이자 동료—비록 어른과 아이지만

—인 두 사람은 오랫동안 포옹했고, 그러고 나서 어린 학자는 얼굴을 벽 쪽으로 돌린 채 잠이 들었다.

가난한 교장은 그 자리에 주저앉아 소년의 차가운 작은 손을 꼭 쥐고 비볐다. 하지만 그것은 죽은 아이의 손이었다. 그 사실을 알면서도 그는 아이의 손을 계속 비빌 뿐 내려놓지 못했다.

26장

　가슴이 미어지다시피 한 넬은 교장과 함께 환자의 머리맡에서 물러나 작은 집으로 돌아왔다. 소녀는 아이의 죽음으로 비탄에 잠겨 눈물을 흘리면서도 자신들이 슬퍼하는 진짜 이유를 노인에게는 애써 숨겼다. 죽은 소년이 손자였고, 손자의 이른 죽음을 한탄하는 노령의 친척 한 명만 남겨놓았기 때문이다.

　소녀는 가능한 한 빨리 잠자리에 들었다. 이제 홀로 남게 되자 그제야 가슴을 짓누르는 슬픔을 이기지 못하고 하염없이 눈물을 흘렸다. 하지만 소녀가 목격한 슬픈 장면에도 만족과 고마움에 대한 교훈이 없는 것은 아니었다. 소녀는 자신에게 건강과 자유를 남겨준 운명에 만족했고, 사랑하는 할아버지와 친구 한 명이 있다는 것에 고마워하고, 아주 많은 어린아이—그녀처럼 어리고 희망에 가득 찬 아이들—가 쓰러져 무덤에 모여 있지만 자신은 아름다운 세상에서 살아 움직인다는 것에 고마워했다. 소녀가 최근 지나쳐온 오래된 교회 묘지에는, 아이들 무덤 위로 잔디가 자란, 얼마나 많은 봉분이 있었던가! 비록 본인도 어린 아이로서 생각했지만, 그리고 저렇게 어린 나이에 죽은 아이가 얼마나 밝고 행복한 존재인지, 어떻게 그 아이들이 무덤에 강한 애정을 품고 있는 (늙은 사람들을 한평생 수없이 죽게 했다) 주위 사람들이 죽는 모습을 보는 고통에서 벗어날 수 있는지 깊이 생각하지는 않았지만, 그날 밤 목격한 아이의 죽음에서 간단하고 쉬운 교훈을 얻기 위해, 그 교훈을 마음속 깊이 새기기 위해, 여전히 소녀는 충분히 현명하게 생각했다.

소녀의 꿈은 관 속에 누워 덮개로 덮여 있지 않고 천사들과 어울리며 행복하게 웃는 작은 학자에 관한 것이었다. 태양이 쏜살같이 달려 흥겨운 햇살을 방으로 밀어 넣으며 소녀를 깨웠다. 이제 교장과 작별 인사를 나누고 다시 한번 방랑길에 오를 일만 남겨두었다.

수업이 시작될 무렵 그들은 떠날 채비를 마쳤다. 어두침침한 교실에서는 어제의 소동이 다시 시작되고 있었다. 전날보다 좀 더 엄숙하고 가라앉은 분위기였지만, 잠시뿐이었다. 교장이 책상에서 일어나 그들을 대문까지 배웅했다.

아이가 떨리고 주저하는 손으로 경마장에서 숙녀에게 꽃다발을 팔아 받은 돈을 교장에게 내밀었다. 정말 적은 돈이라고 생각하며 얼굴을 붉히고 감사의 말을 더듬거렸다. 하지만 교장은 돈을 넣어두라고 말하며 허리를 굽혀 아이의 뺨에 입을 맞추고는 교실 안으로 돌아갔다.

그들이 몇 걸음 떼지 않았을 때 교장이 다시 문 앞에 나타났다. 노인이 악수를 청하려고 돌아섰고, 아이도 그렇게 했다.

"행복과 행운이 함께 하길 바란다!" 가난한 교장이 말했다. "난 이제 정말 외로운 사람이야. 혹시 이곳을 다시 지나갈 일이 생기면 이 작은 마을의 학교를 기억해다오."

"절대 잊지 않을게요." 넬이 대답했다. "선생님의 친절에 감사하는 것도 잊지 않을게요."

"그런 말은 아이들 입을 통해 수없이 들었다." 교장이 고개를 저으며 친절하게 미소를 지었다. "하지만 금방 까먹더구나. 난 어린 친구를 사랑했다. 어리기 때문에 더 좋은 친구였지—하지만 그것도 끝났으니—신의 축복이 함께 하기를!"

그들은 교장에게 여러 번 작별 인사를 건넸고, 돌아서서 교장의 모습이 보이지 않을 때까지 천천히 걸으며 몇 번이고 뒤를 돌아보았다. 마침내 그들은 마을에서 한참 벗어났고, 나무들 사이로 피어오르던 연기도 보이지 않았다. 이제 그들은 그 길이 어디로 연결되든지 큰길만 따라가기로 마음먹고 빠른 속도로 터덜터덜 걸어갔다.

하지만 큰길은 길고 길게 뻗어 있었다. 그들이 그냥 지나친 허름한 오두막 두세 채와 빵과 치즈로 허기를 채운 길가의 초라한 선술집을 제외하면, 그 길은 어떤 곳과도 연결되어 있지 않았다. 늦은 오후였지만, 먼 곳을 보아도 공공도로는 온종일 걸어온 길과 마찬가지로 지루하고 따분한 굽은 경로로 끝날 기미조차 보이지 않았다. 앞으로 가는 것 말고 다른 방법은 없었기에, 너무 힘들고 지쳐 속도가 많이 떨어졌지만, 그들은 계속 걸음을 옮겼다.

오후가 지나가고 아름다운 저녁이 되었을 때 그들은 길이 급하게 꺾여 공유지와 만나는 지점에 도착했다. 공유지와 경작지가 갈리는 울타리 가까운 곳의 공유지 경계 위에 카라반 한 대가 멈춰 쉬고 있었다. 게다가, 그 상황으로 인해, 카라반이 너무 갑자기 나타나서 그들은 피하고 싶어도 그것을 피할 수 없었다.

카라반은 허름하고 거무칙칙한 먼지투성이의 마차가 아니었다. 바퀴 위에 놓인 멋진 작은 집이었다. 창문을 흰색 무명 커튼으로 장식하고 초록색 창의 덧문을 요란한 빨간색 널빤지로 만들어서 그 뚜렷한 대조가 전체적으로 화려하게 빛났다. 한 마리의 작은 당나귀나 쇠약한 말이 끄는 초라한 마차도 아니었다. 정말 상태가 좋은 두 마리 말이 마차의 끌채에서 풀려나 너저분한 풀밭 위에서 풀을 뜯고 있는 것으로 보아 그랬다. 또한 집시들의 마차도 아니었다. 한 명의 여성 기독교 신자—뚱뚱하고 편안해 보였다—가 가볍게 출렁이는 커다란 보닛을 쓰고 마차의 열린 문(윤이 나는 놋쇠 문고리가 달려 있었다)에 앉아 있는 것으로 보아 그랬다. 부족하거나 궁핍한 마차가 아닌 것도 분명했다. 여인이 차를 마시며 기분 좋은 시간을 보내는 데 몰두하고 있었기 때문이다. 다소 의심스러운 성격의 병과 차가운 발목 부위 살 햄을 포함해 차 도구가 하얀 식탁보를 깐 북 위에 차려져 있었다. 그곳에서 이 방랑자 숙녀는 세상에서 가장 편리한 원형 탁자에 앉아 차를 마시며 경치를 즐기는 중이었다.

카라반의 여인이 컵(아침 식사용 큰 컵이었는데, 그녀의 모든 것은 통통하고 편안한 것들뿐이었다)을 입에 대고, 의심스러운 병에서 나온 반짝이는 무언가—그저 추측일 뿐, 정확한 사실은 아니다—를 섞었을 가능성이 없지는 않지만, 차의 온전한 맛을 즐기며 하늘을 향해 눈을 들었을 때, 그들이 처음으로 모습을 드러냈지만, 그 여인은 차 맛에 푹 빠져 여행자들을 보지 못했다. 여인은 찻잔을 내려놓고 차의 내용물을 목구멍으로 삼킨 뒤 긴 숨을 내쉬고서야 배고픔에 감탄의 눈빛으로 자신의 행동을 훔쳐보며 옆을 지나가는 노인과 어린아이를 보았다.

"얘야!" 카라반의 여인이 무릎 위에 떨어진 부스러기를 주워 먹고 입가를 닦기도 전에 삼키며 소리쳤다. "그래, 너 말이다. 헬터 스켈터 우승컵을 누가 가져갔지?"

"누가 무엇을 가져가요?" 넬이 물었다.

"경마 시합의 헬터 스켈터 우승컵 말이다. 둘째 날에 누가 우승했느냐고?"

"둘째 날이요?"

"그래, 둘째 날! 둘째 날 말이다!" 여인이 짜증 난다는 듯 다시 말했다. "교양 있게 물으면 누가 헬터 스켈터 컵을 가져갔는지 정중하게 내답해야지."

"몰라요."

"몰라?" 카라반의 여인이 반복했다. "그곳에 있었잖니. 내 두 눈으로 똑똑히 보았는데?"

넬은 순간 여인이 쇼트와 코들린을 알지도 모른다는 생각에 적잖이 놀랐지만, 다음 말을 듣고 안심했다.

"안타까웠다," 카라반의 여인이 말했다. "펀치 무리에 있는 너를 보고. 돈밖에 모르는 저속한 사람들과 가까이 하면 안 되니까."

"그곳에 가고 싶어 간 건 아니에요." 아이가 대답했다. "길을 잃었는데, 아저씨 두 분이 친절하게 대해주며 동행하게 해주었어요. 혹시, 그들을 아세요?"

"그들을 아느냐고?" 카라반의 여인이 비명을 지르듯 소리쳤다. "네가 아직 어리고 경험이 없어서 그런 질문을 하나 본데. 내가 그들을 알 것 같으냐? 카라반을 끌고 다니는 사람은 죄다 그런 사람을 안다고 생각하니?"

"아니에요, 부인. 아니에요." 아이는 큰 실수라도 저지른 듯해서 무서웠다. "죄송합니다."

사과는 바로 받아들여졌다. 하지만 여인은 자신의 지위를 낮춰 보는 추측에 여전히 심기가 불편해 보였다. 그래서 아이는 경마 시합 첫날에 그곳을 떠났고, 지금은 이웃 마을로 이동 중이고 그곳에서 하룻밤을 보낼 예정이라고 설명했다. 뚱뚱한 여인의 얼굴이 밝아지기 시작하자, 소녀가 용기를 내어 마을까지 거리가 얼마나 되는지 물어보았다. 카라반의 여인은, 일 때문이 아니라 재미 삼아 경마 시합 첫날에 그곳에 갔고 장사나 돈을 벌 목적은 아니었다고 상세한 설명을 늘어놓은 뒤, 마을까지 8마일 정도 된다고 대답했다.

아이는 이 의욕을 꺾는 정보에 약간 충격을 받고 캄캄한 길을 바라보며 흐르는 눈물을 억누르지 못했다. 노인은, 불평은 하지 않지만, 짐에 몸을 기댄 채 말없이 먼지 낀 먼 길을 공허하게 바라보며 무거운 한숨을 내쉬었다.

탁자를 정리하려고 차 도구 일체를 모으던 카라반의 여인이 아이의 불안한 태도를 보고 머뭇거리다가 일손을 멈췄다. 소녀는 한쪽 무릎을 굽혀 여인의 길 안내에 정중하게 감사를 표하고 이미 50야드 정도 앞서간 노인 쪽으로 손을 내밀며 그를 따라갔다. 그때 카라반의 여인이 다시 돌아오라고 소리쳤다.

"이리 오너라. 더 가까이." 여인이 마차 발판에 오르라고 손짓하며 말했다. "배고프지, 애야?"

"배는 별로 고프지 않은데, 좀 피곤해요. 그런데 갈 길이…갈 길이 멀어요."

"음, 배가 고프든 고프지 않던 일단 차를 좀 마시는 게 좋을 거야." 새로 사귄 지인이 말했다. "영감님도 그렇게 생각하죠?"

노인이 섬손하게 모사를 벗고 감사의 인사를 했다. 카라반의 여인은 노인에게도 똑같이 마차 발판에 오르라고 했다. 하지만 두 사람이 탁자로 쓰기에는 북이 비좁은 사실을 알고 그들은 다시 아래로 내려와 풀밭에 앉았다. 카라반의 여인이 차 쟁반, 빵과 버터, 발목부위 살 햄과 방금 자신이 먹던 음식—미리 주머니에 슬쩍 숨긴 미심쩍은 병은 제외하고—을 두 사람에게 내려주었다.

"애야, 뒷바퀴 근처에다 놓아라. 그 자리가 제일 좋아." 그들의 친구가 마차 위에서 음식 놓을 자리를 챙기며 말했다. "뜨거운 물을 좀 더 부어줄 테니 찻주전자를 올려다오. 그러면 한 줌의 찻잎을 넣고 우린 다음 마음껏 마시면 된다. 그게 전부야."

이렇게 말하지 않았어도, 아니면 아예 말을 하지 않았어도, 그들은 여인이 원하는 대로 했을 것이다. 하지만 이 지시가 그들을 신중함이나 불안함의 그림자에서 벗어나게 해주었기 때문에 그들은 마음껏 먹고 최대한 즐겼다.

그들이 이렇게 음식을 먹는 동안, 카라반의 여인은 마차에서 내려와 뒷짐을 지고 커다란 보닛을 출렁이며 침착한 걸음걸이로 품위 있게 이리저리 걷다가, 차분한 기쁨의 분위기로 마차를 이리저리 살피며 빨간색 널빤지와 청동 문고리에서 특별한 만족감을 얻었다. 얼마간 이렇게 어슬렁거리던 여인이 마차 발판 위에 앉아 조지를 불렀다. 그 결과 여태껏 지나가는 모든 것을 보기 위해 울타리에 몸을 숨기고 있던 짐 마차꾼 복장의 사내가 자신을 가려주던 잔가지들을 헤집고 앉은 자세로 모습을 드러냈다. 그는 구이용 접시와 반 갤런짜리 돌로 만든 병을 다리 위에 받치고 있었고, 오른손에는 나이프를 왼손에는 포크를 쥐고 있었다.

"예, 부인." 조지가 말했다.

"식은 파이는 어땠어?"

"나쁘지 않았습니다, 부인."

"맥주는?" 카라반의 여인은 앞서 한 질문보다 이 질문에 더 관심을 보였다. "그런대로 괜찮지, 조지?"

"생각보다 싱겁네요." 조지가 대답했다. "그렇긴 해도 그리 나쁘지는 않습니다."

여주인을 안심시키기 위해 그가 돌로 만든 병에 든 맥주를 한 모금 마시고는 (양으로 치면 약 1파인트 정도다) 입맛을 다시고 윙크하며 고개를 끄덕였다. 역시 붙임성 있게 보이려는 목적으로, 맥주가 식욕을 망치지 않았음을 실제로 확인시키려는 듯, 재빨리 나이프와 포크를 손에 들었다.

이 모습을 한참 동안 만족스럽게 지켜보던 카라반의 여인이
말했다.

"다 먹어 가?"

"네, 거의 끝나갑니다." 실제로 그는 나이프로 그릇 내부를
누두누두 서실게 긁어 갈색의 삭은 음식 조각을 입으로 가져갔
다. 그러고는 그가 거의 눈에 띄지 않을 정도로 능숙하게 돌로
만든 병의 내용물을 꿀꺽 한 번 마시자, 땅바닥에 대자로 누울
만큼 그의 머리가 계속 뒤로 넘어갔다. 이 모습은 남자가 그만큼
기분이 풀렸음을 말해주었고, 머리는 다시 제자리로 돌아왔다.

"조지, 나 때문에 너무 서둘러 먹지 않았기를 바라." 여주인
이 이 남자의 행동에 크게 동정하는 표정을 지으며 말했다.

"그렇다면," 수행원이 영리하게도 다음에 있을지 모를 호의
를 생각하며 대답했다. "다음에 시간을 좀 더 주면 됩니다. 그뿐
입니다."

"조지, 우리가 무거운 짐은 아니지?"

"그건 여자들이 늘 하는 말이지요," 그가 그런 터무니없는 제
안에 대해 일반적으로 자연에 호소하는 듯이 한참 주위를 둘러
보며 대답했다. "여자가 마차를 모는 모습을 보면, 손에서 절대
채찍을 놓는 법이 없다는 걸 알게 될 겁니다. 그런다고 말이 빨
리 달릴 수는 없어요. 소가 적정한 무게의 짐을 지고 있을 때 더
는 짐을 싣는 게 무리라고 얘기해도 여자는 믿지 않습니다. 왜

그런지 아세요?”

“여기 두 사람이 타면 마차의 무게가 크게 달라질까?” 여주인이 철학적인 질문에는 대답하지 않고 고통스러운 도보 여행 길에 다시 오를 준비를 하는 넬과 노인을 가리키며 물었다.

“당연히 많이 달라지죠.” 조지가 완강하게 말했다.

“많이 달라져?” 여주인이 되물었다. “그리 무겁지 않을 듯한데.”

“올리버 크롬웰의 몸무게에 비하면,” 반 온스의 무게까지 계산하는 사람의 눈으로 그들을 바라보며 조지가 말했다. “두 사람 무게는 하찮습니다.”

넬은 책에서 읽었던, 아주 오래전에 살았던 사람의 몸무게를 그 남자가 정확히 알고 있다는 사실에 상당히 놀랐지만, 앞으로 마차를 타고 갈 수도 있다는 말을 듣고 기뻐서 그 주제는 곧 잊어버리고 여인에게 진실한 감사의 인사를 했다. 널린 찻잔들과 그 밖의 자질구레한 물건들을 즉시 신속하게 정리한 소녀는 그 무렵 마구가 채워진 마차에 올라탔고, 노인도 기뻐하며 마차에 올랐다. 그들의 여성 후원자는 문을 닫고 열린 창문 쪽의 북 옆에 앉았다. 조지가 발판을 쳐서 마차 아래로 집어넣자, 이제 그들은 퍼덕이고, 삐걱거리고, 눌린 소리를 내며 출발했다. 마차가 도중에 심하게 흔들릴 때마다 한 번도 노크한 사람이 없는 밝은 빛의 청동 문고리가 혼자만의 이중 장단을 계속 두드렸다.

27장

그들이 천천히 움직이며 얼마 안 되는 거리를 갔을 때 넬은 용기를 내어 마차 안을 먼저 훔쳐보고 자세히 살펴보았다. 마차의 반—마차 여주인이 편하게 반을 차지하고 있었다—은 카펫을 깔아 배 선실의 침상처럼 꾸며진 그 반의 반대쪽 끝과 분리했고, 작은 창문처럼 고급스러운 흰색 커튼으로 빛을 가려 편안해 보였다. 비록 카라반의 여인이 어떤 체조 자세를 하고 그 안으로 들어가는지는 불가해한 미스터리였지만 말이다. 나머지 반은 주방으로 사용했다. 주방에는 화로가 설치되어 있었고, 연통이 마차 지붕 쪽으로 나 있었다. 벽장인지 식품 저장실인지 알 수 없는 곳에는 서랍장 서너 개, 큰 주전자, 조리도구와 그릇들도 갖춰놓았다. 이런 필수용품들—이것들은 카라반의 여인 혼자만을 위한 것이었다—은 트라이앵글과 손때 묻은 탬버린 같은 좀 더 즐겁고 가벼운 장식품과 함께 벽에 걸려 있었다.

마차가 굽은 길을 돌아 서서히 어둠 속으로 미끄러져 들어가는 동안 카라반의 여인은 악기처럼 모든 자부심과 우아함을 품은 채 한쪽 창가에, 어린 넬과 할아버지는 주전자와 냄비처럼 겸손한 모습으로 여인의 맞은편에 앉아 있었다. 처음에 두 여행자는 별말 없이 귓속말만 주고받을 뿐이었지만, 차츰 그 장소에 익숙해지면서 좀 더 편하게 대화를 나누기 시작했다. 넬은 노인이 잠들 때까지 자신들이 지나치는 마을과 눈에 보이는 사물들에 관해 얘기했다. 노인이 잠든 모습을 보고 카라반의 여인이 넬을 옆으로 불렀다.

"그래, 애야," 여인이 말했다. "마차로 여행하니 어떠냐?"

매우 즐겁다는 넬의 대답에 여인은 기운이 넘치는 사람의 경우 그렇다고 동의했다. 본인의 경우는 기운이 가라앉기 때문에 끊임없이 자극을 줘야 하는데 그 점이 힘들다고 말했다. 하지만 그 자극제를 앞서 말한 의심스러운 병으로부터 얻는지, 아니면 다른 곳에서 얻는지는 말하지 않았다.

"그건 젊은 사람의 축복이야." 여인이 계속 말했다. "넌 기분이 가라앉는 게 어떤 건지 모른다. 넌 항상 식욕이 돋지. 얼마나 다행이냐."

넬은 때때로 식욕 없이도 잘 지낼 수 있다고 생각했다. 게다가 여인의 용모나 차를 마시는 방식으로 미뤄볼 때 고기와 음료에 대한 여인의 타고난 즐거움 또한 전혀 부족하지 않다고 생각했다. 하지만 예의상 침묵으로 여인의 말에 동의를 표하고 다음 말을 기다렸다.

하지만 여인은 한동안 말없이 넬을 바라보며 앉아 있었다. 그러고는 자리에서 일어나 한쪽 구석에서 폭이 1야드 정도 되는 두루마리를 꺼내 바닥에 놓고 발로 툭 찼다. 두루마리는 거의 마차 한쪽 끝에서 다른 쪽 끝까지 닿았다.

"저걸 읽어보아라." 여인이 말했다.

넬이 그 아래쪽으로 걸어가 '잘리의 밀랍 인형'이라고 커다랗게 검은 글씨로 쓴 내용을 큰 소리로 읽었다.

"다시 읽어보아라." 여인이 흐뭇한 표정을 지으며 말했다.

"잘리의 밀랍 인형." 넬이 다시 읽었다.

"그게 바로 나다. 내가 잘리 부인이지." 여인이 말했다.

잘리 부인이 아이에게 격려의 표정을 지었는데, 이것은 소녀를 안심시키고 비록 진짜 잘리 부인 앞에 서 있지만, 너무 압도되거나 기죽을 필요가 없다는 사실을 알려주려는 의도였다. 카라반의 여인은 '실물 크기의 백 가지 밀랍 인형'이라고 적힌 또 다른 두루마리를 펼쳤고, 이어서 '세상에서 제일 거대한 진짜 밀랍 인형 대 모음'이라고 적힌 또 다른 두루마리를 펼쳤다. 그리고 이번에는 '지금 안에서 전시 중', '진짜는 오직 잘리 뿐입니다', '누구도 따라올 수 없는 잘리의 수집품', '잘리는 귀족과 상류층의 기쁨', '왕가가 잘리를 후원합니다'와 같은 글들이 적힌 그보다 크기가 작은 여러 개의 두루마리를 펼쳤다. 놀란 아이에게 이런 대중 홍보물을 보여주었을 때 잘리 부인은 전단보다 크기가 작은 본보기를 내놓았다. 그중 일부는 '믿어주오, 잘리의 밀랍 인형이 희귀하다는 것을', '나는 젊은 날 전성기 그대의 쇼를 보았소', '물을 건너 잘리에게로'와 같은 유행하는 선율을 모방한 형태로 문구를 썼고, 반면에 나머지는 모든 고객의 취향을 고려해 '내게 당나귀가 있다면'으로 시작하는 좋아하는 곡조를 모방한 것으로, 좀 더 가볍고 더 익살스러운 영혼들에 대한 시각으로 구성되어 있었다. 그것은 이렇게 시작했다.

내가 만약 잘리 부인의 밀랍 인형 쇼를
보러 가지 않으려 하는 당나귀를 안다면,
내가 그를 인정할 것 같아요?
오, 아니요. 아니요!
그러면 잘리의 쇼로 달려가겠소….

그 외에도 중국 황제와 굴이 나눈, 또는 교회 유지세에 관해 캔터베리 대주교와 반대자들이 나눈 대화로 짐작되는 산문체로 적힌 몇몇 글이 있었지만, 모두 같은 교훈을 담고 있었다. 요지는 그 글을 읽는 사람은 서둘러 잘리의 밀랍 인형 쇼를 보러 가야 하고 어린이와 하인은 입장료가 반값이라는 내용이었다. 잘리 부인은 자신이 이렇게 사회에서 중요한 위치를 차지한다는 것을 증명하는 물건을 내보인 후 그것들을 돌돌 말아 조심스럽게 한쪽에 정리하고 다시 자리에 앉아 의기양양한 표정으로 아이를 바라보았다.

"이제 추잡한 펀치 인형 극단 따위에는 얼씬도 하지 마라." 잘리 부인이 말했다.

"밀랍 인형은 한 번도 본 적이 없어요. 펀치보다 더 재미있나요?" 넬이 말했다.

"더 재미있어?" 잘리 부인이 날카로운 목소리로 물었다. "전혀 재미있지 않아."

"아!" 넬이 최대한 겸손하게 대답했다.

"하나도 재미있지 않아." 잘리 부인이 다시 한번 말했다. "이건 차분하고 그 뭐지, 비판적인가? 아니지. 그래 고전적, 고전적이야. 네가 좋아하는 그 펀치처럼 저급하게 치고받고 싸우지도 누굴 때려눕히지도 않아. 농담하며 끽끽거리지도 않지. 언제나 차분하고 고풍스러운 분위기를 유지해. 밀랍 인형이 말하고 걸어 다닌다면 아마 사람과 차이점을 조금도 느끼지 못할걸. 이런 말까지 하고 싶지는 않지만, 난 밀랍 인형을 살아 있는 사람처럼 대한다. 밀랍 인형을 꼭 **빼닮은** 사람을 본 적도 있어."

"여기 있어요?" 잘리 부인의 말에 호기심이 발동한 넬이 물었다.

"여기에 뭐가 있어?"

"밀랍 인형이요."

"이런, 맙소사. 도대체 무슨 생각을 하는 거니? 그런 수집품이 어떻게 여기 있어. 작은 찬장과 상자 안의 물건을 빼면 아무것도 없는 이곳에 어떻게 밀랍 인형이 있을 수 있단 말이냐? 지금은 다른 목적으로 전시장에 있다. 모레 그곳에서 전시할 예정이다. 너도 그 마을로 가고 있으니 곧 보게 될 거야. 기대되는 게 당연해. 당연히 그렇겠지. 한번 보면 아무리 발버둥 쳐도 절대 벗어나지 못해."

"저는 그 마을에 안 들어가려고요." 아이가 말했다.

"안 들어간다고!" 잘리 부인이 소리쳤다. "그러면 어디로 갈 생각이니?"

"잘, 잘 모르겠어요. 어디로 갈지 확실하지 않아요."

"설마 목적지도 없이 떠돌아다닌다는 말은 아니겠지?" 카라반의 여인이 말했다. "정말 별난 사람들이구나! 도대체 뭘 하는 사람들이냐? 경마장에서도 우연히 그곳에 가서 완전히 넋이 나간 사람처럼 보이더니."

"그곳은 정말 우연히 갔어요." 넬이 갑작스러운 질문에 당황하며 대답했다. "우리는 가난뱅이에다 떠돌이일 뿐이에요. 하는 일도 없어요. 하는 일이 있으면 좋겠지만."

"점점 나를 놀라게 하는구나." 잘리 부인이 밀랍 인형처럼 잠시 가만히 있었다. "그래, 그러면 너를 뭐라고 부를까? 거지는 아니지?"

"맞아요. 거지라고밖에 달리 할 말이 없어요." 넬이 대답했다.

"오오, 이런." 카라반의 여인이 말했다. "그렇게 말하는 사람은 난생처음 보는구나. 어떻게 그런 생각을 할 수 있지!"

잘리 부인이 이렇게 놀라움을 표한 후 한참을 말없이 있었기 때문에, 넬은 궁핍한 자신들을 보호해 주고 얘기까지 나눈 것이 부인의 품위를 떨어뜨려 다시는 그 무엇으로도 회복할 수 없다고 그녀가 느끼지는 않을지 두려웠다. 이런 믿음은 잘리 부인이 오랜 침묵을 깨고 입을 열었을 때 목소리의 톤으로 더 확고해졌다.

"그래도 글은 읽을 수 있지? 쓸 줄도 알고?"

"네." 아이는 이렇게 대답하면서도 혹시 또 잘못 말하는 것은 아닐까 하고 걱정했다.

"음, 나는 그걸 못한다." 잘리 부인이 말했다.

넬이 "설마"라고 말했는데, 이 말에는 귀족이나 상류층에게 단 하나의 기쁨이며 왕가의 유일한 총아인 잘리가 이 친숙한 기술이 부족한 사실에 상당히 놀랐다는 뜻과 그녀가 너무 대단한 숙녀라 누구나 하는 그런 평범한 소양이 그녀에게는 필요하지 않은 것은 아닐까 하는 뜻을 동시에 내포하고 있었다. 잘리 부인이 어떤 뜻으로 받아들였든지, 그 대답이 다른 질문을 하도록 도발하지는 않았다. 아니면 그 당시에는 그녀가 더는 말하고 싶지 않았는지도 모른다. 부인이 다시 깊은 침묵에 빠졌기 때문이다. 그 시간이 길어지자, 넬은 반대편 창가로 물러나 마침 잠에서 깬 노인 옆에 앉았다.

카라반의 여인은 마침내 명상에 잠긴 모습을 떨쳐버리고 마부를 창문으로 불러 소곤거리며 긴 대화를 나눴다. 중요한 문제에 대해 마부로부터 조언을 듣고 장단점도 논의하는 듯했다. 마침내 논의를 끝내고 머리를 다시 집어넣은 잘리 부인이 넬을 손짓으로 불렀다.

"할 말이 있으니, 영감님도 같이 오세요." 잘리 부인이 말했다. "영감님은 손녀딸이 좋은 환경에서 지내기를 바라죠? 그렇다면 제가 그렇게 해줄 수 있는데. 어떻게 생각하세요?"

"넬과 헤어질 수 없소." 노인이 대답했다. "우린 떨어질 수 없어요. 넬이 없으면 난 어떻게 합니까?"

"영감님이 연세가 많아서 스스로 돌보지 못한다는 점을 생각하지 못했군요. 그렇게 된다면 말이에요." 잘리 부인이 날카롭게 반박했다.

"할아버지는 절대 그렇게 되지 않아요." 아이가 진심을 담아 작은 목소리로 말했다. "할아버지 혼자서는 아무것도 할 수 없어서 걱정이에요. 제발 할아버지에게 매몰찬 말은 하지 마세요. 보여준 호의는 정말 감사해요." 소녀가 목소리를 높였다. "하지만 세상의 모든 부를 우리에게 반씩 나눠준다고 해도 할아버지와 전 서로 떨어져 살 수 없어요."

살리 부인은 두 사람의 반응에 약간 낭황했고, 노인이 자신의 동료나 심지어 자신의 세속적인 존재 없이도 소녀가 아주 잘 지낼 수 있다는 듯 넬의 손을 자기 손안에 다정하게 꼭 쥔 모습을 물끄러미 바라보았다. 어색한 침묵의 시간이 흐른 뒤 잘리 부인이 다시 창밖으로 고개를 내밀고 마부와 상의했다. 앞선 문제보다 쉽게 의견이 모이지 않는 듯했다. 하지만 마침내 결론을 내리고 잘리 부인이 노인에게 설명했다.

"영감님이 정말 할 일을 찾는다면 할 일은 많아요. 밀랍 인형의 먼지를 털어내거나 영수증을 관리하는 일이죠. 손녀가 해야 할 일은 사람들에게 밀랍 인형을 소개하는 겁니다. 금방 익힐 거예요. 아이가 잘 해낼 테니 사람들이 언짢게 생각하지 않겠지만, 제 뒤를 따라다녀야 합니다. 전 오랫동안 손님들을 안내하는 일을 해왔고, 앞으로도 계속해야 하거든요. 원기를 회복해야 할 때만 빼고. 이런 제의는 정말 아무에게나 하지 않습니다. 명심하세요." 잘리 부인이 말했다. 그리고 목소리 톤을 높이며 늘 청중에게 설명하는 자세로 이렇게 말했다. "이건 잘리의 밀랍 인형입니다. 기억하세요. 임무는 매우 가볍고 품위 있으며 특별한 사람만 초청합니다. 전시도 무도회장이나 회관, 여관의 특별 객실, 경매 화랑에서만 열립니다. 잘리의 밀랍 인형 쇼는 야외에서 방랑 생활을 하지 않아도 된다는 걸 상기하세요. 방수 천이나 톱밥이 필요 없다는 것도 기억하세요. 광고 전단에서 제시한 모든 기대가 최대한 실현되고, 모든 전시품은 이 왕국에서 지금까지 경쟁자가 없는 인상적인 탁월함을 보여주는 외향을 갖췄습니다. 입장료가 단돈 6펜스라는 점과 두 번 다시 오지 않을 좋은 기회임을 명심하세요!"

잘리 부인은 여기까지 말하고 숭고한 주제에서 현실적인 삶의 세부적인 얘기로 돌아왔다. 봉급에 대해서는 넬의 능력을 충분히 확인할 때까지 일정 금액을 약속하지 않을 것이며 직무 수행 능력도 예리하게 지켜보겠다고 말했다. 하지만 소녀와 노인 모두에게 숙식은 반드시 제공한다고 맹세했고, 게다가 항상 푸짐한 양질의 식사가 될 것이라고 약속했다.

넬과 노인이 상의했고, 그들이 그렇게 몰두해 있는 동안 잘리 부인은, 칙칙한 바닥에서 차를 마신 후 평지를 걸었던 것처럼, 뒷짐을 지고 대단한 위엄과 자긍심을 드러내며 마차를 오갔다. 마차가 요동친다는 점과 선천적인 위엄과 후천적인 품위를 지닌 사람이 아니면 비틀거릴 수밖에 없다는 점을 고려하면, 이는 언급할 가치가 없을 만큼 사소한 상황처럼 보이지 않을 것이다.

"그래, 얘야." 넬이 자기 쪽으로 몸을 돌리자, 잘리 부인이 걸음을 멈추고 소리쳤다.

"정말 뭐라 감사의 말을 해야 할지 모르겠어요," 넬이 말했다. "부인의 제안을 감사히 받아들이기로 했습니다."

"후회하지 않을 거야." 잘리 부인이 말했다. "내 그것만은 보장하지. 자 이제 모두 정리되었으니, 저녁을 먹자."

그사이 카라반은 독한 맥주를 마시고 졸린 것처럼 머뭇거리며 나아갔고, 마침내 통행인도 없고, 자정이 가까운 시각이라 조용하고, 사람들이 모두 잠자리에 든 마을의 포장길로 들어섰다. 전시장을 손보기에는 한 시간가량 늦어버려서, 그들은 방향을 옆으로 돌려 마을의 낡은 출입문 안쪽에 위치한 공터로 물러나 그곳에 있던 또 다른 카라반 옆에 마차를 세웠다. 그 카라반은 합법적인 널빤지 위에 잘리라는 위대한 이름이 새겨져 있었음에도, 국가의 자존심인 밀랍 인형을 이곳저곳으로 옮기는 데 사용하고 있었음에도, 비굴한 인지국으로부터 '보통 마차'로 지정되었고, 이 마차의 소중한 화물들이 평범한 밀가루나 석탄인 것처럼 칠천몇백이라는 숫자로 표기되어 있었다.

이렇게 오용된 마차가 비어 있었기 때문에―이미 전시장에 짐을 내리고 다른 짐을 실어 가려고 그곳에 대기 중이었다―그날 밤 노인의 숙소로 배정되었다. 넬은 마차의 나무 벽 한쪽에 노인을 위해 손에 잡히는 재료들로 최대한 편안한 잠자리를 마련해주었다. 잘리 부인의 호의와 신뢰의 표시로 소녀는 부인의 마차에서 자게 되었다.

노인 곁을 떠나 잘리 부인의 마차로 돌아가던 소녀는 잠시 신선한 밤공기를 마시며 밖에 좀 더 머물고 싶었다. 달이 마을의 오래된 관문을 비추며 낮은 아치를 굉장히 검고 어둡게 했다. 호기심과 두려움이 뒤섞인 채로 소녀는 천천히 그 문 쪽으로 다가갔고, 그것이 얼마나 어둡고, 암울하고, 낡고, 차갑게 보이는지 궁금해하며 위를 올려다보았다.

출입문에는 수백 년 전에 어떤 오래된 조각상이 땅으로 떨어졌거나 옮겨진 듯한 텅 빈 벽감 하나가 있었다. 소녀는 그 조각상이 그곳에 있을 때 어떤 이방인을 경멸의 눈빛으로 내려다보았을지, 그 고요한 장소에서 얼마나 많은 치열한 싸움이 일어났을지, 얼마나 많은 살인이 행해졌을지 떠올려보았다. 그때 아치의 어두운 그늘에서 한 남자가 불쑥 튀어나왔다. 소녀는 단번에 그를 알아보았다. 그 순간 누가 흉측하게 생긴 퀼프를 알아보지 못하겠는가!

출입문 뒤로 난 거리가 매우 좁고 길옆으로 늘어선 집들의 그림자가 너무 짙어서 그가 땅을 뚫고 나온 듯했다. 어쨌든 그가 그곳에 있었다. 아이는 재빨리 어두운 구석에 몸을 숨기고 가까이에서 지나가는 그를 몰래 지켜보았다. 그는 지팡이를 손에 들고 있었고, 관문의 그림자에서 벗어나자 거기에 몸을 기대고 곧바로 뒤를 돌아보며―보아하니, 넬이 숨어 있는 곳을 향해―손짓했다.

넬을 부르는 것인가? 오! 하느님, 감사합니다. 다행히도 그녀를 부르는 것은 아니었다. 극심한 공포 속에 서 있던 소녀는 도와달라고 소리쳐야 할지, 아니면 그가 가까이 오기 전에 얼른 줄행랑을 쳐야 할지 망설였다. 그때 문에서 커다란 가방을 등에 짊어진 또 다른 형체―한 소년의 형체였다―가 천천히 걸어 나왔다.

"더 빨리 걸어, 이놈아!" 퀼프가 오래된 관문을 올려다보며 소리쳤다. 달빛에 드러난 그의 모습은 벽감에서 내려와 낡은 집 쪽으로 눈길을 던지는 어떤 괴물 같은 형상이었다. "빨리 와!"

"짐이 엄청나게 무겁습니다." 소년이 애원했다. "그런대로, 아주 빨리 왔습니다."

"그런대로 빨리 왔어!" 퀼프가 받아쳤다. "이 녀석아, 넌 살금살금 느릿느릿 기었고, 벌레처럼 거리를 재며 왔어! 이것 봐, 종이 울리잖아. 벌써 자정을 30분이나 지났다고."

그가 종소리를 듣기 위해 멈췄다가 갑자기 사나운 표정을 지으며 돌아서서 소년을 깜짝 놀라게 하고는, 런던으로 가는 마차가 몇 시에 도로 모퉁이를 지나가는지 물어보았다. 소년이 한 시라고 대답했다.

"서둘러. 그렇지 않으면 늦겠어. 빨리! 듣고 있는 거야? 더 빨리!" 퀼프가 말했다.

소년은 온 힘을 다해 속도를 냈고, 퀼프는 앞장서 걷다가 소년을 위협하려고 끊임없이 돌아보며 더 서두르라고 다그쳤다. 넬은 그들의 모습이 시야에서 사라지고 소리가 들리지 않을 때까지 감히 움직일 수 없었다. 그러다가 문득 난쟁이가 그렇게 가까운 거리에서 지나가는 것 자체가 할아버지를 불안과 공포로 가득 채웠을 듯한 기분이 들어서 헐레벌떡 그를 두고 온 곳으로 달려갔다. 하지만 노인은 평온하게 잠들어 있었고, 넬은 조용히 그곳에서 물러났다.

소녀는 숙소로 향하며 누구에게도 이 돌발적인 사건에 대해 말하지 않기로 마음먹었다. 난쟁이가 무슨 일로 거기까지 왔는지 알 수 없었지만 (분명 자신들을 쫓아왔다고 생각하며 두려워했다), 소년에게 런던행 마차 시간을 묻는 것으로 보아 집으로 돌아가는 것이 분명했고, 그가 방금 그곳을 지나갔기 때문에 다른 곳으로 가기보다 그곳에 머무는 편이 훨씬 안전하다고 생각했기 때문이다. 하지만 이런 생각으로도 좀처럼 불안감이 가시지 않았다. 너무 무서워서 쉽게 마음을 가라앉힐 수 없었기 때문이다. 마치 퀼프의 무리에 포위된 것처럼 느껴졌고, 주위의 공기도 불안감으로 가득했다.

귀족과 상류층의 기쁨이자 왕가의 총아인 잘리 부인은 본인만이 아는 자기 축소의 과정을 통해 여행용 침대로 들어가 평

화롭게 코를 골고 있었다. 북 위에 조심스럽게 벗어 놓은 커다
란 보닛이 지붕에서 흔들리는 램프의 희미한 불빛에 비쳐 그 영
광을 드러냈다. 아이의 잠자리는 이미 바닥에 마련되어 있었다.
소녀는 안으로 들어서자마자 발판이 치워지는 소리를 들어서,
이로써 외부 사람들과 청동 분쇄기 사이의 보는 쉬운 의사소통
이 효과적으로 방지되었다는 것을 알 수 있어서 큰 위안이 되었
다. 카라반 바닥에서 올라오는 그르렁거리는 소리와 같은 방향
에서 나는 바스락거리는 지푸라기 소리로 마부가 마차 아래 땅
바닥에서 잠잔다는 사실을 알 수 있었고, 그 소리가 소녀에게
한층 더 안정감을 주었다.

　이런 안전장치에도 불구하고 소녀는 밤새 자다가 깨기를 반
복했다. 퀼프가 내내 꿈에 나타났기 때문이다. 그는 소녀의 불
안한 꿈속에서 어떤 식으로든 밀랍 인형과 연결되었고, 혹은 그
자신이 밀랍 인형이었고, 혹은 그가 잘리 부인과 밀랍 인형이었
고, 혹은 그가 그 자신, 잘리 부인, 밀랍 인형이었고, 이 모든 것
이 손풍금이 되었지만, 그들 중 어떤 것도 명확하지는 않았다.
마침내 새벽녘이 되어서야 피로와 지나친 경계를 물려받은, 의
식은 없지만 강력하고 저항할 수 없는 기쁨 중 하나인, 깊은 잠
이 찾아왔다.

28장

 잠이 눈꺼풀에 너무 오래 걸려 있었기 때문에 넬이 깨어났을 때 잘리 부인은 벌써 커다란 보닛으로 장식하고 아침 준비에 적극적으로 관여했다. 그녀는 너무 늦었다는 넬의 사과를 너그러운 마음으로 받아들이며 정오까지 깨우지 않으려 했다고 말했다.

 "피곤할 때는," 카라반의 여인이 말했다. "잘 수 있을 때까지 오래 자는 게 도움이 된다. 그러면 피로가 풀리지. 그렇게 푹 잘 수 있는 것도 축복이야."

 "잠을 못 주무셨어요?" 넬이 물었다.

 "거의 한숨도 못 잤다." 잘리 부인이 순교자 같은 태도로 대답했다. "가끔 그러고도 내가 어떻게 견디는지 의아하단다."

 밀랍 인형의 여주인이 밤을 보낸 마차의 갈라진 틈 사이로 들려오던 그녀의 코 고는 소리를 떠올리며, 넬은 오히려 자신이 깨어 있는 꿈을 꾸고 있었던 것이 틀림없다고 생각했다. 하지만 소녀는 부인의 건강에 대해 그런 우울한 설명을 듣게 되어 안됐다고 표현했고, 얼마 지나지 않아 할아버지와 잘리 부인과 함께 아침 식사를 위해 식탁에 앉았다. 식사가 끝나자, 넬은 컵과 받침 접시 설거지를 놓고 낡은 그릇을 제자리에 정리했고, 이런 집안일을 끝낸 잘리 부인은 마을의 거리를 행차할 목적으로 아주 밝은 색의 숄을 차려입었다.

"화물 마차가 상자를 가져가려고 올 거야." 잘리 부인이 말했다. "넌 그걸 타고 가는 게 좋아. 내 의향과는 반대로 난 걸어가야 한다. 사람들이 그러기를 기대하고, 공인이라 이런 일을 마음대로 할 수 없어. 나 어떠니, 애야?"

넬은 만족스러운 대답을 했고, 몸 여러 곳에 핀을 수없이 꽂은 후 뒤태 전체를 보려고 여러 번 시도한 끝에 실패한 잘리 부인은 마침내 외모에 만족하고 당당하게 밖으로 걸음을 옮겼다.

화물 마차가 머지않은 거리에서 잘리 부인의 뒤를 따라갔다. 덜컹거리는 마차를 타고 가는 동안 넬은 창문으로 바깥을 빼꼼 훔쳐보며 자신들이 어떤 장소에 있는지 궁금해했지만, 방향을 바꿀 때마다 무시무시한 큄프의 얼굴과 마주칠지도 모른다는 두려움에 떨었다. 도착한 곳은 마차가 천천히 가로질러 느릿느릿 달린 열린 광장이 있는 상당히 큰 마을이었고, 광장의 중앙은 시계탑과 수탉 모양의 풍향계가 있는 마을회관이었다. 그곳에는 돌로 지은 집, 빨간 벽돌로 지은 집, 노란 벽돌로 지은 집, 회반죽을 바른 집들과 기둥에 조각된 야윈 얼굴이 거리를 아래로 노려보는, 그것 중 많은 수가 아주 오래된, 나무로 지은 집들이 있었다. 이런 집들에는 작은 여닫이창과 낮은 아치형 대문이 있었고, 더 좁은 길목의 일부 집들은 도로 위로 꽤 튀어나와 있었다. 거리는 정말 깨끗하고, 햇볕도 잘 들고, 무척 한산해서 아주 따분했다. 한가한 사람 몇몇이 여관 두 곳과 텅 빈 시장과 가게 앞을 어슬렁거렸고, 노인 몇 명이 극빈자 수용소 바깥쪽 담 밖에 놓인 의자에 앉아 꾸벅꾸벅 졸고 있었다. 하지만 어디론가 바삐 움직이거나 특별한 목적을 가지고 지나가는 듯 보이는 사람은 거의 없었다. 누군가가 빠른 걸음으로 길을 걸어간다면 발소리가 뜨거운 포장도로 위로 몇 분간 메아리쳐 울렸으리라. 오직 시계만이 계속 앞으로 가는 듯했지만, 이마저도 나른한 외형, 무게 때문에 느려터진 시곗바늘, 갈라지는 시계 소리로 보아 아주 느리게 움직이는 것이 분명했다. 개들도 모두 잠들어 있었고, 식료품 가게 안의 눅눅한 설탕을 마시고 취한 파리들은 날갯짓과 왕성한 본성을 잊은 채 창문의 먼지 쌓인 구석에서 햇볕에 그을려 죽어가고 있었다.

평소와 전혀 다른 소음을 내며 덜컹거리던 카라반이 마침내 전시장 앞에 멈춰 섰다. 그곳에서 넬은, 자신을 분명 진기한 밀랍 인형의 중요한 품목 중 하나라고 생각하고 할아버지를 밀랍

으로 만든 정교한 장치라고 믿으며 완전히 감명받은, 찬양하는 아이들 무리에 둘러싸여 마차에서 내렸다. 서랍장은 신속하게 내려졌고, 잘리 부인이 자물쇠를 풀기 위해 가져갔다. 조지와 벨벳 반바지에 옅은 갈색 모자를 쓰고 그 모자에 유료 도로의 표를 꽂은 한 남자가 그녀를 수행했다. 잘리 부인은 서랍장의 내용물(붉은 꽃줄 장식과 실내 장식품 작업에 쓰이는 기타 장식용 장치들로 구성되어 있었다)을 전시장 장식에 가장 유리하도록 배치하기 위해 기다리고 있었다.

그들 모두 시간을 낭비하지 않고 일에 매달려 분주했다. 시기심에 빠진 먼지가 인형들의 얼굴에 묻지 않도록 엄청난 수집품들이 여전히 천으로 덮여 있었기 때문에 넬은 전시장 꾸미는 일을 돕기 위해 분발했고, 노인도 일손을 보탰다. 작업에 능숙한 두 남자는 짧은 시간에 많은 일을 했고, 요금징수원이 쓰는 리넨 주머니 같은 것을 허리에 찬 (그 목적으로 차고 있었다) 잘리 부인은 그 안에서 주석으로 도금한 압정을 꺼내 수행원들에게 건네며 다시 한번 분발하도록 격려했다.

그들이 이렇게 일하는 동안 검은 머리에 매부리코를 한 키 큰 신사―이 신사는 소매가 매우 짧고 조이는 군용 프록코트를 입고 있었는데, 한때는 장식품이 이 외투 전체를 덮고 있었지만, 지금은 다 떨어져 나가고 실도 헤져 너덜거렸다. 또한 다리에 딱 달라붙는 아주 오래된 회색 판탈롱 바지에다 겨울철에 볼 수 있는 예장용 구두를 신고 있었다—가 사근사근한 미소를 지으며 문안을 들여다보았다. 잘리 부인의 등을 마주한 군인 복장의 신사는 부인의 수행원들에게 자신이 온 사실을 알리지 말라는 신호로 검지를 흔들어 보이고 살금살금 다가가 부인의 목을 톡톡 두드리며 "악!"하고 장난스럽게 소리쳤다.

"뭐야, 슬럼!" 밀랍 인형의 여인이 소리쳤다. "이런! 여기에서 당신을 보게 되리라 누가 생각이나 했을까!"

"맹세코," 슬럼 씨가 말했다. "아주 멋진 의견이야. 맹세코 정말 현명한 의견이야. 누가 생각이나 했을까! 나의 충성스러운 친구, 조지. 잘 지냈나?"

조지는 슬럼의 이런 진격을 무례한 무관심으로 받으며 아주 잘 지내고 있고 늘 망치질만 한다고 말했다.

"내가 여기 왔는데," 군인 복장의 신사가 잘리 부인 쪽으로 돌아서며 말했다. "맹세코 나도 내가 무슨 일로 여기에 왔는지 몰라. 이렇게 말하니 당혹스럽군. 맹세코 그래. 약간의 영감을 얻고, 기운을 북돋우고, 생각의 변화가 필요했어. 그리고 맹세하건대," 군인 복장의 신사가 이렇게 자책하고 전시장을 둘러보며 말했다. "이건 정말 심하게 고전적이야! 하늘에 맹세코, 정말 미네르바 같아!"

"완성되면 볼만 할 거야." 잘리 부인이 말했다.

"물론이지!" 슬럼 씨가 말했다. "내가 취미로 시를 쓰는 게 인생의 기쁨이고, 이 매력적인 주제를 펜으로 연습했다고 말하면 믿을까? 그나저나 주문할 건 없어? 내가 도울 일이라도?"

"너무 비싸." 잘리 부인이 대답했다. "크게 도움이 되지도 않고."

"그런 말 하지 마! 아니야, 아니야!" 슬럼 씨가 손을 들어 올리며 말했다. "말도 안 돼. 듣지 않은 걸로 할게. 도움이 안 된다고 하지 마. 그런 말은 하지 마. 내가 더 잘 알아!"

"나는 그렇게 생각하지 않아." 잘리 부인이 말했다.

"하하!" 슬럼 씨가 소리쳤다. "생각이 바뀔 거야. 좋아하게 될 거라고. 향수를 파는 상인에게 물어봐. 구두약 제조자에게도, 모자 제조자에게도, 늙은 복권 사무소 관리자에게도 물어보라고. 내 시가 그들에게 무엇을 해줬는지, 내 말 잘 들어. 그는 이 슬럼의 이름을 축복할걸. 그가 정직한 사람이라면 고개를 들어 하늘을 보며 이 슬럼의 이름을 축복할 거라고. 알아들어! 잘리, 웨스트민스터 사원 알지?"

"물론이지."

"그렇다면 맹세코 당신은 '시인의 자리'에 줄지어 있는 음울한 묘비에서 슬럼보다 못한 이름 몇 개를 볼 수 있을 거야." 슬럼 씨는 자기가 똑똑하다는 걸 암시하려고 의미심장하게 이마를 가볍게 톡톡 두드렸다. "여기에다 미천한 작품 하나를 가져왔어." 슬럼 씨가 종이쪽지들로 가득한 모자를 벗으며 말했다.

"갑자기 떠오른 시상인데, 정확히 당신이 이곳을 열광의 도가니로 몰아넣고 싶었던 내용이지. 유희시[15]야. 여기엔 워렌이라는 이름을 썼지만, 잘리라는 이름에 긍정적인 영감을 주도록 바꾸면 돼. 이 유희시를 사."

"엄청 비쌀 텐데." 잘리 부인이 말했다.

"5실링이야." 슬럼 씨가 연필을 이쑤시개로 쓰며 말했다. "다른 산문시보다 싸."

"3실링 이상은 줄 수 없어." 잘리 부인이 말했다.

"그럼 6펜스 더 줘." 슬럼이 대꾸했다. "3실링 6펜스."

잘리 부인은 시인의 수작에 넘어가고 말았고, 슬럼 씨는 작은 수첩에 3실링 6펜스짜리라고 주문을 입력했다. 슬럼 씨는 여성 후원자에게서 가장 애정 넘치는 승인을 얻어낸 후 인쇄용으로 정확한 사본을 가지고 가능한 한 빨리 돌아오겠다고 약속하고 유희시를 수정하기 위해 물러났다.

그의 존재가 전시 준비를 방해하거나 가로막지 않았기 때문에 그들은 이제 일을 훨씬 진척시켰고, 그가 떠난 직후 작업이 완료되었다. 꽃줄 장식이 있는 그대로 모두 멋지게 걸리자 거대한 수집품들이 천을 벗고 그 모습을 드러냈다. 다양한 기후와 다양한 시대의 화려한 의상을 입은 여러 가지 유명 인사의 활기

---

15 보통 각 행의 첫 글자를 아래로 연결하면 특정한 어구가 되게 쓴 시나 글.

넘치는 밀랍 인형들이 단독 혹은 무리를 지어, 전시실을 뛰어다니며 무례한 대중과 떨어지도록 가슴 높이에 진홍색 줄을 친, 바닥에서 2피트 정도 높이의 연단 위에 전시되었다. 이 밀랍 인형들은 눈을 크게 떴고, 콧구멍이 크게 벌어졌고, 팔과 다리의 근육이 강하게 발달했고, 하나 같이 놀란 표정을 지으며 다소 불안하게 서 있었다. 모든 밀랍 신사는 새가슴에다 짙푸른 수염을 달았고, 모든 밀랍 숙녀는 경이로운 모습이었다. 모든 밀랍 신사와 숙녀는 미지의 장소를 강렬한 눈빛으로 바라보고 있었고, 아무것도 아닌 것에 남다른 간절함을 보이며 눈을 동그랗게 뜨고 빤히 보고 있었다.

넬이 이 영광스러운 광경에 처음으로 넋을 잃었을 때 잘리 부인은 본인과 아이를 제외하고 모두 방을 나가라고 지시했다. 그리고 전시실 가운데 안락의자에 앉아 넬에게 오랫동안 밀랍 인형을 가리키는 데 사용해 온 버드나무 막대를 정식으로 물려주었고, 자신의 임무를 가르치기 위해 몹시 애를 썼다.

"저 인물은," 넬이 연단 앞에 놓인 밀랍 인물상을 손으로 만지자, 잘리 부인이 전시 안내자의 음성으로 말했다. "엘리자베스 여왕 시절에 불행한 삶을 살다 간 궁정 시녀입니다. 어느 일요일, 바늘에 손가락이 찔려 죽었죠. 손가락에서 뚝뚝 떨어지는 저 피를 보세요. 그리고 당시 그녀가 궁중에서 쓰던 금으로 된 바늘을 보세요."

넬은 잘리 부인의 모든 말을 두세 번 되뇌었고, 적절한 때에 손가락과 바늘을 가리켰고, 그러고는 다음 인물로 넘어갔다.

"저 인형은, 신사·숙녀 여러분," 잘리 부인이 말했다. "극악 무도하다고 명성이 자자한 재스퍼 패클머튼입니다. 그는 열네 명의 여자에게 구애하고 결혼했고, 그들 모두를 파멸로 몰아갔습니다. 여자들이 순수와 미덕의 의식 속에 잠든 사이 발바닥을 간지럽혀 죽였습니다. 단두대로 끌려온 그에게 본인이 저지른 일에 대해 미안하지 않으냐고 묻자, 그렇다고 대답했는데, 그는 이것이 부인들을 너무 쉽게 보낸 것에 대한 미안함이라고 했고, 모든 기독교도 남편이 자신의 잘못을 용서하기를 바란다고 말했습니다. 우리는 이것을 모든 젊은 여성들이 자신들이 선택한 신사의 성격에 특별히 주의하라는 경고로 삼읍시다. 손가락이 간지럼을 태우는 듯 구부러져 있군요. 그리고 그가 잔인하게 살인을 저지를 때 얼굴에 생기는 윙크를 하고 있습니다."

넬이 패클머튼 씨에 관한 모든 것을 익히고 더듬거리지 않고 설명할 수 있게 되었을 때 잘리 부인은 통통한 사람, 빼빼 마른 사람, 키가 큰 사람, 키가 작은 사람, 백서른두 시간 동안 춤을 추다가 죽은 늙은 여인, 숲속의 야생 소년, 절인 호두로 열네 가족을 독살한 여인, 그리고 다양한 역사 속 인물들과 흥미롭지만 잘못 알려진 사람들로 넘어갔다. 넬은 여인의 가르침을 정말 잘 받아들이고 그것들을 기억하는 데에도 능했다. 그들이 두세 시간 함께 갇혀 있는 동안 소녀는 모든 인물에 대한 역사를 완전히 꿰찼고, 방문객들의 교화에도 더할 나위 없이 능숙했다.

잘리 부인은 이 행복한 결과에 주저 없이 감탄을 표현했고, 어린 친구이자 학생을 데리고 아직 정리가 끝나지 않은 출입구 안쪽 배치 물을 확인하러 갔다. 그 덕에 통로는 이미 소녀가 본 글귀(슬럼 씨의 작품)가 적힌 녹색 천의 숲으로 바뀌어 있었고, 잘리 부인을 위해 고귀하게 장식한 탁자가 상단에 놓여 있었다. 그곳에서 잘리 부인은 전시를 주재하고 돈을 받고, 조지 3세, 광대 조셉 그리말디 씨, 스코틀랜드의 메리 여왕, 퀘이커교도의 신념을 지닌 익명의 신사, 창문세를 부과하려고 손에 올바른 양식의 청구서를 들고 있는 윌리엄 피트 씨와 함께 할 것이다. 야외 준비 사항 역시 소홀히 하지 않았다. 개인적인 매력이 대단한 한 명의 밀랍 수녀가 기둥을 받쳐 만든 위쪽의 작은 현관 지붕에서 묵주를 돌리고 있었고, 가능한 한 가장 검은 머리와 가장 깨끗한 피부를 지닌 악당 하나는 그 시각 마차를 타고 그 마을 주위를 돌며 축소 모형 숙녀와 상의하고 있었다.

이제 슬럼 씨의 작품들이 현명하게 배포되어야 하고, 애처로운 토로가 모든 가정집과 상인들에게 잘 전달되어야 하고, '내가 만약 당나귀를 안다면'으로 시작하는 모방 문구가 선술집에 틀어박혀 변호사 사무원들과 그곳의 아주 질 좋은 독주 사이에서만 회자하게 하는 일만 남았다. 이 일이 마무리되었을 때 잘리 부인은 그들을 위해 특별히 구성한 전단을 들고 몸소 기숙학교에서 기다렸다. 그 전단에는 밀랍 인형이 정신을 고양하고 취향을 기르며 인간 이해의 폭을 넓혀준다는 것이 명백하게 입증되었다는 내용이 들어 있었다. 그 지칠 줄 모르는 숙녀는 저녁을 먹으려고 자리에 앉아 캠페인이 번창하기를 바라며 미심쩍은 병에서 무언가를 꺼내서 마셨다.

29장

의심할 여지 없이 잘리 부인은 독창적인 천재성을 가지고 있었다. 전시장으로 손님을 끌어들이기 위한 여러 전략 중에서 귀여운 넬을 활용하는 방법을 잊지 않았다. 악당이 마을을 순회할 때 타는 경 마차를 깃발과 가늘고 긴 띠로 화려하게 장식하고, 늘 그렇듯 자신이 가장 사랑하는 축소 모형을 응시하는 악당을 마차 안에 두었고, 넬을 악당 옆자리에 태우고 조화로 장식했다. 이런 상태와 방식으로 매일 아침 천천히 마을을 돌아다니며 북과 트럼펫 소리에 맞춰 바구니에 담긴 광고 전단을 뿌렸다. 아이의 아름다움이 그녀의 온화하고 수줍어하는 태도와 어우러져 작은 시골 마을에 꽤 큰 소동을 일으켰다. 그때까지 거리에서 독보적인 관심의 원천이던 악당은 단순히 부차적인 고려 사항이 되었고, 소녀가 주요 인기거리였던 쇼에서 그는 일부로서만 중요해졌다. 어른들은 눈동자가 맑은 아이에게 관심을 보이기 시작했고, 몇몇 어린 소년들은 지독한 사랑에 빠져, 작은 문구가 적힌, 견과류와 사과가 담긴 봉투를 끊임없이 전시장 앞에 두었다.

이 바람직한 현상을 놓칠 리 없는 잘리 부인은 넬의 가치가 떨어질 것을 우려해 곧 거리 홍보에는 예전처럼 악당 혼자 보내고 소녀는 전시장 안에 있게 했다. 그곳에서 소녀는 감탄하는 청중이 크게 만족하도록 30분마다 인물들을 소개했다. 이 청중들은 대단히 높은 계층으로, 젊은 숙녀들이 다니는 기숙학교를 상당히 많이 포함하고 있었다. 그 사람들이 총애하는 잘리 부인은 그들을 회유하기 위해 광대 그리말디 씨의 얼굴과 의상을 린들리 머레이 씨가 영어 문법책 제작에 참여했을 때의 모습으로 바꾸느라, 악명 높은 여성 살인범을 해나 모어 부인으로 교체하느라 아주 힘들어했었다. 이 둘이 닮은 사실은 이 마을 최고의 기숙 학교장 몬플라더스 양이 인정했다. 그녀는 체면을 버리고 선발된 여덟 명의 여학생과 함께 특별 초대전을 관람했고, 그것들의 극단적인 정확성에 깜짝 놀랐다. 맨발에 취침 모자를 쓰고 잠옷을 입은 피트 씨는 시인 윌리엄 쿠퍼를 완벽하게 재현했고, 검은색 가발을 쓰고 흰색 깃에 남성 복장을 한 스코틀랜드의 메리 여왕은 바이런 경과 이미지가 완벽하게 같아서 여학생들은 이를 보고 꽤 비명을 질렀다. 하지만 몬플라더스 양은 바이런 경에 대해서만은 잘리 부인의 열정을 비난했고, 전시 인형을 까다롭게 고르지 못했다고 힐난했다. 그녀는 바이런 경이 밀랍 인형의 영예와 어울리지 않는 특정한 견해를 지녔다고 말하며 주교와 사제단에 대해서도 뭐라고 덧붙였는데, 잘리 부인은 무슨 말인지 이해하지 못했다.

일이 충분히 힘들었지만, 넬은 카라반의 여인이 매우 친절하고 배려심이 많은 사람이라는 사실을 알아냈다. 그녀는 자기 자신을 편안하게 할 뿐만 아니라 주변 사람들까지 편안하게 하는데 남다른 흥미를 느끼고 있었다. 후자의 기호는, 이에 대해 말하는 것이 좋을 듯하므로, 카라반보다 훨씬 좋은 곳에 사는 사람들에게서조차 전자보다 훨씬 귀하고 흔하지 않으며, 후자의 기호의 필연적인 결과가 절대 아니다. 인기가 많았던 넬이 방문객으로부터, 여성 후원자는 어떤 비용도 요구하지 않은, 다양한 약간의 팁을 받았기 때문에, 할아버지 또한 후한 대접을 받으며 쓸모가 많았기 때문에, 그녀가 밀랍 인형 일과 관련해 불안감을 가질 이유는 없었다. 하지만 한편으로는 퀼프에 대한 기억이, 그가 다시 돌아와 어느 날 갑자기 마주칠지도 모른다는 두려움이 불쑥 튀어나왔다.

퀼프는 정말이지 아이에게 계속해서 반복되는 악몽이었는데, 소녀는 그의 흉측한 얼굴과 왜소한 모습에 끊임없이 시달렸다. 소녀는 밀랍 인형 전시실이 좀 더 안전한 장소였기에 그곳에서 잠을 자며 밤에는 절대 그 자리를 떠나지 않았다. 하지만 일부 죽은 자와 같은 밀랍 인형의 모습에서 난쟁이와 닮은 점을 상상하며—그녀도 이것은 어쩔 수 없었다—스스로 고통받았다. 때때로 이런 상상에 지나치게 사로잡힐 때면 그가 밀랍 인형을 옮기고 그 자리를 대신 차지하고 있다는 믿음까지 생길 정도였다. 게다가 그곳에는 무표정한 큰 눈을 가진 밀랍 인형이 너무 많았고, 그녀의 침상 주위에 앞뒤로 서 있었기 때문에, 그들이 정말 살아있는 생명체 같았지만, 그런데도 그들이 내뿜는 암울한 적막과 침묵은 정말 살아있는 생명체 같지 않았다. 그래서 소녀는 밀랍 인형 그 자체에 공포를 느꼈고, 종종 자리에 누워 먼지 덮인 형체를 지켜보다가 어쩔 수 없이 일어나 촛불을 켜거나 열린 창가에 앉아 밝게 빛나는 별을 바라보며 동료애를 느끼곤 했다. 그럴 때면 소녀는 옛집과 홀로 앉아 있던 창문을 떠올리고는 불쌍한 키트와 그의 따뜻한 마음을 생각하곤 했다. 그러면 눈에 눈물이 고였고, 소녀는 눈물을 흘리며 동시에 미소를 짓곤 했다.

이처럼 고요한 시간에 자주 걱정스럽게 그녀의 생각은 할아버지에게로 옮겨갔고, 소녀는 그가 이전 생활을 얼마나 기억하는지, 상황이 변한 것을 아는지, 최근의 무력함과 궁핍함을 생각이나 하는지 궁금해했다. 떠돌아다닐 때는 이런 생각을 할 틈이 없었지만, 지금 소녀는 할아버지가 몸져누우면, 혹은 자신이 쓰러지기라도 하면 자신들은 어떻게 되는 걸까 하는 걱정을 할 수밖에 없었다. 노인은 참을성이 많고 매우 적극적이라 어떤 작은 일도 기꺼이 해내며 쓸모 있다는 사실에 기뻐했다. 하지만 그는 여전히 무기력한 상태로 나아질 희망이 보이지 않았고—그냥 아이와 같았고, 생각이 없고 정신이 멍한 손새였다—넬에 대한 관심과 사랑, 그리고 기쁨과 고통스러운 감정에만 예민할 뿐인 무해한 다정한 늙은이였다. 이 사실을 아는 것이 소녀를 무척 슬프게 했고—그가 간혹 하릴없이 앉아 있다가도 소녀가 돌아보면 엷은 미소를 지으며 고개를 끄덕일 때, 어떤 작은 아이를 어루만지며 이리저리 함께 다니다가, 한 시간 정도 그렇게 하는 것을 좋아하므로, 아이의 아무것도 아닌 질문에 곤혹스러워했지만, 자신이 혼자만의 병에 걸린 환자고, 그 사실 또한 의식하는 듯 보이며, 젖먹이의 마음 앞에서도 겸손해질 때, 그 모습을 보는 것은 참으로 슬펐다—그게 너무 슬퍼서 울음을 터뜨리며 아무도 없는 곳으로 물러나 제발 할아버지를 낫게 해달라고 무릎 꿇고 기도했다.

하지만 소녀가 느끼는 비애의 쓰라림은 적어도 그가 만족하고 고요할 때 이런 상황에 놓인 그를 지켜보는 것에 있지도 않았고, 비록 이런 것들이 어린 마음에는 시련이었지만, 그의 달라진 상태에 대한 고독한 명상에 있지도 않았다. 더 깊고 무거운 비애의 원인이 아직 발생하지 않았기 때문이다.

어느 휴일 저녁, 넬과 노인은 산책하러 밖으로 나갔다. 며칠 동안 다소 밀접하게 갇혀 지낸 데다 날씨도 따뜻해서 그들은 먼 거리를 한가로이 걸었다. 마을을 벗어난 그들은 그 길이 끝나면 그곳에서 다시 마을로 돌아올 수 있다는 판단하에 몇 개의 기분 좋은 들판을 지나가는 오솔길을 택했다. 하지만 오솔길은 생각보다 훨씬 먼 우회로라 저물녘까지 앞으로 나아가도록 그들을 꾀었고, 마침내 그들은 자신들이 찾던 길에 도착해서 걸음을 멈추고 잠시 쉬었다.

날은 점점 흐려지고 있었고, 죽어가는 잉걸불이 검은 가리개를 통과해 여기저기에서 어슴푸레하게 빛나며 땅 위에 붉게 빛을 토하고 저무는 태양의 영광이 황금과 타오르는 불덩이를 만들어 내는 곳을 제외하면, 이제 하늘은 어둡고 낮아졌다. 해가 지며 고마운 하루를 어디론가 데려가자, 바람이 허허로운 낮은 소리로 투덜거리기 시작했고, 칙칙한 구름 행렬이 바람에 부딪히며 천둥과 번개로 위협했다. 이윽고 굵은 빗방울이 떨어지기 시작했고, 폭풍우 구름이 앞으로 항해할수록 그들이 남긴 빈자리를 다른 먹구름이 채우며 온 하늘에 퍼졌다. 그러자 멀리서 낮게 우르릉거리는 천둥소리가 들리고 번개가 치더니 순식간에 한 시간이나 빠른 어둠이 몰려든 듯했다.

나무나 울타리 아래를 대피처로 삼기가 두려웠던 노인과 아이는 서둘러 고지대 도로를 따라 움직이며 폭풍우를 피할 수 있는 인가를 찾기를 희망했다. 이제 본격적으로 폭풍우가 몰아치기 시작했고, 매 순간 더 격렬해졌다. 쏟아지는 비에 흠뻑 젖고, 귀청이 터질 듯한 천둥소리에 갈팡질팡하고, 여러 갈래로 갈라져 번쩍이는 번갯불에 어리둥절해하느라, 그들은 문 앞에 서 있던 한 사내가 들어오라고 크게 소리치지 않았다면 근처에 무엇이 있는지 눈치채지 못하고 외딴집을 그냥 지나칠 뻔했다.

"하여튼 혹시라도 눈이 안 보이면 귀라도 밝아야 한다니까." 다시 갈지자로 번개가 치자, 남자가 문에서 뒤로 물러나 손으로 눈 위를 가리며 말했다. "도대체 어디로 가려던 겁니까?" 남자가 문을 닫고 뒤쪽 방으로 난 길을 따라 안내하며 말했다.

"집을 보지 못했어요. 그런데 아저씨가 소리치는 걸 듣고 알았어요." 넬이 대답했다.

"그럴 만도 하지." 남자가 말했다. "번개 때문에 눈이 부셨을 테니까. 어쨌든 여기 불가로 와서 몸을 좀 말리렴. 뭐 필요한 게 있으면 얘기하고, 없으면 주문하지 않아도 된다. 부담은 가지지 마라. 이곳은 선술집이니까. '용맹한 병사'라고 이 근처에서는 아주 유명하단다."

"용맹한 병사라고요?" 넬이 물었다.

"모르는 사람이 없는 줄 알았는데." 선술집 주인이 대답했다. "교리 문답서를 모르지 않듯 '용맹한 병사'를 모를 리 없는데, 대체 어디에서 왔지? 이곳은 도덕적으로 흠 하나 잡을 데 없는 제임스 그로브스—젬 그로브스—정직한 그로브스가 운영하는 용맹한 병사다. 이곳에는 잘 마른 땅에 구주희 경기장도 있단다. 누구든 젬 그로브스에게 다시 할 말이 있으면, 젬 그로브스에게 얘기하게 하지. 그러면 젬 그로브스는 4파운드에서 40파운드까지 어떤 조건으로든 그를 고객으로 맞이할 수 있다."

남자는 이렇게 말하며 그토록 열렬히 칭송한 젬 그로브스가 바로 자신임을 넌지시 알리기 위해 조끼를 가볍게 툭툭 쳤다. 그러고는 벽난로 위 선반에 놓인 검은 액자 속에 있는, 모든 이들과 옥신각신하는 가짜 젬 그로브스에게 체계적으로 주먹을 날린 뒤 잔에 물과 독주를 반쯤 채워 입술로 가져가며 젬 그로브스의 건강을 위해 건배했다.

방을 가로질러 쳐진 커다란 가리개가 난로의 열기를 잡아주어 훈훈했다. 그때 가리개 안쪽에서 누군가가 넌지시 그로브스 씨의 용맹에 대해 의심하는 말을 하며 독선적인 표현을 했는지, 그로브스 씨가 손바닥으로 가리개를 세게 두드려 도발을 진압하고 상대의 대답을 기다렸다.

"젬 그로브스가 사는 지붕 아래에서," 대답이 없자, 젬 그로브스 씨가 말했다. "감히 젬 그로브스에게 도전할 사람은 많지 않지. 부족하지만 그래도 덤빌만한 사람이 멀지 않은 곳에 한 명 있긴 해. 그자는 여러 명의 사내보다 나아. 그래서 원하는 대로 지껄이게 놔둬. 그건 그 친구도 잘 알아."

걸걸하게 쉰 목소리가 그로브스 씨의 자기 자랑에 대한 답례로 "떠들지 말고 촛불이나 켜"하고 명령했다. 그리고 같은 목소리가 "말하지 않아도 자네가 무슨 일을 했는지 잘 아니까, 자랑 좀 그만해"라고 덧붙였다.

"넬, 저들이…저들이 카드놀이를 하는구나." 노인이 갑자기 관심을 보이며 속삭였다. "저들이 말하는 소리 들리지?"

"촛불 좀 잘 비춰봐." 같은 목소리가 말했다. "지금은 카드의 피프스만 보여. 그리고 이 덧문은 가능한 한 빨리 닫게, 알겠나? 내 생각에 자네 맥주는 오늘 밤 천둥소리 때문에 아주 최악이구먼. 이겼네! 늙은 아이작, 7실링 6펜스야. 어서 줘."

"넬, 저 소리 들리니? 저 사람들 소리 들려?" 탁자 위에 동전 부딪히는 소리가 들리자, 노인이 더욱더 간절하게 속삭였다.

"오늘 같은 폭풍우는 본 적이 없어." 엄청난 천둥소리가 서서히 잦아들 무렵 날카롭게 갈라진 최악의 목소리가 말했다. "루크 위더스 영감이 붉은 쪽에 돈을 걸어 열세 번을 이긴 그날 밤 이후로 말이야. 우리 모두 그 영감 억세게도 운이 좋다고 말했잖아. 그때도 악마가 미쳐 날뛰는 그런 밤이었지. 내 생각에 그 영감은 누군가가 자신을 지켜보지 않았는지 확인하기 위해 뒤를 돌아보고 있었던 것 같았네."

"아!" 걸걸한 목소리가 대답했다. "루크 영감이 말년에 시종일관 돈을 따기는 했지만, 그전에는 정말 불행하고 지지리 운도 없었잖아. 내 기억에 털이 몽땅 뽑히고 배가 갈려 내장을 다 들어낸 새 같이 주사위를 한 번 흔들어보지도, 패를 손에 쥐어보지도 못하고 말끔히 털렸으니까."

"그가 하는 말 들었어?" 노인이 작은 소리로 물었다. "들었어, 넬?"

아이는 완전히 딴사람이 된 노인의 모습을 보고 깜짝 놀랐다. 그의 얼굴은 붉게 상기되어 간절했고, 눈은 긴장되어 있었고, 입을 다문 채 짧고 거친 숨을 몰아쉬었다. 소녀의 팔을 잡은 그의 손이 어찌나 격렬하게 떨리는지 그녀의 손도 그 아래에서 부들부들 떨렸다.

"저것 봐라." 그가 눈을 치켜뜨며 중얼거렸다. "내가 늘 말했지. 이럴 줄 알았다. 꿈도 꾸었고, 이루어진다고 믿었다. 꼭 그렇게 되어야 하고. 넬, 돈을 얼마나 가지고 있느냐? 어제 돈을 가진 걸 보았다. 얼마나 있어? 내게 돈을 다오."

"안 돼요. 안 돼. 그 돈은 제가 보관하고 있을게요, 할아버지." 겁먹은 아이가 말했다. "여기에서 나가요. 비가 내려도 괜찮아요. 제발 이곳에서 나가요."

"어서 내놔라." 노인이 사납게 소리쳤다. "쉬쉬, 울지 마라, 넬. 날카롭게 들렸다면, 얘야, 진심이 아니다. 다 너를 위해 그런 거야. 지금까지는 너에게 못 했지만, 넬, 앞으로 바로 잡을 거야. 정말 그럴 거야. 돈 어디 있느냐?"

"가져가면 안 돼요." 아이가 말했다. "안 돼요, 할아버지. 우리 둘을 위해서도 이 돈은 제가 보관할게요. 안 그러면 이 돈은 버릴 거예요. 할아버지를 주느니 차라리 버리는 게 나아요. 어서 이곳에서 나가요. 빨리."

"돈을 다오." 노인이 대답했다. "그 돈이 꼭 필요하다. 사랑하는 넬. 아가, 어서. 너를 부자로 만들어주마. 걱정하지 마라."

소녀는 결국 주머니에서 작은 지갑을 꺼냈다. 노인은 말할 때처럼 안달이 나서 지갑을 낚아채고는 곧장 가리개 안쪽으로 들어갔다. 그를 말릴 수 없었던 아이는 몸을 떨며 그 뒤를 바짝 따랐다.

선술집 주인이 탁자 위에 촛불을 올려놓고 창문에 커튼을 쳤다. 노인과 아이가 목소리로 들었던 사람은 두 명의 남자였고, 그들 사이에 한 벌의 카드와 은화가 놓여 있었다. 가리개 그 자체에는 그들이 벌인 게임의 점수가 분필로 적혀 있었다. 걸걸한 목소리의 주인공은 건장한 중년 남자로 풍성한 검은 구레나룻과 넓은 뺨, 음탕하게 생긴 큰 입, 굵은 목을 하고 있었는데, 셔츠 깃을 헐거운 붉은 수건으로만 조이고 있어서 목이 다 드러났다. 그가 쓴 모자는 갈색빛이 도는 흰색이었고, 옆에는 울퉁불퉁하게 생긴 굵직한 지팡이가 놓여 있었다. 그가 아이작이라고 부른 다른 남자는 못생긴 얼굴에 마른 체구—구부정하고 어깨가 위로 솟아 있었다—로 세상 가장 사악하고 악랄한 사팔뜨기 눈을 하고 있었다.

"이보쇼, 영감." 아이작이 돌아보며 말했다. "우릴 아시오? 칸막이 이쪽은 아는 사람만 들어오는 곳인데."

"기분 나쁘게 생각하지 마시오." 노인이 대답했다.

"그런데, 그건 실례잖습니까," 걸걸한 목소리의 사내가 끼어들며 말했다. "신사 두 명이 한참 중요한 일에 몰두해 있는데 그걸 방해하면 말입니다."

"기분 나쁘게 할 생각은 없었소." 노인이 간절한 눈빛으로 카드를 바라보며 말했다. "내가 어떻게 생각했느냐 하면…."

"영감은 생각할 권리가 없잖습니까." 아이작이 받아쳤다. "도대체 당신 같은 늙은이가 무슨 생각을 한다고?"

"이봐," 건장한 사내가 처음으로 카드에서 눈을 떼며 입을 열었다. "저 영감 말이나 들어보면 안 되겠나?"

선술집 주인은 건장한 사내가 어느 쪽을 옹호하는지 알 때까지 누구 편도 들지 않기로 마음먹고 있었던 게 분명해 보였다. 그가 "아, 정말 말이나 들어보면 안 되겠나, 아이작 리스트?"라고 맞장구를 치며 대화에 끼어들었다.

"말이나 들어보면 안 되겠느냐고." 아이작이 대답으로 주인의 말투를 흉내 내며 날카로운 목소리로 비웃었다. "그래, 그러면 그렇게 하지, 제미 그로브스."

"자, 그러면, 영감님 말해 보세요." 선술집 주인이 말했다.

리스트 씨의 사팔뜨기 눈은 그의 거들먹거리는 성격을 내포하고 있었는데, 이 논쟁을 길게 끌려는 조짐처럼 보였다. 하지만 노인을 날카롭게 응시하던 동료가 적절한 때에 이를 제지했다.

"누가 알아," 교활한 표정을 지으며 그가 말했다. "저 신사가 예의 바르게도 여기에 끼어도 되는지 물어보려고 그랬는지."

"그게 내 뜻이었소." 노인이 소리쳤다. "그게 내가 하려던 말이오. 판에 끼고 싶소."

"그럴 줄 알았어." 같은 남자가 말했다. "또 모르지, 우리가 돈 내기가 아니면 안 하는 걸 알고 예의 바르게도 돈을 건다고 할지."

노인이 손에 쥔 작은 지갑을 간절하게 흔들어 보이고는 탁자 위에 던지더니 구두쇠가 금을 움켜쥐듯 카드를 끌어모았다.

"오, 정말이군," 아이작이 말했다. "저 신사의 의도가 그랬다면 용서를 구해야겠는걸. 이게 신사분의 지갑인가? 정말 앙증맞군. 또 가볍기도 하고 말이야." 아이작이 지갑을 공중으로 던졌다가 솜씨 좋게 다시 받으며 덧붙였다. "그래도 30분 정도는 놀 수 있겠어."

"네 명이 함께 하자고. 그로브스 자네도 끼게." 건장한 사내가 말했다. "제미, 어서."

곧잘 노름판에 낀 것으로 보이는 선술집 주인이 탁자로 다가와 자리를 잡고 앉았다. 말할 수 없는 고통 속에서 아이는 할아버지를 한쪽으로 끌어당겨 지금이라도 자리를 떠나자고 애원했다.

"나가요. 그러면 행복하게 지낼 수 있을 거예요." 아이가 말했다.

"우린 행복할 거야." 노인이 망설임 없이 대답했다. "날 그냥 내버려둬라, 넬. 이 카드와 주사위에 우리의 행복이 달렸다. 우린 이런 푼돈이나 따는 판에서 큰돈을 벌 수 있는 판으로 옮겨야 해. 이런 곳에서는 몇 푼밖에 벌지 못한다. 곧 큰돈을 벌게 될 거야. 잃은 돈을 전부 되찾을 거라고. 다 널 위해서다, 아가."

"하느님, 저희를 굽어살펴 주소서!" 아이가 소리쳤다. "아, 도대체 어떤 불운이 우리를 여기까지 데려왔을까?"

"쉿!" 노인이 소녀의 입을 막으며 말했다. "운을 꾸짖으면 큰일 나. 운을 책망해서는 안 돼. 그러면 운이 우리를 비껴가고 말아. 이제야 그걸 깨닫게 되었다."

"자, 영감." 건장한 사내가 말했다. "끼지 않을 거면 카드 이리 주시오."

"할 거요." 노인이 소리쳤다. "넬 여기 앉아라. 그냥 가만히 지켜보기만 해. 좋게 생각하렴. 모두 너를 위한 거다. 다 너를 위한 돈이야. 저들에게는 말하지 않는다, 절대로. 그러면 저들은 게임을 안 할 테니까, 내가 모두 딸까 봐 두려워서. 저들을 봐라. 저들과 너를 한번 비교해 봐. 틀림없이 우리가 이길 거야!"

"영감님이 생각을 바꿨군, 안 오려나 봐." 아이작이 노름판에서 일어설 것처럼 하며 말했다. "영감님이 위축된 듯해서 안 나싸워. 오랑이 굴에 사야 호랑이를 삽는다고, 영감님이 일어서 잘 선택하쇼."

"어, 난 준비가 다 됐네. 자네들 왜 이렇게 더딘가." 노인이 말했다. "나만큼 게임이 시작되기를 바라는 사람이 또 있을까."

노인이 탁자 가까이 의자를 끌어당겼다. 그러자 남자들도 일제히 탁자 가까이 다가와 앉으며 곧 게임이 시작되었다.

아이는 그 옆에 앉아 불안한 마음으로 도박이 벌어지는 광경을 지켜보았다. 행운이 따르거나 말거나 그를 붙잡고 있는 필사적인 열망에만 신경 쓸 뿐 그녀에게 승패는 중요하지 않았다. 잠깐의 승리에 기뻐 날뛰고 패배에 의기소침해진 노인은 몹시도 거칠게 굴고 안절부절못하고, 엄청나게 열광하고 굉장히 불안해하고, 작은 판돈에 무섭게 집착하고 탐욕을 부리며 자리에 앉아 있었다. 그래서 소녀는 차라리 그가 죽은 모습을 보는 편이 낫겠다고 생각했다. 그럼에도 소녀는 이 모든 고문의 무고한 원인이었고, 그는, 이기기 위해 가장 탐욕스러운 도박꾼도 결코 느껴보지 못한 그런 야만적인 갈증을 드러내며 도박하면서도, 이기적인 생각은 조금도 가지고 있지 않았다.

이에 반해 나머지 세 사람—도박을 업으로 하는 불한당—은 노름에 열중하는 동안 세상 모든 미덕을 가슴에 품은 듯 차분하고 조용하기만 했다. 때때로 한 사람이 다른 누군가에게 고개를 들어 미소를 보내기도 하고, 약한 촛불에 콧바람을 불기도 하고, 번개가 열린 창문과 펄럭이는 커튼 사이로 번쩍일 때 번개를 힐끔 쳐다보기도 하고, 번개가 자신을 내쫓을까 싶어 순간 초조함으로 다른 사람들보다 천둥소리에 더 귀를 기울이기도 했다. 하지만 그들은 카드 이외의 것에는 철저하게 무관심한 완벽한 철학자의 모습을 하고 돌로 만들어진 사람처럼 어떤 열정이나 흥분도 보이지 않고 자리에 앉아 있었다.

꼬박 세 시간 동안 격렬하게 몰아치던 폭풍우는 번개의 세기도 약해지고 점차 그 횟수도 줄어들었다. 머리 위에서 울리던 천둥소리도 점점 사그라졌다. 하지만 게임은 여전히 계속되었고, 여전히 걱정에 싸인 아이는 철저하게 잊혔다.

30장

~~~~~❦~~~~~

드디어 게임이 끝나고 아이작 리스트 씨가 유일한 승자가 되었다. 매트와 선술집 주인은 전문가적인 배짱으로 손실을 감수했다. 아이작은 줄곧 반드시 이기기로 결심한 사람의 분위기로 놀라지도 기뻐하지도 않고 딴 돈을 모두 주머니에 넣었다.

넬의 작은 지갑은 말끔히 털렸다. 하지만 빈 지갑만 곁에 남겨둔 채 이제 도박꾼들이 탁자에서 일어났지만, 노인은 카드를 열심히 연구하며 앉아 조금 전 패가 돌아간 것처럼 패를 돌렸고, 게임이 진행된다면 각자 어떤 패를 쥐고 있을지 다른 손을 뒤집어 확인했다. 아이가 다가가 그의 어깨에 손을 살며시 얹고 자정이 다 되어간다고 말했을 때도 그는 이 일에 완전히 몰두해 있었다.

"가난의 저주를 보아라, 넬." 노인이 탁자 위에 펼쳐 놓은 카드 패를 가리키며 말했다. "조금만, 조금만 더 했으면 행운의 여신이 내게로 왔을 텐데. 아주 조금만 더 했어도 행운이 내 쪽으로 붙었을 거야. 카드에 찍힌 표시만큼 분명해. 여길 보아라, 그리고 저기, 그리고 또 여기."

"그만 하세요." 아이가 다그쳤다. "이제 잊어버려요."

"잊어버리라니!" 노인이 초췌한 얼굴을 들고 의아한 눈빛으로 바라보며 말했다. "잊어버리라니! 잊어버리면 우리가 어떻게 부자가 된단 말이냐."

아이는 그저 고개만 저었다.

"아니다, 아니야, 넬." 노인이 소녀의 뺨을 토닥거리며 말했다. "잊어서는 안 된다. 오늘 잃은 걸 가능한 한 빨리 회복해야만해. 참자. 참자. 그러면 너를 부자로 만들어줄 수 있을 거야. 약속하마. 오늘은 잃었지만, 내일은 딸 거야. 불안과 걱정 없이 얻을 수 있는 건 아무것도 없어. 아무것도. 가자, 난 준비가 됐다."

"몇 시인 줄 아세요?" 그로브스 씨가 동료들과 담배를 피우며 말했다. "열두 시가 넘었습니다."

"그리고 비도 오고." 건장한 사내가 덧붙였다.

"제임스 그로브스의 용맹한 병사는 모든 이에게 싸고 아늑한 침실을 제공하지." 그로브스 씨가 간판 문구를 인용하며 말했다. "열두 시 반입니다."

"너무 늦었어요." 아이가 불안해하며 말했다. "진작 가야 했는데. 지금 가면 잘리 부인과 조지가 우리를 어떻게 생각하겠어요. 새벽 두 시는 되어야 도착할 거예요. 하룻밤 묵는 데 얼마죠?"

"훌륭한 2인실이 1실링 6펜스다. 식사와 맥주를 추가하면 1실링. 모두 다 해서 2실링 6펜스." 용맹한 병사가 대답했다.

넬에게는 아직 꿰맨 옷 속에 금화 한 닢이 남아 있었다. 소녀는 늦은 시각이라는 점과 잘리 부인의 수면 습관을 고려해 보았고, 한밤중에 문을 두드려 깨움으로써 그 좋은 숙녀를 확실히 내동댕이치고 말 것이라는 깜짝 놀랄 만한 사태도 상상해 보았다. 다른 한편으로는 그곳에서 하룻밤 묵는다면 아침 일찍 일어나 부인이 깨기 전에 돌아갈지도 모르고, 그러면 갑자기 덮친 사나운 폭풍우를 자신들의 부재에 대한 좋은 변명거리로 삼아 변호할 수 있다는 것도 떠올려보았다. 오랜 고심 끝에 남기로 결정했다. 그래서 소녀는 할아버지를 한쪽으로 데려가 아직 숙박비를 낼 충분한 돈이 있다고 말하고, 그날 밤 그곳에서 묵자고 제안했다.

"그 돈만 있었으면…. 그 사실을 몇 분 전에만 알았어도…." 노인이 중얼거렸다.

"이곳에서 묵기로 했어요." 넬이 급히 돌아서며 주인에게 말했다.

"잘 생각했다." 그로브스 씨가 대답했다. "바로 저녁을 차려 주마."

그에 따라 그로브스 씨는 파이프 담배를 끄고 재를 털어냈고, 벽난로 한쪽 구석에다 파이프의 오목한 쪽이 아래로 향하게 내려놓았다. 그는 빵과 치즈와 맥주를 가지고 와서 음식에 대한 찬사를 늘어놓으며 손님들에게 마음껏 먹고 편히 쉬라는 당부의 말을 전했다. 넬과 할아버지는 각자 생각에 잠겨 별말 없이 음식을 먹었다. 다른 남자들은 체질상 맥주가 너무 싱거워서 독한 술과 담배를 위안으로 삼았다.

아침 일찍 그 집을 나서야 했기 때문에 아이는 잠자리에 들기 전 접대비용을 지불하고 싶었다. 하지만 할아버지로부터 작은 저장물을 숨길 필요성을 느꼈기 때문에, 금 조각을 바꿔야 했기 때문에, 소녀는 은닉 장소에서 금화를 몰래 꺼냈고, 주인이 방을 나갈 때 따라 나갈 기회를 포착하고 작은 바에서 그것을 건넸다.

"잔돈은 지금 줄 수 있나요?" 아이가 말했다.

제임스 그로브스 씨는 분명 놀랐고, 어떻게 구했는지 묻고 싶다는 표정으로 금화를 바라보고, 금화를 두드려보고, 아이를 바라보고, 다시 금화를 바라보았다. 하지만 금화는 진짜였고, 자기 집에서 바꿨기 때문에, 그로브스 씨는 아마도 현명한 여관 주인처럼 자신과 상관없는 일이라고 느꼈을 것이다. 어쨌든 그는 잔돈을 세어 소녀에게 건넸다. 그들과 저녁 시간을 보낸 방으로 돌아가려던 그때, 아이는 문 안으로 슬그머니 들어가는 누군가를 보았다고 생각했다. 하지만 그 문과 돈을 바꾼 장소 사이에는 어둡고 긴 통로 외에 아무것도 없었다. 그곳에 서 있는 동안 아무도 들어가거나 나오지 않았다는 확신이 들자, 소녀는 문득 감시당하고 있다는 생각이 들었다.

그런데 누굴까? 소녀가 다시 그 방으로 들어갔을 때 방 안의 사람들은 그녀가 떠났을 때와 정확히 같았다. 건장한 사내는 의자 두 개를 붙여 팔을 베개 삼아 그 위에 누워 있었고, 사팔뜨기 남자도 탁자 맞은편에 비슷한 자세로 누워 있었다. 할아버지는 그들 사이에 앉아 도박의 승자를 일종의 배고픈 존경심으로 골똘히 바라보며 그가 초인이라도 되는 듯 그의 말 한마디 한마디에 귀를 기울였다. 소녀는 잠시 어리둥절해했고, 다른 누군가가 있는지 방안을 둘러보았다. 하지만 아무도 없었다. 그래서 할아버지에게 혹시 자신이 자리를 비운 사이 누군가가 방을 나가지는 않았는지 나지막한 목소리로 물어보았다. "아니, 아무도 나가지 않았다." 노인이 대답했다.

헛것을 본 것이 분명했다. 하지만 헛것을 볼 만큼 다른 생각을 하지도 않았는데 그 형체를 선명하게 떠올린다는 것이 이상했다. 넬이 여전히 그것에 대해 궁금해하고 무엇일까 하고 생각하고 있을 때 한 소녀가 그녀를 침실로 안내하기 위해 다가왔다.

그와 동시에 노인은 도박꾼 일행과 헤어졌고, 두 사람은 함께 위층으로 올라갔다. 그것은 칙칙한 복도와 넓은 계단이 일렁이는 촛불로 더 음산해 보이는 제멋대로 지어진 큰 집이었다. 넬은 할아버지의 침실을 떠나 다른 방으로 가기 위해 하녀를 따라갔다. 그 방은 통로 끝에 있었고, 무너질 듯한 계단을 여섯 칸 정도 올라 거기에 닿을 수 있었다. 넬을 위해 준비된 방이었다. 하녀는 그곳에 잠시 머무르며 불만을 토로했다. 그녀는 잠자리도 불편하고 봉급도 형편없는 데다 일은 고되다고 말했다. 하녀는 보름 안에 그곳을 떠날 계획이었다. 넬은 갈 만한 다른 곳을 추천해 줄 수 없었다. 그렇지 않은가? 한편 하녀는 그곳이 그리 좋지 않은 곳—카드놀이와 그런 비슷한 것들을 너무 많이 했다—이라 다른 곳에서도 일자리를 구하기가 힘들지는 않을지 걱정했다. 하녀는 여관을 자주 찾는 사람들 가운데 정직한 사람이 있다고 여긴다면 크게 실수하는 것이라고 했고, 그런 사람은 전혀 보지 못했다고 했다. 그러고는 군대에 간다며 협박한 거절당한 남자 친구에 대한 횡설수설하는 비꼼이 있었고, 아침 일찍 문을 두드려준다는 마지막 약속과 함께 "잘 자요"라는 인사를 남기고 돌아갔다.

홀로 남겨진 아이는 마음이 편치 않았다. 아래층에서 슬그머니 복도를 지나가던 형체를 생각하지 않을 수 없었다. 어린 하녀의 말도 신경이 쓰였다. 노름판을 벌인 사람들은 인상이 좋지 않았다. 여행자들의 돈을 훔치고 살인까지 저지르는 사람들일지도 몰랐다. 누가 알겠는가?

잠시 이런 두려움에서 벗어나 이성적으로 생각하며 그 장면을 지워보려 했지만, 그 밤의 묘한 사건들이 낳은 불안감이 밀려왔다. 노인의 가슴에서 오래된 열정이 다시 깨어났고, 그것이 그를 어디로 데려갈지 아무도 몰랐다. 그들의 부재를 알고 벌써 무슨 일이 생겼을지도 몰랐다. 사람들이 그들을 찾고 있을지도 몰랐다. 내일 아침에 돌아가면 그들은 용서받을까, 아니면 다시 떠돌아다닐까? 오, 어째서 이 낯선 곳에 머무르게 되었을까! 상황이야 어찌 되었든 계속 앞으로 나가야 했다.

마침내 뒤숭숭하고 단속적인 잠이 소녀를 몰래 파고들었고, 높은 종탑에서 떨어지는 꿈에 시달리다가 겁에 질리고 소스라치게 놀라 잠에서 깨어났다. 다시 깊은 잠이 찾아오는가 싶더니, 바로 그때, 이런 세상에! 그 형체가 방 안에 있었다!

그 형체가 그곳에 있었다. 그렇다, 소녀가 새벽빛을 받으려고 블라인드를 올려놓은 바로 그곳, 침대 다리와 어두운 여닫이창 사이에 그 형체가 쪼그리고 앉아 살금살금 움직이며 소리 없이 손으로 침대 주위를 더듬고 있었다. 소녀는 도와달라고 소리칠 수도 움직일 힘도 없어서 가만히 누워 그 형체를 바라보았다.

그 형체가 소리 없이 은밀하게 침대 머리맡으로 다가왔다. 그 숨소리가 베개 근처까지 아주 가까이 다가오자, 소녀는 그 종잡을 수 없는 손이 얼굴을 더듬지 않도록 몸을 움츠렸다. 다시 슬그머니 창가로 돌아가던 형체가 갑자기 소녀 쪽으로 고개를 돌렸다.

검은 형체는 방의 그나마 밝은 곳에서 희미한 잉크 자국에 불과했지만, 소녀는 그 머리가 돌아가는 것을 보았고, 그 눈이 어떻게 생겼는지, 그 귀가 어떻게 들었는지 느꼈고 알았다. 그녀처럼 그 형체가 아무 움직임 없이 그곳에 그대로 있었다. 여전히 그녀 쪽으로 얼굴을 향한 채 마침내 그 형체가 무언가에 손을 넣고 분주하게 움직였고, 소녀는 '쨍그랑'하는 동전 소리를 들었다.

형체가 다시 전처럼 소리 없이 은밀히 다가오더니 침대 옆에서 가져간 옷을 제자리에 돌려놓고 손과 무릎을 바닥에 대고는 살금살금 기어갔다. 이제 소녀는 들을 수는 있지만 볼 수는 없었기에, 그 형체가 어찌나 바닥을 따라 천천히 기어가는 것처럼 느껴지던지! 드디어 문 앞에 다다른 그 형체가 두 발로 일어섰다. 계단이 소리 없는 발걸음 아래에서 삐걱거렸고, 형체는 사라졌다.

아이가 처음 느낀 일시적인 감정은 그 방안에 자신뿐이라는 공포에서 벗어나 혼자가 아니라 누군가가 곁에 있어야 한다는 것이었다. 그러면 다시 말할 수 있게 될 것이다. 소녀는 저도 모르는 사이 문으로 다가갔다.

끔찍한 그림자가 잠시 발걸음을 멈추고 계단 맨 아래에 서 있었다.

소녀는 그곳을 지나갈 수 없었다. 어두워서 붙잡히지 않고 지나갈 수도 있었지만, 그녀의 피는 그 생각으로 굳어버렸다. 형체는 아주 조용히 서 있었고, 그녀도 그랬다. 대담해서가 아니라 꼭 그래야 했는데, 다시 방으로 돌아가는 것이 무섭지 않은 것도 아니었기 때문이다.

밖에서는 비가 세차게 미친 듯이 들이쳤고, 비는 억새 지붕을 타고 첨벙거리는 개울로 흘러내렸다. 정적 속에서 갈 곳 잃은 여름벌레들이 무작정 이리저리 날아다니다가 벽이나 천장에 부딪히며 조용한 공간을 조그맣게 살랑거리는 소리로 채웠다. 형체가 다시 움직였다. 아이도 무심결에 형체를 따라 움직였다. 일단 할아버지 방으로 들어가면 소녀는 안전할 것이다.

형체는 복도를 따라 소녀가 그토록 바라던 곳까지 살금살금 움직였다. 형체와 매우 가까워진 고통 속에서 아이는 얼른 방으로 뛰어 들어가 방문을 닫으려는 계획을 품고 거의 화살처럼 앞으로 달려 나갈 뻔했다. 그때 다시 그 형체가 멈춰 섰다.

그 형체가 방으로 들어가 노인의 목숨을 노리면 어쩌나 하는 생각이 번쩍 떠올랐다. 소녀는 머리가 어지럽고 속이 메스꺼웠다. 그 형체가 그렇게 했다. 그 형체가 방으로 들어갔다. 방안에는 불이 켜져 있었다. 그 형체가 이제 그 방 안에 있었고, 소녀는 여전히 말을 못 하는 상태—전혀 말이 나오지 않았고, 정신이 혼미했다—로 서서 그 광경을 관망했다.

문이 조금 열려 있었다. 어떻게 해야 할지 몰랐지만, 노인을 지키거나 죽을 각오로, 소녀는 비틀거리며 앞으로 걸어가 안을 들여다보았다. 눈 앞에 펼쳐진 광경은 무엇이었을까!

침대에는 아무도 없었다. 매끈한 상태로 비어 있었다. 노인이 혼자 탁자에 앉아 있을 뿐 다른 사람은 보이지 않았다. 그의 창백한 얼굴은, 훔친 돈을 세며, 그의 눈을 부자연스럽게 빛나게 하는 탐욕으로 일그러지고 예리해졌다.

31장

아이는 노인의 방으로 다가갈 때보다 더 휘청거리고 더 불안정한 걸음걸이로 문에서 물러났고, 주위를 더듬으며 자신의 방으로 돌아왔다. 소녀가 최근 느낀 공포는 지금의 압박과는 비교가 되지 않았다. 낯선 강도도, 손님들의 약탈을 묵인하거나 자는 손님을 살해하려고 침대로 몰래 숨어드는 신뢰할 수 없는 주인도, 또 밤마다 범행 대상을 찾아다니는, 하지만 끔찍하고 잔인한, 자도 소녀가 조용한 방문자가 누구인지 알아보면서 생긴 두려움의 절반도 그녀의 가슴에서 깨울 수 없었을 것이다. 소녀가 목격했듯이, 백발의 노인은 유령처럼 방으로 미끄러져 들어와 그녀가 깊은 잠에 빠졌다고 생각하며 도둑처럼 행동하다가 자신이 찾던 상(賞)을 획득하고는 기뻐 어쩔 줄 몰라 했다. 그 장면은 소녀가 할 수 있는 가장 엉뚱한 상상보다—헤아릴 수 없을 만큼 나쁘고, 지금 생각하면 그 당시에는 그보다 훨씬 끔찍했다—더 나빴다. 만약 그가 아직 남은 돈이 더 있다고 의심하며 열쇠도 빗장도 없는 방에 돈을 찾기 위해 돌아온다면, 그가 까치발을 하고 슬그머니 방으로 들어온다는 생각으로 소녀가 막연한 두려움과 공포에 휩싸여 있는데, 그가 다시 돌아온다면, 그의 손길을 피하려고 소녀가 그의 발 가까이에 움츠리고 있는 동안 그가 빈 침대를 향해 고개를 돌린다면, 그건 정말 견딜 수 없는 일이었다. 소녀는 자리에 앉아 귀를 기울였다. 헉! 계단에서 발소리가 들리더니 문이 천천히 열렸다. 단지 상상일 뿐이었지만, 상상은 모든 현실의 공포를 그대로 담고 있었다. 아니, 오히려 그보다 더 끔찍했다. 현실은 왔다가 사라지지만, 상상은 절대 사라지지 않았기 때문이다.

아이를 괴롭히는 감정은 희미하고 불확실한 공포 중 하나였다. 소녀는 자신을 너무나 사랑한 나머지 정신까지 온전하지 않게 된 사랑스러운 늙은 할아버지는 두렵지 않았다. 하지만 그날 밤 노름에 빠져 이성을 잃고 몰래 자신의 방으로 들어와 희미한 불빛 속에서 돈을 세던 그 남자는, 본래 모습에서 무시무시하게 일그러지고, 흠칫 놀라며 뒷걸음질 쳐야 하고, 두려워해야 하는, 할아버지의 모습을 한 또 다른 사람 같았다. 왜냐하면 그것은 노인을 닮았고, 노인이 늘 그랬듯 그녀 가까이에 있었기 때문이다. 소녀는 정 많은 진짜 할아버지와 그 늙은 남자—정신이 온전하지 않은 점을 제외하면—를 좀처럼 같은 사람이라고 생각할 수 없었다. 둘은 너무 비슷하면서도 너무 달랐다. 의욕을 잃고 말이 없는 그를 보며 소녀는 눈물을 흘렸었다. 하지만 지금 흘리는 눈물은 얼마나 다른 이유인가!

아이는 마음속 유령이 우울과 공포로 커질 때까지 이런 것들을 주시하고 생각하며 자리에 앉아 있었다. 그러다가 노인의 목소리를 듣거나 그가 잔다면 그 모습을 보는 것만으로도 안심이 되고 그의 이미지 주위로 모여 있는 두려움을 물리치리라 느꼈다. 소녀는 계단을 몰래 내려가 복도를 걸어갔다. 그녀가 떠날 때처럼 방문이 여전히 조금 열려 있었고, 촛불도 이전처럼 타고 있었다.

소녀는 혹시 노인이 깨어 있으면 그가 걱정되어 잠을 잘 수 없었고, 촛불이 아직 타고 있는지 확인하러 왔다고 둘러대기 위해 자신의 초를 손에 들고 있었다. 문틈으로 침대에 조용히 누워 있는 그를 보고 용기를 내어 방으로 들어갔다.

노인은 곤히 잠들어 있었다. 얼굴에는 어떤 열정도 탐욕도 근심도 열망도 없었다. 너무도 온화하고 평온하고 평화로웠다. 노름꾼의 얼굴도 그녀의 방에 침입한 그림자도 아니었다. 또한 소녀가 잿빛 아침 햇살에 자주 마주하던 야위고 지친 얼굴도 아니었다. 그저 그녀의 사랑스러운 늙은 친구이자 무해한 동료 여행자이자 마음씨 좋고 인자한 할아버지일 뿐이었다.

소녀는 곯아떨어진 노인의 얼굴을 보고 두려움이 사라졌다. 하지만 깊고 무거운 슬픔이 밀려왔고, 그 슬픔은 눈물로 안도감을 찾았다.

"하느님, 할아버지를 보살펴주세요." 몸을 숙이고 노인의 창백한 볼에 살며시 입을 맞추며 아이가 말했다. "이제 분명히 알아요. 그들이 우리를 찾아내면 우리를 갈라놓고 할아버지를 햇빛도 하늘도 보이지 않는 곳에 가두리라는 것을. 할아버지를 도울 사람은 저밖에 없어요. 불쌍한 저희를 보살펴주세요!"

초에 불을 붙이고, 소녀는 올 때처럼 조용히 뒤로 물러나 한 번 더 자신의 방에 도착했고, 아침 해가 떠오를 때까지 남은 그 길고 비참한 밤을 앉은 채로 보냈다.

마침내 이지러지는 촛불이 희미해지고 소녀는 잠이 들었다. 하지만 얼마 지나지 않아 소녀는 자신을 침실로 안내해 준 하녀의 도움을 받아 잠에서 깼다. 소녀는 바로 옷을 챙겨 입고 할아버지에게로 갈 준비를 했다. 우선 주머니를 뒤져보았지만, 역시 돈은 전부 사라지고 없었다. 동전 한 닢 남아 있지 않았다.

노인이 떠날 채비를 끝내고 그들은 곧 길을 나섰다. 아이는 그가 자신의 눈을 피한다고, 돈이 없어졌다고 말해주기를 기대하고 있다고 생각했다. 소녀는 그렇게 해야만 한다고 느꼈는데, 그렇지 않으면 그가 그 사실을 의심할지도 몰랐다.

"할아버지," 그들이 아무 말 없이 1마일쯤 걸었을 때 소녀가 떨리는 목소리로 말했다. "선술집 사람들이 정직하다고 생각하세요?"

"왜?" 노인이 몸을 떨며 대답했다. "정직한 사람들이라고 생각하느냐고! 그래, 그 사람들은 속임수를 쓰지 않았다."

"왜 이 질문을 하는지 말할게요." 넬이 말했다. "지난밤에 돈을 잃어버렸어요. 제 방에서. 확실해요. 누군가가 장난으로 가져간 게 아니라면, 순전히 장난으로 말이에요. 할아버지, 그걸 알 수만 있다면 그냥 웃어넘길 거예요."

"누가 장난으로 돈을 가져간단 말이냐?" 노인이 다급하게 말했다. "돈을 가져간 사람은 자기가 쓰려고 가져간 것이지. 그런 장난 같은 말은 말아라."

"누군가가 제 방에서 훔쳐 갔군요." 아이가 말했고, 마지막 희망은 이 대답으로 무너져버렸다.

"이제 더는 남은 돈이 없니?" 노인이 물었다. "어디에도 더는 없어? 모두 가져갔어? 몽땅, 하나도 남김없이?"

"네, 하나도 남김없이." 아이가 대답했다.

"돈을 더 모아야 한다." 노인이 말했다. "돈을 더 벌어야 해, 넬. 많이 모으자. 함께 왕창 끌어모으자. 어떻게든 돈을 모으자. 잃어버린 건 신경 쓰지 말고. 하지만 누구에게도 말하면 안 된다. 어쩌면 그 돈을 다시 찾을지도 몰라. 이유는 묻지 말고. 어쩌면 그 돈을 다시 찾을지도 몰라. 더 많이 말이다. 하지만 이

애기는 아무에게도 하지 마라. 안 그러면 곤란한 일이 생길지도 몰라. 그래 그들이 네가 잠든 사이에 그 돈을 가져갔구나!" 그가 조금 전까지 은밀하고 교활하게 말하던 것과 완전히 다르게 연민 어린 목소리로 위로했다. "불쌍한 넬, 가여운 넬!"

아이는 고개를 숙이고 눈물을 글썽였다. 노인이 말한 동정 어린 어조는 진심이었고, 소녀도 그것을 잘 알고 있었다. 소녀가 이것이 자신을 위해 행해진 것임을 아는 것이 그녀의 슬픔에서 가장 가벼운 부분은 아니었다.

"그 일에 대해서는 나 아닌 다른 어떤 사람에게도 말하지 마라." 노인이 말했다. "아니, 내게도 안 된다." 노인이 덧붙였다. "그래봐야 아무 도움도 안 되니까. 어차피 잃어버렸으니, 눈물을 흘릴 필요는 없다, 아가. 돈을 다시 찾으면 되잖니?"

"그냥 두세요." 아이가 고개를 들고 노인을 쳐다보며 말했다. "영원히 그냥 둬요. 그 돈이 천 파운드라 해도 다시는 눈물을 흘리고 싶지 않아요."

"그래, 그래." 노인이 경솔하게 말하지 않으려고 입조심하며 대답했다. "넬이 조금도 모르는구나. 정말 다행이야."

"하지만 제 말 잘 들어보세요." 아이가 진지하게 말했다. "들을 거죠?"

"아아! 그래." 여전히 아이를 똑바로 바라보지 못하며 노인이 대답했다. "너의 그 예쁜 목소리, 언제나 달콤하게 들리지. 네

엄마도 그랬어."

"제 말대로 할 거죠. 제발 제 말대로 해요." 아이가 말했다. "더는 따고 잃는 건 생각하지 말아요. 운을 시험하지도 말고, 우리가 함께 만들어갈 운을 생각해요."

"그래, 우리 함께 이 목표를 이루자." 여전히 눈길을 먼 곳에 두고 자기 자신에게 고백하듯 할아버지가 대꾸했다. "누구의 이미지가 게임을 신성하게 하는가?"

"근심을 버리고 함께 여행을 시작한 후로 우리가 더 나빠졌나요? 보호해 줄 집이 없어서 그 불행한 집에 있을 때보다 덜 행복했어요?"

"맞는 말이야." 노인이 전과 같은 어조로 중얼거렸다. "내 마음을 바꿀 수는 없지만, 의심할 수 없는 진실이지."

"집을 마지막으로 등지고 떠나온 그 밝은 날 아침 이후로 우리가 어땠는지 그것만 기억하세요." 넬이 말했다. "그 모든 고통에서 벗어난 후로 우리가 어땠는지, 얼마나 평화로운 낮과 조용한 밤을 보냈는지, 얼마나 즐거운 시간이었는지, 어떤 행복을 맞이했는지 그것만 기억하세요. 지치고 굶주려도 곧 다시 힘이 났고, 더 달콤한 잠을 잤잖아요. 그리고 얼마나 아름다운 것들을 보았는지, 얼마나 만족스러운 느낌을 받았는지 생각해 보세요. 어째서 이런 복된 변화가 생겼을까요?"

마음이 불편했는지 노인은 소녀에게 그만하라고 손짓하며

더는 말하지 말라고 했다. 얼마 후 그가 여전히 아무 말도 하지 말라는 동작을 취하며 소녀의 볼에 입을 맞추고는 먼 곳을 바라보며 앞으로 걸어 나갔다. 그리고 가끔 발걸음을 멈추고는 흐트러진 정신을 다잡으려는 듯 땅을 바라보며 미간을 찌푸렸다. 소녀는 그의 눈에서 눈물을 보았다. 한참을 그렇게 걷던 그가 그렇게 하는 것에 익숙한 듯, 최근의 사나운 모습이나 활기 따위는 없이, 소녀의 손을 자기 손안에 잡았다. 그러자 그는, 아이가 그것들을 추적할 수 없을 정도로 아주 미세하게, 평소의 조용한 상태로 정착했고, 소녀가 원하는 곳으로 자신을 이끌고 가도록 내버려두었다.

그들이 어마어마한 전시장에 모습을 드러냈을 때 넬이 예상한 대로 잘리 부인은 아직 기상 전이었다. 그리고 그들은 잘리 부인이 지난밤 자신들 때문에 약간의 불안을 겪었고, 실제로 자신들을 걱정하며 열한 시가 지나도록 깨어 있기는 했지만, 자신들이 전시장에서 조금 떨어진 곳에서 갑자기 폭풍우를 만나 가장 가까운 피난처를 찾아 나서서 아침까지 돌아오지 않으려나 보다 생각하고 잠자리에 들었다는 사실을 알게 되었다. 넬은 즉시 전력을 다해 전시장을 꾸미고 준비하는 일에 열중했고, 왕가의 총애를 받는 사람이 아침 식사를 하러 내려오기 전에 임무를 완수하고 깔끔하게 옷을 갈아입는 만족감을 얻었다.

"우리가 이곳에서 전시하는 동안 방문한 몬플라더스 양의 여학생이 여덟 명을 넘지 않았다." 식사를 마친 잘리 부인이 입을 열었다. "그리고 요리사에게 한두 가지 질문을 했는데—그녀를 무료 손님 목록에 넣고 말이야—여학생이 스물여섯 명이라고 하더구나. 새로운 전단을 뿌려야 한다. 넬이 가지고 가서 효과가 어떤지 보고 오너라."

발의한 원정계획은 다른 무엇보다 중요했기에 잘리 부인은 넬의 보닛을 손수 바로 잡아주며 예뻐 보인다고 말했고, 학교의 명예를 일깨웠고, 오른쪽으로 돌아가야 하는 길과 왼쪽으로 돌아가면 안 되는 길의 방향을 알려준 다음에야 많은 찬사를 보내며 그녀를 놓아주었다. 잘리 부인의 설명 덕에 넬은 어렵지 않게 몬플라더스 양의 기숙학교를 찾을 수 있었다. 그곳은 높은 담장과 큼지막한 놋쇠 명패가 달린 커다란 정원 문과 하녀가 방문객을 받아들이기 전에 확인용으로 사용하는 작은 창살문이 있는 큰 집이었다. 특별한 허락 없이는 누구도, 우유 배달원조차, 정원 문을 통과할 수 없었다. 테가 넓은 모자와 안경을 쓰는 풍채가 당당한 세금 징수원도 그 창살문을 통해서만 세금을 받았다. 단단한 돌이나 놋쇠로 만든 문보다 더 완고한 몬플라더스 양의 이 문은 누구에게나 얼굴을 찡그렸다. 정육점 주인은 이 문을 신비의 문으로 여기며 존중했고, 초인종을 누를 때 휘파람을 불지 않았다.

넬이 그 무시무시한 문에 가까이 다가가자, 삐걱거리는 소음을 내며 경첩이 천천히 돌아갔고, 저 너머 신성한 작은 숲에서 둘씩 짝을 지은 어린 여학생들이 모두 펼친 책을 들고, 일부는 양산을 들고, 긴 열을 지어 걸어 나왔다. 꽤 긴 행렬의 맨 끝에서는 몬플라더스 양이 연보라색 실크 양산을 들고 걸어왔고, 서로를 몹시 질투하며 몬플라더스 양에게 헌신적인, 미소 띤 두 명의 교사가 그녀를 수행했다.

여학생들의 외모와 재잘거리는 소리에 당황한 넬은 바닥을 주시하며 그들이 지나가기만을 기다리고 서 있었다. 뒤에서 따라오던 몬플라더스 양이 가까이 다가왔을 때 넬이 한쪽 다리를 뒤로 살짝 빼고 무릎을 약간 굽혀 공손하게 인사하고 광고 전단을 건넸다. 전단을 받은 몬플라더스 양이 여학생들에게 걸음을 멈추라고 명령했다.

"밀랍 인형 전시장에서 일하는 아이구나, 그렇지?" 몬플라더스 양이 물었다.

"네, 맞습니다." 여학생들이 주위로 몰려들며 시선이 집중되자, 넬은 얼굴이 빨개져서 대답했다.

"너는 네가 아주 사악한 아이가 틀림없다고 생각하지 않느냐?" 성격이 다소 변덕스러운 몬플라더스 양은 어린 숙녀들의 여린 가슴에 도덕적 진리를 각인시키는 기회를 놓치지 않았다. "전시장에서 일하니 말이다."

본인의 처지를 그렇게 생각해 본 적이 한 번도 없는 가여운 넬은 무슨 말을 해야 할지 몰라서 전보다 얼굴이 더 빨개진 채로 가만히 서 있었다.

"넌," 몬플라더스 양이 말했다. "그곳에서 일하는 것이 우리 여성에게는, 함양이라는 도구를 통해 휴면 상태에서 깨어나는 광대한 힘을 가진 우리 여성에게는, 얼마나 무례하고 숙녀답지 못하며 현명하고 온화하게 우리에게 전달된 성질을 왜곡하는지 모르느냐?"

두 교사는 이 급소를 찌르는 말에 전적으로 동감하며 몬플라더스 양이 아주 따끔하게 혼내줬다는 듯한 눈빛으로 넬을 바라보았다. 그러고는 미소를 띠며 몬플라더스 양을 힐끔 쳐다보다가 서로 눈이 마주쳤다. 그러자 마치 본인은 몬플라더스 양에게 직속으로 미소를 지을 자격이 있고, 상대방은 그럴 권리가 없으며, 그렇게 하는 것은 주제넘고 건방진 행동이라고 말하는 듯한 눈길을 교환했다.

"너는 전시장에서 일하는 것이 얼마나 무례한지 느끼지 못하느냐?" 몬플라더스 양이 계속 말했다. "힘이 닿는 한 국가의 제조업을 돕고, 끊임없이 증기엔진을 공부해서 정신을 함양하고, 주당 2실링 9펜스에서 3실링으로 편안하고 독립적인 생계를 얻는 것을 자랑스러운 의식으로 여겨야 하는 너 같은 나이에 말이다. 열심히 일할수록 더 행복해지는 걸 몰라?"

"어떻게 저 작은…." 교사 중 한 명이 아이작 와츠의 시구를 인용하며 중얼거렸다.

"뭐라고요?" 몬플라더스 양이 재빨리 고개를 돌리며 말했다. "누구죠?"

당연히 이 말을 하지 않은 교사가 경쟁자를 가리켰고, 몬플라더스 양은 그녀에게 얼굴을 찌푸리며 조용히 해달라고 요청했다. 이 말에 고자질한 교사는 짜릿한 기쁨을 맛보았다.

"작고 부지런한 꿀벌은," 몬플라더스 양이 자세를 바로잡으며 말했다. "상류층 아이에게만 해당합니다.

'책을 읽거나, 일하거나, 유익한 놀이를 하는 것.'

은 사실상 그들에 관한 한 옳습니다. 여기에서 일이란 벨벳에 그림을 그리거나, 화려하게 바느질하거나, 자수 놓는 것을 말합니다. 이런 경우에는," 몬플라더스 양이 양산으로 넬을 가리키며 말했다. "모든 가난한 집안의 아이인 경우에는, 이렇게 읽어야 합니다.

'일하고, 일하고, 일하세. 늘 일에 묻혀.
젊은 시절은 과거로 보내고,
그렇게 매일 열심히 일하면
마침내 훌륭한 답을 얻을지니.'"

우레와 같은 박수가 두 교사뿐만 아니라 여학생들 사이에서도 터져 나왔다. 이들은 훌륭한 문체를 본뜬 몬플라더스 양의 즉흥시를 듣고 똑같이 놀랐는데, 그녀가 정치에는 능해도 지금껏 타고난 시인의 면모를 보여준 적이 없었기 때문이다. 그때 누군가가 우연히 울고 있는 넬을 발견했고, 일제히 그쪽으로 눈길을 돌렸다.

넬은 정말 울고 있었고, 눈물을 훔치려고 손수건을 꺼내다가 그만 바닥에 떨어뜨리고 말았다. 열다섯 살에서 열여섯 살 정도 되어 보이는, 여학생 무리에서 조금 떨어져 있어서 그 존재를 알 수 없었던 한 숙녀가, 넬이 손수건을 다시 줍기도 전에 앞으로 걸어 나와 손수건을 주워 그녀의 손에 쥐여주었다. 숙녀가 소심하게 뒤로 물러서려 하자, 몬플라더스 양이 그녀를 잡아챘다.

"에드워드 양인 줄 알았습니다." 몬플라더스 양이 누군지 예상했다는 투로 말했다. "에드워드 양이 분명하군요."

에드워드 양이 맞았다. 모두가 에드워드 양이라고 말했고, 에드워드 양 역시 본인이라고 시인했다.

"에드워드 양이," 몬플라더스 양이 위반자를 좀 더 엄중하게 관찰하기 위해 양산을 내려놓으며 말했다. "항상 자신들 편으로 끌어들이는 하층민에게 연민을 느끼는 것이 그리 놀라운 일도 아니고, 내가 말하고 행동하는 모든 것이 에드워드 양의 원래 신분이 불행하게도 에드워드 양에게 습관화시킨 성향들로부터 에드워드 양을 떼어놓을 수 없는 것도 특별한 일은 아니지요, 정말 천박한 여자군요?"

"기분 상하게 했다면 죄송합니다, 선생님." 부드러운 목소리가 말했다. "저도 모르게 충동적으로 그랬어요."

"충동적으로!" 몬플라더스 양이 경멸하듯 소리쳤다. "감히 주제넘게 충동이라는 말을 내게 한 거예요." 두 교사도 그 말에 동의했다. "놀랐습니다." 두 교사도 놀랐다. "에드워드 양이 천한 사람을 만날 때마다 굽실거리는 것이 충동이라고 생각합니다." 교사들 역시 그렇게 생각했다.

"그런데 에드워드 양, 이건 알려주고 싶군요." 점점 더 엄한 목소리로 몬플라더스 양이 말했다. "이 학교에서는 적합한 본보기와 예의를 지키기 위해서라도 그런 천한 행동은 허락하지 않습니다. 그리고 이렇게 아주 무례한 태도로 윗사람에게 정면으로 맞서는 것도 절대 허락하지 않습니다. 밀랍 인형 전시장의 어린 직원 앞에서 어울리는 자긍심을 느껴야 할 이유가 없다면, 여기 그런 학생들이 있으니, 그들을 따르거나 그게 싫으면 학교를 떠나야 합니다, 에드워드 양."

어머니를 여읜 이 가여운 어린 숙녀는 이 학교에서 도제가 되어―공짜로 배웠다―배운 것을 다른 학생들에게 무료로 가르치고―공짜로 먹었다―공짜로 숙박하는 만큼 학교의 사람들로부터 헤아릴 수 없는 천대를 받았다. 외출이 자유롭고 더 존중받으며 그녀보다 좀 더 나은 대접을 받았기 때문에 하녀들도 에드워드 양이 무시당한다는 느낌을 받았다. 학생일 때는 돈을 내고 학교에 다녔고 지금은 학교로부터 봉급을 받고 있었기 때문에, 교사들은 절대적으로 우월했다. 집안에 대해 거창하게 할 얘기도 없고, 함께 역마차를 타고 갈 친구도 없고, 교장에게 케이크와 와인을 비굴하게 받고, 방학에 데려가는 공손한 하인도 없는 그녀에게 학생들은 별다른 관심을 두지 않았다. 에드워드 양은 고상한 이야깃거리도 보여줄 것도 없었다. 그런데 어째서 몬플라더스 양은 항상 이 가여운 도제에게 짜증을 내고 그녀를 성가시게 하는 걸까? 왜 그런 일이 발생할까?

몬플라더스 양의 가장 큰 자랑거리이자 학교의 가장 큰 영광은 바로 준 남작의 딸, 그러니까 진짜 살아있는 준 남작의 딸이었다. 그런데 안타깝게도 준 남작의 딸은 기이한 자연의 법칙이 퇴행해 외모가 평범할 뿐만 아니라 머리도 좋지 않았다. 반면 가난한 도제는 두뇌도 명석하고 얼굴도 예뻤다. 믿을 수 없는 일이었다. 에드워드 양은 적은 보수—이미 오래전에 다 써버렸다—를 받으면서도, 모든 과목을 과외로 더 배우고 (또는 가르침을 받고) 6개월 과외비용이 다른 학생들의 두 배나 되었지만 학생 신분에 맞는 명예와 명성을 고려하지 않는, 준 남작의 딸보다 하루하루가 뛰어났다. 그래서, 그리고 학교에 얹혀 지낸다는 이유로, 몬플라더스 양은 에드워드 양을 대단히 싫어했고, 그녀에게 독기를 품었으며, 그녀로 인해 화를 냈다. 그리고 에드워드 양이 어린 넬에게 동정심을 보이자, 앞서 보았듯 그녀를 구두(口頭)로 혼내고 학대했다.

"오늘은 외출 금지입니다, 에드워드 양." 몬플라더스 양이 말했다. "방에서 근신하세요. 허락 없이 방을 나가서도 안 됩니다."

가여운 숙녀가 서둘러 자리를 떠나고 있었는데, 몬플라더스 양이 갑자기 억제된 날카로운 목소리를 내며 바닷사람의 관용어로 "항해 속도를 늦추어라"라고 말했다.

"인사도 없이 그냥 가다니!" 몬플라더스 양이 고개를 들고 하늘을 쳐다보며 소리쳤다. "내 존재에 대한 어떤 감사도 없이 그냥 가버렸어."

에드워드 양이 몸을 돌려 인사했다. 넬은 숙녀가 검은 눈동자로 상관을 올려다보는 모습을 지켜보았고, 그 눈빛과 몸짓은 이 옹졸한 관례에 대한 말 없는, 하지만 가장 감동적인, 불복종임을 알 수 있었다. 몬플라더스 양은 그에 대한 답으로 고개만 끄떡일 뿐이었고, 그 거대한 문은 터질 듯한 가슴 위로 닫혀버렸다.

"너는, 못된 아이," 몬플라더스 양이 넬을 향해 돌아서며 말했다. "너는 네 주인에게 가서 주제넘게 마음대로 날 찾아오면

입법 당국에 편지를 보내 족쇄를 차게 하거나 교회재판소에서 속죄하게 한다고 전해라. 너도 감히 이곳에 다시 찾아오면 감옥에 갈 줄 알아. 자, 여러분. 이제 가죠."

행렬은 손에 책과 양산을 들고 둘씩 짝을 지어 줄을 섰고, 몬플라더스 양은 준 남작의 딸에게 같이 걷자고 제의하며 상한 기분을 풀었다. 그때까지 동정의 미소를 주고받던 두 교사는 뒷줄에 남겨져 서로를 증오하며 같이 좀 더 걸어갈 수밖에 없었다.

32장

몬플라더스 양으로부터 족쇄와 참회라는 모욕적인 협박을
받은 사실을 처음 알게 된 잘리 부인의 분노는 말로 표현할 방
법이 없었다. 진실하고 유일한 잘리가 대중에게 멸시당하고 아
이들에게 조롱당하며 하급 교사의 비웃음거리가 되다니! 귀족
과 상류층의 기쁨이 런던 시장 부인도 쓰고 싶어 탄식하는 보닛
을 빼앗기고 고행과 굴욕의 구경거리인 흰색 천을 쓴다니! 몬플
라더스, 가장 멍청하고 상상력도 없는 그 겁 없는 인간이 모욕
적인 저주를 퍼붓다니! "그것을 생각하니," 잘리 부인이 가득 찬
분노와 복수할 방법이 없는 약점으로 폭발하며 말했다. "차라리
무신론자가 되고 싶구나."

하지만 이런 보복의 방식을 취하는 대신 다시 생각한 잘리
부인은 수상한 병을 꺼내 아끼는 북 위에 잔을 놓으라고 명령했

고, 그 뒤에 있는 의자에 털썩 주저앉아 수행원들을 주위로 불러 모으고는 그들에게 자신이 받은 모욕을 몇 번이고 정확하게 들은 그대로 말했다. 이렇게 하고 그녀는 일종의 깊은 절망에 빠져 수행원들에게 술을 권했고, 그러고는 웃고, 그러고는 울고, 그러고는 술을 홀짝거리고, 그러고는 다시 웃고 울고 조금 더 홀짝거렸다. 이 가치 있는 여성은 그러기를 계속하다가 점차 웃음이 늘어나며 눈물이 줄어들었고, 마침내는 지독한 원통함의 대상에서 순전한 조롱과 부조리의 대상이 된 몬플라더스 양을 마음껏 비웃을 수 없게 되었다.

"둘 중 누가 돈이 더 많을까, 궁금해." 잘리 부인이 말했다. "그 여자야, 나야! 그냥 하는 말이야. 모든 걸 고려할 때, 그 여자가 나에게 족쇄를 채운다고 말했는데, 나 또한 그 여자에게 족쇄를 채우지 못할 이유가 없잖아. 족쇄를 차면 어느 쪽이 더 웃길까? 체, 그게 무슨 상관이람!"

이렇게 편안한 마음 상태에 이른 잘리 부인은 (사실 철학에 조예가 깊은 조지의 짧은 감탄사에 도움을 받았다) 따뜻한 말로 넬을 위로했고, 개인적인 호의로 몬플라더스 양이 생각날 때마다 다른 건 몰라도 평생 그녀를 비웃어달라고 부탁했다.

해가 지기 한참 전에 가라앉은 잘리 부인의 분노는 그렇게 끝났다. 하지만 넬의 근심거리는 더 깊은 종류였고, 그녀의 유쾌함을 억누르는 방해물은 쉽게 사라지지 않았다.

소녀가 우려한 대로 그날 저녁 노인은 슬그머니 사라져 밤이 한참 지나도록 돌아오지 않았다. 지칠 대로 지쳐 심신이 피로해진 소녀는 그가 돌아오기를 손꼽아 기다리며 한숨도 자지 않고 앉아 있었다. 그는 빈털터리에다 몸까지 쇠약해져 비참한 몰골이었지만, 여전히 노름에 미쳐 있었다.

"돈을 좀 내놔라." 노인이 폭풍우가 치던 날처럼 사납게 돌변하며 말했다. "돈이 있어야 한다, 넬. 하루 이자를 엄청나게 쳐주마. 그러니 네 손에 들어오는 돈은 모두 나를 다오. 다 너를 위해 쓸 거야. 알고 있지? 다 너를 위해서야!"

노인이 은혜를 베푼 사람의 돈을 훔치지 않도록 수중에 들어오는 모든 돈을 그에게 주는 방법 말고 아이가 가진 지식으로 무엇을 할 수 있겠는가? 이 사실을 털어놓는다면 (아이는 그것도 생각했다) 그는 정신병자 취급을 받을 것이고, 돈을 주지 않는다면 혼자 돈을 구할 것이다. 돈을 준다면 오히려 불에 기름을 붓는 꼴이 되어 영영 회복이 불가능하리라. 이런 생각들로 아이는 주의가 산만해졌고, 감히 말할 수 없는 슬픔의 무게에 짓눌렸고, 노인이 없을 때마다 근심으로 고통받았다. 그리고 그가 곁에 있건 없건 두려운 것은 마찬가지였기에, 소녀는 뺨에 핏기가 사라지고, 눈은 갈수록 흐릿해지고, 마음도 답답하고 무거워졌다. 새로운 두려움과 의심으로 더 커져서 돌아온 소녀의 오래된 슬픔은 낮이면 마음속에 자리를 잡고 밤이면 머리맡을 맴돌며 꿈속까지 쫓아와 괴롭혔다.

고통의 한가운데서 소녀가 슬쩍 눈길로만 본 그 상냥한 어린 숙녀를 자주 떠올리는 것은 당연했다. 한 번의 가벼운 간단한 행동으로 표현된 숙녀의 동정심은 소녀의 기억에 수년 동안의 친절처럼 남아 있었다. 소녀는 슬픈 속내를 털어놓을 그런 친구가 있다면 마음이 얼마나 가벼워질까, 그저 숙녀의 목소리를 듣기만 해도 얼마나 행복할까 하고 종종 생각하곤 했다. 그러고는 친절한 숙녀가 좀 더 잘 지내기를, 그렇게 가난하거나 초라하지 않기를, 반박하는 것을 두려워하지 않고 마음껏 자기주장을 펼치기를 마음속으로 바랐을 것이다. 그런 다음 곧 자신들 사이에 가늠할 수 없는 거리가 존재한다는 사실을 느끼고 소녀는 그 어린 숙녀가 자신을 생각해 주리라는 희망을 품지 않았으리라.

방학을 맞아 어린 숙녀들은 각자 집으로 돌아갔고, 몬플라더스 양은 런던에서 활약하며 중년 신사들의 마음을 꽤 아프게 한다는 얘기가 들려왔다. 하지만 에드워드 양에 대해 말하는 사람은 아무도 없었다. 집에 돌아갔는지, 돌아갈 집은 있는지, 여전히 학교에 머무르는지 말이다. 그러던 어느 날 저녁 홀로 산책을 마치고 전시장으로 돌아가던 넬은 우연히 역마차가 정차하는 여관 앞을 지나게 되었다. 누군가가 마차를 몰고 왔을 때, 소녀가 분명히 기억하는 그 아름다운 숙녀가 사람들의 도움을 받으며 막 마차 지붕에서 내려오는 어린아이 한 명을 껴안기 위해 앞으로 밀고 나왔다.

숙녀가 5년 동안 보지 못한 (나중에 안 사실이다) 넬보다 훨씬 어린 그녀의 여동생이었다. 숙녀는 동생을 잠시 그곳으로 데려오려고 그동안 저축을 해왔다. 넬은 자매의 만남을 지켜보며 마음이 찢어질 듯 아팠다. 마차 주변에 모여 있던 사람들 무리에서 조금 벗어나자, 자매는 서로를 부둥켜안고 기뻐 눈물을 글썽이며 흐느꼈다. 그들의 소박하고 수수한 옷차림, 동생이 홀로 달려왔을 먼 길, 그들의 불안과 기쁨, 그들이 흘리는 눈물이 두 사람의 사연을 말해주었다.

그들은 곧 마음을 가라앉히고 손을 잡고 가는 정도가 아니라 아예 서로에게 꼭 달라붙어 길을 갔다. "언니, 정말 행복하지?" 숙녀의 동생이 넬이 서 있는 곳을 지나치며 말했다. "지금은 정말 행복해." 숙녀가 대답했다. "항상?" 동생이 물었다. "어, 그런데 언니 왜 얼굴을 돌려?"

넬은 약간 떨어진 거리에서 그들 뒤를 따라가지 않을 수 없었다. 그들은 숙녀가 여동생의 방을 예약해 둔 늙은 보모의 집으로 갔다. "매일 아침 일찍 널 보러 올게." 숙녀가 말했다. "그러면 종일 같이 있을 수 있어."—"왜 밤에는 안 돼? 그러면 누가 언니에게 화를 내?"

그날 밤 왜 어린 넬의 눈은 자매의 눈처럼 눈물로 젖어 있었을까? 왜 두 사람의 만남에 감사한 마음을 품고 곧 헤어져야 한다는 생각에 가슴이 아팠을까? 우리는 넬이 이기적으로—그렇다고 해도 무의식적으로 그랬을 테니—자신의 시련을 생각해 그들에게 연민을 품었다고 믿지는 말자. 그리고 타인의 순수한 기쁨이 우리를 감동하게 할 수 있고, 심지어 우리의 천성이 타락했을지라도 하늘나라에서 상을 받아 마땅한 순수한 감정의 원천 하나는 가지고 있음을 하느님께 감사하자.

명랑한 아침 빛도 있었지만, 저녁의 아늑한 빛을 더 자주 받으며, 아이는, 자매에게 다가가 감사의 말을 전하고 싶었지만, 그들의 짧고도 행복한 소통을 존중하며, 그들의 산책과 거리를 두고 그 뒤를 따라갔다. 그들이 멈추면 함께 멈추고, 그들이 앉으면 함께 풀밭 위에 앉고, 그들이 일어서면 함께 일어서며 곁에 있는 것만으로도 동료애와 기쁨을 느꼈다. 자매는 저녁에는 강가를 산책했다. 아이는 그곳에서 매일 밤 자매를 지켜보며—그들 눈에 띄지도 않고, 그들에게 생각을 불러일으키지도 않고, 그들의 주의를 끌지도 않으며—그들이 친구인 듯, 서로에게 믿음과 신뢰가 있는 듯, 그들에게 속내를 털어놓아 마음이 가벼워진 듯, 그들과 슬픔을 같이 나누고 서로 위안을 얻는 사이가 된 듯 생각했다. 어쩌면 어리고 외로운 존재의 근거 없는 유치한 상상에 불과했을지도 모르지만, 밤마다 자매는 같은 장소를 배회했고, 여전히 아이는 온화하고 차분한 마음으로 자매의 뒤를 따라갔다.

어느 날 저녁, 산책에서 돌아온 소녀는 잘리 부인의 이 거대한 전시가 내일로 마지막이라는 취지의 발표를 듣고 깜짝 놀랐다. 이 위협적인 발표가 실행되면 (대개 대중 오락과 관련한 모든 발표는 취소하지 않고 정확하게 지켜지는 것으로 잘 알려져 있기 때문에) 밀랍 인형 전시장은 내일 문을 닫는다.

"이곳에서 바로 떠나나요?" 넬이 물었다.

"애야!" 잘리 부인이 대답했다. "알려주마." 이렇게 말하고 또 다른 발표를 했다. 밀랍 인형 전시장 입구에서 수없이 문의한 결과, 입장권을 구하지 못해 수많은 사람이 실망한 결과, 전시는 일주일 더 계속될 것이며 내일 재개관한다고 했다.

"이제 학교는 방학을 했고, 정규 방문객도 없으니," 잘리 부인이 말했다. "일반 대중을 찾아갈 계획이다. 사람들은 자극적인 걸 원하거든."

다음 날 정오에 잘리 부인은 앞서 언급한 유명한 밀랍 인형을 주위에 두고 요란하게 장식한 탁자 뒤에 자리를 잡고 앉아, 안목 있고 계몽된 대중들이 다시 입장하도록 전시장 문을 활짝 열라고 명령했다. 하지만 첫날 영업은 전혀 성공적이지 않았다. 일반 대중이라, 잘리 부인에게 개인적으로 관심을 표명했지만, 무료로 볼 수 있을 듯한 밀랍 인형을 두 당 6펜스를 내고 구경하라는 어떤 자극에도 영향을 받지 않았다. 그래서 많은 사람이 전시장 입구에서 진열된 인형을 쳐다보고, 한 시간에 한 번 있는 손풍금 연주를 듣기 위해 그리고 광고 전단을 읽기 위해 오랫동안 참고 기다리고, 친구들에게 밀랍 인형 전시를 보라고 적극적으로 추천했지만, 그날 휴가를 얻은 마을 사람의 절반이 전시장 출입로를 가로막을 때까지, 다시 나머지 절반의 사람들이 빠질 때까지 돈통에 돈이 쌓이거나 전시가 성공하리라는 희망은 어디에도 보이지 않았다.

잘리 부인은 이 고전적인 시장의 침울한 상황에서 대중의 흥미를 자극하고 호기심을 유발할 특별한 노력을 기울였다. 문 위에 있는 수녀 인형의 몸 안에서 기계류를 치워버리고 움직이게 한 것이다. 그랬더니 수녀 인형이 인사불성인 사람처럼 온종일 머리를 흔들었는데, 이는 술에 취한 사람에게 크게 칭송받았지만, 길 건너편 이발사—신교도였다—는 앞서 언급한 인사불성인 행동을 로마 가톨릭교회의 의식이 인간의 정신에 가져다준 품위를 떨어뜨리는 효과의 전형으로 보고, 이를 주제로 대단한 입심과 도덕성으로 열띤 담론을 펼쳤다. 두 명의 짐마차 꾼은 여러 분장을 하고 전시장 안팎을 계속 오가며 지금껏 본 것 중 가장 가치 있는 전시라고 큰 소리로 외쳤고, 눈에 눈물을 보이며 행인에게 그런 기쁨을 만끽할 기회를 놓치지 말라고 충고했다. 잘리 부인은 정오부터 밤까지 은화를 짤랑거리며 입장료를 받는 곳에 앉아, 입장료가 단돈 6펜스라는 점과 유럽 국왕들을 대상으로 하는 순회공연이 잡혀 있어서 전체 밀랍 인형 수집품들은 딱 일주일 동안만 전시한다는 점을 명심하라고 사람들에게 엄숙하게 알렸다.

"이제 볼 시간입니다. 볼 시간입니다." 잘리 부인은 말을 마칠 때마다 이렇게 소리쳤다. "세상에서 유일한, 백 점이 넘는 수집품임을 명심하세요. 다른 것들은 가짜에다 사기입니다. 이제 볼 시간입니다. 볼 시간입니다!"

33장

~~~~~~~~~~~~~~~

　이야기를 계속 이어가기 위해 이쯤에서 우리는 샘슨 브라스 씨의 집안 형편과 관련한 몇 가지 사실을 알아둘 필요가 있다. 이런 목적을 위해 현재보다 알맞은 장소는 존재하지 않을 듯하니, 역사학자는 다정한 독자의 손을 잡고 공중으로 뛰어올라 이 기분 좋은 지역을 함께 여행했던 돈 클레오파스 레안드로 페레즈 잠불로와 그의 지인보다 빠른 속도로 공기를 가르며 날아가 베비스 막스 거리에 내려놓는다.

　용감무쌍한 비행가들은 한때 샘슨 브라스 씨의 저택이었던 작고 우중충한 어느 집 앞에 착지한다.

　인도에 바싹 붙어 있어서 주택의 벽을 지나가는 사람이 윗도리 소매로 어둑한 유리를 문지르는—매우 더러워서 그러면 훨씬 좋아진다—이 작은 주택의 거실 창문에는, 샘슨 브라스가

426　오래된 골동품 상점 1

점거하던 시절 이 거실 창문에는, 뒤틀리고 늘어진, 햇볕에 색이 바랜 녹색 커튼이 걸려 있었다. 커튼은 오래 사용한 탓에 실이 다 풀려 어두침침한 작은 방의 광경을 막아주지 못하고 오히려 그 방을 정확하게 관찰할 수 있는 좋은 매개물이 된다. 그 방에 볼 것은 별로 없었다. 그 위에 주머니에 오래 넣고 다녔는지 누렇게 색이 바래고 너덜너덜해진 종이 더미가 과시하듯이 진열된 곧 무너질 듯한 탁자, 이 흔들리는 가구를 사이에 둔 채 서로 마주 보고 놓여 있는 두 개의 의자, 앙상한 팔로 수많은 고객을 껴안고 그들을 마를 때까지 쥐어짜도록 도운 벽난로 옆에 놓인 의심스러운 낡은 의자, 한때는 가발 상자로만 쓰였지만 지금은 상자 그 자체인 서류와 신고서를 비롯한 여러 소소한 법률 서류들을 보관하는 중고 가발 상자, 일반적인 실무서 두세 권, 잉크병, 잉크가 번지지 않도록 하는 가루 통, 짤막한 난로 청소용 빗자루, 찢어져서 압정으로 간신히 버티는 바닥의 카펫들과 함께 노란 징두리 벽 판, 담배 연기로 변색이 된 천장, 먼지와 거미줄 등이 샘슨 브라스 씨의 사무실에서 가장 눈에 띄는 장식품이었다.

하지만 이것들은 '사무변호사 브라스'라고 문에 붙은 명판과 문 두드리는 쇠고리에 묶여 있는 '독신 남성에게 2층 세놓음'이라고 적힌 광고 전단만큼이나 그저 중요하지 않은 정물에 불과했다. 그 사무실은 일반적으로 좀 더 이 이야기의 취지에 맞고 더 강한 흥미와 좀 더 각별한 관심을 불러일으키는 두 개의 살아 있는 실물 표본을 보유하고 있었다.

그중 하나는 이미 앞서 등장한 브라스 씨 자신이었다. 다른 하나는 그의 사무원이자 보조이며, 집안일을 도맡아 하는 사람이면서 그의 비서이고, 은밀한 공모자이자 조언자에, 음모자이자 소송비용을 늘려주는 관습법의 여장부 브라스 양이었다. 예의상 그녀를 간단히 소개하는 것이 좋을 듯하다.

당시 샐리 브라스 양은 야위고 마른 체형에 단호한 태도를 지닌 서른다섯 살가량의 여성이었다. 그런 태도 때문에 그녀가 사랑의 감정을 억누르고 흠모하는 남자들을 멀리하면, 그녀에게 다가가려는 행복함을 지닌 낯선 남성들의 가슴에 경외심과 비슷한 감정을 반드시 불러일으켰다. 외모는 오빠 샘슨과 놀라울 정도로 닮았는데, 어찌나 닮았는지 샐리가 친구들 모임에서 장난으로 오빠 샘슨의 옷을 입고 오빠 옆자리에 앉아 있으면 두 사람을 오래 알고 지낸 사람조차 누가 누군지 구분하지 못했다. 특히, 이 숙녀가 윗입술에 어떤 불그스름한 시위라도 해서 그 상상이 복장에 도움을 주었다면 콧수염으로 오인되었을지도 모른다. 하지만 브라스 양은 타고난 무례함이 없는 사람이라 이런 일은 다 그럴듯한 얘기고 속눈썹이 잘못 붙어 생기는 일에 지나지 않았다. 안색에서 브라스 양은 약간 병색이 (말하자면 누렇게 뜬) 엿보였지만, 이 빛깔은 웃고 있는 코끝에 덮인 건강한 홍조로 기분 좋게 완화되었다. 매우 인상적인 목소리는 성량이 깊고 풍부해서 한 번 들으면 쉽게 잊히지 않았다. 평소 복장은 사무실 창문에 걸린 커튼 색과 다르지 않은 몸에 꽉 끼는 초록색 드레스였고, 목구멍까지 올라와 목뒤에서 크고 무거운 단추로 단단히 조였다. 철저하게 소박하고 간소한 것이 우아함의 생명이라 믿는 브라스 양은 깃이 달린 옷을 입거나 목수건을 두르는 법이 없었다. 다만 전설 속 흡혈귀의 날개처럼 언제나 갈색의 가볍고 투명한 천 스카프로 머리를 꾸몄는데, 그것을 비틀어 만들어지는 모양 그대로 편하고 우아한 머리 장식을 연출했다.

브라스 양은 그런 사람이었다. 강인하고 진취적인 성격이었던 그녀는 아주 젊을 때부터 평범하지 않은 열정으로 법률 공부에 매진해 왔다. 단번에 성공하려는 허황한 꿈으로 시간을 낭비하지 않고 조심스럽게 모든 길의 굴곡을 따라 자기 길을 갔다는 말이다. 많은 지적인 사람들처럼 이론만 고집하거나 실제로 지식을 써먹을 때가 오면 배움을 멈추는 그런 사람도 아니었다. 그녀는 자신이 몰두할 수 있는 한 공정하게 옮겨 적고, 서류 양식을 정확하게 기재하고, 잉크가 번지지 않도록 하는 가루를 뿌리기 위해 양피지 가죽을 올려놓거나 펜을 고치는 등 사무실의 일상적인 일을 재빠르게 처리했다. 이렇게 다양한 매력을 지닌 브라스 양이 어째서 결혼을 못 했는지 이해가 되지 않는다. 하지만 브라스 양이 인간에게 반감이 있거나 그녀에게 구애하고 마음을 얻었을지 모르는 남성들이 그녀가 우리에게 친숙한 용어로 위반 행위를 규제하는 특정 법률을 손으로 주무르듯 알고 있다는—법을 배웠으니—두려움에 미리 포기했는지는 알 수 없지만, 브라스 양이 여전히 독신으로 매일 오빠 샘슨의 맞은편 낡은 의자를 지켰다는 것은 확실한 사실이다. 이와 똑같은 확실한 다른 사실 하나는 두 사람이 앉는 의자 사이에서 수많은 사람이 나락으로 떨어졌다는 것이다.

어느 날 아침 샘슨 브라스 씨는 의자에 앉아 어떤 법적 절차를 베끼고 있었고, 지시받은 당사자의 가슴에 글을 쓰는 듯 심술궂게 펜을 종이에 꾹꾹 눌러썼다. 샐리 브라스 양도 의자에 앉아 작은 청구서를 작성하기 위해 새로운 펜을 준비 중이었는데, 이것은 그녀가 가장 좋아하는 업무였다. 둘은 한참 동안 그렇게 말없이 앉아 있었고, 마침내 샐리 브라스 양이 침묵을 깼다.

"다 돼 가, 새미?" 브라스 양이 말했다. 순하고 여성스러운 입술에서 샘슨은 새미가 되었다. 이렇듯 샐리의 입술을 거치면 모든 것이 부드러워졌다.

"아니." 오빠가 대답했다. "필요한 때 도와줬으면 벌써 끝났을 텐데."

"아, 그래." 샐리 양이 소리쳤다. "내 도움이 필요하다? 그래서 직원을 두려고!"

"나 좋아지려고 그러니, 내가 원해서 하는 거야? 이 짜증 나게 하는 악당아!" 브라스 씨가 펜을 입에 물고 여동생에게 심술궂게 이를 드러내고 히죽거리며 말했다. "직원을 두려는 것에 대해 나를 놀리는 이유가 뭐야?"

브라스 씨가 여동생을 '악당'이라고 부르는 것이 경탄이나 놀라움의 대상이 되지 않도록 여기에서 밝혀두는 것이 좋을 듯하다. 그는 여동생을 늘 남자 대하듯 하다 보니 샐리 양이 진짜 남자인 듯 말하는 데 점점 익숙해졌다. 이 느낌은 완전히 상호적이라 브라스 씨가 샐리 양을 악당이라고 부르거나 심지어 악당 앞에 다른 말을 붙여서 불러도 샐리 양은 당연하게 받아들였고, 다른 숙녀들이 천사로 불리고도 별다른 반응을 보이지 않듯 아무렇지 않게 반응했다.

"어젯밤에 세 시간을 설명했는데, 직원을 두려는 일로 놀리는 이유가 뭐야?" 브라스 씨가 어느 귀족이나 신사의 문장(紋章)처럼 펜을 입에 문 채 다시 히죽거렸다. "그게 내 잘못이야?"

"내가 아는 건," 샐리 양이 이렇게 말하고 은근슬쩍 웃었다. 오빠를 괴롭히는 것만큼 재미있는 일도 없었기 때문이다. "오라버니 고객들이 죄다 직원을 두라고 요구한다면, 우리가 원하든 원하지 않던, 오라버니는 이 일을 그만두고 변호사 자격을 포기한 다음 최대한 빨리 처형되는 게 나을 거야."

"그만한 고객이 있었어?" 브라스가 말했다. "여태 그 사람만

한 고객이 있었느냐고, 대답해 봐."

"그 얼굴을 말하는 거야!" 여동생이 말했다.

"그 얼굴을 말하는 거냐고!" 샘슨 브라스가 손을 뻗어 거래원장을 집어 들고 빠르게 휙휙 페이지를 넘기며 비꼬았다. "이것봐. 다니엘 퀼프 귀하, 다니엘 퀼프 귀하, 다니엘 퀼프 귀하, 전부 다니엘 퀼프야. 그가 '자네에게 필요한 바로 그 사람이네'하고 추천하면 그 사람을 쓰는 게 맞아, 아니면 모든 걸 잃는 게 맞아, 응?"

황송하게도 샐리 양은 아무 대꾸도 하지 않았고, 다시 희미하게 웃고는 일에 몰두했다.

"하지만 그게 뭔지는 나도 알아." 잠시 침묵하더니 브라스가 입을 열었다. "너는 지금까지 그랬듯 일을 마음대로 처리하지 못할까 봐 걱정하지. 내가 그것도 모른다고 생각해?"

"내가 없으면 이 일도 오래가지 못할 거야." 여동생이 침착하게 말했다. "바보처럼 굴어서 나를 자극하지 마. 그냥 오빠 일이나 신경 써, 새미."

샘슨 브라스는 내심 여동생이 무서워서 부루퉁한 얼굴로 고개를 푹 숙이고 쓰기에 열중하며 그녀의 말을 들었다.

"내가 그 사람을 직원으로 두지 않겠다고 했으면 당연히 오지 못할 거야. 오라버니도 잘 알 텐데. 그러니까 그런 말도 안되는 소리는 하지도 마."

동생의 이 말에 기가 더 죽은 브라스 씨는 숨죽인 소리로 자신은 그런 농담은 좋아하지 않으며 샐리 양이 화를 돋우지 않는다면 '훨씬 좋은 친구'가 될 것이라고 말했다. 샐리 양은 오빠의 이 말에 자신은 우스갯소리를 좋아하며 일부러 그 재미를 포기할 생각은 없다고 응수했다. 브라스 씨가 이 문제에 대해 더는 얘기할 생각이 없어 보이자, 그들은 부지런히 펜을 굴렸고, 대화는 거기에서 끝났다.

그들이 열심히 일에 몰두하고 있을 때 갑자기 창문이 어두컴컴해졌다. 누군가가 창문에 기대 서 있었기 때문이다. 브라스 씨와 샐리 양이 이유를 알아내려고 고개를 들었고, 그러자 위쪽 창이 바로 내려가더니 퀼프가 머리를 쑥 들이밀었다.

"안녕하쇼!" 퀼프가 창틀 위에 까치발을 하고 서서 사무실 안을 들여다보며 인사했다. "집에 아무도 없습니까? 여기 악마의 물건은 없나? 브라스는 품절인가?"

"하하하!" 변호사가 황홀경에 빠져 웃었다. "오, 정말 재밌습니다! 너무 재미있어요. 정말 별납니다! 아! 정말 재치가 넘칩니다!"

"샐리 맞지?" 멋진 샐리 양에게 추파를 던지며 난쟁이가 꺽꺽거렸다. "눈가리개를 벗고 칼과 저울은 들지 않은 정의의 여신 아닌가? 법을 휘두르는 강력한 팔? 베비스 막스의 성모 마리아 아닌가?"

"정말 유창한 말솜씨입니다." 브라스가 외쳤다. "맹세코, 정말 남다릅니다."

"어서 문이나 열어." 퀼프가 말했다. "여기 사람을 데려왔네. 멋진 서기야. 자네를 위한 상(賞)이자 트럼프의 에이스지. 빨리 문을 열지 않으면 근처 다른 변호사가 우연히 창밖을 내다보다가 자네가 보는 앞에서 자네의 상(賞)을 덥석 물어갈지도 몰라."

그 최고의 서기를 경쟁 변호사에게 빼앗겨도 아무렇지 않을 듯했지만, 브라스 씨는 민첩하게 움직이는 척하며 자리에서 벌떡 일어나 문으로 다가가서는 뒤를 돌아보며 고객이 들어올 수 있게 문을 열어주었다. 그가 손을 잡고 들어온 자는 다름 아닌 리처드 스위블러 씨였다.

"저기 있군," 문 앞에서 잠깐 걸음을 멈추고 샐리 양을 향해 눈썹을 찡그리며 퀼프가 말했다. "내가 결혼했어야 했던 여자야. 아름다운 사라. 여성의 매력이란 매력은 모두 갖추고도 약점 하나 없는 여자. 오, 샐리, 샐리!"

이 애틋한 연설에도 샐리 양은 "아, 짜증 나!"하고 간단한 말로 답했다.

"그녀의 이름에 붙은 금속처럼 냉담한 가슴이지." 퀼프가 말했다. "그 놋쇠를 녹여서 다른 이름으로 바꾸면 어떨까?"

"허튼소리 좀 그만하시죠, 퀼프 씨." 샐리 양이 음산한 미소를 지으며 말했다. "낯선 분 앞에서 부끄럽지도 않아요?"

"이 낯선 젊은이는," 퀼프가 딕 스위블러를 앞으로 잡아끌며 말했다. "나를 잘 이해하지 못할 정도로 감수성이 아주 풍부한 사람이지. 여기는 스위블러 씨, 내 친한 친구. 훌륭한 가문의 신사이자 큰돈을 상속받을 사람이야. 하지만 뭐, 젊은 사람의 객기로 당분간 기꺼이 서기라는 천한 일을 한다는군. 여기에서 천한 일이라 봐야 모두가 부러워하는 일이지만. 아, 정말 공기가 좋군!"

퀼프 씨의 마지막 말이 비유였고, 샐리 양이 내쉰 공기가 그 앙증맞은 존재에 의해 달콤해지고 정화되었음을 의미했다면 틀림없이 좋은 뜻으로 말했을 것이다. 하지만 말 그대로 사무실 공기가 정말 좋아서 그렇게 말했다면 그는 독특한 취향을 지닌 사람이 분명했다. 왜냐하면 그곳의 공기는 갑갑한 데다 흙냄새가 났고, 듀크스 플레이스와 하운즈디치에서 판매용으로 내놓은 헌 옷의 상당히 불쾌한 냄새가 자주 스며들었고, 무엇보다 쥐들이 돌아다니기에 딱 좋은 환경으로 곳곳에 곰팡이 얼룩이 퍼져 있었기 때문이다. 그의 탄성에 스위블러 씨도 의아했는지 코를 한두 번 짧게 킁킁대고는 히죽거리는 난쟁이를 믿을 수 없다는 눈빛으로 바라보았다.

"스위블러 씨는," 퀼프가 말했다. "야생 귀리를 파종하는 농사일에 익숙하니까,[16] 샐리 양, 전혀 없는 것보다 조금이라도 있

---

16 무의미한 일을 한다는 뜻.

는 편이 낫다고 생각해서 신중히 고려했어. 해를 입는 사람이 없도록 신중하게 생각해서 당신 오빠 제의를 받아들였지. 브라스. 스위블러 씨는 이제 자네 직원이네."

"정말 영광입니다." 브라스 씨가 말했다. "정말 기쁩니다. 스위블러 씨가 나리와 친분을 쌓았으니, 그는 정말 복 받은 사람입니다. 스위블러 씨, 무척 자랑스러울 겁니다."

딕은 절대 친구도 친구에게 줄 술도 원하지 않는다고 중얼거렸고, 항상 입버릇처럼 하는 우정의 날개는 털갈이하지 않는다는 말을 신음처럼 내뱉었다. 하지만 그는 온통 샐리 브라스 양에게 정신을 빼앗긴 듯 애처로운 표정으로 멍하니 그녀만 바라보았고, 그 모습은 주의 깊은 난쟁이에게 더할 나위 없는 기쁨을 주었다. 멋진 샐리의 경우, 그녀는 남자 사업가처럼 손을 마주 비볐고, 귀 뒤에 펜을 꽂고 사무실 안을 서성거렸다.

"내 생각에 말이야," 난쟁이가 힘차게 법적인 친구를 향해 돌아서며 말했다. "스위블러 씨에게 바로 일을 맡기면 어떨까? 오늘, 월요일 아침부터."

"원하면 그렇게 해야지요. 아무렴요." 브라스가 대답했다.

"샐리 양이 법을 가르칠 거야. 아주 즐거운 법학 공부가 되겠군." 퀼프가 말했다. "그녀는 스위블러의 안내자이자, 친구이자, 동료이자, 블랙스톤이자, 리틀톤을 잇는 쿡이자, 젊은 법학도 최고의 동반자가 될 거야."

"정말 유창한 말솜씨야." 브라스가 얼빠진 사람처럼 주머니에 손을 찔러 넣고 맞은편 지붕을 물끄러미 쳐다보며 말했다. "말이 술술 나와. 진짜 아름다워."

"샐리 양과 함께," 퀼프가 계속 말했다. "아름다운 법률 소설을 쓰다 보면 그의 하루는 1분처럼 지나갈 테고, 시인 존 도와 리처드 로의 매력적인 작품이 그에게 여명처럼 밀려오면 그의 정신은 깊어지고 마음이 넓어지는 새로운 세상이 열릴지니."

"오, 아름다워, 아름다워! 정~말, 아—름—다—워." 브라스가 소리쳤다. "그의 말을 듣는 건 정말 특별해."

"스위블러는 어디 앉지?" 퀼프가 사무실을 둘러보며 말했다.

"아, 의자를 하나 마련하죠." 브라스가 얼른 대답했다. "나리가 친절하게 제의하기 전까지 다른 직원을 들일 생각은 꿈에도 못 했습니다. 또 사무실이 원체 좁아서. 중고 의자로 알아보겠습니다. 그동안 스위블러 씨가 제 자리에 앉아 있으면, 제가 이 부동산 점유 회복 소송 건을 옮겨 적게 하겠습니다. 저는 보통 오전 내내 외부에 나가 있으니까요."

"나랑 산책이나 할까?" 퀼프가 말했다. "우리 일에 대해 긴히 할 얘기가 있는데. 시간 좀 내줄 수 있나?"

"시간 좀 내줄 수 있느냐고요? 아이고, 농담이죠? 농담도 잘합니다." 변호사가 얼른 모자를 집으며 말했다. "준비되었습니다. 나가기만 하면 됩니다. 앞으로 제 시간은 모두 나리의 것입니다. 나리와 걷는 기회를 빼앗지 마십시오. 퀼프 나리와 대화를 나누며 자신을 성장시킬 기회는 아무에게나 오지 않습니다."

난쟁이가 차가운 시선으로 뻔뻔한 친구를 한 번 쳐다보고는 마른기침을 내뱉으며 발뒤꿈치를 축으로 돌아 샐리 양에게 작별 인사를 했다. 그가 정중하게 인사를 건네자, 그녀도 멋지고 신사다운 태도로 화답했다. 그는 딕 스위블러에게도 고개를 끄덕이고 대리인과 함께 사무실을 나갔다.

딕은 이 세상에 존재하지 않는 신비한 동물이라도 되는 듯 아름다운 샐리를 뚫어지게 바라보며 완전히 뻣뻣하게 굳은 채로 책상 앞에 서 있었다. 밖으로 나간 난쟁이가 다시 창턱에 올라서서 새장 안을 훔쳐보듯 잠시 히죽거리며 사무실 안을 들여다보았다. 딕도 그를 힐끔거렸지만, 못 본 척했다. 그는 퀼프가 사라진 뒤에도 한참 동안 그 자리에서 꼼짝하지 않고, 다른 것은 보거나 생각하지 않고, 샐리 브라스 양만 응시했다.

브라스 양은 이때쯤 비용 청구서 작성에 몰두하느라 딕에게는 눈길 한 번 주지 않았고, 화려한 펜으로 종이에 흠집을 내고 만족스러운 밝은 표정으로 숫자를 적으며 증기 기관처럼 일하고 있었다. 딕은 이제는 초록색 드레스를, 이제는 갈색의 머리 장식을, 이제는 얼굴을, 이제는 빠르게 움직이는 펜을 당혹해하는 바보처럼 바라보며 그곳에 서 있었다. 그리고 자신이 이 기이한 괴물 같은 사람이 일하는 사무실에 어떻게 오게 되었는지, 꿈은 아닌지, 잠에서 깨어날 수 있을지 궁금해했다. 마침내 그가 크게 한숨을 내쉬고 천천히 외투를 벗기 시작했다.

스위블러 씨는 샐리 양에게서 눈을 떼지 않고 외투를 벗어 정성스럽게 갰다. 그런 다음 원래는 해양 탐사를 목적으로 주문했지만 그날 아침 사무실에서 입을 요량으로 가지고 온, 길트 버튼이 두 줄로 박힌 파란색 재킷을 입었다. 그리고 시선을 여전히 샐리 양에게 고정한 채 조용히 브라스 씨의 의자에 앉았다. 그러자 그는 병이 재발했고, 다시 온몸에 힘이 빠지면서 양손으로 턱을 괴고 눈을 크게 떴는데, 어찌나 크게 떴는지 더는 눈을 감는 것이 불가능해 보였다.

너무 오래 바라보아서 더는 아무것도 볼 수 없게 되었을 때 딕은 놀라움의 대상에서 눈을 떼고 옮겨 적어야 할 초안을 넘긴 다음 펜에 잉크를 찍어 마침내 천천히 쓰기 시작했다. 하지만 채 여섯 단어도 쓰지 못하고 새 잉크를 묻히기 위해 잉크 스탠드로 손을 뻗으며 눈을 들게 되었다. 그곳에는 참을 수 없는 갈색의 머리 장식이 있었다. 초록색 드레스가 있었다. 요컨대, 전보다 거대한 매력을 풍기는 샐리 브라스 양이 있었다.

이런 일이 너무 자주 발생하자, 스위블러 씨는 이상한 기운이 서서히 자신에게 몰래 다가오는 것을 느끼기 시작했다. 그녀의 머리 장식을 벗기고 그것을 쓰지 않은 모습이 어떤지 보라는 끔찍한 욕망이었다. 책상 위에는 엄청나게 큰 검은색의 반짝이는 자가 있었다. 스위블러 씨는 자를 집어 들고 코를 문지르기 시작했다.

자로 코를 문지르다가 그것을 손에 쥐고 손도끼 자세를 취하며 몇 번 휘둘렀다. 동작 전환은 쉽고 자연스러웠다. 그는 이런 과장된 동작을 취하며 조금씩 샐리 양의 머리 쪽으로 다가갔다. 머리 장식 끝이 자를 휘두르는 힘으로 펄럭였다. 1인치만 다가가면 멋진 갈색 머리 장식이 바닥에 떨어질 듯했다. 샐리 양은 여전히 아무것도 모른 채 일에 빠져 끝까지 고개를 들지 않았다.

아, 정말 다행이었다. 스위블러가 절박할 때까지 집요하고 고집스럽게 글을 쓴 다음 마음만 먹으면 갈색 머리 장식을 벗길 수 있다는 생각으로 자를 잡아채 그 주위에서 빙빙 돌린 것은 정말 잘한 일이었다. 샐리 양이 고개를 들 거라는 생각이 들면, 샐리 양이 여전히 몰두하고 있다는 것을 알았을 때 그녀가 좀 더 강도 높게 휘두르는 것으로 자신에게 갚아줄 것이라는 생각이 들면, 그가 자를 거둬들이고 그것으로 코를 심하게 문지른 것은 정말 잘한 일이었다. 스위블러 씨는 자를 휘두르는 횟수가 줄어들 때까지 이런 방식으로 마음속 동요를 진정시켰고, 이제 그런 수단에 의지하지 않고도 글을 대여섯 줄까지 쓸 수 있게 된 것은 진정 위대한 인간 승리였다.

34장

이윽고, 그러니까 두 시간가량 부지런히 전념한 끝에 브라스 양은 자기 직무의 결말에 도달했고, 초록색 드레스에 펜을 닦고 주머니에 넣고 다니던 작고 동그란 양철통에서 코담배를 한 줌 집어 들이마시는 것으로 그 사실을 기록했다. 절제된 기분 전환을 마친 후 그녀는 의자에서 일어나 종이를 규격 봉투에 넣고 빨간색 끈으로 묶어 겨드랑에 끼고는 사무실 밖으로 행진했다.

스위블러 씨가 간신히 자리에서 벌떡 일어나 광적인 호른 파이프 연주를 시작했을 때, 문이 열리고 브라스 양의 머리가 재등장하면서 다시 혼자가 된 기쁨에 충만해 있던 그는 방해받았다.

"나, 나가요." 브라스 양이 말했다.

"예. 좋아요," 딕이 대답했다. '나 때문에 서둘러 돌아올 필요는 없어요'라고 마음속으로 덧붙였다.

"사무실에 누가 찾아오면 메모를 받아두고, 담당자가 부재중이라고 말해요. 그렇게 해줄 거죠?" 브라스 양이 말했다.

"그렇게 하죠." 딕이 대답했다.

"오래 걸리지는 않아요." 브라스 양이 자리를 뜨며 말했다.

"그것참 유감이군요." 그녀가 문을 닫았을 때 딕이 대답했다. "갑자기 일이 생겨서 발이 묶이길 바라요. 마차에 치면 더 좋고요. 심하게는 말고요."

아주 진지하게 이런 선의의 표현을 내뱉으며 스위블러 씨는 고객용 의자에 앉아 곰곰이 생각에 잠겼다. 그러고는 그 방을 한두 번 이리저리 서성이다가 다시 의자에 털썩 주저앉았다.

"그래, 난 브라스의 서기야, 그렇지?" 딕이 말했다. "브라스의 서기? 브라스 여동생의 서기이기도 해. 사나운 여자의 서기란 말이야. 아주 좋아! 아주 훌륭해! 다음에는 뭘 할까? 중절모에 회색 옷을 입고, 옷에는 말끔하게 자수가 박힌 번호를 달고 조선소를 바쁘게 돌아다니는, 뒤틀린 벨처 스카프에 발목이 쓸리지 않도록 다리에는 은색 발찌를 차고 있는, 죄수가 되어 있을까? 그렇게 될까? 이 정도면 될까? 아니면 이건 너무 약한가? 그게 뭐든 내 갈 길만 가면 되지 뭐."

스위블러 씨는 완전히 혼자였으므로, 이 발언에서 자신의 숙명이나 운명에 대해 언급했을 것으로 추측되는데, 선례로 알 수 있듯이, 본인들이 좋지 않은 상황에 놓일 때 매우 신랄하게 비꼬는 방식으로 조롱하는 것은 영웅들의 관습이다. 시선을 천장으로 향한 스위블러 씨의 상황으로 판단해 보건대, 이런 물질적인 저명인사들은 보통—연극 무대를 제외하고—대단한 사교의 중심에 있을 때 그렇게 하게 되어 있으므로 그럴 가능성은 더 크다.

"퀼프가 이 자리를 줬어, 보장할 수 있는 곳이라고 말하며." 말없이 생각에 잠겨 있던 딕이 자신이 처한 상황을 하나씩 손가락으로 꼽아 핀잔을 주며 다시 말했다. "내가 나의 선서 진술서를 가져갈 수도 있었을 텐데, 그런 것에 대해서는 듣지 않을 수도 있었을 프레드가 놀랍게도 퀼프를 지지하며 내게도 그렇게 하라고 떠미는 상황, 이것이 난제 1번. 시골에 사는 이모님이 지원을 중단하고 새로 작성한 유언장에서 나를 빼버린 사실을 알리기 위해 애정 어린 편지를 보낸 점, 이것이 난제 2번. 돈도 없고, 신용도 없고, 갑자기 착실해진 듯한 프레드로부터 지원도 없고, 하숙집을 나가라는 공지가 난제 3, 4, 5, 6번. 난제가 산더미처럼 쌓인 상황에서 누가 자유로운 사람이라고 말할 수 있겠는가. 누구도 스스로 무너지지 않지. 그의 운명이 그를 쓰러뜨리면 그의 운명은 반드시 그를 다시 일으켜 세우리라. 그러면 나는 이 모든 것을 야기한 내 운명을 기뻐하며 최대한 내 마음대로 할 테고, 마음 편히 내 운명을 저주하면 돼. 그래 좋아,"

스위블러 씨가 의미심장하게 고개를 끄덕이고 천장에서 눈길을 거두며 말했다. "우리 중 누가 먼저 지치는지 보자! 운명인지, 나인지."

이런 반추—확실히 이것은 매우 심오할 뿐만 아니라 특정 윤리학 체계에서도 전혀 생소한 것은 아니다—로 자신의 몰락에 대한 주제를 일축하고, 스위블러 씨는 의기소침함을 떨쳐내고 무책임한 서기의 유쾌한 안일을 생각했다.

마음의 평온과 냉정함을 얻는 수단으로, 그는 사무실에 대해 전보다 더 많은 세부적인 조사에 들어갔다. 가발 상자, 책, 잉크 병을 들여다보았고, 모든 서류뭉치를 풀어 검사했고, 브라스 씨의 펜나이프에 달린 날카로운 칼날로 책상 위에 한두 개의 문장(紋章)을 새겨 넣었고, 목재 석탄 통 내부에 자기 이름을 적었다. 이를테면 이런 일련의 행위 덕에 공식적인 서기직에 앉게 된 그가 창문을 열고 부주의하게 창밖으로 몸을 기대고 섰을 때 맥주를 파는 소년이 우연히 그 앞을 지나갔다. 그는 소년에게 쟁반을 내려놓고 부드러운 흑맥주 1파인트를 제공하라고 명령했고, 미래 신용 체계를 위한 기반을 마련하고 서신 왕래를 개설할 목적으로 그 자리에서 술을 들이켜고 지체 없이 소년에게 맥줏값을 바로 지급했다. 그러고는 브라스 급의 변호사 서너 명이 보낸 서너 명의 작은 아이들이 법률 관련 심부름으로 들렀는데, 이와 유사한 상황을 팬터마임에서 광대로 연기했기 때문에 스위블러 씨는 이들을 전문적인 방식으로, 정확하고 포괄적인 이해로 맞이하고 돌려보냈다. 이런 일들을 마무리하고 그는 다시 의자에 앉아 시종일관 흥겹게 휘파람을 불며 펜으로 브라스 양의 얼굴을 우스꽝스럽게 그렸다.

그가 업무 외의 일에 정신이 팔렸을 때 마차 한 대가 사무실 앞에 멈췄고, 얼마 지나지 않아 대문을 크게 두 번 두드리는 소리가 들렸다. 이것은 스위블러 씨의 일과 하등 관련이 없었기 때문에, 그 사람이 정식으로 사무실 초인종을 누르지 않았기 때문에, 그 건물에 자기 외에 아무도 없다는 사실을 알면서도, 그는 아주 태연하게 업무 외의 일을 계속했다.

하지만 실수였다. 참을성을 잃은 듯한 노크 소리가 더 짧은 간격으로 들리더니 문이 열렸고, 누군가가 무거운 발걸음으로 계단을 올라와 위층 사무실로 들어왔다. 사무실 문을 손가락 관절 부위로 마구 두드리는 소리가 들리자, 스위블러 씨는 혹시 또 다른 샐리 양—사나운 여자의 쌍둥이 자매—이라도 찾아온 것인가 하고 의아해했다.

"들어오세요!" 딕이 말했다. "격식 차리지 말고. 고객이 늘어나면 복잡해지니까 들어오세요!"

"오, 제발," 복도에서 작고 가녀린 목소리가 들렸다. "나와서 하숙방 좀 안내해 주시겠어요?"

딕은 탁자 너머로 몸을 기울였고, 얼굴과 발을 제외하고 몸

전체에 꼬질꼬질한 앞치마와 앞치마 가슴받이를 입고 있는 작고 엉성한 소녀를 발견했다. 차라리 바이올린 상자를 몸에 걸치는 편이 더 나을 뻔했다.

"어, 누구지?" 딕이 물었다.

하지만 돌아오는 대답은 "제발, 나와서 하숙방 좀 안내해 주시겠어요?"가 전부였다.

소녀의 외모와 태도에서 고풍스러운 분위기 같은 것은 조금도 느껴지지 않았다. 태어나면서부터 노동을 한 아이가 분명했다. 스위블러가 소녀에게 놀란 만큼 소녀도 스위블러에게 겁을 먹은 듯했다.

"난 하숙방하고는 아무 관련이 없으니," 딕이 말했다. "나중에 다시 오라고 해."

"그래도 나와서 하숙방 좀 보여주세요." 소녀가 대답했다. "일주일에 18실링이고, 식사와 청소는 우리가 해요. 구두 닦는 것과 옷 세탁은 별도예요, 겨울철 난방은 하루에 8펜스 들어요."

"네가 직접 보여주지, 그래? 잘 아는 것 같은데." 딕이 말했다.

"샐리 아가씨가 하지 말라고 했어요. 사람들이 저를 처음 보면 제가 작아서 시중을 잘 들지 못할 걸로 생각하거든요."

"하지만 어차피 나중에 네가 얼마나 작은지 알게 될 텐데. 그렇지 않니?" 딕이 말했다.

"아! 하지만 싫어도 2주는 하숙해야 하니까요." 아이가 약삭 빠른 표정을 지으며 대답했다. "그리고 한번 자리를 잡은 사람들은 움직이는 걸 싫어하잖아요."

"그것참 이상한 일이군." 딕이 결국 의자에서 일어나며 투덜 거렸다. "그러니까, 네 말은 네가…요리사란 말이냐?"

"네, 분명 요리를 해요." 아이가 대답했다. "하녀이기도 하고 요. 집안일은 뭐든 다 한다고 보면 돼요."

'가장 지저분한 일은 브라스와 사나운 여자와 내가 하는 것 같은데'라고 딕은 생각했다. 그는 의심이 들고 주저하는 분위기 에서 생각을 좀 더 끌었을지도 모른다. 하지만 그 모습을 보고 소녀가 다시 재촉했고, 복도와 계단에서 나는 누군가의 쿵쿵거 리는 소리는 방문자의 인내심이 바닥나고 있다는 표시였다. 그 래서 리처드 스위블러는 이 일이 대단히 중요하고 그 일에 헌신 한다는 표시로 양쪽 귀에 펜을 끼우고, 입에도 펜을 문 채, 방을 보러 온 독신 신사를 만나기 위해 서둘러 밖으로 나갔다.

그는 쿵쿵거리는 소리가 독신 신사의 여행 가방이 계단에 부 딪히는 소리라는 것을 알고 조금 당황했다. 여행 가방은 계단 넓이의 거의 두 배였고, 게다가 엄청나게 무거워서 독신 신사와 마부가 온 힘을 다해 경사진 계단으로 가방을 옮기는 것은 쉬운 일이 아니었다. 서로 가방을 밀어 넣고, 있는 힘껏 밀고 당기고, 불가능한 모든 각도로 가방을 꽉 조였지만, 계단을 통과하는 것은 불가능해 보였다. 이런 충분한 이유로, 스위블러 씨는 그들 뒤를 따르며 계단을 오를 때마다 샘슨 브라스 씨의 집에 갑자기 들이닥친 것에 대해 항의했다.

이런 항의에도 독신 신사는 대꾸 한마디 없었고, 마침내 가방이 침실에 들어가자 그 위에 걸터앉아 손수건으로 대머리와 얼굴을 닦았다. 그는 더웠다. 더운 것이 당연하리라. 가방을 위층으로 옮기는 노력은 말할 것도 없고 온종일 그늘만 해도 27도인 날씨에 겨울옷으로 온몸을 꽁꽁 싸매고 있었으니.

"제 생각에," 리처드 스위블러가 입에서 펜을 빼며 말했다. "신사분은 이 집의 방을 보고 싶은 거죠. 아주 매력적인 방들입니다. 맞은편 길까지 시야가 훤히 트였고, 길모퉁이까지는 1분 거리도 안 됩니다. 바로 옆에 흑맥주 집이 있고, 그 외에도 좋은 점이 많습니다."

"집세는 얼마입니까?" 독신 신사가 말했다.

"일주일에 1파운드입니다." 딕은 값을 올려 불렀다.

"여기로 결정하겠습니다."

"구두 닦는 것과 옷 세탁은 별도입니다." 딕이 말했다. "겨울철 난방은…."

"모두 다 좋습니다." 독신 신사가 대답했다.

"기본 2주는 거주해야 합니다." 딕이 말했다. "그리고…."

"2주라!" 독신 신사가 스위블러를 아래위로 훑어보며 거칠게 말했다. "2년. 여기에서 2년 살겠소. 여기 10파운드. 그러면 거래된 걸로 알겠습니다."

"저, 그런데," 딕이 입을 열었다. "제 이름은 브라스가 아닙니다. 그러니까…."

"누가 그렇게 말했습니까? 내 이름은 브라스가 아니다. 그게 뭐 어쨌다는 겁니까?"

"이 집 주인 이름입니다." 딕이 말했다.

"그것참 기쁘군." 독신 신사가 대답했다. "변호사 이름으로는 아주 좋아. 마부 양반, 이제 나가보시오. 당신도."

스위블러 씨는 이런 식으로 함부로 대하는 독신 신사에게 몹시 당황해서 샐리 양을 보았을 때처럼 그를 빤히 바라보며 서 있었다. 하지만 독신 신사는 이 상황이 조금도 이상하지 않은 듯 아주 태연하게 목에 두르고 있던 목도리를 풀고 부츠를 벗었다. 이런 거추장스러운 것에서 벗어난 신사는 겹겹이 입고 있던 다른 옷들도 훌훌 벗어서 하나씩 차곡차곡 갠 다음 가방 안에 가지런히 정렬했다. 그러고는 창문의 블라인드를 내렸고, 커튼을 모두 쳤고, 시계태엽을 감았고, 아주 느긋하고 질서정연하게 침대에 누웠다.

"광고 전단은 떼시오. 벨을 울리기 전까지 아무도 들여보내지 말고." 신사가 커튼 사이로 창밖을 내다보며 작별 인사로 한 말이었다.

독신 신사는 커튼을 치고 바로 코를 골며 자는 듯했다.

"참으로 놀랍고도 불가사의한 집이 아닐 수 없군!" 스위블러 씨가 광고 전단을 들고 사무실로 걸어 들어가며 말했다. "사나운 여자는 전문직 신사처럼 행동하고, 키가 3피트도 안 되는 요리사가 지하에서 튀어나오고, 대낮에 이방인이 허락도 없이 집 안으로 걸어 들어와 잠을 잔다! 그가 가끔 나타나는 기적의 친구 중 하나고 2년 동안 자는 거라면, 뭐 나로서는 나쁜 것도 없지. 하지만 이건 내 숙명이야. 브라스 마음에 들길 바라지만 그렇지 않으면 유감이지. 하지만 이건 내 일이 아니야. 어떻게 되든 내가 상관할 바는 아니지!"

35장

사무실로 돌아온 브라스 씨는 서기로부터 많은 위안과 만족을 주는 보고를 받았고, 특히 미심쩍은 10파운드 지폐가 영국 중앙은행에서 합법적으로 발행한 지폐임이 밝혀져서 기분이 더 좋아졌다. 정말이지 그는 후함과 생색을 내고 싶은 태도가 넘쳐나 진심으로 스위블러 씨에게 훗날 하지만 분명히 규정하지 않은 날—오늘날에는 이럴 때 '조만간'이라고 말한다—에 함께 펀치를 마시자고 요청했다. 그리고 사무실에 온 첫날부터 헌신적인 모습을 충분히 피력한 그에게 업무에 남다른 소질이 있다는 많은 훌륭한 칭찬도 아끼지 않았다.

브라스 씨는 '칭찬은 돈이 들지 않는 아첨이다'라는 말을 격언으로 삼았다. 그리고 저 유용한 직원이 언제나 말을 잘해야 하고 너그러운 면이 있어야 하는 법조계에 종사하는 사람인 경우에는 그것의 경첩을 돌리는 과정에서 녹이 슬거나 삐걱거리면 안 되기 때문에, 그는 멋진 말과 찬사로 자신을 향상시킬 기회를 거의 잃지 않았다. 이것은 그에게 습관처럼 굳어졌고, 그가 혓바닥을 능숙하게 놀릴 수 없을 때가 있다면 그건 바로 그 사람의 면전이라고 말해야 할 것이다. 우리가 이미 앞에서 보았듯이 거칠고 혐오스러운 성격의 그 존재는 아첨에 쉽게 넘어가지 않고 모든 능숙한 언변에 얼굴을 찡그렸다. 그는 세상이나 저 위험한 해협 법의 여울과 쇄파를 항해하는 사람들에게 접근하지 말라고 경고하는, 그들에게 덜 위험한 항구를 찾고 다른 곳에서 운을 시험하라고 꾸짖는 자연의 신호등 같은 존재였다.

브라스 씨가 서기를 칭찬으로 어쩔 줄 모르게 하고 번갈아가며 10파운드 지폐를 검사하는 동안 샐리 양은 어떤 유쾌한 감정도 보이지 않았다. 자신의 법률 관행의 성향이 작은 이득과 움켜쥐고 놓지 않는 데 사고방식을 굳히게 하고 타고난 지혜를 더 명민하게 했기 때문에, 그녀는 독신 신사가 그렇게 쉽게 방을 얻은 사실에 적지 않게 실망했다. 그녀는 신사가 그 방으로 마음을 정했을 때 적어도 일반 요금의 두세 배를 요구했어야 했고, 그가 조급하게 계약을 원한 만큼 스위블러 씨는 틈을 들였어야 했다고 주장했다. 하지만 스위블러 씨는 브라스의 호평도 샐리의 불평도 전혀 신경 쓰지 않았고, 이 일을 비롯해 이후 자신이 저지른 모든 행동의 책임을 불행한 운명 탓으로 돌리고 마냥 체념하며 태평하기만 했다. 즉, 최악을 완벽하게 준비하고 최고에는 철학적으로 무관심했다.

"좋은 아침이야, 스위블러." 스위블러 씨가 서기로 일한 지 이틀째 되는 날 브라스가 인사를 건넸다. "샐리가 어제저녁 화이트채플에서 자네가 쓸 중고 의자를 구했네. 그녀는 몇 안 되는 흥정의 고수야, 스위블러. 장담하건대, 최고급 의자에 앉게 될 거야."

"보기에 약간 휘어졌네요." 딕이 말했다.

"장담하는데, 앉아보면 가장 놀라운 의자라는 걸 알게 될 거야." 브라스 씨가 대답했다. "병원 바로 맞은편 노점에서 샀는데, 한두 달가량 밖에 내놓아서 먼지가 좀 묻고 햇볕에 그을려서 약간 갈색이지만, 그것만 빼면 다 괜찮아."

"그 때문에 병이나 걸리지 않기를 바랍니다." 딕이 샘슨 씨와 순결한 샐리 사이에 앉으며 투덜거렸다. "다리 하나가 더 긴데요."

"그렇다면 목재를 덤으로 얻은 셈이지." 브라스가 대답했다. "하하하! 덤으로 얻은 셈이야. 동생이 시장에 간 보람이 있군. 브라스 양, 리처드는···."

"조용히 좀 해줄래?" 이 대화 속 아름다운 대상이 서류 위로 시선을 옮기며 끼어들었다. "그렇게 떠드니까 일을 할 수가 없잖아"

"정말 알 수 없는 녀석이야!" 변호사가 말했다. "언제는 수다만 떨고, 또 언제는 일만 하니. 남자들은 네가 무엇에 관심이 있는지 절대 모를 거야."

"나 지금은 근무 분위기야," 샐리가 말했다. "그러니 제발 부탁인데 방해하지 마. 그리고 저 사람에게 일을 좀 시키지, 그래." 샐리 양이 펜의 깃털로 스위블러를 가리키며 말했다. "아마 할 줄 아는 게 많지 않겠지만."

브라스 씨는 분명 화를 내며 대답하고 싶은 기분이었지만, 신중하거나 소심한 생각으로 한발 물러나 분노와 부랑자에 대해 뭐라고 중얼거렸다. 이 말은 특정한 어떤 사람이 대상이 아니라 그저 머리에 떠오르는 추상적인 생각 속에 있는 사람과 연결된 말이었다. 이후 그들은 한참 동안 조용히 서류작성에만 몰두했고, 참으로 따분한 침묵 속에서 스위블러도 (신나는 일이 필요했다) 여러 번 꾸벅꾸벅 졸다가 알 수 없는 문자로 된 생소한 단어들을 눈을 감은 채 적었다. 그때 마침내 샐리 양이 작은 양철통을 꺼내 코담배를 요란하게 한 줌 집어 들이마시고는 스위블러가 "일을 저질렀다"라고 의견을 피력하면서 사무실의 단조로운 정적은 깨졌다.

"뭘 저질러요?" 리처드가 말했다.

"그거 알아요," 브라스 양이 대답했다. "하숙인이 아직도 일어나지 않은 사실. 어제 오후 잠자리에 든 후로 코빼기도 보이지 않고 아무 소리도 들리지 않아요."

"음, 브라스 양." 딕이 대답했다. "난 그가 원하면 조용하고 편안하게 10파운드어치 잠은 자도 된다고 생각하는데요."

"아! 그가 절대 깨어나지 못할 거란 생각이 들어요." 샐리 양이 말했다.

"아주 중요한 상황이야." 브라스가 펜을 내려놓으며 말했다. "정말 중요해. 리처드, 기억해 둬. 만약 그 하숙인이 침대 기둥에 목을 매거나 그런 어떤 불미스러운 일이 발생하면…. 2년 치 하숙비 중 일부인 10파운드를 자네가 미리 받은 사실을 명심해. 리처드, 이 사실을 기록해 두는 게 좋을 듯한데. 증거를 제출하라고 요청받을 경우를 대비해서."

스위블러 씨가 대형 인쇄용지를 한 장 꺼내더니 진지한 표정으로 한쪽 구석에 아주 작게 내용을 적기 시작했다.

"아무리 조심해도 지나치지 않아." 브라스 씨가 말했다. "세상에는 숱한 사악함이 존재하니까. 셀 수 없을 만큼 많은 사악함이. 혹시 그 하숙인이 뭔가 말한 게…. 그래, 지금은 신경 쓰지 말고, 우선 그 각서부터 끝내."

딕은 그렇게 했고, 의자에서 일어나 사무실을 오가던 브라스 씨에게 적은 종이를 건네주었다.

"오, 이게 그 각서인가, 그래?" 브라스가 문서를 훑어보며 말했다. "아주 좋아. 리처드, 그 신사가 그밖에 다른 말은 없었나?"

"예."

"그밖에 다른 말을 안 한 게 확실해, 리처드?" 브라스가 진지하게 물었다.

"한 마디도." 딕이 대답했다.

"다시 생각해 봐." 브라스가 말했다. "이건 내 의무야, 현재 내가 서 있는 위치에서, 그리고 이 나라의 첫 번째 직업이고, 아니 어느 나라에서도 첫 번째고, 아니 밤에 우리를 비추고 생명체가 살 걸로 기대되는 행성이라면 어디에서도 첫 번째 직업인 법조계의 명예로운 한 구성원으로서. 이건 내 의무야, 이 영광스러운 직업을 가진 한 사람으로서, 지금 이 미묘하고도 중대한 문제를 놓고 자네를 유도 신문하지 않는 게. 그러니까 어제 오후에 자네와 함께 2층에 올라간 그 신사가, 돈가방을 든 그 신사가 여기 각서에 적은 내용 말고 다른 말은 없었나?"

"오, 제발 바보처럼 굴지 마." 샐리 양이 말했다.

딕이 샐리 양을 바라보고 브라스 쪽으로 고개를 돌리고는 다시 샐리 양을 바라보며 전과 마찬가지로 "예"라고 대답했다.

"흥! 제기랄! 리처드, 자네 정말 둔하군!" 브라스가 긴장을 풀고 미소를 지으며 소리쳤다. "이봐, 그가 자기 돈에 대해 아무 말도 없었다고?"

"그런 걸 물어봐야지." 샐리 양이 오빠에게 고개를 끄덕이며 말했다.

"예를 들면," 브라스가 편안하게 안심시키는 어조로 덧붙였다. "그가 이렇게 말했다는 건 절대 아니야. 다시 묻는데, 기억을 환기해 봐. 그러니까 예를 들면 그가 런던이 처음이라고, 부탁할 사람이 따로 없다고, 우리에게 그 돈을 맡을 권리가 있다고 느꼈다고, 그에게 무슨 일이 생길 경우 우리 집에 있는 그의 자산이 무엇이든 내 소유이기를 바란다고, 그 문제로 고생할 나에 대한 약간의 보상으로 말이야, 말하지 않았나?" 브라스가 한층 상냥하게 덧붙였다. "그러니까 한마디로 자네는 이곳의 소유주인 나를 대신해 그런 조건을 걸고 그를 한 명의 세입자로 받아들이지 않았어?"

"분명 아니에요." 딕이 대답했다.

"그렇다면, 리차드," 브라스가 거만하게 꾸짖는 듯한 표정으로 그에게 달려들며 말했다. "내 생각에 자네는 직업을 잘못 선택했어. 자네는 절대 변호사가 되지 못해."

"천년을 살면 혹시 모르지." 샐리 양이 덧붙였다. 그런 후에 남매는 각자 작은 양철통에서 코담배를 요란하게 한 줌 꺼내 들이마시고는 깊은 상념에 빠졌다.

스위블러 씨의 저녁 식사 시각—스위블러의 저녁 식사 시각은 세 시였다—까지 아무 일 없이 지나갔고, 그 시간은 3주처럼 길게 느껴졌다. 세 시를 알리는 첫 종소리에 신입 직원은 사라졌다. 다섯 시를 알리는 마지막 종소리에 맞춰 다시 나타난 그는 신기하게도 사무실에 물을 탄 진과 레몬껍질 냄새를 풍겼다.

"스위블러," 브라스가 말했다. "그 사람 아직도 일어나지 않았어. 일어날 기미조차 보이지 않아. 어떻게 해야 할까?"

"깰 때까지 내버려두세요." 딕이 대답했다.

"깰 때까지!" 브라스가 큰 소리로 말했다. "스물여섯 시간째야. 그 사람 머리 위로 시끄럽게 서랍장을 옮기고, 현관문도 두드리고, 하녀를 시켜 계단에서 여러 번 구르게도 했지만 (그 애는 가벼워서 별로 다치지 않거든) 일어나지 않더군."

"사다리를 이용해서," 딕이 제안했다. "2층 창문 쪽으로 들어가면….."

"그 중간에 문이 있어. 게다가 이웃들이 보면 들고 일어날 거야." 브라스가 말했다.

"작은 문을 통해 지붕으로 올라가 굴뚝을 타고 내려가면 어떨까요?" 딕이 다시 제안했다.

"정말 훌륭해." 브라스가 말했다. "그 임무를 맡을 만큼," 그는 이 대목에서 스위블러 씨를 뚫어지게 바라보았다. "상냥하고 친절하고 마음이 넓은 친구만 있으면 되는데. 생각만큼 불쾌한 일은 아닌 듯해."

딕은 이 일이 샐리 양에게 떨어질 것으로 생각하고 의견을 냈다. 그가 더는 말하지 않고 암시를 알아차리기를 거부하자,

브라스 씨는 함께 계단을 올라가 다소 덜 폭력적인 방법으로 하숙인을 깨우는 마지막 시도를 해보자고 기꺼이 제안했다. 마지막 시도에도 하숙인이 깨지 않으면 더욱더 강력히 조처하기로 마음먹었다. 스위블러 씨는 이에 동의하고 의자와 큰 자로 무장하고 고용주를 따라 현장으로 갔다. 이미 그곳에서는 샐리 양이 전력을 다해 종을 울리고 있었지만, 신비의 하숙인에게는 조금의 영향도 미치지 못했다.

"여기 그 사람 부츠가 있군, 리처드." 브라스가 말했다.

"부츠도 그 사람만큼이나 고집이 세 보이네요." 리처드 스위블러가 말했다. 실제로도 부츠는 사람들의 눈길을 사로잡을 만큼 억세고 허세를 부리는 듯 보였다. 신발 주인의 다리와 발이 그 안에 들어가 있기라도 한 것처럼. 넓적한 밑창과 뭉툭한 발가락 부분이 온 힘을 다해 그 자리를 밟고 서 있는 듯했다.

"침대 커튼만 보이는데." 브라스가 열쇠 구멍으로 방안을 훔쳐보며 말했다. "체격이 커, 리처드?"

"굉장히." 딕이 대답했다.

"갑자기 방에서 튀어나오면 아주 곤란한데." 브라스가 말했다. "계단을 깨끗이 치우게. 물론 충분히 그자와 맞붙을 수도 있지만, 난 이 집 주인이고, 접객업 법은 존중해야 하니까. 이보시오! 어이! 이봐!"

브라스 씨가 눈을 열쇠 구멍에 이상하게 비틀어 박고 하숙인의 관심을 끌기 위해 이런 소리를 내는 동안, 샐리 양이 방울 종을 울리는 동안, 스위블러 씨는 문 옆쪽 벽에 의자를 바짝 붙이고 그 꼭대기에 올라 꼿꼿이 선 채—하숙인이 갑자기 튀어나올 경우 정면으로 부딪치지 않으려고—문 위쪽의 판자를 자로 마구 두드렸다. 혼자만의 천재성에 매료되고 유리한 위치에 있다고 확신한 그는 관객들로 꽉 들어찬 밤에 극장의 아래층과 맨 위층 관람석 문을 여는 강한 사람들이 쓰는 방식을 따랐다. 스위블러 씨는 문을 사정없이 두드렸고, 그 때문에 시끄러운 종소리가 묻혔다. 아래쪽 계단에서 머뭇거리며 여차하면 달아날 준비를 하던 작은 하녀는 평생 청각장애인이 되지 않기 위해 귀를 움켜잡을 수밖에 없었다.

별안간 안쪽에서 자물쇠가 풀리더니 문이 벌컥 열렸다. 작은 하녀는 지하층 석탄 저장고로 총알같이 달아났고, 샐리 양은 자기 침실로 뛰어들었다. 개인적인 용기로는 주목할 만하지 않은 브라스 씨는 이웃한 거리로 달려갔고, 부지깽이와 다른 공격할 만한 무기로 무장한 채 뒤쫓는 사람이 없는 것을 확인하고는 두 손을 주머니에 찔러 넣고 갑자기 아주 천천히 걸어가며 휘파람을 불었다.

한편 의자 위에 올라가 있던 스위블러 씨는 몸을 최대한 벽에 밀착하고 조마조마한 심정으로 하숙인을 내려다보았다. 하숙인은 부츠를 손에 든 채 아주 끔찍한 모습으로 으르렁거리고 욕하며 문 앞에 나타났는데, 요행수를 노리고 누구라도 있으면 계단 아래로 집어 던질 의도를 가진 듯했다. 하지만 그는 이런 생각을 접었다. 그가 여전히 복수심에 불타 으르렁거리며 다시 방 안으로 들어가기 위해 몸을 돌렸을 때 경계심에 가득 차 있던 리처드와 눈이 마주쳤다.

"당신이 그렇게 시끄럽게 했소?" 독신 신사가 말했다.

"도왔습니다." 딕은 하숙인에게서 눈을 떼지 않고 그가 폭력을 쓰면 각오해야 한다는 표시로 오른손으로 자를 가볍게 흔들며 대답했다.

"감히 이런 짓을 하다니, 어!" 하숙인이 말했다.

이 말에 딕은 다른 대꾸는 하지 않고 한 번에 스물여섯 시간 잠만 자는 것이 신사의 행동과 성품에 맞는지, 정감 어리고 고결한 가족의 평화가 무엇보다 중요하지 않은지 하숙인에게 되물었다.

"내 평화는 무시되어도 괜찮소?" 독신 신사가 말했다.

"그들의 평화는 무시되어도 괜찮습니까?" 딕이 되받아쳤다. "협박할 생각은 없습니다. 법은 협박을 용인하지 않지요. 협박하는 것은 기소되어야 할 범죄니까요. 하지만 다시 또 그렇게 잠을 자다가는 깨기도 전에 검시관에 의해 자살자의 매장지에 묻힐 겁니다. 나리가 죽은 줄 알고 얼마나 걱정했는지 모릅니다." 딕이 조심스럽게 바닥으로 내려서며 말했다. "그리고 잠깐이든 오랫동안이든 독신으로 이곳에 들어와 추가 요금도 내지 않고 두 사람 몫의 잠을 자는 것은 허락할 수 없습니다."

"정말이오!" 하숙인이 소리쳤다.

"네, 맞습니다." 딕은 운명에 맡기고 머릿속에 떠오르는 대로 지껄였다. "한 침대에서 이 같은 분량의 잠을 잘 수는 없습니다. 그러니 그런 식으로 잠을 자려면 2인용 침실 비용을 내야 합니다."

이 말에 더 크게 분통을 터뜨리는 대신 하숙인은 너털웃음을 짓고 반짝이는 눈으로 스위블러 씨를 바라보았다. 햇볕에 그을린 갈색 피부의 이 남자는 흰색 취침 모자를 쓰고 있어서 한층 짙은 갈색에다 햇볕에 더 그을려 보였다. 그가 어떤 면에서는 화를 잘 내는 사람이 분명했지만, 스위블러 씨는 이런 기분 좋은 그의 모습에 마음이 놓였고, 그를 격려하려고 미소를 지었다.

갑자기 잠에서 깨어 조급한 나머지 하숙인은 취침 모자를 대머리 한쪽으로 지나치게 눌러썼다. 스위블러 씨는 그 모습을 보고 그에게서 다소 난봉꾼 같은 별난 분위기를 느꼈지만, 지금은 매력적이라고 볼 여유가 생겼다. 그래서 그는 속죄하는 마음으로 그 신사가 그만 일어나기를 바라고 그러면 다시는 시끄럽게 방해하는 일은 없을 거라고 다정하게 말했다.

"안으로 들어오시오, 건방진 악당!" 하숙인이 방으로 다시 들어가며 말했다.

스위블러 씨는 의자는 밖에 두고 그를 따라 방으로 들어갔다. 하지만 만일의 사태에 대비해 자는 그대로 손에 들고 있었다. 그는 독신 신사가 어떤 예고나 설명도 없이 문을 두 번 잠그는 모습을 보고 자를 들고 온 신중함을 자화자찬했다.

"뭘 좀 마시겠소?" 하숙인의 다음 질문이었다.

스위블러 씨는 갈증을 해소한 지 얼마 안 되었지만, 지금 바로 마실 수 있다면 '목을 축일 정도의 음료'는 마실 의향이 있다고 대답했다. 둘 다 말이 없는 가운데, 하숙인은 큰 가방에서 광택을 낸 은처럼 반짝이는 사원 같은 물건을 꺼내 조심스럽게 탁자 위에 올려놓았다.

스위블러 씨는 그의 행동을 아주 흥미롭게 지켜보았다. 독신 신사는 이 사원의 작은 방에 달걀을 떨어뜨렸고, 다른 방에는 커피를, 세 번째 방에는 말끔한 양철통에서 꺼낸 작은 생고기 한 조각을, 네 번째 방에는 물을 약간 따랐다. 그러고는 성냥갑과 성냥개비를 사용해 불을 켜서 처음부터 사원 밑에 자리 잡고 있던 알코올램프에 붙이고는 모든 작은 방의 뚜껑을 닫았고, 그런 다음 다시 뚜껑을 열자 보이지 않는 놀라운 어떤 힘으로 고기가 익고, 달걀이 삶기고, 커피가 정확하게 준비되어 그의 아침이 완성되었다.

"여기 뜨거운 물." 하숙인이 주방 화덕 앞에 있었던 것처럼 아무렇지 않게 스위블러 씨에게 건네며 말했다. "아주 특별한 럼주, 설탕, 그리고 휴대용 잔이네. 섞어 마시게. 빨리."

딕은 하숙인의 말대로 했고, 그의 눈은 줄곧 탁자 위에 놓인 뭐든 할 수 있을 듯한 사원 같은 물건에서 뭐든 담을 수 있을 듯한 짐 가방으로 옮겨 가고 있었다. 하숙인은 이런 기적은 늘 행하고 그 기적을 특별하게 생각하지 않는 사람처럼 본인의 아침을 먹어치웠다.

"이 집 주인이 변호사인가?" 하숙인이 말했다.

딕이 고개를 끄덕였다. 럼주는 기가 막혔다.

"이 집 여자는 뭘 하지?"

"사나운 여자지요." 딕이 말했다.

여행 중에 그런 사람을 많이 만났는지, 아니면 독신 신사라 그런지 하숙인은 스위블러의 대답에 아무렇지 않게 그저 "부인인가? 동생인가?"라고만 물었다. "동생입니다." 딕이 말했다. "훨씬 좋군." 독신 신사가 말했다. "마음대로 해고할 수 있으니까."

"젊은 양반, 나도 하고 싶은 대로 하며 살고 싶소." 잠시 침묵한 후 그가 덧붙였다. "자고 싶을 때까지 자고, 일어나고 싶을 때 일어나고, 들어오고 싶을 때 들어오고, 나가고 싶을 때 나가고. 싫으면 대답하지 않고, 첩자들에게 감시도 당하지 않고. 이런 점에서 하인들은 정말 악마라니까. 여기는 한 명뿐이지."

"네, 아주 작은 첩자죠." 딕이 말했다.

"아주 작은 사람이라." 하숙인이 따라 했다. "음, 내게 적합한 곳이군, 그렇지?"

"네." 딕이 말했다.

"주인들이 좀 사나운 데가 있지?" 하숙인이 말했다.

딕이 동의의 뜻으로 고개를 끄덕이고 잔을 들이켰다.

"그들에게 내 기분을 좀 전해주시오." 하숙인이 의자에서 일어나며 말했다. "계속 성가시게 하면 좋은 세입자 하나 놓치게 된다고. 이것만 알면 되오. 무얼 더 알려고 들면 방을 비우라는 통보로 받아들인다고 전하시오. 한 번에 알아듣는 게 좋소. 그러면 잘 가시오."

"부탁 하나만 해도 되겠습니까." 하숙인이 문을 열려고 하자, 그쪽을 향해 걸어가던 딕이 멈칫하며 물었다. "그대를 사모하는 그는 떠나지만, 부디 이름만은…."

"무슨 뜻이오?"

"이름을 물었습니다." 딕이 말했다. "이름만은 알려줘야 합니다. 편지나 소포가 올 경우를 대비해서."

"올 소포 없소." 하숙인이 대답했다.

"누가 찾아올 수도 있으니까요."

"찾아올 사람 아무도 없어."

"이름을 몰라 실수하는 일이 생겨도 그건 제 책임이 아닙니다. 제 책임이 아니에요." 여전히 방에서 머뭇거리며 딕이 덧붙였다. "음유시인을 탓하지는 마…."

"아무도 탓하지 않네." 하숙인이 사납게 소리쳤지만, 스위블러는 어느새 계단으로 도망쳤고, 방문은 잠겼다.

스위블러 씨가 방에서 급히 나오는 모습을 보고 브라스 씨와 샐리 양은 열쇠 구멍에서 눈을 떼고 열심히 몸을 숨겼다. 사실 그 전부터 열심히 숨어 있었다. 하지만 서로 열쇠 구멍을 차지하려고 내내 밀치고 꼬집느라 무슨 대화가 오가는지 한마디도 엿들을 수 없었던 그들은 대화 당사자에게 직접 설명을 듣기 위해 서둘러 그를 아래층 사무실로 데리고 내려갔다.

이 스위블러 씨는 독신 신사의 요구와 성격에 대해서는 있는 그대로 충실하게, 거대한 가방에 대해서는 사실에 집착하지 않고 그 이상의 상상력을 동원해 시적으로 그들에게 설명했다. 여러 번 강력하게 단언하며, 그 가방에는 요즘 유행하는 온갖 종류의 음식과 와인이 들어 있었고, 특히 시계태엽처럼 스스로 움직이며 무엇이든 요구하면 알아서 척척 대령했다고 선언했다. 그는 또한 직접 목격하고 맛을 보아 증명한 바와 같이 조리 기구가 단 2분 15초 만에 6파운드의 멋진 소고기 등심 한 조각을 구웠다고 그들을 이해시켰고, 더 나아가 어떻게 그렇게 되었는지 모르지만, 독신 신사가 윙크하자 물이 부글부글 끓어오르는 장면을 목격했다고 전했다. 이런 사실로 미루어 보아 스위블러 씨는 독신 신사가 마법사나 화학자 혹은 둘 다일 가능성이 큰

데, 그가 한 지붕 아래 있어 장차 브라스의 이름과 명성을 드높이고 베비스 막스의 역사에 새로운 관심을 덧붙이게 되리라 추론했다.

스위블러 씨가 과장할 필요가 없다고 생각한 한 가지 의견이 있었는데, 그것은 바로 그곳에서 마신 '목을 축일 정도의 음료'였다. 식사 때 마신 적당한 술에 이어 곧바로 마신 술이라 그 고유의 힘 때문에 약간의 취기가 오른 그는 저녁에 선술집에 들러 술을 또 두세 잔 마셨다.

36장

독신 신사는 하숙방에 세 들어 산 지 몇 주가 지난 후에도 브라스 씨나 여동생 샐리와는 말로든 몸동작으로든 의사소통을 거부하고 한결같이 리처드 스위블러를 대화의 창구로 선택했다. 그리고 그는 모든 비용을 선지급하고, 어떤 말썽이나 소란도 일으키지 않고, 일찍 자고 일찍 일어나며 모든 면에서 아주 바람직한 하숙인임을 증명했다. 그러자 스위블러 씨는, 아무도 자기 사람에게 접근하지 못할 때 이 수상한 하숙인에게 영향력을 미치고 좋든 나쁘든 협상할 수 있는 유일한 사람이다 보니, 어느새 그 집에서 중요한 위치에 올라섰다.

사실대로 말하면 독신 신사에 대한 스위블러 씨의 접근조차 매우 거리를 두는 종류였고, 만나더라도 작은 격려만 받을 뿐이었다. 하지만 스위블러는 신사가 자신에게 말을 걸었고, 자신들의 일상적인 대화의 주된 형태라고 주장하며, 친근함과 믿음을 나타내는 다른 많은 말들과 함께 '스위블러, 난 자네를 믿네', '스위블러, 난 자네를 존중한다는 말에 일체 주저함이 없어', '자네는 내 친구니까, 언제나 내 옆에 있어 주리라 믿네'와 같은 인용하는 표현을 쓰지 않고는 미지의 하숙인과 나눈 아주 간단한 회의로부터 절대 돌아오지 않았기 때문에, 브라스 씨와 샐리 양 누구도 그의 영향력에 대해 의심하지 않았고, 그에게 완전하고 전폭적인 신뢰를 보냈다.

하지만 이런 유명세의 원천 말고도 스위블러 씨는 이와 독립적으로 똑같이 지속적이고 자신의 지위를 상당히 높이는 또 다른 원천을 가지고 있었다.

그는 샐리 브라스 양의 눈에서 호감을 발견했다. 여성의 매혹을 가벼이 경멸하는 사람들에게는 농담처럼 들릴 수 있으니, 이 새로운 사랑 이야기를 귀를 쫑긋 세우고 듣게 하지 마시라. 브라스 양은 딱 사랑받도록 만들어졌지, 사랑을 주는 종류의 사람이 아니었기 때문이다. 이 정감 있는 처녀는 어린 시절부터 법의 치맛자락에 매달려 줄곧 법으로 먹고 살아왔다. 말하자면 처음 혼자 회사를 운영할 때부터 계속 법과 확고한 관계를 맺으며 일종의 법적인 유년 시절을 보냈다는 말이다. 아주 어릴 때부터 법 집행관의 흉내를 유난히 잘 낸 이 아이는 그 역할로 친구들의 어깨를 툭툭 치고 가상의 유치장으로 데려가는 방법을 배웠고, 정확히 똑같은 이런 모방 행동은 그녀의 행위를 지켜본 모든 사람에게 놀라움과 기쁨을 주었다. 사람들을 더 놀라게 한 것은 장난감 집에 실제와 똑같이 생긴 사형집행장을 만들어 놓고 거기에 의자와 탁자 개수까지 맞추는 그녀의 정교한 방식이었다. 이런 비예술적 취미는 당연히 홀로된 그녀 아버지의 말년을 달래고 그에게 힘을 북돋워 주었다. 전형적인 신사였던 그는 (두뇌가 명석해서 친구들로부터 '늙은 여우'로 불렸다) 자녀를 있는 힘껏 격려했고, 나중에 하운드스디치의 교회 묘지 근처로 이사하면서 알게 된 그의 주된 후회는 딸이 변호사 자격증을 따지 못해 변호사 명부에 이름을 올리지 못한 것이었다. 이에 다정하면서도 애틋한 슬픔으로 가득 찬 그는 딸을 아들 샘슨의 소중한 보조로 엄숙히 위탁했고, 노신사가 죽은 후부터 우리의 이야기가 진행되는 현재까지 샐리 브라스 양은 오빠의 변호사 업무에 없어서는 안 될 든든한 버팀목 역할을 해오고 있었다.

분명 샐리 양은 어려서부터 오직 법만 추구하며 연구에 헌신해 왔기 때문에 법률과 관련 없는 세상일은 잘 알지 못했고, 나이가 좀 들어서도 보통의 젊은 아가씨들이 탁월한 재능을 보이는 좀 더 온화하고 잔잔한 예술 분야에 대한 취향이나 숙련도 따위는 좀처럼 추구하지 않았다. 샐리 양의 소양은 모두 남성적이고 확실히 법과 관련된 종류였다. 그것들은 변호사 일에서 시작해 변호사 일로 끝났다. 말하자면 그녀는 법이 인정하는 순결한 상태였다. 그녀에게 법은 보모 같은 존재였다. 어린아이의 다리가 휘거나 신체적 기형이 생기면 보모가 잘못 돌본 결과라고 하듯, 그토록 아름다운 심성에 어떤 도덕적 왜곡이나 뒤틀림이 보였다면 순전히 샐리 브라스 양의 보모에게 책임이 있었다.

그런데 그때까지 꿈에도 생각하지 못한 새로운 대상으로 완전히 참신한 스위블러 씨가 이 숙녀 앞에 나타났다. 그는 짧은 노래와 웃고 떠드는 것으로 사무실 분위기를 밝게 하고, 잉크 스탠드와 봉함지(封織紙) 상자로 마술을 하고, 한 손으로 오렌지 세 개를 잡고, 턱에 의자를 올리거나 코에 주머니칼을 세우고 균형을 잡는 등 신기한 재주를 끊임없이 보여주었다. 그런 재주 덕에 리처드는 브라스 씨가 없을 때 사무실에 갇혀 있는 지루함을 달랠 수 있었다. 샐리 양이 처음으로 우연히 발견한 이런 사교적 자질이 그녀에게 점점 호감을 심어주면서 급기야 스위블러 씨에게 자신이 옆에 없는 듯 편안히 지내라고 당부하기에 이르렀고, 스위블러 씨도 이를 마다하지 않았다. 이렇게 두 사람 사이에는 우정이 싹텄다. 스위블러 씨는 점차 오빠 샘슨이 그랬듯 그녀를 다른 직원 보듯 했다. 그는 그녀에게 과일이나 맥주, 삶은 감자, 심지어 목을 축일 정도의 음료를 받는 대가로 동전 던지기 게임이나 간단한 뉴 마켓의 비법을 전수했고, 샐리 양도 서슴없이 여기에 동참했다. 그는 종종 그녀가 할 일에 자기 몫까지 떠맡도록 그녀를 설득했을 뿐만 아니라, 가끔 따뜻하게 등을 두드려 주는 것으로 그녀에게 보상했고, 사악한 착한 녀석, 유쾌한 놈, 기타 등등이라고 주장하곤 했다. 이런 칭찬 모두를 샐리 양은 상당 부분 대단히 만족스럽게 받아들였다.

하지만 스위블러 씨의 마음을 몹시도 괴롭히는 한 가지 사정이 있었으니, 그것은 바로 베비스 막스 저 깊은 곳 어딘가에 숨어 있다가 독신 신사의 초인종 소리에만 응대하고 즉시 사라져 버리는 작은 하녀였다. 하녀는 밖에 나가지도, 사무실에 들어오지도, 얼굴을 씻지도, 조악한 앞치마를 벗지도, 창밖의 무언가를 바라보지도, 맑은 공기를 마시려고 잠깐 문밖에 서 있지도, 휴식이나 어떤 즐거움을 누리지도 않았다. 아무도 그녀를 만나러 오지도, 말을 걸지도, 신경 쓰지도 않았다. 언젠가 브라스 씨가 하녀를 '사생아'(말 그대로 '사랑해서 태어난 아이')라고 믿는다는 말을 한 적이 있는데, 이것이 리처드 스위블러가 얻을 수 있는 모든 정보였다.

'사나운 여자에게 물어봐도 소용없을 거야.' 어느 날 딕은 의자에 앉아 샐리 브라스 양의 외모에 대해 심사숙고하다가 이런 생각을 했다. '괜히 그 머리에 관해 질문했다가 우리의 동맹이 깨질 수도 있어. 그런데 말이 나왔으니 말인데, 그녀가 용인지 인어인지 궁금해. 그녀는 다소 비늘 모양의 외모를 지녔어. 하지만 인어는 거울 보는 걸 좋아하는데, 그녀는 그렇지 않아. 그리고 인어는 머리를 빗는 습관이 있는데, 그녀는 그렇지도 않

아. 그래, 그녀는 용이야.'

"어디 가나, 늙은 친구?" 샐리 양이 평소처럼 초록색 드레스에 펜을 닦고 자리에서 일어나자, 딕이 큰 소리로 말했다.

"저녁 먹으러." 용이 대답했다.

'저녁!' 딕은 생각했다. '이건 또 다른 상황이군. 작은 하녀는 아무것도 먹지 못했을 텐데.'

"새미 오라버니는 오늘 안 들어와." 샐리 브라스 양이 말했다. "내가 돌아올 때까지 기다려. 오래 걸리지는 않아."

딕이 고개를 끄덕이고 브라스 양을 눈으로 좇았다. 그의 눈은 문 쪽을 향하고 있었지만, 그의 귀는 샐리와 오빠가 식사하는 뒤쪽 작은 응접실에 가 있었다.

"자!" 딕이 주머니에 두 손을 찔러 넣고 방안을 이리저리 돌아다니며 말했다. "저들이 하녀에게 어떻게 폭력을 행사하는지, 어디에 두는지 알아보자. 내 어머니는 뭐든 꼬치꼬치 캐묻는 여자였어. 내게도 분명 추궁의 피가 흐를 거야. 나는 감정을 억누르지만, 그대는 이 번민의 원인이구나. 맹세코!" 스위블러 씨가 자제하며 고객용 의자에 몸을 묻고 깊은 생각에 잠기며 말했다. "저들이 하녀에게 어떻게 폭력을 행사하는지 알고 싶어!"

이런 식으로 잠시 계속하다가 스위블러 씨는 흑맥주 한 잔을 마시려고 거리를 쏜살같이 가로질러 달려갈 생각으로 사무실 문을 조용히 열었다. 그때 주방 계단 아래를 휙 스쳐 가는 샐리 양의 갈색 머리 장식을 얼핏 보았다. '아차!' 딕은 생각했다. '하녀에게 먹을 걸 챙겨주러 가나 본대. 지금이 기회야!'

그는 우선 난간 너머로 엿보며 갈색의 머리 장식이 아래쪽 어둠 속으로 사라질 때까지 기다렸다가 더듬거리며 아래로 내려갔다. 그리고 샐리 양이 차갑게 식은 양고기 다리를 들고 부엌방[17]으로 들어간 후 곧바로 그 방문에 다다랐다. 천장이 매우 낮고 아주 눅눅한, 무척 어두운 끔찍한 장소였다. 벽은 곳곳이 갈라지고 얼룩이 져서 흉했다. 구멍 난 통에서 물이 똑똑 떨어지고 있었고, 그보다 가엾을 수 없는 고양이 한 마리가 배고픔을 달래려고 떨어지는 물을 핥아먹고 있었다. 넓은 난로의 쇠살대는 찌그러지고 딱 고정되어 있어서 작고 얇은 샌드위치만 한 불만 견딜 수 있었다. 석탄 저장고, 양초 보관함, 소금 통, 고기를 넣어두는 찬장을 비롯한 모든 것이 자물쇠로 잠겨 있었다. 딱정벌레가 덤벼들 것도 없었다. 그곳의 옹색하고 초라한 모습에 카멜레온도 적응하지 못하고 죽었으리라. 그는 부엌방의 공기를 한 모금 들이마시는 순간 인간이 숨 쉴 수 있는 공기가 아님을 알았을 테고, 절망해 유령을 포기했음에 틀림없다.

샐리 양이 부엌방에 모습을 드러내자, 작은 하녀는 공손히 고개를 푹 숙이고 서 있었다.

---

17 옛 주택에서 원래 설거지 등을 하던 작은 공간.

"거기 있어?" 샐리 양이 말했다.

"네, 아가씨." 힘없는 목소리로 대답했다.

"양고기 다리에서 더 멀리 떨어져. 안 그러면 양고기에 달려들 테니까. 난 알고 있어." 샐리 양이 말했다.

하녀가 구석으로 물러나는 동안 샐리 양은 주머니에서 열쇠를 꺼내 저장고를 열고 그곳에서 먹기에는 스톤헨지 같아 보이는 차가운 감자 찌꺼기를 가져왔다. 그녀는 이것을 작은 하녀 앞에 놓고 그 앞에 앉으라고 명령하고는 큰 고깃덩어리를 저미는 칼을 잡고 고기를 써는 데 쓰는 큰 포크에 대고 칼날을 갈았다.

"이거 보이지?" 모든 준비를 끝내고 네모나게 2인치 크기로 자른 차가운 양고기를 포크 끝으로 찍어 하녀에게 내밀며 브라스 양이 말했다.

작은 하녀는 굶주린 눈으로 조그만 고기 조각을 뚫어지게 구석구석 보다가 "네"라고 대답했다.

"이제 여기에서 고기를 먹지 않았다고 말할 수 없겠지." 샐리 양이 다시 말했다. "자, 먹어."

눈 깜짝할 사이에 고기는 사라졌다. "더 먹고 싶어?" 샐리 양이 말했다.

배가 고팠던 하녀는 힘없이 "아니요"라고 대답했다. 두 사람 사이에는 무언가 정해진 규칙이 있는 것이 분명했다.

"너는 고기를 한 번 먹었다." 샐리 양이 사실을 요약하며 말했다. "너는 먹을 수 있는 만큼 먹었고, 더 먹겠느냐는 질문에 '아니요!'라고 대답했다. 그러니 제한된 수량을 배급받았다고 말하면 안 된다. 명심해."

이 말과 함께 샐리 양은 고기를 치우고 저장고 문을 자물쇠로 잠갔다. 그리고 다시 작은 하녀에게 다가가 감자를 먹는 동안 그녀를 지켜보았다.

샐리 양의 상냥한 가슴 속에는 지독한 원한이 있는 것이 분명했다. 그 원한으로 그녀는 아무 이유 없이, 그리고 때리지 않고는 가까이에 서 있을 수 없다는 듯, 이제는 하녀의 손을, 이제는 하녀의 머리를, 이제는 하녀의 등을 칼날로 두드렸다. 하지만 스위블러 씨는 동료 서기가 천천히 문 쪽으로 뒷걸음질 치다가, 그 방에서 물러나려고 노력했지만 안 된다는 듯, 갑자기 앞으로 달려 나가 작은 하녀를 덮치고는 주먹을 쥔 손으로 몇 방을 날리는 모습을 보고도 전혀 놀라지 않았다. 희생자는 눈물을 흘렸지만, 목소리가 커지는 것이 두려운 듯 조용히 흐느끼기만 했다. 샐리 양은 코담배를 한 줌 꺼내 들이마시고 흡족해하며 계단을 올라갔다. 바로 그때 리처드도 무사히 사무실에 도착했다.

37장

    독신 신사는 다른 독특한 점—풍부한 자본력으로 매일 새로운 가구를 비치했다—중에서도 펀치 공연에 비정상적이고 특별한 관심을 보였다. 아주 멀리서 펀치 목소리가 베비스 막스 거리에 닿으면, 독신 신사는 잠을 자다가도 벌떡 일어나 허둥지둥 옷을 입고 목소리가 들리는 곳으로 쏜살같이 달려갔고, 머지않아 한창 공연 중인 극단과 그 소유주를 데리고 빈둥거리는 사람들의 긴 행렬 앞쪽에서 돌아오곤 했다. 곧바로 브라스 씨의 집 앞에 무대가 세워지고 독신 신사가 2층 창문에 자리를 잡으면, 조용한 큰길에서 맨정신으로 장사하는 사람들의 간담을 서늘하게 하며 모든 파이프와 북과 함성이 어우러진 신나는 반주에 맞춰 공연이 시작되곤 했다. 인형극이 끝나면 배우와 관객들이 뿔뿔이 흩어졌으리라 기대했을지도 모르지만, 공연의 피날

레는 공연만큼이나 사악했다. 악마가 죽자마자 독신 신사가 인형 관리자와 그의 파트너를 자신의 방으로 소환했기 때문이다. 그곳에서 그들은 개인이 빚은 독주로 융숭한 대접을 받았고, 독신 신사와 누구도 의도를 헤아릴 수 없는 긴 대화를 나눴다. 하지만 이 비밀스러운 논의는 중요하지 않았다. 그들이 대화를 나누는 동안 바깥에서는 사람들이 여전히 집 주변을 서성거렸고, 소년들은 주먹으로 북을 치며 앳된 목소리로 펀치를 흉내 냈고, 사무실 창문은 납작해진 코들로 김이 서려 불투명해졌고, 길과 접한 문의 열쇠 구멍은 눈으로 반짝였다는 사실을 아는 것으로 충분했고, 독신 신사나 초대받은 손님 중 한 명이 위층 창문에 모습을 보이거나 그들의 코라도 보이면, 공연자들이 다른 곳에서 참석할 수 있게 하겠다고 그들에게 전달할 때까지, 동정을 거부한 채 울부짖고 소리치며 남아있던, 출입을 거절당한 군중이 저주를 퍼붓는 커다란 함성을 질렀다는 사실을 아는 것으로 충분했다. 한마디로, 베비스 막스 거리는 이 대중적인 운동으로 변화의 바람을 맞았고 그곳의 평화와 고요함도 사라졌다는 사실을 아는 것으로 충분했다.

하지만 이런 일련의 행위들에 샘슨 브라스 씨만큼 분개한 사람은 없었다. 그는 결코 그렇게 수지맞는 동거인을 놓칠 수 없었기에 하숙인의 무례한 언동과 함께 그의 현금을 숨기는 것이, 하숙인에게 이미 공개된 것과 같은 불완전한 보복 수단으로 문 주위에 몰려든 관객들을 괴롭히는 것이 현명하다고 생각했다. 그 보복 수단은 물뿌리개에 더러운 물을 담아 관객 머리 위로 졸졸 흘리거나, 지붕에서 타일이나 회반죽 조각들을 던지거나, 전세 마차 마부들을 돈으로 매수해 마차가 골목을 돌아 군중들 사이로 곤두박질치게 하는 것으로 한정했다. 언뜻 보면 생각이 짧은 몇몇 사람에게는 전문 변호사인 브라스 씨가 이런 민폐를 조장하는 사람들을 법적으로 기소하지 않는 것이 놀라운 일일 수도 있다. 하지만 그들이 알아둬야 할 것이 많다. 의사가 좀처럼 자기 병에 처방전을 쓰지 않고, 성직자가 항상 자기가 설교한 내용대로 실천하지 않듯, 변호사는 자기 이익에 법이 간섭하는 것을 꺼린다. 그들은 법률에 호소하는 것이 매우 불확실한 수단이고 비용도 많이 들 뿐만 아니라 정직한 사람들을 구원하기는커녕 재산만 탕진하고 만다는 사실을 너무 잘 알고 있다.

"이봐." 어느 날 오후 브라스 씨가 말했다. "이틀째 펀치 공연이 없어. 하숙인이 드디어 공연에 싫증이 난 거라면 좋겠는데."

"왜 그런 희망을 품지." 샐리 양이 물었다. "인형극 때문에 무슨 피해라도 봤어?"

"여기 귀여운 녀석이 하나 있군!" 브라스가 절망에 차 펜을 내려놓으며 말했다. "여기 약 올리는 동물이 하나 있어."

"무슨 피해라도 봤느냐고?" 샐리가 대꾸했다.

"무슨 피해!" 브라스가 소리쳤다. "바로 코앞에서 쉴 새 없이 소리를 지르고 야유하는 통에 일에 집중할 수가 없고, 이가 갈릴 정도로 짜증이 나는데 피해가 아니라고? 앞이 안 보이고 숨이 막히고, 소리를 꽥꽥 지르는 사람들로 국도가 막히는데도 무슨 피해? 그 사람들의 목구멍은 분명 뭐로 만들어졌어, 그 뭐지…?"

"브라스."[18] 스위블러가 넌지시 말했다.

"그래, 놋쇠로 만들어진 게 분명해." 어떤 악의 없이 선의의 마음에서 그렇게 제안했다고 스스로를 납득시키려고 직원을 힐끔거리며 변호사가 말했다. "이게 피해가 아니라고?"

변호사가 갑자기 비난을 멈추고 잠시 귀를 기울여 듣더니, 익숙한 목소리가 누구인지 알아차리고는 두 손으로 머리를 받치고 천장을 올려다보며 힘없이 중얼거렸다. "또 왔어!"

아니나 다를까 곧바로 2층 창문이 올라갔다.

"또 왔어." 브라스가 다시 중얼거렸다. "내가 쉴 수만 있다면, 군중이 가장 많이 모였을 때 순종 말 네 필을 베비스 막스 거리로 돌진시킬 수만 있다면, 18펜스를 줘도 아깝지 않겠어."

멀리서 삐걱거리는 소리가 다시 들렸다. 독신 신사의 방문이 덜컥 열렸다. 그는 번개같이 아래층으로 내려와서 거리로 뛰어나갔고, 사무실 창문을 지나 모자도 쓰지 않은 채 목소리가 들리는 장소를 향해 힘차게 달려가서는 당연히 지체 없이 이방인

---

18 Brass. 놋쇠, 금관악기 재료.

들을 확보했다.

"저 사람 친구들이 누군지 알 수 있으면 좋을 텐데." 주머니에 서류들을 쑤셔 넣으며 샘슨이 중얼거렸다. "그들이 그를 그레이스인 커피 하우스에 있는 정신병원에 보낼 수만 있다면 하숙방을 잠시 비워둘 의향도 있는데."

브라스 씨는 이 말과 함께 끔찍한 방문을 조금도 보고 싶지 않다는 듯 모자를 눈 위로 툭 던져 쓰고는 서둘러 사무실을 나가버렸다.

스위블러 씨는 이런 공연을 확실히 좋아했기에 현장에서 직접 펀치를 보든지, 창밖으로 무언가를 보든지, 일을 하는 것보다 나았다. 이런 이유로 그동안 공연의 미적 감각과 여러 적막한 마음의 세계를 동료 서기에게 일깨워주기 위해 애써온 터라, 스위블러와 샐리 양은 한마음으로 자리에서 일어나 창가에 자리를 잡고 섰다. 창틀 위에는 그곳이 영광의 푯말인 듯 아기를 양육하는 일을 하는, 꼭 그런 자리에 오는 여러 분야의 젊은 여성들과 신사들이 벌써 최대한 편한 자세로 자리를 잡고 있었다.

유리가 뿌옇게 흐려지자, 스위블러 씨는 자신들 사이에 확립된 우호적인 관습에 따라 샐리 양의 머리에서 갈색 머리 장식을 풀어 조심스럽게 창문을 닦았다. 그가 머리 장식을 돌려주고 아름다운 샐리가 그것을 다시 머리에 썼을 때 (샐리는 이에 대해 완벽하게 침착한 모습을 보이며 무심하게 행동했다) 하숙인이 극단과 극단 사람들을 뒤에 달고 한 무리의 구경꾼들과 함께 돌아왔다. 인형극단의 공연자는 재빨리 휘장 뒤로 사라졌고, 공연 무대 옆에 서 있던 그의 동료가 굉장히 우울한 표정으로 관객들을 살폈다. 그런데 그가 얼굴 윗부분의 애절한 표정은 전혀 바꾸지 않고 경련을 일으키듯 입과 턱을 요란하게 움직이며 호른 파이프의 선율을 흔히 마우스 오르간이라 불리는 달콤한 악기에 불어넣자, 그 슬픈 표정이 더욱더 두드러졌다.

인형극은 결말을 향해 나아갔고 관객들을 관례적인 방식으로 매료시켰다. 관객들이 숨 막히는 긴장감에서 벗어나 다시 자유롭게 말하고 움직이게 되었을 때 대규모 모임에서 불붙은 감흥은 여전히 만연했고, 여느 때처럼 하숙인이 인형극단 사람들을 위층으로 불러들였다.

"거기 두 사람." 하숙인이 창가에서 불렀다. 사실상의 공연자—작고 뚱뚱한 사내—가 소환에 응할 준비를 하고 있었기 때문이다. "얘기 좀 나누고 싶은데. 올라오시오. 두 사람 다."

"가자고 토미." 키 작은 사내가 말했다.

"난 이야기꾼이 아니야." 동료가 대답했다. "그렇게 말해. 내가 가서 무슨 말을 해?"

"신사분이 들고 있는 저 술병과 잔이 안 보여?" 키 작은 사내가 말했다.

"왜 처음부터 그렇게 말하지 않았어?" 동료가 날렵하게 움직이며 말했다. "뭘 기다려. 신사분을 온종일 기다리게 할 셈이야? 자네 그렇게 예의가 없어?"

키 작은 사내를 나무라는 우울한 얼굴의 남자는 다름 아닌 토마스 코들린 씨였다. 그는 사업의 동반자이자 형제 같은 해리스, 즉 쇼트 또는 트로터스를 밀치고 서둘러 하숙인의 방으로 올라갔다.

"친구들." 독신 신사가 말했다. "공연 아주 잘 봤소. 뭘 좀 마시겠나? 뒤에 있는 키 작은 친구에게 문 좀 닫아달라고 말해주시오."

"문 좀 닫아줄래?" 코들린 씨가 친구를 퉁명스럽게 돌아보며 말했다. "신사분이 문을 닫아달라고 말하기 전에 미리 닫았어야지."

쇼트 씨는 친구가 오늘따라 유난히 '까칠'한 것 같다고 숨죽인 목소리로 말하고, 친구의 성깔이 더러워서 유제품이 상할 수도 있으니 주변에 낙농장이 없기를 바란다는 희망을 표현하며 그 말에 따랐다.

신사가 앞에 놓인 의자 두세 개를 가리키며 고개를 힘차게 끄덕여 두 사람이 자리에 앉기를 바란다는 암시를 해주었다. 의심의 눈으로 서로를 바라보며 망설이던 코들린 씨와 쇼트 씨는 마침내 자리에 앉았고—각자 신사 쪽으로 향한 의자의 맨 끝 가장자리에 앉았다—각자 모자를 벗어 손에 꽉 움켜쥐었다. 그러는 동안 독신 신사는 탁자에 놓인 술병으로 세 개의 잔을 채워 예절에 따라 건넸다.

"두 사람 다 햇볕에 아주 잘 그을렸군." 그들을 환대하는 사람이 말했다. "순회공연 중인가?"

쇼트 씨가 고개를 끄떡이고 미소를 보내며 그렇다는 말을 대신했다. 코들린 씨도 아직 어깨에 신전을 짊어진 사람처럼 신음하며 고개를 끄덕여 쇼트의 대답을 확인시켜 주었다.

"축제, 시장, 경마장 같은 곳으로?" 독신 신사가 계속했다.

"예, 그렇습니다." 쇼트가 대답했다. "서부 지역 방방곡곡 안 간 곳이 없습니다."

"나는 북쪽, 동쪽, 남쪽에서 온 유랑극단 사람들과도 얘기를 나눴네." 하숙인이 조금 다급하게 말했다. "하지만 서쪽에서 온 사람은 자네들이 처음이야."

"여름에는 항상 서부에서 공연합니다." 쇼트가 말했다. "봄과 겨울에는 동부에서 공연하고, 여름에는 서부를 순회합니다. 돈은 한 푼도 벌지 못하고 며칠씩 비를 맞으며 진흙 길을 걸어 서부에서 아래쪽으로 계속 내려왔습니다."

"한 잔 더 하게."

"감사합니다." 코들린 씨가 갑자기 남은 술을 들이켜고 쇼트의 잔을 옆으로 밀쳤다. "떠돌 때나 집에 머물 때나 힘든 건 마찬가집니다. 도시든 시골이든, 비가 오나 해가 뜨나, 더울 때나 추울 때나 톰 코들린은 고생이 이만저만 아닙니다. 하지만 이 톰 코들린은 불평하지 않습니다. 오, 불평이라니요! 쇼트라면 모를까. 이 코들린이 불평을 한마디라도 했다면 지금 당장 내쳐도 좋습니다. 불평은 코들린과 어울리지 않습니다. 암요, 말할 필요도 없습니다."

"코들린이 쓸모없지는 않죠." 쇼트가 깔보는 듯한 눈빛으로 말했다. "하지만 가끔 방심합니다. 때로는 잠이 들어버리기도 해요. 토미, 지난번 경마장의 그들을 기억하지."

"자꾸 짜증 나게 할 거야?" 코들린이 말했다. "경마장을 한 바퀴 돌아 5실링 10펜스 정도 모았으면 잠을 잘 수도 있잖아. 난 할 일을 하고 있었을 뿐이라고, 공작처럼 동시에 여러 곳을 볼 수는 없어. 자네도 마찬가지잖아. 노인과 꼬마를 상대하지 못한 건 자네도 마찬가지야. 자네나 나나 마찬가지니까 나만 비난하지 마."

"그 문제는 이 정도로 해두는 게 좋겠어, 톰." 쇼트가 말했다. "신사분이 좋아할 만한 얘기가 아닌 듯하니까."

"그러면 얘길 꺼내지 말아야지." 코들린 씨가 대답했다. "자네 체면을 생각해서 내가 용서를 구하는 수밖에. 자네처럼 혼자 지껄이기 좋아하는 친구는 신사분 말을 절대 듣지 않을 테니까."

두 사람이 처음 말다툼을 시작했을 때 하숙인은 질문할 기회를 엿보듯, 혹은 옆길로 벗어난 대화를 바로 잡으려는 듯, 처음에는 이쪽 사람을 다음에는 저쪽 사람을 바라보았다. 하지만 쇼트가 잠든 코들린 씨를 비난한 시점부터 갑자기 두 사람 대화에 깊은 관심을 보이기 시작하더니 그 관심은 이제 최고조에 달했다.

"자네들이 내가 찾던 사람들이군." 하숙인이 말했다. "내가 그토록 애타게 찾아다닌 사람들이야. 자네들이 말한 그 노인과 아이는 지금 어디 있나?"

"네?" 쇼트가 머뭇거리며 친구를 바라보았다.

"자네들과 함께 다닌 노인과 그 손녀 말이야, 그들은 어디 있나? 자네들이 해주는 말은 쓸모 있고 중요해. 자네들이 생각하는 것보다 훨씬 유용해. 그들이 경마장을 떠났다고 했나? 경마장까지 온 다음 그곳에서 사라졌단 말이지. 난 그렇게 이해하는데. 그들을 찾을 만한 단서가 없을까?"

"토마스. 내가 말했지," 쇼트가 눈을 동그랗게 뜨고 친구를 바라보며 소리쳤다. "분명 그들을 찾는 사람이 있을 거라고?"

"자네가 그랬어!" 코들린 씨가 대답했다. "그 신성한 아이가 내가 본 아이 중 가장 흥미로운 아이라고 내가 항상 말하지 않았어? 내가 늘 말했잖아. 아이를 사랑했고, 그 아이에게 홀딱 빠졌다고. 예쁜 아이. 지금도 아이의 목소리가 들리는 듯해. '코들린은 내 친구예요.' 감사의 눈물을 흘리며 이렇게 말하는군. '코들린은 내 친구.' 아이가 이렇게 말해. '쇼트가 아니라, 물론 쇼트도 좋지만,' 아이가 말해. '쇼트에게 불만은 없어요. 그는 친절요.' 아이가 말하지. '코들린은 원하지 않지만, 그에게 내 돈을 주고 싶어요'라고 말하는군."

코들린 씨가 한껏 감정을 실어 이런 말을 반복하며 외투 소매로 콧날을 문지르고는 애통한 듯 고개를 절레절레 흔들었다. 이 모습을 보고 독신 신사는 아이가 사라진 후 코들린의 평화와 행복도 함께 사라졌다고 추측했다.

"아아, 하느님!" 독신 신사가 방안을 이리저리 오가며 말했다. "마침내 이들을 찾았는데, 아무런 정보도 아무런 도움도 얻을 수 없다니! 내 희망이 산산이 부서지느니 차라리 이들과 만나지 않고 하루하루 희망 속에서 살아가는 편이 나을 것을."

"가만있자…." 쇼트가 말했다. "제리가 있잖아. 토마스 제리 알지?"

"오, 내게 제리 얘기는 꺼내지도 마." 코들린 씨가 대답했다. "지금 사랑스러운 아이를 생각하는데 제리 따위를 신경 쓸 겨를이 어디 있어. '내 친구는 코들린이에요.' 아이가 말했지. '내게 언제나 기쁨을 주는 친절하고 상냥한 코들린! 쇼트가 싫어서가 아니야!' 아이가 말해. '하지만 나는 코들린이 좋아요.'" 코들린은 이제 반사적으로 말했다. "그 아이는 나를 코들린 아버지라고 불렀어. 심장이 터지는 줄 알았지!"

"제리라는 사내는," 쇼트가 이기적인 동료로부터 등을 돌리고 새로운 지인을 바라보며 말했다. "춤추는 개들을 데리고 다니는 자인데, 언젠가 지나가는 말로 순회 밀랍 인형 전시장에서 노인을 본 적이 있다고 했습니다. 노인은 그를 보지 못했지만. 두 사람이 우리를 따돌린 건 맞지만, 우리 걸 등친 것도 없고 제리가 그들을 본 곳이 짐작할 수 없는 남부 지역이라 어떤 조치도 취하지 않았고, 그에게 아무것도 묻지 않았습니다. 하지만 나리가 원하면 알아봐 줄 수 있습니다."

"그 사내가 이 마을에 있나?" 참을성이 바닥난 독신 신사가 말했다. "빨리 말해보게."

"아니요, 하지만 내일 이곳으로 옵니다. 우리 집에서 묵기로 했거든요." 쇼트 씨가 재빨리 대답했다.

"그러면 이리로 데려오게." 독신 신사가 말했다. "여기 1파운드 금화. 자네들 도움으로 그들을 찾으면 20파운드를 더 주지. 내일 다시 와. 굳이 말할 필요는 없지만, 이 일에 대해 아무에게도 발설하지 말고. 돈을 받으려면 알아서 하겠지만, 주소 남기고 나가보게."

두 사람은 주소를 남긴 뒤 방을 나갔고, 군중들도 흩어졌다. 독신 신사는 몹시 초조해하며 방안을 두 시간이나 이리저리 서성였다. 바로 그를 궁금해하는 스위블러 씨와 샐리 브라스 양의 머리 위에서.

(2권에서 계속)